中国现代文艺学大家文库

在历史与当代交集点上
——陈伯海文艺学文选

陈伯海 著

山东文艺出版社

图书在版编目（CIP）数据

在历史与当代交集点上：陈伯海文艺学文选／陈伯海著．—济南：山东文艺出版社，2021.4
ISBN 978–7–5329–6352–2

Ⅰ.①在… Ⅱ.①陈… Ⅲ.①文艺学—中国—当代—文集 Ⅳ.①I206.7–53

中国版本图书馆 CIP 数据核字（2021）第 048701 号

责任编辑：宋晓玥
装帧设计：刘小军

在历史与当代交集点上
——陈伯海文艺学文选

陈伯海　著

主管单位	山东出版传媒股份有限公司
出版发行	山东文艺出版社
社　　址	山东省济南市英雄山路 189 号
邮　　编	250002
网　　址	www.sdwypress.com

读者服务	0531–82098776（总编室）
	0531–82098775（市场营销部）
电子邮箱	sdwy@sdpress.com.cn

印　　刷	山东新华印务有限公司
开　　本	890 毫米×1240 毫米　1/32
印　　张	12.625
字　　数	302 千
版　　次	2021 年 4 月第 1 版
印　　次	2021 年 4 月第 1 次印刷
书　　号	ISBN 978–7–5329–6352–2
定　　价	95.00 元

版权专有，侵权必究。如有图书质量问题，请与出版社联系调换。

出版说明

"中国现代文艺学大家文库"精选徐中玉、钱谷融、王元化、钱中文、李衍柱、王元骧、陈伯海、陆贵山、孙绍振、童庆炳等十位著名文艺理论家的代表性著作,涵盖现代文论、古代文论、西方文论等多个领域,以期对近百年来中国文艺学的创造性成果进行总结,全面立体地展示中国现代文艺学研究的理论建树,为专业的文艺学研究者提供经典、权威的文艺学资料,从而推动新时代文艺学研究向纵深发展。

我们在编选过程中,除根据作者或授权编选者的意见对个别选文稍作修正外,尽量保持文章初次发表时的原貌。这是一套学术著作,我们本着严谨认真的态度进行编校,但难免会有疏漏,尚祈读者指正。

山东文艺出版社
2020 年12 月

总序

中国文艺学发展百年回眸

为了总结文艺学诞生、发展的历史经验,推进当代具有中国特色的文艺学的建设,山东文艺出版社拟出版一套"中国现代文艺学大家文库",选择近百年来在不同历史时期涌现出的文艺理论家的代表性成果集结的"自选集"或由学子、亲人协助选编的"文艺学文集",公开出版发行,与国内外读者见面。这一设想是有创新性的,也是具有学术价值和现实意义的。

第一批被选入的学者有十位,最年长的是2019年6月25日去世、享年105岁的徐中玉先生。徐先生1915年2月15日出生于江苏江阴。这一年恰是陈独秀创办的《青年杂志》(1916年改为《新青年》)问世。在五四精神的熏陶和培育下,在新文化运动的洪流中,徐先生刻苦学习、吸纳进步思想,在极端困难的环境中,积极为深爱的祖国贡献一份力量。在《忧患深深八十年——我与中国二十世纪》一文中,徐先生说:"我们这一代人的发奋图强,誓雪国耻,要求进步，坚主改革，不论在什么环境、困难下总仍抱着忧患意识与对国家民族负有自己责任的态度，是同我们从小就受到的这种国耻教育极有关系的。'天下兴亡，匹夫有责'，这不是说个人有了不起的力量，而是说每个人于国、族兴亡，都要负起自己应该并可能承当的责任。"作为一位文艺理论家，徐中玉先生继承和弘扬了中国知识分子所具有的"先天下之忧而忧，后天下之乐而乐"和"独立之人格，自由之思想"的优良传统，由于敢于直言，敢于讲真话，坚持正义，主持公平，徐先生多次被诬陷、遭攻击，被打成"右派"，但他始终默默地搜集文献资料，思考和研究文艺理论问题。他认为："具有忧患意识，有使命感和历史责任则是每一个爱国者应有、能有的。"徐先生在受迫害的艰难岁月里，"利用一切可以利用的时间，埋头积累专业研究资料。二十年间孤立监改扫地除草之余，新读七百多种书，积下数万张卡片，约计手写近一千万字。甘于寂寞，自求心安。只有自己觉得这种积累有用，即使这些卡片将始终只能塞在我的抽屉里，也有意义。也许这只是为了求得自己心理上的平衡，但到底并没有把这二十年光阴完全白过。"① 徐先生在逆境中所显示出的这种坚韧不拔、甘于寂寞、潜心研究的治学精神，堪称为学界的楷模。

对于近百年文艺理论的发展，徐中玉先生为《中国近代文学大系·第1集·第1卷·文学理论集1》作的导言中认为，"近代文学理论在新旧交替、救亡图强的大变革世运中"②

---

① 徐中玉：《忧患深深八十年——我与中国二十世纪》，载《徐中玉文存》，上海人民出版社，2019年，第6页。
② 徐中玉主编：《中国近代文学大系·第1集·第1卷·文学理论集1·导言》，上海书店，1994年。

得到长足的发展,在这方面王国维和鲁迅作出了突出贡献。

今天我们所说的文艺理论或文艺学①,它的古老的名字称为"诗学"。最早提出"诗学"概念并把它作为独立学科进行研究的是古希腊"最伟大的思想家"亚里士多德(公元前384—前322年)。在古希腊,诗是一个广义的概念,包括抒情诗、叙事诗、悲喜剧、史诗、音乐、舞蹈等。亚里士多德的《诗学》就是古希腊这些艺术种类实践经验的总结。因此,亚里士多德的《诗学》,就其研究的对象和论述的内容来讲,可谓是世界文论史上出现的第一部文艺理论或文艺学专著。

中国古代虽无"诗学""文艺学"的概念,但对诗乐理论的研究却源远流长、新见迭出,产生过多部影响深远的理论专著。从荀子的《乐论》到后来出现的《乐记》,从《文心雕龙》《诗品》《闲情偶寄》到《人间词话》,等等。三千多年前,在《尚书·虞书·舜典》中提出"诗言志"这一中国诗论"开山的纲领"以来,不断有新的理论观点问世,诸如:缘情说、形神说、风骨说、神韵说、意象说、性格说、境界说、意境说等,并对创作实践产生过程度不同的影响。诗论在中国古代,除《文心雕龙》《诗品》等专著中有所论述外,主要是以乐论、诗话、词话、曲话、批注、笔记等文体存在于历史典籍之中。

文学理论或文艺学作为一门独立的人文学科在中国出

---

① 据日本当代文艺理论家浜田正秀研究,文艺学(Literaturwissenschaft 或 science of literature)这一词据说最先是在 19 世纪 40 年代初的黑格尔学派里使用,初见于 1843 年麦登(Mundt, 1808—1861)的《现代文学史》一书的绪论中。见[日]浜田正秀《文艺学概论》,陈秋峰、杨国华译,中国戏剧出版社,1987 年,第 3 页。

现,则是20世纪的事情。1902年,文学理论先是以"文学研究法"的名义跨入了"中国文学门",正式被列入《钦定大学章程》。1912年,在北大馆藏的《民国元年学科设置及课程安排》中,首次将"文学概论"列为人文学科开设的课程。1916年蔡元培任北大校长,聘任陈独秀为文科学长。1917年在北京大学重新修订的《文科大学现行科目修正案》中,进而明确将"文学概论"定为必修课。由此开始,一百多年来"文学概论"一直是全国各大学中文专业开设的必修课。① 上世纪开始的一二十年,多是借用国外学者撰写的关于文学艺术理论的著作为教材。上世纪50年代,中国各高校文科,普遍用的是苏联的文艺学教材。改革开放新时期,中国恢复学位制度后,文艺学正式作为一个独立学科在全国各高校与科研单位设立博士点、硕士点,并开始招收培养专门从事文艺学教学与研究的人才。文艺学在国家教育体制上被确立,同时也被学界接受认同。

回顾文艺学在中国发展的历史,20世纪初,在中国古代诗学理论向中国现代诗学理论的转换过程中,王国维(1877—1927)作出了重大贡献。生活、学习和成长在中西文化交流和碰撞时代大潮中的王国维,在"文学理论"概念的出现和"文学概论"成为中国大学人文学科的必修课的同时,1904年发表《〈红楼梦〉评论》;1904—1906年开始撰写《人间词话》甲稿、乙稿,并于1908年分三期连载于《国粹学报》;1909年,写出《唐宋大曲考》《戏曲考

---

① 参见程正民、程凯主编:《中国现代文学理论知识体系的建构——文学理论教材与教学的历史沿革》,北京大学出版社,2005年。

源》,刊于《国粹学报》;1912年,《宋元戏曲考》成书。王国维运用康德、叔本华的美学观,结合中国文学和文论的实际,具体分析和评论了《红楼梦》、宋元戏曲和古代诗词,以境界为核心范畴,构建起一个具有中国民族特色的文学艺术理论新体系。王国维创建的文论新体系,在总结中国文艺创作实践的基础上,创造性地继承、创新性地发展了中国古代诗论的优秀传统,汲取融合了西方诗学中的合理成分。其研究和论述的方面,涵盖和扩大了亚里士多德《诗学》的内容,更加符合中国文艺的实际。他写的《〈红楼梦〉评论》,为中国现代文艺理论批评开了先河,投下了第一块基石。文中振聋发聩地提出:"《红楼梦》者,可谓悲剧中之悲剧也。"① 这一理论观点,显然比胡适提出的"自传说"和蔡元培的《〈石头记〉索引》,有更高的审美价值。叶嘉莹说:"此文在中国文学批评的历史中,实在可以说是一部开山创始之作。"② 这一评价,是公正而又符合实际的。王国维的《宋元戏曲考》或《宋元戏曲史》,是中国第一部戏曲史。王国维的《人间词话》,以中国古代诗话、词话的形式,表达出现代美学和文艺理论的丰富内容。王国维以境界范畴作为他的现代诗学体系的逻辑起点,系统总结了中国古代诗话、词话所蕴含的诗学理论,结合优秀古典诗词的分析,对文艺的本体论、创作论、构成论、鉴赏论、作家论提出了

---

① 王国维:《〈红楼梦〉评论》,载《中国近代文论选》下,人民文学出版社,1962年,第754—755页。

② 叶嘉莹:《王国维及其文学批评》,广东人民出版社,1982年,第176页。

自己的见解,并且原创地论说了优美、壮美、古雅、情与景、写实与理想、隔与不隔、有我之境与无我之境等属于他自己独有的新的诗学范畴。他吸取了19世纪以来西方兴起的"写实派"与"理想派",即现实主义与浪漫主义理论观点,认为在艺术意境的创构过程中,现实和理想相互渗透,融为一体,二者颇难区别。"写实家亦理想家","理想家亦写实家"。

对于王国维在中国学术史上的贡献,陈寅恪指出:

> 自昔大师巨子,其关系于民族盛衰学术兴废者,不仅在能承续先哲将坠之业,为其托命之人,而尤在能开拓学术之区宇,补前修所未逮。故其著作可以转移一时之风气,而示来者以轨则也。先生之学博矣,精矣,几若无涯岸之可望,辙迹之可寻。然详绎遗书,其学术内容及治学方法,殆可举三目以概括之者。一曰取地下之实物与纸上之遗文互相释证。凡属于考古学及上古史之作,如《殷卜辞中所见先公先王考》及《鬼方昆夷猃狁考》等是也。二曰取异族之故书与吾国之旧籍互相补正。凡属于辽金元史事及边疆地理之作,如《萌古考》及《元朝秘史之主因亦儿坚考》等是也。三曰取外来之观念,与固有之材料互相参证。凡属于文艺批评及小说戏曲之作,如《红楼梦评论》及《宋元戏曲考》《唐宋大曲考》等是也。①

---

① 陈寅恪:《王静安先生遗书序》,载《陈寅恪史学论文选集》,上海古籍出版社,1992年,第501页。

陈寅恪先生总结出的王国维学术研究的三条基本经验和方法影响深远，对中国现代美学、诗学、史学的研究与发展，具有重大的学术价值和现实意义。在中国文学艺术领域，王国维既是中国古代诗话、词话的最后一位诗论家，同时又是中国现代诗学在新世纪伊始出现的最初的一位文艺理论家。中国古代诗话、词话的终结和中国现代诗学理论的开端，是以王国维创建的中国现代诗学理论（即文艺理论）为标志的。

王国维对中国现代诗学理论虽然作出了重大贡献，但也有明显的局限和缺失。徐中玉先生明确指出：王国维的理论虽有"精微处、透辟处，也有自相矛盾、未能自圆其说处，违反历史事实、时代要求、大众愿望处。国家民族仍在贫弱交困、急待救亡疗治的时刻，他这些理论大体只可供思考，起到免于走向极端功利而尽失文学特性的作用……王氏精微有余，正视现实生活不足，理想成分多"。徐先生认为，"王国维说：'主观之诗人不必多阅世，阅世愈浅，则性情愈真，李后主是也'，都不切合事实。李后主身受亡国之辱，阅世还浅？他的最好词作，难道不是这种阅历促成的？阅世深了，一定会使性情失真？如果真只是'赤子'，大眼界、深意境能从哪里来？说李后主'俨有释伽、基督担荷人类罪恶之意'，简直把一己之所爱，拔高到天上去了。王氏有很高的艺术鉴赏力，也有把自己的学术见解大胆提出来的理论勇气。但他的不少著名观点至少仍是大可商榷的。"徐先生对王国维的批评是十分中肯的。

在徐先生看来，对于建设中国现代文艺学（或文艺理论）的贡献，与王国维相比，鲁迅的贡献更大、更具有现代性。徐先生对鲁迅写于1907年的《摩罗诗力说》给予很高的评价。

（《摩罗诗力说》）是这一历史时期文学理论的总结，又是这一时期文学理论发展的最贵结晶，明显地起着承前启后的作用。鲁迅在此文中不废怀古之功，但更要求审己、知人："欲扬宗邦之真大，首在审己，亦必知人，比较既周，爱生自觉，每响必中于人心，清晰昭明，不同凡响。"这就是指出：一味自我欣赏而不审视自己的阙失，前途必无光明，有了改进的自觉，才有希望。为此，他坚决主张"别求新声于异邦"。异邦有诸如"立意在反抗，指归在动作"，"争天拒俗"，争取"独立、自由、人道"，"说真理"等类新声，都还是我们自己非常缺少却极需要的。对异邦行而有效的东西，认为虽应学习，"亦非吾邦民可活剥"，应学其"内质"，即真精神才是。

鲁迅分析了过去闭关的恶果，孤立自是，精神沦亡，以致维新了二十年仍无甚成效。他呼吁文学界有志之士都要做"精神界之战士"，为国族尽最大努力。"家国荒矣，而赋最末哀歌，以诉天下贻后人之耶利米，且未之有也！"

鲁迅凭其热爱国族的赤忱和高瞻远瞩的目光，其认识达到了当时思想界文学理论界的最高峰。①

---

① 徐中玉主编：《中国近代文学大系·第1集·第1卷·文学理论集1·导言》，上海书店，1994年。

鲁迅（1881—1936）是一位伟大的文学家、思想家、革命家。他不仅是中国现代文学的奠基人，为中国20世纪文学竖起了第一座巍峨的文学高峰，而且是建设具有中国民族特色的文艺理论或文艺学的披荆斩棘的勇敢开拓者。鲁迅积极投入和倡导白话文运动，1918年5月发表的《狂人日记》是中国文学史上出现的第一篇白话文小说。在中国文艺理论史上，鲁迅又是第一个将西方现实主义理论的核心范畴——"典型""典型人物"引入中国文坛的。他在1921年4月5日写的《译了〈工人绥惠略夫〉之后》一文中，称阿尔志跋绥夫在1905年之前，"已经写出了一个以性欲为第一义的典型人物来。"① 在《阿Q正传》的论争中，典型逐渐成了批评家批评作品成败得失的重要审美尺度。鲁迅系统全面地研究了中国小说，撰写的《中国小说史略》《中国小说的历史的变迁》，开创性地为中国文学史研究打下了一个坚实的基础，并为中国文艺学的理论研究提供了丰厚的历史文献资源。鲁迅亲自将普列汉诺夫运用唯物史观写出的《没有地址的信》，翻译给中国读者。他对文学发生学的研究，既批判地吸取和借鉴了"游戏说""巫术说""劳动说"中的有价值成分，又紧密结合中国文艺发生的实际，提出了富有中国特色的文艺活动发生论的新观点。他的理论主张可概括为："劳动—巫术—休闲"说。② 徐中玉先生在《中国近代文艺理论的发展》中提出的中国文论史上长期争论不休的一个关

---

① 《鲁迅全集》第10卷，人民文学出版社，1981年，第167页。
② 李衍柱：《文学理想与文学活动》，人民出版社，2013年，第302—308页。

于文艺与政治的关系问题，鲁迅总结中国文学史的经验，生动而又辩证地作出回答。他在《文艺与政治的歧途》《魏晋风骨及文章与药及酒之关系》等论文中指出：世界上没有超政治、超时代的文学，鼓吹所谓文学超政治、超时代，实质是为了逃避现实，然而这又是不可能的，"这是和说自己用手提着耳朵，就可以离开地球者一样地欺人"①。

  人的意识的觉醒与人的价值和尊严的被肯定，人的主体性的确立和人的独立思考能力的恢复和增强，这是一百多年来在中国学术界、思想界、文学艺术界发生的一个重大变化。如同陈伯海先生所说："现代意义上的'人'的自觉和'文'的自觉，构成'五四'文学革命对20世纪中国文学发展的主要贡献。"② 人学与文艺学同属人文科学。而人学又是文艺学的重要理论基础。人学既是打开文学殿堂大门的钥匙，也是打开中国古代文论、书论、画论、乐论宝库的金钥匙。文学是"人学"的理论主张，不仅对于我们研究中国古代文论传统、开展中西文论比较，有指导意义，而且对研究中国现代文艺理论，总结五四以来文学艺术领域的经验教训和存在的问题，都有现实的意义。从1918年12月15日刊行的《新青年》第5卷第6号上发表周作人的《人的文学》到1957年第5期《文艺月报》发表钱谷融的《论"文学是人学"》，再到1980年第3期《文艺研究》发表钱谷融的《〈论"文学是人学"〉一文的自我批判提纲》（即《我

---

① 《鲁迅全集》第7卷，人民文学出版社，1981年，第113—114页。
② 陈伯海主编：《近四百年中国文学思潮史》，东方出版中心，1997年，第22页。

怎样写〈论"文学是人学"〉》），时间经过了六十余年，围绕着文学与人的问题，人性、国民性与阶级性问题，人道主义与人文精神问题，展开了多次的论争，尽管一些作家、理论家因此而落难，受到批判或斗争，但是真理是批不倒、骂不掉、打不死的，相反它会在反复敲打中闪烁出它的灿烂的光辉。① 选入"中国现代文艺学大家文库"的学者，几乎每一位都在自己所选论文中从不同视角论说到"人"的自觉与"文"的自觉问题。徐中玉在《忧患深深八十年——我与中国二十世纪》一文中说："文学既是人学，更是人心民心之学。"钱中文先生指出："'文学是人学'是针对教条主义把人当作描写的工具而说的，文学应该描写活生生的人，张扬了文学的人道主义，这一很有针对性的观点，开了解放文学思想风气之先，扩大了人们对文学的认识，使文学与真实的人结合起来，有力地批判了高大全、假大空这类虚假的文学主张，功莫大焉。"② 钱先生还专门撰写了《论人性共同形态描写及其评价问题》，结合中外的理论研究与创作实际进行了评说。在新世纪伊始，钱先生提出和倡导的"新理性精神"，进一步拓展和丰富了文学人学论的内涵。王元骧先生在论说马克思对德国古典美学的继承与革新的同时，撰写出《审美自由与人的解放》。陆贵山在重读经典文本的基础上，深入研究"马克思主义的人论与文学"课题，并出版了专著。

---

① 李衍柱：《时代变革与范式转换》，人民出版社，2013年，第201—203页。

② 钱中文：《三十年间》，载《理论的时空》，复旦大学出版社，2016年，第144页。

"主体性文学论是人性、人道主义讨论的必然继续与具体表述,与'文学是人学'也是相互呼应的。文学主体论认为过去主体在反映论中完全是消极被动因素,所以那是客体文学,是没有主体的文学,现在要重建具有首创精神的创作主体,建立新的主体文学。纠正过去创作中创作主体的缺失,强调创作主体的创造地位与巨大功能,这是文学理论的一大进步。有的作家有感于此,后来阅读了阐释文学主体论的文章,真有一种解放之感;同时这一观念对于促进文学理论框架的反思,影响很大,这都是应该肯定的。"①

"时运交移,质文代变,古今情理。"② 中国文艺学的发展变化与时代的变革相向而行。革命是推动历史前进的火车头,解放思想则是激励亿万人民从事社会变革的不竭动力。一百多年来,中国社会发生了三次伟大的革命,经历了三次伟大的思想解放运动。历史的巨变,催生和推进了中国现代文艺学的发展。

20世纪出现的第一次大革命是以孙中山领导的辛亥革命为标志。在这次大革命孕育爆发的过程中,中国社会急剧地由一个封建专制社会逐渐沦为一个半殖民地半封建社会。十月社会主义革命,给中国送来了马克思列宁主义。孙中山播下的民主革命种子,催生和发展成了新民主主义革命,爆发了五四新文化运动,出现了第一次思想大解放运动。中西文

---

① 钱中文:《三十年间》,载《理论的时空》,复旦大学出版社,2016年,第144—145页。
② 刘勰著,范文澜注:《文心雕龙注》下,人民文学出版社,1961年,第671页。

化的大碰撞、大交流、大融合，在中国文学艺术领域则呈现出可喜的百花齐放、学派林立、百家争鸣的繁荣局面。

第二次大革命和社会转型是以中华人民共和国建立和社会主义制度基本确立为标志，以打破苏联的教条主义为中心的延安整风，开启了第二次思想解放运动。从时间上说，可以从1927年井冈山建立第一块革命根据地算起，一直到1956年我国社会主义改造基本完成。这次大革命，使中国人民真正站起来了，获得了新民主主义革命的胜利，并且开始走上了社会主义的道路，取得了社会主义建设的伟大胜利。在这个将近三十年的过程中，中国社会形态发生了根本性的变化，由一个半殖民地半封建的社会转变成为一个新民主主义国家，然后又逐步确立了社会主义制度。在哲学社会科学领域，最大的成果，就是确立了马克思列宁主义普遍真理与中国革命实际相结合的毛泽东思想。在中国文艺学发展的历程中，则形成了马克思主义文艺理论与中国文艺实际相结合的毛泽东文艺思想，在革命与战争年代竖立起了一座马克思主义文艺理论中国化时代化大众化的里程碑。

第三次社会大革命和思想解放运动是以党的十一届三中全会为标志。以社会主义现代化建设为中心的改革开放，是中国大地上持续发展的又一次更为深刻和广泛的革命。四十多年的改革开放，中国人民已由站起来走向富起来，由富起来走向强起来。四十多年的伟大实践，我们已经成功地走出了一条中国特色社会主义道路。

从上世纪70年代末期开始的这次思想解放运动，使古老的中华大地重新焕发了青春，注入了无限的生机与活力。这次伟大的思想解放运动,使中国社会的各个领域,都发生了根本性的变化,文化、科学、艺术,迎来了自己发展的春天。中国现代文艺学同其他社会科学一样,挣脱了种种精神枷锁,走出了误区,打破了禁阈,回到了自己的家园。作家、艺术家、文艺理论家重新焕发出自己的艺术青春、学术青春。

今年正值五四运动发生一百年、中华人民共和国成立七十年和改革开放刚过去四十年,本文库第一批入选的学者中徐中玉先生是全程经历和参与的元老,其余诸位都是出生于上个世纪30—40年代。这些学者亲历和见证建国七十年中国社会发生的巨变,沐浴着改革开放的春风,全身心地投入到自己关注的文艺研究之中。他们的研究论著,从不同的侧面和层面,推进了现代中国文艺学的建设,为社会主义文艺事业的发展和繁荣作出了应有的贡献。从其所选文集的内容看,主要的标志性的理论贡献有以下几点:

第一,文学观念的更新和突破。十年动乱期间的闭关锁国,使中国文艺理论界中断了与世界的交流与对话。解放思想,改革开放,有力地推动了文学观念的更新和突破。改革开放四十多年,欧美和俄罗斯近代以来出现的各种哲学、美学、文学理论的代表性著作和文艺作品,相继被翻译、介绍到我国。《柏拉图全集》《亚里士多德全集》等西方古代、近代、现代的许多大家的全集相继被翻译到中国。世界各国不同的文学理论派别的倡导者的哲学观、历史观、价值观、美学观、文学观是大相径庭的。但他们的文学理论主张能够在不同民族国家出现,自有其实践的依据和现实存在的学理性。他们以不同的视角和方法,从不同的层面和方面,对文学艺术的审美特征和艺术规律的探索,他们的发现,他们的见解,甚至他们的"片面的深刻"或"深刻的片面",都可作为中国文艺学研究的借鉴和参照系。中国学者在思考、探索如何继承古代文论、借鉴外国文论,在马克思主义世界观和方法论指导下,建设有中国特色的文艺学的历史过程中,先后出现了认识论文学观,以蔡仪主编的《文学概论》和以群主编的《文学基本原理》为代表;主体论文学观,以刘再复的《论文学的主体性》为代表;象征性文学观,以林兴宅的《文艺象征论》为代表;生产论文学观,以何国瑞的《艺术生产原理》为代表;审美意识形态文学观,以钱中文、童庆炳、王元骧为代表。1982年,钱中文先生最早提出这一理论观点;1987年,钱先生又补充说:"文学作为审美的意识形态,以感情为中心,但它是感情和思想认识的结合;它是一种虚构,但又具有特殊形态的真实性;它是有目的,但又具有不以实利为目的的无目的性;它具有阶级性,但又是一种具有广泛的社会性以及全人类性的审美意识的形态。"① 比较集中体现审美意识形态文学观的则是童庆炳主编的《文学理论教程》和他的学术专著《文学活动的美学阐释》,王元骧的《审美反映与艺术创造》《文学原理》。文学艺术是一种审美意识形态,当下已逐渐为中国文艺理论界所接受,并成为我国文学理论教材建设的一个最基本的出发点。这一观点超越和突破了苏联文艺学教科书和我国文艺理论家蔡仪、叶以群主编的全国通用教材中所坚持的

---

① 钱中文:《论文学观念的系统性特征》,载《文艺研究》1987年第6期。

认识论文学观。

第二，研究方法的变革。"工欲善其事，必先利其器。"观念的更新与方法的变革相伴而行。20世纪50年代以来，系统论、控制论、信息论的提出和电子计算机的发明与应用，使自然科学有了重大的突破和发展，人们对宇宙的认识也有了新的进展。在社会科学方面，20世纪以来世界各国出现了各种各样的思潮和学派，他们从不同视角和层面，提出了新的方法论问题。马克思指出："历史本身是自然史的即自然界成为人这一过程的一个现实部分。自然科学往后将包括关于人的科学，正像关于人的科学包括自然科学一样，这将是一门科学。"① 文艺学研究与自然科学结合，融合自然科学的方法和手段，这是文艺学在未来发展中的一个重要趋势。1985年，中国学界出现了"方法论"热。大家普遍注意研究如何将系统论等自然科学研究方法与传统的社会科学研究方法结合起来，如何在马克思主义世界观和方法论指导下，综合各种古今中外行之有效的研究方法，推进文艺学研究的创新。

面对着以研究浩若烟海的中外文学艺术为主要对象的文艺学，应当采取什么方法，古今中外文艺理论家作过种种探索和尝试，出现过社会历史的方法，哲学美学的方法，心理学、现象学、符号学、结构主义的方法，人类文化学的方法等。从表现形态上讲，有宏观与微观，纵向与横向，归纳综合与分析演绎，个案研究与整体把握等。选入本文库的学者

---

① 《马克思恩格斯全集》第42卷，人民出版社，1979年，第128页。

中,陆贵山先生就主张"走向宏观的文艺学"。他说观察文艺世界需要两面镜子:显微镜和望远镜。既要提倡微观研究,也要提倡宏观研究。像绘画一样,一幅画既需要有宏伟的构图,也需要有精美的细部。只有宏伟的构图没有精美的细部可能造成空泛,只有精美的细部没有宏观的构图会痴迷于一点。建国七十年来,文学理论获得了前所未有的思想活力和学术发展的空间,运用不同的方法,以不同视角,从不同侧面、不同层次、不同方面研究文学艺术,百虑一致,殊途同归,建设有中国特色的文学理论,已成为我国文学理论界的共识。"有中国特色的当代文学理论新形态,是一种以马克思主义为指导,以现代性的追求为动力,在全球化的语境中充分立足于本土,在现代文论传统的基础上,不断地自我反思与批判,广采博取中外古今思想资料中的有用成分,鉴别创新,形成了一种具有科学的和人文精神的、开放的、动态的、形式复合多样的形态。"①

在上个世纪60年代王元化先生就开始酝酿和关注文艺学研究的方法论问题,先后撰写了《论诠释》《综合研究法》《由抽象上升到具体》《知性分析方法》等论文。对于王元化先生在古代文论研究方法上的贡献,牟世金先生在《"龙学"七十年概观》中说:王元化先生的《文心雕龙创作论》,"创造了一整套行之有效的综合研究法:第一是宏观研究和微观研究相结合,第二是文史哲研究相结合,第三

---

① 钱中文:《文学理论30年:成就、格局与问题》,载《华中师范大学学报》2007年第5期。

是古今中外的比较、联系相结合。"① 这种"综合研究法",是将"古与今和中与外结合起来,进行比较对照,分辨同异,以便找寻出在文学发展上带有规律性的东西"②。它的特征是古今结合、中外结合、文史哲结合。

在改革开放新时期,文艺学研究特别是马克思文学理论的中国化,取得了重大的成绩,七卷本"20世纪马克思主义文艺理论国别研究"丛书的出版就是实绩之一。而文学基础理论也得到了前所未有的发展。就学科性的著作而言,在文学文体学、文学叙事学、文学语言学、文学修辞学、文学符号学、文学心理学、文学社会学方面,出现了许多很有分量的专著,研讨问题的范围有所拓宽。2000年到2002年间出版的钱中文、童庆炳主编的"新时期文艺学建设丛书",收录的36位学者的论著,就是一些带有标志性的成果。2016年由复旦大学出版社推出的由朱立元、曾繁仁主编的"当代中国文艺学研究文库",已出版的第一批12位学者的论著,进一步显示出当代文艺学研究在千禧之年到来之际出现的新的特点和趋向。

第三,面向实践,在创作与批评互动中推进文学理论的创新。

创作与批评是驱使文学发展的不可或缺的两个轮子。世界文学史的实践表明,凡是文学艺术在大发展的历史时期,几乎都是创作与批评两个轮子同步飞转,文学巨匠与批评大

---

① 王元化:《文心雕龙讲疏》,广西师范大学出版社,2004年,第381页。
② 同上书,第352页。

师都同时留下了他们的足迹。文学理论只有同文学创作实践与文学鉴赏批评实践紧密相连,同步互动,才能不断找到自己的新的生长点。孙绍振先生在撰写《文学创作论》和创立文学解读学过程中深有体会地说:"文学理论的生命来自创作和阅读实践,文学理论谱系不过是把这种运动升华为理性话语的阶梯,此阶梯永无终点。脱离了创作和阅读实践,文学理论谱系必定是残缺和封闭的。问题的关键在于,文学理论对事实(实践过程)的普遍概括,其内涵不能穷尽实践的全部属性。与实践过程相比,文学理论是贫乏、不完全的,因而理论并不能自我证明,实践才是检验真理的准则。"孙绍振在对《红楼梦》和鲁迅小说的文本解读中,具体分析的《红楼梦》的八个美女之死和鲁迅所写的八种死亡,使人耳目一新,给予读者以美的享受。徐中玉先生于1946年写的《批评的伦理》中说:"20世纪是一个批评的时代。所谓'批评的',它的真实解释就是改造的——或者索性就说革命的。因为一切的改造或革命都要从批评开始,而真正的批评也不能不以改造或革命作为它的目标和结局。"① 在20世纪40年代,徐先生对巴金创作的《家》《春》《秋》的解读和评论,充分肯定巴金的"激流三部曲"的审美价值和社会历史意义。童庆炳先生作为诺贝尔文学奖得主莫言的指导教师,联系莫言的生活道路和小说创作实践,写出的《作家的童年经验及其对创作的影响》《莫言的硕士论文与高密东北乡文学王国》,从批评与创作实践紧密结合上,丰

---

① 徐中玉:《批评的伦理》,载《徐中玉文存》,上海人民出版社,2019年,第277页。

富和拓展了当代文艺学的内容。本人撰写的《第十个文艺女神的再生——关于文学批评的主体性思考》与《〈大秦帝国〉论稿——走向新世纪文艺复兴的绿色信号》,在阐明文学批评主体性的同时,显示出批评实践与创作实践、批评家与作家互动的必要性和可操作性。

第四,继承与创新,弘扬中华优秀诗学传统。

建设当代中国的文艺学,它的根,它的母体,它的基因,是中华优秀诗学传统。对于文艺学的建设与发展来说,传统和继承是它的出发点,而更新、创造则是它的目标和主导。文艺学的发展就是由多个创新的环节构成的;文艺学发展的历史,实际上就是继承传统又不断突破传统、不断创新的历史。没有突破与创新,文学也就失去了生命。"传统是一个动态的、开放的、不断发展的系统。它在时空的四维向度上不断地延伸、转化和发展。它作为社会心理、思维方式、价值观念、幻想、风俗、习惯、不同的人生观和世界观,对社会的发展产生巨大的推动作用。它肇始于过去,积淀于现在,影响着未来。一定的文化传统一旦形成,就具有相对的稳定性和惰性。优秀的文化传统,是一个民族的宝贵的精神财富,它具有强大的凝聚力、亲和力与融化力。"① 改革开放以来,中国古代文论和中华诗学传统的研究取得了空前的进展,先后出版的论著有:王运熙、顾易生编的 7 卷 8 册《中国文学批评通史》,罗宗强的多卷本《文学思想史》,黄保真、成复旺与蔡钟翔等人的《中国文学理论史》,袁行霈的《中国诗学

---

① 参见李衍柱:《时代变革与范式转换》,人民出版社,2013 年,第 122—123 页。

通论》、陈良运的《中国诗学批评史》、张少康的《中国文学理论批评发展史》和入选本文库的学者徐中玉的《古代文艺创作论集》,童庆炳的《文心雕龙》研究,陈伯海主编的《近四百年中国文学思潮史》等。这些论著,采用不同的视角和方法,在吸收已有研究成果的基础上,以通史或断代史的方式,又以专题研究或个案研究为切入点,比较系统深入地探讨了中国古代文艺理论和中国古代诗学的创作与批评的历史发展的特点、规律、范畴,弘扬了中华诗学的优良传统,将中国现代诗学研究推进到一个崭新阶段,并为中国当代文艺学研究提供了丰厚的中国古代诗学资源和坚实的发展基础。

第五,网络思维、网络文学与信息时代文艺学建设。

思维方式的变化和网络文学艺术的兴起,是信息时代中国文学艺术领域变化最大、发展最快的一道风景线。改革开放四十多年,文学观念的更新与研究方法的变革,都与在人的头脑中发生的革命,即与人的思维方式的革命紧密相连。而人的思维方式的变化又与科学技术的革命息息相关。人类历史告诉我们,科学的重大发现和进步,总是直接影响着人的思维精神和思维方式的变化。

网络思维不仅突破了线性的思维方式,超越了一维、二维、三维的视野,它以爱因斯坦的"四维空间"理论,全方位地、立体地、动态地去研究文学活动的特点和规律;同时,又以对话思维超越了"二元对立"和"零和博弈"的思维方式。对话是两个以上主体之间进行平等自由的语言交际。它是沟通与联结我与你、学派与学派、民族与民族、国家与国家之间的桥梁。这是一座来自远古、立足现代、通往未来而又联结东西、今古,贯穿于过去、现在和未来语境中的桥梁。"对话思维不同于'是—是''否—否'二元对立的思维方式。对话的过程是一个异中求同、同中求异的双向运动过程。"①"'对话'是'把灵魂向对方敞开,使之在裸露之下加以凝视'的行为。"② 对话应当是真诚的、坦率的、自由的。对话的双方各自具有独立性,有自己的个性、尊严和价值。在中国现代美学和现代诗学研究过程中,钱中文先生积极倡导对话思维并亲自主持翻译了《巴赫金全集》在中国的出版,得到中国思想界、学术界、文艺界的赞誉,有力地推动了中外文化交流和中国当代文艺学的建设。

网络文学艺术是网络思维孕育出的奇葩。它的诞生标志着文学艺术真正迎来了一个前所未有的大普及、大发展的春天。据《文艺报》统计:截至 2017 年底,国内 45 家重点文学网站的原创作品总量高达 1646.7 万种,其中签约作品达 132.7 万种,年新增原创作品 233.6 万种,年新增签约作品 22 万种。出版纸质图书 6942 部,改编电影 1195 部,改编电视剧 1232 部,改编游戏 605 部,改编动漫 712 部。网络文学对外翻译影响日渐扩大,足迹已遍布亚洲主要国家以及英、美、法、俄等 20 多个国家和地区,成为中国文学"走出去"新的增长点。③ 理论来自实践。对网络思维与网络文

---

① 李衍柱:《巴赫金对话理论的现代意义》,载《文史哲》2001 年第 2 期。
② [日]池田大作:《我的人学》,铭九、潘金生、庞春兰译,北京大学出版社,1992 年,第 155 页。
③ 参见李晓晨:《进一步激发新文学群体创作活力》,载《文艺报》2018 年 9 月 17 日。

学的研究,已引起文艺理论界的关注和研究。欧阳友权的专著《网络文学论纲》和由他主编的《网络文学新视野丛书》的出版问世,就是很好的佐证。

随着时代的推移和文学所使用的工具与手段的变换,文学的物化载体和传播媒体的变换,自然要引起文学自身的变异和发展。一些文学类型消亡了,一些文学类型出现了,批判继承,推陈出新,这是中外文学发展的一条重要规律。与文学的变化、发展相适应,文学理论研究也应以新的观念和方法向深广度发展。面对信息时代的到来,网络媒介的迅猛发展,电信技术王国的出现,解构主义大师雅克·德里达惊呼:"整个的所谓文学的时代(即使不是全部)将不复存在。"必然导致文学的"终结"。作为德里达的信奉者、美国文艺理论家J.希利斯·米勒直言不讳地宣称他是赞成德里达的"文学终结论"的。并且进一步发挥了德里达的思想,说:"那么,文学研究又会怎样呢?它还会继续存在吗?文学研究的时代已经过去了。再也不会出现这样一个时代——为了文学自身的目的,撇开理论的或者政治方面的思考而单纯去研究文学。那样做不合时宜。"[①] 对于德里达、米勒公开宣扬的"文学终结论""文学研究过时论",中国文艺理论界对此大不以为然,公开发文从理论上予以批评。本人与钱中文、童庆炳先生都先后发文联系中外文艺发展的实际,批评这种广为流行的"文学终结论""文学研究过时论"出现的必然性及其悲观论的实质。文学艺术作为人类诗

[①] J.希利斯·米勒:《全球化时代文学研究还会继续存在吗?》,载《文学评论》2001年第1期。

意的存在的载体，永远是时代的花朵，它总会不断地给人以美的享受。

建设中国特色的文艺学是一个需要一代又一代的学者不懈地进行研究的系统工程。伴随着中华民族伟大复兴，中国和世界文艺实践的丰富和发展，在未来的岁月，文艺学研究也必然会不断提出一些新的问题，出现一些新的形态和新的特点，并在不同的领域和方面，有所突破，有所创新。钱中文、童庆炳二位先生，在《新时期文艺建设丛书·总序》中说：一个理论创新的新世纪已经来临。不过任何一种新型的理论形态的建立与发展，都要以前人提供的"思想资料"为基础的。新时期的文论，作为一个良好的开端，它们无疑可以成为有中国特色的文学理论的前期成果；而作为丰富的思想资料，它们无疑将汇入新世纪的新的理论创造之中。山东文艺出版社推出的"中国现代文艺学大家文库"中的第一批学者的自选集，无疑是这些学者在建设中国特色文艺学的大道上留下的足迹；这些学者研究的成果，也必然会在今后的文艺创作实践和鉴赏批评实践中受到检验或弃取；他们提出的问题和对未来的期待，深信后继者在中华民族伟大复兴的历史征程中，一定会继续深入系统全方位地研究下去，并在实践中不断推进文艺理论的创新，进而融入新世纪世界文艺学研究的洪流，努力攀登学术的高峰。

李衍柱

2019 年 8 月 12 日于山东师范大学寓所

目录

前　言 / 001

第一辑　当下观照 / 001

破人性之禁域　探艺术之奥区
　　——重读钱谷融《论"文学是人学"》 / 002
文艺方法论讨论中的一点思考 / 021
新时期文学观念中的"互补"原理 / 035
文艺新学科建设之我见 / 047
"原创性"自何而来
　　——当代中国文论话语建构之我思 / 053
"人诗意地栖居"
　　——论审美向生活世界的回归 / 074

走向"体验美学" / 098

"文学是人学"再续谈

　　——贺钱师百岁寿诞 / 114

第二辑　传统回眸 / 121

民族文化与古代文论 / 122

一个生命论诗学范例的解读

　　——中国诗学精神探源 / 139

释"诗言志"

　　——兼论中国诗学的"开山的纲领" / 161

释"感兴"

　　——中国诗学的生命发动论 / 185

唐人"诗境"说考释 / 214

华夏传统审美精神探略 / 241

说"天人合一"

　　——兼谈中华民族对人类应有的思想贡献 / 261

第三辑　古今综说 / 283

自传统至现代

　　——近四百年中国文学思潮变迁论 / 284

"路"指何方

　　——二十世纪中国人文学术创新意义小议 / 324

对话·交流·会通
　　——兼论中国诗学的现代诠释 / 334
"变则通，通则久"
　　——也谈"古代文论的现代转换" / 346

附录　陈伯海学术年谱 / 359

前言

承山东文艺出版社盛情，邀我参加他们精心打造的"文艺学文库"的编撰工作，坦率地说，在接受任务时我是有顾虑的。按习惯用语，"文艺学"一词通常指有关现当代或西方文论的研究，而我的主攻方向则是中国古代文学与文论，虽偶尔发兴涉足当前领域，终究是不专业的，参与这套丛书，会给人以"另类"之感。但邀请者认为，"文艺学"作为理论思维形态的文艺现象结晶，本当兼赅古今中外在内，而今这套丛书开始打破积习，尝试向传统领域拓展，说不定有可能生发出某种新意来。既然如此，便姑作一试吧。

选录在这里的19篇论文系我历年草就，起自改革开放初期，迄于晚近（包括2015年间个人文集6卷本编集、出版后的新作5篇），前后相距约40年，按性质类别分为三辑，各辑内部大体以时序排列。

第一辑载录我对当代论争的一些观感，前4篇作于二十世纪八十年代,后数章已下延及新世纪后一二十年,时距甚长,在论题与观念上自不能不有所变异。众所周知,八十年代的文艺思潮乃由"反思"开启,而以一力追求创新为主调,这里收辑的几篇正反映着这一基本取向,从中可约略窥见时代的投影。须加说明的是,我那时的立足点虽明确站在支持创新这一边,而文中亦常就新思潮自身表露出来的某些问题与弊端作出警示和建议,或可视为含带一定的折衷倾向。九十年代之后,形势骤变,思想界里"新启蒙"退潮,"后学"大盛,诸如"后现代""后殖民""后结构"乃至"日常生活审美化"等话语满天飞舞,几有裹挟一切之势。这段时间因忙于手头任务,很少介入论争,只在偶然机缘中参加过几次研讨,留下一些文字印迹。应该承认,我对当时盛行的"后学"话语,是抱有相当程度的疑虑不安的,而亦不抹杀其所提出的问题往往"事出有因",有可能促进人们对原有结论作深一步思考,这也算是某种折衷性姿态吧。看来"折中"于新旧之间,确代表我一贯的思想作风,无可讳言。但这并不意味着我没有自己的理论考量。列置于本辑起始与结末以阐释"文学是人学"原理的两个篇章,并非单纯为应时而发,其中着力展示的"以人为本"的文艺美学观,恰体现本人一贯遵循的思想立场,尽管对"人"的性能的理解上,有一个自个体的人、社会的人逐步朝向以"天人合一"为底基的"人"的演进过程,而从主体的"人"出发来把握整个生活世界及其审美活动的基本理念则始终未变。这也是两篇文章列置本编首尾以示笼罩和贯穿全局的用意所在。

文选第二辑以古文论为考察对象。开首《民族文化与古代文论》一篇作年稍早，是我对古文论传统的一个尝试性概括，写得也比较浅白，但算得上"开风气"之作。九十年代后期起始，我集中力量于中国诗学研究，并逐渐提升至美学观照，有过多角度、多层次的开掘，这里选录的仅限于较为宏观且略具关键性的少量篇章，延及其向整个华夏审美精神的拓展与升华，以期从一斑窥示全豹。就我个人钻研所得，我认为，作为中国传统文艺思想的核心建构，古代文论与诗学确有其鲜明的民族特色，即便置诸西方乃至世界各民族思想文明的光照之下，也难以掩没己身特具的光辉。致力于发扬其精粹，为当代文艺学以至整个思想文化建设提供新的养料和驱动力，自大有可为。这里还需特加说明的是，置于本辑末尾的《说"天人合一"》一题，内容已逸出文艺美学的范围，阑入了思想史领域。选录此篇决非为了凑数，缘于"天人合一"之说实乃古文论以至整个传统文化的思想根基所在，不搞清这个命题，就难以确切体认民族传统之精粹，而这一命题在当前学界（尤其美学界人士）的理解上恰恰存在很大分歧，必须有个明白交代。这正是为什么我要赶在迟暮力竭之年再来努力补写这篇文章并争取收入本书，尚希读者善意包容。

经历了以上的"当下观照"和"传统回眸"之后，于是有可能来做一点"古今综说"，此乃本书第三辑想要试探的任务，也是全书结穴点之所在。首篇《自传统至现代》系统考察近四百年中国文学思潮的演变历程，为打通古今提供了最基本的历史事实依据。接续的《路指何方》，则从百年来文学观念新变的成败得失中来探测会通工作所应遵循的方向。而后再跟进两篇有关"现代诠释"与"现代转换"的方法论研讨，提示如何以当代人的身份来把握传统，通过双重视野下的双向观照与互为阐释而达致将传统资源引入当代建构。这两则文字原是为应答文论界于世纪之交掀起的有关"古文论现代转换"的热烈争辩而草就，其中阐说的理念却成了我自己从事中国诗学与美学研究的方法论依据，也便是会通古今的着力点所在了。整个说来，我的理论思考始终围绕"古今"（或曰"古今中西"）的关系问题而展开。我以古代文学和文论作为自己的专业对象，但不想把它们考订得更"死"，而力求将其"激活"，便于让历史进入现实并通向未来；对于当下的理论构建，除强调立足本土和向外开放外，亦很重视发掘传统资源，以促进民族新文化的日趋成熟且放射异彩。我们这个民族经历了几千年的古文明积累，又选择了全面实现现代化的发展方向，现正处在历史与当代的交集点上。如何充分发扬交集点的优势，用好其所能提供的各种凭借，以纾解和克服交集中的诸多矛盾与困惑，自亦是理论界人士（包括我自己在内）所当精心关注与致力解决的问题。

陈伯海

2019 年元月 18 日序于沪上

第一辑

当下观照

破人性之禁域　探艺术之奥区
——重读钱谷融《论"文学是人学"》

1957年5月，钱谷融先生在《文艺月报》上发表了《论"文学是人学"》（以下简称《人学》）一文。这篇文章依据高尔基关于"文学是人学"的见解①，努力冲破"左"倾教条主义的束缚，对文艺的特点和规律作了重要探索。它一发表，立即引起广泛的兴趣和热烈的讨论。可是，讨论很快转成批判，随即发展为一场持续数年之久的"围剿"，终于被宣判为"文学上的修正主义思潮中""自成系统的极端"②，这不仅是文章的作者，恐怕也是大多数关心和参加这场讨论的人所始料不及的。从此之后，文中触及的一些问题，连同高尔基的名言在内，都成了人们不敢涉足的禁区。今天应该是打破这个禁区，对文章的观点重作一番检讨的时候了。

---

① 按：新时期来有人考订，高尔基的原话不是说"文学是人学"，而是说文学是"人学"的最好的文献（见刘保端《高尔基如是说》，载《新文学论丛》1980年第1期）。即使这样，对文章观点的实质也并无影响。

② 姚文元《批判文学中的人性论》，《跃进文学研究丛刊》第一辑，第70页。

一

《人学》一文是从探讨文学的任务出发的。它对那种把文学的任务局限于反映现实，特别是把文学作品中人的描写仅仅当作反映现实的工具和手段的流行见解，提出了大胆质疑。它认为，艺术的崇高使命在于影响人、教育人，并通过改善人的精神面貌来推动现实世界的改造。历来的伟大作家在描写人物时，并不是把他们当作一个工具，而是作为和自己一样的活生生的人，在他们身上寄托自己热烈的爱憎，从而使人物形象产生出激动人心的艺术力量来。如果仅仅把写人当作文学的手段，作家对人本身并无兴趣，一意注视的只是反映现实的某个问题或某些关系，那么他笔下的人物就难免成为他心目中的现实现象的图解，成为失去生命的傀儡，而反映出来的现实也将是零碎和不完整的。所以文章在这个问题上的结论是："文学要达到教育人、改善人的目的，固然必须从人出发，必须以人为注意的中心；就是要达到反映生活、揭示现实本质的目的，也还必须从人出发，必须以人为注意的中心。"①"对于人的描写，在文学中不仅是作为一种工具，一种手段，同时也是文学的目的所在，任务所在。"②

上述观点的提出，是具有深刻意义的。我们惯常讲，文艺是现实生活的反映。这无疑是一个正确的命题、科学的命题，它指明了作为意识形态的文艺的本质和源泉，同形形色色唯心主义的文艺观划清了界线。但是，这个命题并没有说明文艺的特点，没有能把文

---

①② 《"论'文学是人学'"批判集》第一集，新文艺出版社，1958年，第143、145页。

艺同其他文化现象如科学、哲学等区分开来。科学——自然科学和社会科学以及作为其一般概括的哲学，也都是以现实世界作为反映对象的。文艺与它们有什么不同呢？于是出现了把文艺当作形象化的历史、形象化的政治教科书之类说法，似乎艺术的功能就在于为哲学和各门科学作图解，这样的理解当然是片面的。文学作品能够为历史研究提供某些资料，也能被引用来作为某项哲学命题、科学原理甚至现行法律政策条文的例证，但文艺的根本价值并不在于它能够充当其他学科的辅助手段，而在于它有自身特殊作用的领域，有不能为其他学科所取代的独特功能，那就是影响于人的心灵，通过对人的思想感情上的感染和陶冶来达到教育人、改造人的效果，进而推动人们去改造客观世界。这个作用是一切科学（包括哲学）所难以具备的，也是文艺能够成为广大群众必不可少的精神食粮的主要原因。

艺术作品感染人、教育人的力量从何而来？就是从人的形象的塑造上产生出来的。一部好的戏曲或小说能够长久留存在我们的记忆中，往往同其中几个人物形象的令人难忘分不开。《水浒传》《红楼梦》所反映的时代生活跟我们今天已有相当距离了，而那些生龙活虎般的梁山好汉和多情薄命的青年男女，却仍然栩栩如生地活在我们心里，对我们保持着生动的艺术魅力。一些抒情诗文不依靠什么曲折的故事情节和热闹的场面背景，甚至不一定刻画出人物的音容笑貌，也一样能吸引读者的心灵，正是由于其中抒写了人的真情实感，展现了抒情主人公丰富动人的内心世界，而这当然也是人的形象的一个方面。即使是纯粹以自然景物为题材、没有直接表现人的任何活动的艺术作品，也仍然渗透着人对生活的真切感受，蕴含着人的思想感情。我国古代文艺批评喜欢用"意境"一词来标示艺术形象中所展示的生活画面，这就意味着它们绝不是纯客观的生活画面，而是经过艺术家的意匠经营，渗入人的主观意念情趣的事物图像，也还是离不开写人。总之，描写人，描写真实的、性格丰满的、有血有肉的人，描写人的精神世界里实在可信而非矫揉造作的欢乐与痛苦、追求与彷徨、爱与恨的种种波涛，这正是一切文学艺术作品动人肺腑的力量所在，也就是文艺的任务所在。

人们常说，文艺的特点在于形象，这是不错的。但是，不能把"形象"肤浅地理解为事物的外貌，理解为现实世界的可感形态，那样是远远不够的。科学所用的图片、标本、示例、演习等，也都具有可感的形态，并不因此而成为文艺。许多公式化、概念化的作品也不是没有人物和场景的外观描绘，却始终缺乏真正艺术品特具的那种震撼人心的力量。原因在哪里？就在于其中没有活生生的人的形象，没有写出真正的人。因此，所谓艺术的形象，根本上应该是人的形象；离开了人，就谈不上形象，也就谈不上艺术。

可是，有一些人并不是这样看问题的。他们片面地理解了文艺反映现实的命题，认为艺术的使命不过是用图像化的语言来说明现实世界中人们经济、政治关系的变化，甚至是用图像化的语言来宣传某个主义或某项政治措施。为此，他们虚构了一些缺乏真实生命力的人物，驱使人物去完成一些不符合其性格逻辑的行为，以便达到他们自己预想的结论。这样炮制出来的作品，"生活的真理"和"历史的规律"似乎是有了，政治任务和政策的宣传也似乎体现了，可恰恰失去了感动人心、改造人心的作用，而真理和政治的宣传最终也落了空。

然则，《人学》一文有没有像批评者们所说的那样，割裂了人和现实的关系，用写人来否定文艺反映现实的功能呢？没有。人和现实是个统一体，人就是现实的一部分，是现实生活的主体；人以外的事物，包括人与人之间的关系在内，构成人所生存和活动的环境，它与人本身处在相互制约、密不可分的联系之中。正如马克思所指出的:"人的本质并不是单个人所固有的抽象物。在其现实性上,它是一切社会关系的总和。"① 离开了种种社会关系,离开了环境对人的影响,就不会有现实的人,不会形成人的个性和行为;反之,离开了一个个具体的人,也谈不上人们之间的社会关系,甚至谈不上人对自然的关系。因此,文学作品要写人,就决不能撇开人周围的环境,不能撇开人与环境的相互联系。从这个意义上讲,描写人不仅不会导致否定现实,恰恰是抓住了文艺反映现实生活的焦点,并透过这个焦点来概括现实生活的整体。《人学》一文中说:"人是生活的主人,是社会现实的主人,抓住了人,也就抓住了生活,抓住了社会现实。"② 又说:"除非作家写不出真正的人来,假如写出了真正的人,就必然也写出了这个人所生活的时代、社会和当时的复杂的社会阶级关系。因为,人是不能脱离一定的时代、社会和一定的社会阶级关系而存在的;离开了这些,就没有所谓'人',没有人的性格。"③ 这里分明是就人和现实的统一性来立论的,何曾割裂两者的关系,取消文艺反映现实生活的职能呢?

当然,文章为了强调自己的主张,也有一些说过了头的话。它把反映现实似乎看作文学作品描写人以后自然而然达到的结果,甚至说成创作中"本来不必注意的事情"④,未免失之偏颇。我们说过,人和现实是统一的,但两者并不等同,现实的范围要比人广阔得多。每个个人都有他特定的生活环境,他的具体环境又同整个社会情势有着千丝万缕的联系,所以,正像一滴水可以显示大千世界

---

① 《关于费尔巴哈的提纲》,《马克思恩格斯选集》第一卷,人民出版社,1966年,第 18 页。
②③④ 《"论'文学是人学'"批判集》第一集,新文艺出版社,1958 年,第 143、142 页。

一样，从一个人身上也可以反映整个时代。但是，这种内在的联系并不是那么容易看得清和把握住的。作家在描写具体的人物形象时，必然会触及一些这样的联系，也很可能忽略一些更重要的联系，于是透过人物形象的焦点所呈现出来的生活画面，就有可能是模糊而不正确的。为了真实地反映生活、真实地写出生活中的人，作家在接触和熟悉他所要描写的对象时，还必须对对象所处的现实环境以及与此相关的整个社会情势作一番观察研究，恰如其分地概括到作品中。这不仅不是"本来不必注意的事情"，反倒是非常必须注意的事。恩格斯在评论拉萨尔的《西金根》一剧时，曾指出作者忽略了西金根与农民运动之间的关系，没有为这位贵族骑士的活动提供一幅"伐尔斯塔夫式的背景"（即"五光十色的平民社会"），这样"就把贵族的国民运动表现得不正确"，也"就看不出西金根的命运中的真正悲剧的因素"①。他对小说《城市姑娘》把工人阶级描写成消极的群众，从而使人物活动的环境显得不够典型的批评，更是大家熟知的。② 这些材料说明，文学作品中描写人和反映现实是辩证的关系。抓住了人，才能概括现实生活的整体；反转来，对现实生活的各种关系有正确的理解和把握，也才能塑造出完整的有典型意义的人物形象。两个方面相辅相成，正不必为突出一点，而把另一点放到无关紧要的位置上去。

---

① 恩格斯1859年5月18日给拉萨尔的信，《马克思恩格斯论艺术》第一卷，人民文学出版社，1960年，第40页。
② 见恩格斯1888年1月给哈克纳斯的信，《马克思恩格斯论艺术》第一卷，人民文学出版社，1960年，第9页。

二

从肯定"文学是人学"的原理出发,《人学》一文对作家的世界观与创作的关系,作了深入的研究。

作家的创作是受他的世界观所指导的。可是,文学史偏偏有这样的例子,即一个作家的世界观体系基本上是保守、落后的,而他的作品却具有巨大的进步意义,巴尔扎克和托尔斯泰就是这方面的典型。怎样解释这个矛盾的现象呢?有人认为,这是作家的现实主义创作方法战胜了他的政治偏见的结果,但这无异于说创作方法可以与世界观相割裂,可以不受人的思想支配。也有人把这种情况归因于作家世界观本身的矛盾,认为像巴尔扎克、托尔斯泰这样的艺术大师,其思想体系并非全然保守,其中也有若干进步的成分,正是这些因素推动他们的创作取得成功。这个说法比较辩证,但仍然无法解释为什么进步的思想成分在他们的世界观体系中只能处于从属地位,而到作品里却上升为主导的因素。《人学》一文从一个新的角度上打开了我们的思路。它指出:"所谓'世界观',是人的各种观点的总和,它本身是既统一而又有矛盾的。在对待每一个具体问题上,并不是全部世界观中的每一种观点都起着同等的作用,而是有主从轻重之分的。在文学领域内,既然一切都决定于怎样描写人,怎样对待人,那么,作家的对人的看法,作家的美学理想和人道主义精神,就是作家世界观中起决定作用的部分了。"[①] 这个意见无疑是有启发性的。

[①] 《"论'文学是人学'"批判集》第一集,新文艺出版社,1958年,第145—146页。

当然，这里的论断也并非精当不移，尤其是把作家世界观里对文艺创作起决定作用的部分归之于"人道主义"，还值得商榷。"人道主义"在《人学》一文中占据一个非常突出的位置，作者似乎有意要用这个概念来贯串他的整个理论，而具体应用上似不够明确，有时指的是一种普遍的道德原则，有时又只是对人对事的具体态度。按照通常的理解，人道主义是随同西方资产阶级一起登上历史舞台的，最初是新兴资产阶级反对封建神学宇宙观的哲学体系，后来演变为以"人权""人类之爱"为核心的伦理学说。用这种特定的思想原则来范围古今中外一切优秀作品，把它们的产生一概归结为"人道主义的胜利"，不免显得牵强。历史上的人道主义思潮又是有两面性的，既有同情被压迫者的进步一面，也有调和阶级矛盾的反动一面，笼统说成作家创作中进步倾向的出发点，也是不确切的。即以托尔斯泰为例，他对地主资产阶级的深刻揭露和愤怒鞭挞，固然出于他的人道主义，而他的"勿以暴力抗恶"和"道德自我完成"的说教，也同样出于他的人道主义——后者显然属于落后的意识，给他的作品打上消极的印记。另外，人道主义作为作家的道德观，是否可能同整个世界观分割开来，单独决定着创作的面貌，也是可怀疑的。作家创作时面对的是活生生的、整体的人，不仅处在一定的伦理关系中，同时也处在一定的政治、经济等其他社会关系以及对自然的关系中。如何看待和描写这样的对象，必然涉及作家各方面的观点。巴尔扎克和托尔斯泰，一个违反自己的政治偏见去赞赏圣玛丽街的共和主义英雄们，一个背离自己"非暴力"的信条来歌颂被流放的革命者，这不也是政治观上民主主义的胜利吗？他们还克服了自己的乌托邦幻想，忠实地描绘出现实社会历史发展的巨幅画卷，塑造一系列不朽的典型人物，又可以说是哲学观上唯物主义的胜利。仅仅突出道德观的作用，一切归功于人道主义，也难以令人信服。

尽管如此,文章的精义仍不容掩没。只要我们剥除那个镶嵌上去的"人道主义"外壳,其合理内核便会呈露出来。如前所述,"人道主义"一词在文章里不光指某种抽象的道德原则,更多场合下指的是作家对现实的人、对人的现实生活的具体看法和体验,同情与反感,热爱与憎恶。以这种生动的观感作为影响作家创作的直接的、主导的因素,而把世界观里那些比较抽象的原则、信条放到间接的、次要的位置上去,确是符合文艺创作的实际情况的。

我们知道,人的认识活动,人的世界观的形成,是一个由具体到抽象、由个别到一般的不断发展的过程。起初,人总是对具体个别的事物产生观感并作出判断,然后,逐渐把这一现象同那一现象联系起来,进行比较广泛的推论,循此而往,直到最后对于整个世界人生建立起一套完整的体系。世界观,作为人的思想观点的总和,是一个层层相因、上下贯通的大建筑,底层由无数个直接的感知与判断组成,顶端则是人对于世界和人生的总的信条。上层的抽象信条是从下层的具体观感概括出来的,它们之间应该有基本的一致性。但是,人的思想毕竟不是人工搭成的建筑物,其中充满矛盾对立,而且愈到具体问题就愈是纷乱错杂。所以,一般与个别、整体与部分之间,也可能产生歧异,这是一。人的认识又是处在不断变化发展中的,并不像一幢楼房盖起来就算完工。发展变动一般从底层开始,所以人对具体事物的意见比较流动不居,而他的抽象信条则往往凝固难变,于是又会造成上层和下层间的差距,这是二。还有一种情况:人们对于世界人生的基本观念,未必全靠自己亲身经验一点一滴累积形成,而很可能接受他人的现成体系,尤其是孩提时期起就被家庭和社会反复灌输的传统信条。这一套接受过来的信条,与本人从实际生活中获得的见解未必恰相符合,也是产生矛盾的一个原因。总之，世界观内部比较接近感性的具体方面同纯粹理性的抽象方面之间，通常存在不平衡的关系。就作家的思想体系而言，抽象原则代表他对世界人生的基本看法，必然占据统治的地位；而进入文艺创作过程时，由于大量接触的是具体的人和事，他的那些带有感性成分的观点、态度（即所谓"人本"的情怀）往往占了上风。这就是为什么某些古典作家创作上的进步意义大于其世界观体系的缘故。

看一看托尔斯泰写作《安娜·卡列尼娜》的例子。托尔斯泰反对妇女解放的保守思想是众所周知的。他宣称："妇女的解放不在学校里，不在社会里，而在卧室里。"①《安娜·卡列尼娜》一书的扉页上，引用《圣经》里"伸冤在我，我必报应"一句话作题词，就体现了作家把追求个性自由而招致毁灭的安娜作为"有罪的妻子"加以谴责的主观意图。可是，这个意图终于没有能贯彻到底。对于妇女在当时社会上遭受的压迫和凌辱，托尔斯泰了解得太深了。所以当他进一步注视安娜的不幸命运时，不由自主地对人物寄予深切的同情和由衷的赞美，他的笔锋也从最初谴责"有罪的妻子"的意图，转向谴责"有罪的社会"。对人的现实的看法战胜了保守的信条，这就是小说《安娜·卡列尼娜》能够突破作家世界观体系的局限而取得辉煌成就的重要原因。能不能把小说构思的改变看作作家世界观发生根本性变化的标志呢？不能。托尔斯泰在妇女问题上的保守信条，并没有就此受到扬弃，这不仅反映在小说中作为安娜对立面而塑造的贤妻良母型女子吉蒂的形象上，亦且表现为作家对自己作品的思想意义还缺乏充分自觉的认识。长时间内，他一直认为

---

① 转引自王智量《关于列夫·托尔斯泰的世界观和创作方法问题》，《文学研究集刊》第四册，第123页。

自己注入这部小说中的是关于"家庭的思想"。甚至事隔30年后，当他的朋友问他为什么书中还要保留那样一个与作品内容不相称的题词时，他竟然回答："我选用这个题词，正如我曾解释过的，只不过是为了表达这样一个思想，就是：人们所作的坏事有其痛苦的后果，这不来之于人，而来之于上帝，安娜·卡列尼娜就亲身体验了这一点。是的，我记得，我所要表达的正是这个。"① 可见在他的思想里，反对妇女解放的观点是一贯的，他始终没有从原则上肯定过安娜所走的道路。然而，他笔下的安娜，却被描绘成争取自由生活而勇敢地向整个贵族资产者社会挑战的动人的妇女典型；而那个贤妻良母式的吉蒂，相比之下显得黯然失色。

《安娜·卡列尼娜》的例子表明，作家世界观里确实存在着抽象原则与具体看法的矛盾，两者都作用于创作，后一方面更为直接而有决定性。抽象原则可以对具体观感施加影响，但如果违背了具体认识，就必然成为硬塞进作品里的苍白无力的说教。《人学》一文说得好："在文艺创作中，一切都是以具体的感性的形式出现的，一切都是以人来对待人，以心来接触心的。抽象空洞的信念，笼统一般的原则，在这里没有它们的用武之地。"② 只要不把理论的指导作用排除在外，这段话语的确包含对文艺创作规律的极其重要的理解。它不仅解释了某些古典作家身上出现的世界观与创作之间不平衡的现象，对我们今天的文艺事业也有现实意义。一度流行的"主题先行"论、"领导出思想，群众出生活，作家出技巧"的三结合创作方式以及按政策条文写作的倾向，不都由于违背上述规律而遭到失败

---

① 《当代人回忆托尔斯泰》第一册，1955年莫斯科版，第149页。
② 《"论'文学是人学'"批判集》第一集，新文艺出版社，1958年，第153页。

吗？作家只有投身到沸腾的生活实践中去，打开自己的心灵来感受和吸取艺术的原料，才能在作品中塑造出富于时代气息的栩栩如生的人物形象，达到教育人民的根本目的，别的途径是没有的。

三

《人学》一文还进一步讨论了文学批评的标准问题。它指出："高尔基把文学当作'人学'，就是意味着：不仅要把人当作文学描写的中心，而且还要把怎样描写人、怎样对待人作为评价作家和他的作品的标准。"[①] 这个意见也值得我们重视。我们评论一部作品，应首先着眼于它的社会效果，着眼于它在历史上有无进步意义，这一点毋庸赘言。但是，应该怎样来看待作品的进步性呢？过去曾用过人民性、爱国主义、现实主义一类词语来表示作品的社会意义，这是不错的，然而是不够的。有一些作品，其中并没有直接表现人民的生活和愿望，也没有涉及国家和民族的观念，甚至谈不上对现实社会及其矛盾作了怎样的揭露和反映，但仍然可以为人们所喜爱和珍视。如孟浩然的绝句《春晓》："春眠不觉晓，处处闻啼鸟。夜来风雨声，花落知多少？"这首小诗流传了一千多年，显然得到社会的承认，可是，用人民性、爱国主义、现实主义之类标尺，都衡量不上，这不正说明这些概念不能成为批评文学的普遍适用的标准吗？

如果从怎样对待人（包括怎样对待人的生活、对待人与人之间的关系）的角度来看问题，困难就迎刃而解了。《春晓》之所以受人们喜好，正是由于它显示了诗人对春天、对生命的热爱与珍惜，显示了诗人积极肯定人生、追求人生的态度和理想，这样的思想感情

[①] 《"论'文学是人学'"批判集》第一集，新文艺出版社，1958年，第145页。

有助于鼓舞人们的生活意志，诗篇的进步性也就在这里。还有许多专门咏写亲子之爱、朋友之情、男女之恋以及大自然风物的作品，也常由于它们表达了人与人之间的真挚情谊和人对自然的亲切感受，有助于加强人们的社会群体观念和执着于生活的态度，而在文学史上占据一席地位，道理是一样的。

  文学作品主要写的是人，是人的多方面生活。全然不涉及人的生活和感受的作品是没有的。因此，怎样对待人、描写人的问题，就成了一切文艺创作无法回避的根本问题；究竟是积极地肯定人生、肯定人与人之间的正常关系，还是消极地否定人生、破坏人们的合理关系，也就成为我们评价文学作品最基本的原则。《人学》一文的作者说："我认为文学作品的历史地位与社会意义，首先是从它描写人、对待人的态度上表现出来的。凡是能够美化人们的灵魂，引导人们向上、刺激人们起来为争取美好的生活而斗争的作品，就是好作品，反之就是坏作品。一切时代的进步艺术跟颓废派艺术之所以针锋相对，主要就在于它们描写人的态度不同，对人的理想不同。如果一个作家对人生抱着消极的态度，对人类的活动，对人类的理想与愿望，没有深切的关注与同情，是绝写不出好作品来的。"[①] 这段分析是非常中肯的。

  这样说，是不是取消了人民性、爱国主义之类标准呢？不是的。作为评价文学的特定标准，它们仍有存在的理由。对于一些直接间接地反映人民群众的斗争生活和思想愿望以及采用人民大众喜闻乐见的文艺形式的作品，我们给予高度的评价，用"人民性"作为标志，不仅是恰切的，而且是必要的。它比笼统说积极对待人生，更

[①] 《〈论"文学是人学"〉一文的自我批判提纲》，《文艺研究》1980 年第 3 期。这篇文章写于 1957 年 10 月，对《人学》一文的某些论述有所补充和发挥。

为具体和精确。爱国主义、现实主义之类概念也是一样。它们适用于特定的文学范围，能够指出某一类作品所取得的特殊成就，这是用作普遍衡量的标准所无法取代的；反转来，它们也不能代替普遍性的标准，在应用上应该相辅相成。事实上，这些概念之间也确实存在着内在的统一性。人民性、爱国主义、现实主义，都是从某一方面把怎样对待人、描写人的问题引申了，发展了，具体化了，它们本身就包含正确对待人生的原则。强为割裂开来，用一个标准来否定另一个，正是《人学》一文所竭力反对的。

从描写人、对待人的观点上来评论文学作品，不仅使我们对于作品在当时代的社会意义有进一步了解，还可以帮助解释不同时代、不同民族、不同阶级产生的优秀作品能够成为全人类共同财富的问题。反映过去时代人们生活和思想感情的作品，为什么到今天还能得到我们的喜爱，甚至在某些方面能够引起我们内心的共鸣呢？正如莎士比亚笔下的丹麦王子哈姆莱特在听了伶人激动地诵述古代特洛埃王后赫卡柏故事后的感叹："这不是极其不可思议的吗？而且一点也不为了什么！为了赫卡柏！赫卡柏对他有什么相干，他对赫卡柏又有什么相干，他却要为她流泪？"[①] 如果不从"文学是人学"的原理出发，不懂得文艺作品描写的是活生生的人，不承认不同时代人们之间有某种共同性，这个问题是无法得到合理解答的。

人性的问题，特别是普遍人性的问题，长时期来成为知识之树上的禁果，稍一涉嫌，便有被驱赶出伊甸园的危险。但是，不理睬它是不行的；否认了它，也就否认了人类历史和文化的继承性。人，处在历史的长河之中，是不断变化而又前后相承的，这是因为人的生存条件和生活实践是发展而又延续的。人之所以为人，有他的基

---

① 《莎士比亚全集》第九卷，人民文学出版社，1978年，第59页。

本属性。以往的论者们把这种属性归之于生物的本能或抽象的善恶，我们不能同意。我们认为，人的本性固然也有自然性的一面，但更重要的是他的社会属性，是他在社会生活实践中形成并不断发展、丰富起来的人性。比如说，人能够劳动，能够组合成社会群体，有理性，会使用语言作交际工具，有目的性和创造性，能适应环境和改造环境，不断努力实现从"必然王国"到"自由王国"的飞跃等等。这些基本的属性，是不同时代的人们共有的，就可以叫普遍人性。普遍人性并不神秘，它不过是人的社会实践性的抽象。当然，也可能抽象出错误来，像一些古代学者讲的性善性恶，就是对人性作了不正确的抽象，但不能因此而抹杀普遍人性。

普遍人性跟人的阶级性之间，又是怎样的关系呢？难道在社会分化出对立的阶级后，还有什么超乎阶级之上的普遍人性吗？应该说，超阶级的人性是没有的，但阶级的人性也并不截然排斥普遍人性。大家知道，人类进入阶级社会后，生活情况有很大改变。劳动原本是人类创造世界的根本手段，现在却成了套在劳动者身上的沉重枷锁，而少数剥削者却依靠掠夺他人劳动果实为生。社会原本是人们组合起来谋取共同生存和发展的保障，现在却转变为一部分人统治和压迫另一部分人的机构，成为人与人之间相互厮杀的战场。这些变化不能不投影于人本身，造成人性的分化与扭曲。然而，分化与扭曲了的，也依然是人性，而不是别的什么，犹如阳光透过三棱镜折射为七色光谱，形体虽然变了，实质自有联系。当然，不同的阶级对普遍人性的承受和折射情况是很不一样的。剥削阶级尽管并未丧失劳动能力，却公然以不劳而获自炫，这是人性的歪曲与否定。劳动人民虽然被加上苦役的镣铐，却仍要不时迸发出劳动创造的自豪与欢欣，并不断努力为改善劳动条件以至彻底解放劳动而斗争，这是人性的坚持与发扬。剥削阶级也并不全然走向人性的反面。

当它还处在上升而有创造力的时期，当它感受到来自别的阶级、阶层、民族的压迫而企图反抗的时候，或者当其中少数优秀人士对本阶级的腐朽统治不满而对被压迫者表示一定同情时，也会有某些合乎人性的表现，而这些表现当然又是同它的落后、反动的反人性一面结合在一起的。由此看来，普遍人性与阶级的人性并不是互不相容的东西。在阶级社会里，普遍人性就以这样那样的形式存在于阶级的人性中，而不同阶级之间的矛盾对立，从某种意义上讲，也正是普遍人性自我肯定和自我否定两种倾向间的斗争，是人性的自我扬弃与升华。《人学》一文的作者说："人性是随着时代、社会等等条件的发展而发展，因阶级性、个性的不同而有其不同的表现的。但尽管如此，仍不排除纵的方面的继承性，横的方面的普遍性。没有这种继承性与普遍性，人类的一切交往便都不可能，也就不可能组成社会，不可能有历史。而这继承性与普遍性的基础就是共同人性。"又说："只有历史上的先进阶级才能发展人性，……而那些落后的、反动的阶级，就只能阻碍人性的发展，甚至戕害人性。"[①] 讲的也就是这个辩证关系。

应该指出，《人学》一文在这个问题上的论述也存在含混不清的地方。它正确地提出要以描写人、对待人的态度作为评价作家作品的基本标准，却又削足适履地把这个标准纳入它的"人道主义"范畴，而人道主义的概念显然并不能普遍适用于《春晓》一类作品。它对人道主义、人性等问题的阐述中有不少可取的意见，但也夹杂一些不精确、不科学的说法。但文章毕竟鲜明地树立了"文学是人学"的观点，就文艺的性质、任务、创作、批评等一系列重大问题

[①] 见《〈论"文学是人学"〉一文的自我批判提纲》，《文艺研究》1980 年第 3 期。

发表了引人深思的看法①，对"人性"的禁地进行了可贵的探索，不能不说是极有胆识的。不顾它的根本倾向，断章取义式地抓住其中某些论断，一棍子打死，表面看来非常革命，实际上恰恰扼杀了马克思主义的革命独创精神。以后文艺工作中不仅不敢谈论普遍人性，甚且发展到不敢谈论具体的人性，不敢沾染上"人情味"，致使艺术创造的路子愈走愈狭窄，这个教训应深深记取。祝愿钱谷融先生沿着这条道路进一步开发艺术的奥区，也希望有更多的同好来共同探讨文艺的特点和规律问题，探讨人性、美、艺术三者间血肉相连的关系。

附记：

　　本文原是应《上海文学》编辑部之约，为当年组织批判钱谷融先生《论"文学是人学"》一文"落实政策"而写的，但我素来不善于写表态性文字，结果写成这样一篇研讨式文章，其实是不合体例的。更为遗憾的是，我虽然在二十世纪五十年代即已服膺于钱先生的"人学"理念，而经过20多年的连续大批判之后，思想上也存在"左"的影响，故而对《人学》一文的深刻内涵时有体认不足、阐说不清之处，如关于文中"人道主义"一说的否定即为显例。按"人道主义"本有广义与狭义之分，钱先生特用以指作家应有的"人本"情怀，即那种"把人当作人"的生活态度与处世方式，以此来解说其艺术力量的超越性能并用为衡量作品价值的普遍性标准，应该是无疑问的。我却拘执于西方近代历史上出现过的具体的人道主义思想形态，由此提出质询，不单曲解了文意，也割裂了《人学》

---

① 按：《人学》一文还讨论了如何运用"文学是人学"的原理来区分各种不同的创作方法以及认识人物的典型性等问题，都有独到的见解，未及一一评述。

一文中以"人""人性"和"人道主义"三位一体为构架的核心理念,错误不容回避。

　　有关《人学》一文的意义的认识,自亦需要有一个逐步提升的过程。现在看来,尽管如钱先生所言,其"人学"一词取自于高尔基,但"文学是人学"的命题却是他个人的创造发明。这个命题上承"五四"以来的人本主义文学路线,而又具有强烈的现实针对性,是为纠正当时文坛上盛行的"工具论"文艺观而发的。"工具论"文艺观在我国历史上本有悠久的传统(如所谓"政教工具"说),其进入二十世纪后,在动荡时代形势的激励下,更获得了新的支撑,文学不光被奉为认识生活、反映生活的手段,还常被用作革命的工具、救亡的工具、宣传法令政策的工具、进行路线斗争的工具乃至当下发展市场经济和从事商品营销的工具。不同的"工具"说有着不尽相同的社会作用,但就文学自身的性能而言,则都属于一种"异化",且异化了文学的"人学"本性,实质上也意味着对"人"自身存在方式的一定程度上的扭曲。正缘于此,新时期文艺观念的更新,便是以发扬文学创作的人本核心为归依的。从改革开放之初对于"工具论"的反拨,经八十年代前期就人性、人道主义和异化等问题展开探讨,至八十年代后期"主体论"文艺思想的建构,九十年代中期有关"人文精神"的呼吁,以及二十一世纪以来围绕"消费社会""日常生活审美化"和"文化产业化、商品化"诸话题不断进行辩论,其中贯穿的一条主线,恰便是如何正确对待文艺乃至文化现象的"人本"内核,某种意义上即可视以为"文学是人学"命题的赓续。据此而言,这个命题并未如某些人士所断言的"已然过时",刚好相反,它至今仍保有强大的生命力,可用为建设新世纪文艺思想的重要核心。

　　当然,"文学是人学"的命题也还有进一步拓展的余地。钱先生的文章里已触及文学创作要以"人"为出发点、为表现对象、为评判标准、为最终目的众多方面的内容,也关涉到人的个体性、群体性(包括阶级性)和普遍性的关系问题,这些都可以更深入地展开讨论。另外,文学毕竟要以文本的姿态呈现,作家的人生体验如何转化为符号形态的文本,读者又如何从这一符号结构中来获取心灵的感应,这一"人本"与"文本"的置换过程也应属"文学是人学"的题中应有之义。至于文学活动中的"人"与他的其他生存方式之间的互动关系,自亦是我们关注文学的人本核心时所不当忽略的。以上是我重读《论"文学是人学"》后的一点感想,附记于此,以为当年所论之补正。2014年2月记于沪上。

(本文原刊《上海文学》1980年第11期,收入文集时略有删节,并追加了"附记"一则)

文艺方法论讨论中的一点思考

一

关于文学研究方法创新问题的讨论，当前已形成一股热潮。自去年年底以来，《文学评论》《文艺研究》《当代文艺思潮》等综合性文艺评论刊物上，都陆续开辟了笔谈这一问题的专栏。今年三、四月间，桂林、厦门、扬州等地召开的几个全国性的文艺理论讨论会上，也都把它作为中心议题。更不用说一个时期来报纸杂志上经常围绕某个具体理论问题，展开方法论上的探索了。有人说，今年是"方法年"。看来这场讨论方兴未艾，大有深入发展的余地。

在方法论问题的探讨中，绝大多数同志都肯定了创新的必要性和迫切性，这是由于新时期文学创作的蓬勃发展和当前世界学术文化日新月异的影响所决定了的。但是，在如何理解创新的观念上，在怎样看待新方法与传统方法的关系问题上，思想就不那么一致了。有人认为，传统方法是建筑在牛顿经典力学和超绝时空观基础上的一种机械的理论方法，它已经不适合现代科学发展的需要，终将为新方法所取代。也有人认为，传统方法是从长时期实践中提炼出来的行之有效的研究方法，它将和新方法共存共荣，并行不悖。还有人认为，理论创新仍应在传统方法的基础上进行，没有必要去树立另外的体系。大家谈创新，而各有各的目标，各有各的推陈出新的设想，值得进一步推敲。

新方法究竟应该"取代"传统方法，还是仅仅"补充""发展"传统方法？这取决于我们对传统的估价。说传统方法已经不行了，很多人会不服气：我们的理论研究曾经取得重大的成果，谁敢断定这条路今后就走不下去呢？说传统方法仍然行之有效，也会有人提出质疑：过去的文艺批评中暴露出不少问题，不正显示出原有理论方法的严重不足吗？又要革新，又要存旧，两难推理，出路何在？在于对"方法"一词要作具体剖析。

通常所谓的理论"方法"，至少包括这样两层含义：一是指理论研究的工作方法，如考证方法、赏析方法、评论方法以至于社会学方法、心理学方法、语言学方法、自然科学方法等；另一是指研究工作者的思维方式，亦即思想方法，如辩证方法、形而上学方法等。前者体现人们从不同角度、不同层次上去探究和把握文艺现象的趋向，它更多地与文艺本身的特性相关合；后者则构成认识主体对于客观世界总体的反映模式，从而更直接地与研究者的世界观相联系。在前一个层次上，新方法的产生往往开拓了研究的新领域，它不一定要排斥和取代原有的研究方法；而在后一个层次上，方法的变革大多与世界观的更新同步进行，因而新陈代谢成为不可避免。据此，我以为，当前理论方法创新问题的讨论中，也应区分这两方面的要求：对于具体的研究工作方法宜鼓励"出新"，"出新"仍可"存旧"；对于更高层次的思维方式则应提倡"更新"，"更新"必须"革故"。当然，这两个层次的"方法"又总是相互渗透、相互转化的，处理上不能划得那么一清二楚。

二

　　传统的理论工作方法主要有两个来源：一是形成于我国古代的文学研究方法，如训诂、索隐、考证、评点等；另一是二十世纪由苏联引进的马克思主义理论方法，当前也称为社会历史学的方法。这两者在文学研究上都曾结出丰硕的果实，也都有它自身的局限。古典的方法一般侧重于微观研究，对一人一事的考订、一诗一文的解析、一字一句的揣摩，往往精到入微，但比较缺乏宏通的眼光。马克思主义的方法本应为文学研究开拓最广阔的天地，但目前的发展却主要限于从社会历史的领域来考察文学现象，甚至缩小为单纯从社会政治角度来评论文艺。这固然跟马克思主义的创始人毕生致力于社会历史规律的科学总结有关，更重要的，还在于后继者们束缚于现成的教条，未能从多方面作新的尝试与突破，甚至在某些方面还阉割以至歪曲了先驱者丰富宏博的理论遗产，实足令人惋惜。

　　与此同时，理论方法的多样化的探索，却在西方现代美学、文艺学的实践中展开了。一个多世纪来，形形色色的文艺思潮、理论派别相继或同时出现，五花八门的新的理论观念与方法涌入文坛，看得人眼花缭乱。然而，透过这一幅闪烁变幻的图景，却可以把握住一条大致分明的发展线索，即：由十九世纪后期实证论者的注重艺术社会学的研究，演变为两个世纪之交审美心理学、文艺心理学的广泛流行，再转到二十世纪中期新批评派和结构主义的专就文学作品本身尤其是文学的语言结构作分析，直至晚近接受美学的着眼于收集读者观众的信息反馈。这在文艺研究的角度上，是一个由外而内再由内而外的移步换形的过程，体现了人类认识的逻辑演进。当然，由于这些研究工作是处在资本主义走向没落的时代环境里，研究者的世界观又大多是资产阶级的，不能不给理论成果带来大量唯心主义的杂质。不过，这并不妨碍马克思主义者从中获得有益的借鉴。比如说，弗洛伊德精神分析学用"恋母情结"之类性本能来解释整个艺术创作，自然是荒唐可笑的，但它着重发掘了人们心理中的下意识领域，分析了"本我""自我""超我"三位一体的人格内涵，对于我们探讨作家世界观与创作方法的内在矛盾，追索创作过程中自觉性与非自觉性的相关问题，或许不无启发。又比如，新批评派和结构主义完全割裂了与时代、作家的联系来谈论文学作品，观点上也很有偏颇，但它们对文学形式的功能辨析得相当细致，后者还试图总结出形式要素构成的若干原则，也值得我们参考。即使是同属从社会历史角度来观察文学现象的资产阶级社会学派如丹纳的理论，尽管在忽视社会经济基础的主导作用这一点上，不及马克思主义的文艺批评为探得事物之"本"，可它对于诸种社会精神现象如心理、习俗、道德、宗教等，与文艺之间的相互影响，则研讨较为深入，恰以弥补我们过去认识之不足。要知道，文学艺术本是由多要素、多侧面、多层次构成的现象整体，所以对它的研究也不宜执一。从社会经济、政治着眼评论文艺，固然重要，而从心理、习俗、道德、宗教、语言、文化以至于作家传记、创作过程、作品构成、文学类型、读者感受、社会效应等各个方面来触及文艺的本质，也都不可缺少。以往的研究工作把自身拘囿在单一的政治批评范围内，脱离了认识的逻辑进程，这种状态不能再延续下去了。

还要看到，现代科学的发展趋势是走向各门学科的相互渗透与一体化，尤其是自然科学与社会科学两大门类的原则分界正日趋消融，这不能不对今后的文学研究工作产生深远的影响。就历史事实来看，哲学、史学、社会学、民俗学、伦理学、心理学、语言学、文化学等人文学科，都曾先后渗入文艺研究的领地，以它们的理论观念与方法，丰富和深化了文艺理论。最新的动向则是各门自然科学的"入侵"。例如用统计学方法辨析作家的语言风格，用符号与公式演算来测探作品的美感效应，用模糊数学的概念论述人物性格的组合，用控制论"黑箱"的方法揭示创作心理过程的奥秘，以及用系统论的观点来解释一系列的文艺现象等等。应该说，这类研究总的说来还处在尝试阶段，发展以至成熟需要一个过程。但它们的出现已经给理论界带来某种新鲜的气息。有人认为，文艺本质上是一种社会现象，应用自然科学的方法去研究，不免凿枘难合。不错，文艺确实属于社会现象，生搬硬套自然科学的研究方法是不行的。然而，社会现象与自然现象同属客观世界的存在，它们之间是否也有相通之处呢？比如说，数量关系存在于一切事物之中，文艺也不例外。既然文艺本身具有数量方面的特性，那么，从数学角度来研究文艺，又有何不可呢？再比如，系统关系、自控关系、信息关系，这些也都是文艺现象本身所具备的，因而将系统论、控制论、信息论应用于文艺研究，便也是顺理成章的了。由此可见，当前兴起的引进自然科学方法的热潮，绝不是什么"邪门歪道"，它体现了世界学术文化综合发展的大势，必将有助于对文艺本质的新的开掘。

如上所述，我们的理论研究方法需要"出新"，不能停留在传统圈子里，但这并不意味着传统的方法已经失效，可以简单地加以抛弃。以研究角度而言，无论是社会历史学的方法，或者是考证、评点、诂笺的方法，它们都反映了文艺现象的某一方面特性，从而都有其存在和发展的根据，不能轻易抹杀。当前方法论讨论中出现了某些轻视传统的倾向，也是值得商榷的。

"传统方法主要考察文艺的外部关系，还没有触及文艺本身；只有进入内部关系，才算真正的文艺研究。"这个说法并不正确。表面看来，社会经济、政治等现象与文艺之间的相互作用，对文艺来说确实是一种外部关系，有别于文艺现象内部各因子之间的联系；而我们过去对这种外部关系强调过分，今后加强文艺内部规律的探索，也是适宜的。不过要看到，"内部"和"外部"又并不能截然分割。从整个社会的角度来看，社会本身就是一个大系统，文艺与经济、政治以及各种文化现象，都属于大系统中的一个因子，它们之间发生着内在的、有机的联系。而单从文艺这个子系统来看，社会生活其他方面固然构成其外在环境，但环境与机体之间经常不断地进行着信息的交流，外部的东西必然要渗入内部，外部关系从而转化为内部关系。如文学作品中的题材、主题、结构、语言、风格之间的关系，当然属于内部关系，但题材、主题之中就包含有社会经济、政治、伦理、宗教等内容，结构反映着现实生活的逻辑，风格打上了作家个性的印记，文学语言更是社会语言的一个组成部分，内部诸要素无一不与外部世界相通，内部关系也不能不受外部关系的制约。因此，机械地分割内外，将外部关系划出文艺研究的范围，是绝对行不通的。其实，这种论调源于英美新批评派，他们把文学作品错误地认作一个独立自足的封闭系统，才产生了上述看法。而新批评派之终于向结构主义、后结构主义乃至接受美学让渡，即由单个作品的分析，扩展为文学形式普遍原则的探求，以至于文学与读者、文艺与社会效应之间联系的把握，不正昭示着一条由内部研究重又转向外部研究的轨辙吗？

"传统方法偏于从哲学原理上来概括文艺的本质，残留着中世纪玄学思辨的痕迹；新的理论流派着眼于审美经验的总结，符合现代科学的潮流。"这也是片面的看法。诚然，西方现代美学、文艺学的一个基本动向，是注重经验事实的收集与整理。这个风气由十九世纪后期的实证论者发其端，他们自诩为真正的科学，把以往的哲学理论贬之为玄学。不过在实证论和艺术社会学派的创始人那里，尚未忽视对艺术本质问题的探讨，而进入二十世纪后，西方美学、文艺学理论中却大多回避了对美的本质、艺术本质的概括分析，转入诸如创作心理、语言结构、原型比较、社会效应等具体问题的研究上去。这样一种动向应该怎样看待呢？一方面，应该承认它是进步，体现了人的认识由抽象向具体上升；可另一方面，又不得不认为是退步，标志着人们对理性把握世界的信念的下降。这可以说是科学进化与资本主义危机的两重性交织，在文艺方法论上的反映。实际上，科学的发展并不会导致排除哲学，只会给哲学的总结提供更广阔、更坚实的基础。将哲学的方法与各门具体科学的方法结合起来使用，由原来比较一般、抽象的概括，转入具体、个别的分析，再上升到更为具体的整体综合，如此不断地循环往复，这才是我们的理论研究所应遵循的道路。于此看来，传统的哲学方法又怎能偏废呢？

"现代自然科学方法是人类文明的最新结晶，尤其是系统论的出现，打开了综合把握事物整体的通道，传统方法应该包摄于其中，不再有独立存在的价值。"我们高度评价系统科学的创新意义，但对于系统方法可以包打天下的想法，则不敢苟同。任何一种具体的理论方法，都是从特定的角度来接触对象的，社会学、心理学、语言学的方法是如此，系统方法也是如此。系统方法是从什么角度来研究事物的呢？就是从系统的角度，从整体综合的角度。横的方面来看，它要考虑到经济、政治、心理、文化多方面的联系；纵的方面来看，它又要把握住作家、作品、读者、时代相互间的影响。正因为它是从整体角度来看待文艺现象的，它就可以摆脱某一局部领域的局限，对一些带有综合性的复杂的理论问题，作出比较全面的回答；但也正因为它只是从整体联系上来把握对象，它也就不能代替某一局部领域的具体分析。比如说，作品文字的诂笺、作家事迹的考证，难道都能够而且有必要用系统方法来处理吗？同样，社会历史学的方法、心理学的方法、文化学语言学的方法等，也各有其活动的天地，并不能归结为单一的系统方法。相反，如果系统方法试图越出自己特定的综合研究的区界，硬要介入某个局部领域，那只会把原本比较单纯的问题弄得不必要的复杂化，这样的例子也并非罕见。

以上说明传统方法仍需保留，不能借口创新加以否定，当然，这不等于说它就应该原封不动地承传下去，"存旧"并非"守旧"。传统方法是从过去历史中形成和发展起来的，它还可以有继续发展、提高的余地，特别是面临新方法的兴起，两者相互渗透，相互结合，更可以促进传统方法的革新。这种情况并非今天才有。"五四"以后资产阶级实证论哲学、史学的输入，与我国传统的考证方法相结合，产生了胡适、俞平伯的"新红学"，顾颉刚等人的伪书辨，以及陈寅恪、岑仲勉的"诗史相证"这样一些丰硕的学术成果。而民俗学、文化学、神话学与传统文字、训诂学的沟通，更在闻一多关于《诗经》《楚辞》、古神话的研究中开出鲜艳的花朵。当前各种新理论方法的运用，也将推动传统方法走向新的高度。例如我们的社会历史学的研究方法，就可以从心理学、文化学等方面的探讨中吸取合理的成分，借以调整、充实自身的体系，克服过去单纯强调经济、政治因素的偏颇。总之，新方法要开拓，传统方法也要"出新"，鼓励多样化的创造和相互竞赛，不求定于一尊，这应该是我们对待当前理论创新问题的基本态度。

三

现在让我们转入理论方法的另一个层次——思维方式的讨论。

它并不是上述研究方法以外的又一套方法,而就含蕴在这些方法之中。如果说,具体的研究方法是"方法"这一范畴的表层结构,那么,思维方式就构成它的深层结构。思维方式由具体研究方法的运用而得到体现,各种研究方法归根到底受思维方式制约。

从前面一段论述中还可以看出,文艺研究的工作方法是多种多样的,就其内在的思维方式而言,则可以大致归结为三个类型,即:直观的方法、知性分析的方法和辩证综合的方法。

直观方法起源最早,从先秦诸子和汉人的诗说,到历代诗话、诗品、论诗诗、诗文评点乃至以选本代替文学批评,大多用的这种方法。其特点是不加逻辑分析,专凭艺术直感去把握文学现象,通过极精炼而形象化的言辞(有时甚至是"不著一字"),将评论者的感受再现出来,以期引起其他读者的同感共振。这种方法在古典文学的鉴赏和品评方面取得了积极的成效,往往片言只语,抉剔入微,思精义丰,耐人咀嚼,成为传统文艺批评中的一种基本方法。不过也由于它过于忽视逻辑的分析,终不免给人以朦胧隐晦的感觉,知其然,而不知其所以然,认识不能超越直感的水平,也就达不到科学的理解。尤其是当研究范围由艺术品鉴转移到其他方面,如诗意或本事的考索时,直观方法就会显现其本质弱点,经常沦于无根据的臆想和主观、牵强的比附,从《诗小序》到后来"索隐"派的大作,都可以作为这类代表。因此,尽管我们承认直观方法的历史功绩,今天也偶尔用于艺术欣赏,但它不反映现时代思维方式的主流,则是人所公认的。

知性分析方法有别于直观方法,它不是凭艺术直感,而是用逻辑分解,它不像前者那样注重事物的整体印象,而是把研究对象分割成许多个局部和方面,一枝一节地加以考察和认识。在我国传统的文艺研究中,这种方法起于古文经学派的《毛诗》诂训,通过历代承传，到清中期乾嘉学派达到高峰。"五四"以后，在实证论和其他形而上学思想的影响下，又有新的发展。知性分析方法的主要贡献在于版本文字的校勘、词语典故的训注、名物的考索、本事的钩沉，以至于作家传记年谱的纂录、佚著的辨伪等方面，用得得当，确能做到"实事求是"、考辨精审，为进一步的综合研究提供可靠的材料依据。不过，就其本身的表现而言，未免琐细支离，所以会贻人以"释事忘义""谨毛失貌"之讥。而一旦越出了考证的范围，进入总体评论的领域，这种方法的内在缺陷更是暴露无遗。"五四"以后的"新红学"派曾用这种方法查清了《红楼梦》作者曹雪芹的家世，纠正了长时期来"索隐"派所发生的迷误，但由于未能联系整个社会来考察作品的现实意义，竟然得出《红楼梦》是一部"平淡无奇的自然主义小说"的荒谬结论。这个例子揭示知性分析方法的长处和短处，是再清楚也不过的了。

马克思主义的理论方法，本是作为知性分析方法的对立物而产生的。然而，在形而上学世界观的影响下，知性分析方法却大量渗入马克思主义的文艺批评，造成种种简单化、庸俗化的倾向。

大家知道，马克思主义的唯物史观在肯定"经济基础决定上层建筑"的前提下，同时也承认意识形态的相对独立性和各种意识形态间的相互影响。这样一种"有无数个力的平行四边形"组合而成的复杂的网络关系，到我们的文艺理论中，却被简化、变形为文艺与政治、经济的线性对应，文艺从属于政治、经济。人们往往从社会经济的繁荣或衰退中直接推导文艺的兴衰，又常根据一部作品所表露的政治观点与某种政治路线的表面相关来对它作出终审判决，很少顾及文艺自身的独特发展规律，也不去研究社会生活的众多方面，诸如一定的生活方式、社会心理、各种思想形式、文化传统等，与文艺之间的内在联系。而缺少了这一系列中介环节，文艺与政治、经济的关联很容易显得生硬而不自然，丰富、生动的历史图景于是转化为一幅线条粗率的漫画。这正是知性分析方法带来的恶果。

马克思主义的认识论是能动的反映论，应用于文艺创作，还应该是审美的反映论，可是，在我们的理论中，经常忽略其能动性和审美特点。我们强调的是作品反映了什么，不很关心怎样反映的问题；重视作品的认识作用，忽视其审美的功能。在片面宣扬艺术的本质在于"再现生活"的口号下，我们往往认为，有了生活就有了一切，而不懂得生活实践不过是创作实践的前提，仅仅为创作过程提供了出发的基点。由生活到艺术之间，还需要经历一个巨大的飞跃，在这里，审美主体的能动作用，主体对于客体（生活中的审美现象）的感受、摄取、改造以至重新赋形，将对作品的形成起决定性影响。这是一个复杂隐秘的心理创造过程，其间交织着直观与思维、情感与想象、天才与人力、灵感与修养、意识与无意识、表现与再现等众多的矛盾因子及其相互作用，而这一切在我们的理论研究上几乎还是一片空白。不填补空白，就难以进入艺术的奥区。

马克思主义的辩证法以对立统一规律作为核心，它看到事物之间矛盾的普遍存在，也注意到对立双方的相互依存与转化。这样一种对事物联系和发展的活生生的观念，到我们手里，却转变为僵硬、死板的"两分法"，"非此即彼"的"一刀切"。长时期来，我们的研究工作奉行着一套固定的模式，从倡导"现实主义与反现实主义的斗争"，到否认"中间作品"的存在，直至以"儒法斗争"贯串整个文学史，总之是把丰富多彩、变动不居的文艺现象，削足适履地塞进正反两条路线对立、僵持的框子里去，这实际上是对辩证法的莫大讽刺。对立统一，对立面的相互渗透，"你中有我，我中有你"，绝不是像剖西瓜那样可以一切两半的。真理有可能转化为谬误，谬误之中也会萌芽真理。文学史上不同思潮、流派之间，既有相互斗争、相互排斥的一面，也常有相互吸收、相互融合的一面，在斗争与融合的过程中，不断地一分为二，又不断地合二而一，错综交替，变化无穷，哪能定型为正反两极的永恒对峙呢？打破这个僵化的二元模式，才能从实际出发重新探讨文艺发展的辩证规律。

知性分析方法的流毒还远远不止这些。前一时期文艺批评中流行的许多片面性的口号，如"主题先行"论、"写重大题材"论、"英雄人物完美无缺"论、"歌颂光明"论、"政治标准第一"论、"阶级斗争工具"论等等，大多是割裂事物的整体联系，截取一点予以强调，夸张到越出了应有的界限，终于走向反面。这都是知性分析方法作祟的表现。由此看来，这种形而上学的思维方式是影响当前理论研究的一大障碍，我们的理论工作要健康发展，必须排除这个障碍。

扬弃知性分析方法的途径，就是提倡辩证思维。辩证思维要求人们从整体联系的观察点上来把握世界，不把事物看成由无数个部件组装接合的机械，而是当作一个有机联系着的活生生的整体。它也不像直观方法那样光凭直感来把握事物的总体印象，而是经过了逻辑分解，又回归到整体的综合。因此，辩证方法可以克服直观方法和知性分析方法偏于从微观角度来认识文艺现象的局限，使理论研究上升到宏观高度，进而促进宏观与微观的结合。这种思维方式也并不始自今日。古代大史家司马迁提出"究天人之际，通古今之变，成一家之言"的通史研究法，就闪烁着辩证思维的光辉。在文学理论著作中，刘勰《文心雕龙》、钟嵘《诗品》以至叶燮《原诗》，都是突出的例子。近世以来，人们开始在西方哲学和实证科学的基础上改造、发展古代的朴素辩证法，使之具有更谨严的科学精神和严密的逻辑形式，王国维、鲁迅是这方面的先驱，《宋元戏曲史》和《中国小说史略》开了新世纪文学批评的风气。而马克思主义理论的传入，则使辩证思维获得了迄今以来最完备的形态，文艺研究工作出现了质的飞跃。

但是，积习已久的知性分析方法并不甘愿偃旗息鼓，它还要顽固地为自己的生存而挣扎。知性分析与辩证综合，便构成了当前方法论论争中的一对突出的矛盾，它们相互排斥，也相互渗透。辩证方法已经渗入了知性分析方法长期盘踞的领地，将文字训诂学同民俗学、社会学、考古学多方面知识结合起来研究上古文献的作法，就是一例。反之，知性分析方法也不断地向辩证思维的领域渗透，马克思主义理论的简单化和庸俗化，正是最鲜明的表征。我们今天倡导理论创新，主张开拓多样化的研究角度，要求传统方法本身的革新，根本上也是为了清除知性分析方法的弊端，使辩证思维发扬光大。这绝不是轻而易举的。还要看到，这两种思维方式的矛盾，不仅存在于传统研究方法的内部，同时也贯串在一切新方法的实践过程中。西方现代美学、文艺学思潮本身，就含有不少形而上学的东西。精神分析学光从生物本能去探索人的心理，新批评派割裂作品与作家、时代的关系，结构主义撇开文学的内容去讨论形式法则，接受美学用读者的主观感受来掩盖作品的客观意义，这些都属于知性分析方法，歪曲了客观世界的内在联系。引进这些方法，并不是要全盘承袭其知性分析的谬误，而应该在辩证思维的指导下予以改造，使之成为真正的科学方法。这个道理对于现代自然科学方法的引用也同样适合。自然科学方法本身虽未必有严重的知性分析的倾向，但各门学科都是从特定角度来把握世界的，夸大其适用的范围，以一点代替全局，就可能导向知性分析的歧途。总之，在我们鼓励文艺研究方法多方面"出新"的过程中，时刻也不要忘记那隐藏在具体理论方法背后的思维方式的"更新"。这是一场真正意义上的思想革命，较之具体理论上的"出新"，或许更为艰难，也更为深刻。

而没有这场革命,就不会有真正的理论创新,至少我是这样相信的。

末了,声明一句,我也并不认为知性分析方法乃至直观方法今后就绝无存在的余地。它们在某些领域,例如考证和鉴赏方面,还可以起一定的辅助作用(不是主导作用,因为鉴赏和考证的原理仍需建立在辩证思维的基础上)。另外,人的认识的发展本是一个由直观、知性分析到辩证综合的过程,三种思维方式恰好体现了人们认识世界的三个阶段。因此,当有些新现象出现在我们眼前,一时还难以用辩证综合的方法加以把握时,知性分析乃至直观方法的运用,恐怕难以避免。不过,整个说来,前两者只能作为具体的环节,包摄于辩证思维的体系之中,而不应该独立出来,与辩证思维分庭抗礼,这是可以断言的。

(原刊《上海文学》1985年第9期,《新华文摘》同年第11期予以转载,题《关于文艺研究的思维方式》)

新时期文学观念中的"互补"原理

一

新时期短短十年间,我国社会生活的各个领域都出现了飞跃式的发展,人们的文学观念也起了重大的变化。这一变化的趋势反映在众多的方面,如:由强调文学的客体性转向注重主体性,由偏于文学外部关系的把握转向重视内部规律的探求,由微观的分析转向宏观的综合,由封闭的学科体系转向多学科的相互渗透与嫁接等等。但我认为,所有变化中的最根本的一条,则在于突破了过去文学观念上那种狭隘的单一化的模式,开始走向多角度、多层次地观察和思考文学现象,注意发掘事物内涵的多重意蕴,它构成了我国文学理论批评史上意义深远的转折。有人把这种趋向称之为理论观念的多元化,不过多元化的提法有可能导致多元分割的歧义,所以我宁愿从量子力学中借来"互补"一词作为标示,或者也可以叫作"多元互补"。

多元而又互补,这确是新时期文学观念变革的首要标志。回顾十年来理论批评领域的情况,如果以文学观念的演变作为主线来考察,大体可以划分为前后两个阶段。粉碎"四人帮"的头两三年间,理论批评也和各项事业一样,经历着一个"拨乱反正"的过程,即由"文革"期间的假革命口号的束缚下挣脱出来,返回到五十年代的思想路线上去。对于"四人帮"推行的"阴谋文艺"及其理论基础——《纪要》的批判,对于革命现实主义传统的发扬,就是它的具体表现。但这只能算文学观念的复归,还不能称作革新。十一届三中全会以后,随着思想解放浪潮的蓬勃兴起和文学创作实践的日新月异,理论批评再也不能满足于拘守五十年代的思想立场了,它必须对各种新现象、新问题作出概括和解答,从而导向了观念的变革。1979—1980年间发生的关于文艺作为阶级斗争工具和文艺为政治服务的论争,便是观念变革的第一声响亮的号角。这场论争的结果是众所周知的,在我看来,摒弃这两个传统的命题,并不意味着否认文艺确曾起过为政治、为阶级斗争服务的作用,只是说明人们感觉到不能局限于这一点上来解释文艺的社会功能。事实上,除了直接为政治斗争服务之外,文艺还能满足人们多方面的需要,像传播文化科学知识的需要,了解世态人情与民风习俗的需要,陶冶心灵和培养高尚道德情操的需要,提高审美能力、激发审美创造的需要,启发对人生和历史作哲理性思考的需要,以及娱乐消遣的需要等等。把这种种需求都纳入"阶级斗争工具"的模式里去,无论如何是太狭窄了,面临新时期文艺创作多方面展开的形势,尤其显得如此,于是突破传统的观念势在必行。而这一突破的主要特点,正是由文学功能的单一化理解转为多元互补,它预示着新时期文学观念变革的基本流向。

在这之后,理论批评界涉及观念变革的探讨,日益广泛地开展起来。比如说,文学反映现实,是否只限于突出"本质"和"主流",而不能以某些"非本质""非主流"的现象作为主要表现对象呢？作品的主题是否必须着重在歌颂光明，而不能是暴露社会主义条件下的某些阴暗面呢？文学中写人，是否只限于人的阶级特性，而不能同时写出人的某些共同性呢？人物的性格是否一定要塞进正、反两极对峙的框子里去，而不能构造出"二重组合"乃至"多重组合"的复杂形态来呢？创作方法是否只允许革命的两结合或革命的现实主义，而不能是多种方法的相互竞赛和交流呢？理论批评是否只应该采取传统的社会历史学的视角，而不能借鉴心理学、语言学、文化人类学、宗教神话学以至于各种自然科学的新方法、新观点呢？诸如此类的一系列问题，逐个地提上了议事日程。尽管一些提法未必很准确，不少问题也有待深入研讨，而总的趋势是突破了固有的程式，打开了人们的视野，促使人们从多角度、多层次上去探究文学现象及其本质。这可以说是新时期文学思想演进的不可逆转的历史动向。

二

文学观念中的多元互补，是在什么样的条件下形成和发展起来的呢？

从广阔的背景上看，互补观念并非八十年代中国社会的特有产物，而是二十世纪整个人类学术文化思想的结晶。我们看到，二十世纪学术文化的进程，有着与十九世纪以前的文化历史很不相同的地方。以前文化思想的进展，通常是以新的体系取代旧的体系，新的、比较接近真理的观念推翻过时了的、已被证为谬误的观念为标志的，如哥白尼的日心说取代了托勒密的地心说，达尔文的进化论推倒了传统的物种不变论和居维叶的灾变论。新的学说成立，旧的学说便不得不退出历史舞台，这是一个毫不容情的新陈代谢的过程。

可是，二十世纪学术思想的演化，却造成了有显著差异的轨迹。爱因斯坦的相对论超越了牛顿力学，但它并没有将牛顿力学消解为一堆谬误，而只是限制了牛顿力学的应用范围，或者说是在更宏观的体系中包摄了牛顿力学。量子物理学扬弃了过去有关光粒子说和光波动说的片面性，但它并没有丢掉微观事物的粒子和波动的性能，却是在综合两者的基础上建立了波粒二象性的原理，成为认识微观世界的重要通则。达尔文的进化论曾把生物的演变描绘成"物竞天择"的定向过程，而当前分子生物学的研究却在新的层次上推衍出了遗传因子中性突变的学说，揭示了物种变异中的随机性、偶然性的一面，不过这也未必就能推翻达尔文的理论，反倒为必然性与偶然性的对立统一提供了新的例证。自然科学是如此，人文科学就更不用说了。试看西方现代哲学中直觉主义、实用主义，存在主义、逻辑实证主义诸种思潮并起纷争，以及当前文艺批评中社会学派、心理分析学派、新批评派、结构主义、阐释学和接受美学交替更新的局面，它们各自从一个方面进入事物的内部，触及事物的核心，彼此虽有矛盾，可谁又能取代得了谁呢？这样一种多元互补的格局，正是当代世界学术文化发展的大趋势。多元互补观念的产生，自有其深刻的根源。从认识论的角度看，这跟人类进入二十世纪以后思维空间的巨大开拓有关。十九世纪以前，人们对世界的把握基本上停留在低速运动的宏观物体这样一个层面上，小到细胞和原子，大到恒星、行星之类天体，大致规定了人的世界的限界，而天文、地质、物理、化学、生物、数学等各门学科的理论总结，也都是在这个限界内进行的。二十世纪以后，随着科学技术的飞速进步，世界的边际大大扩展了。人们的观察一方面日益深入到原子内部的原子核、基本粒子、夸克等微观层次中去，另一方面又不断转向银河、河外星系乃至整个宇宙生成变化的高速宇观物理现象。于是，世界在人的心目中再也不是单一的平面,而显形为多层次、多要素组合而成的立体架构。这样一种认识,最初出现在物理学的领域,而后以"结构主义"的名义旁移至语言学、心理学、文化人类学和文艺学的境内,到二次大战之后,又通过系统论、控制论、信息论的建立,囊括了自然科学、工程技术、经济和社会管理以及人文科学、哲学等各个部门。在这个立体化的世界架构之内,以不同角度、不同层次为据点而形成的各种学说之间的关系,就不会像处在一个平面的十字路口上的车辆那样容易发生"撞车",却好比是纵横疾驶于立体交叉桥上的运载工具,虽然各自的驶向与进程互有出入,亦无碍于共同的行进。这便是多元互补格局的成因。

再从社会根源上看,二十世纪的人们普遍生活在一个开放的、多元化的时代环境之中,这也不能不在人的思想意识上打下深深的烙印。社会主义制度与资本主义制度的长期共存,发达国家和发展中国家的冲突与交往,东方文化和西方文化的斗争及融合,以至于一个国家内部不同民族、不同地域、不同社区、不同集团之间联系的加强,这些都是人们赖以生存的现实。置身于这种现实条件之下,传统的封闭式的自我中心主义倾向必然要受到极大的冲击,像"西欧中心"论、"白人至上"论、"基督教文化拯世"论之类过去流行的论调趋于衰落,就是明证。与此同时,人们逐渐习惯于正视自身以外的别样的世界和人类,承认其他的生活方式、文化传统和价值观念的合理性,并努力去探寻各种与己不同的社会习俗及心灵状态的奥秘。这也是多元互补的观念得以树立的重要根据。

互补原理作为现代意识,来源于人类最新的科学文化已如上述,而要看到,它兴起于八十年代的中国文坛,又有其独特的背景。

古老的中华民族,二十世纪内正经历着伟大的历史性变革。由于变革的迅猛和发展的不平衡,古与今、过去与未来、乡村与城市、东方与西方，各种不同的历史传统与文化潮流便荟萃到一个集合点上，酿成强力而持久的搏击，并显现为人们精神上的深沉的苦闷不安与躁动情绪。这本来是孕育出多元互补观念的合适的土壤，而晚清以至"五四"时期的中西古今之争，正显示着朝这个方向迈进的征兆。可是，"五四"的思想启蒙很快就转变为实际的政治行动，而大革命的失败和苏维埃革命的兴起，更是鲜明地划出了革命和反革命两个营垒，彼此之间进行着长时期殊死的武装斗争。在这样严酷的处境里，一切问题很自然地会按照敌与我、正确与错误的思维逻辑来加以考虑，非此即彼，扬此抑彼，很少给予各种中间路线以回旋余地。于是，两极对立的模式便压倒了萌芽状态的多元互补，这是一种比较明快而未免简单化的推理方式，在当时却是革命的必需。

建国以后，艰苦的革命战争年代结束了。始初多种经济成分并存和各派政治力量联合的局面，本也有利于多元互补观念的萌生，在关于十大关系、两类矛盾、双百方针等论述中，确曾看到了它的一点苗子。不幸的是，植根于几千年来宗法小农社会生活传统的"左"的倾向得到了恶性膨胀，而封闭的国际环境更助长了它的气焰，由脱离实际地追求纯而又纯的理想境界，导致史无前例的大动乱、大劫难。在"兴无灭资""全面专政"的口号下，两极对立也不容保持，更不用说多元互补了。所以，一旦灾难过去，真实的现象暴露于人们眼前，在震惊和痛悼之余，必然要促使人们重新审视原先奉为典范的那个两极对立的思维模式，并力图从这样一种僵化的、单向的思路中摆脱出来。加上改革和开放的形势，一方面迅速造成内部经济和政治生活的空前活跃，一方面大量引进国外的科学技术连同现代化的文化意识，这一切都构成了新的观念、新的思想方法的催生剂。在这样的背景下，姗姗来迟的多元互补观念之潮，终于在八十年代的中国土地上得到了倾注的机会，很快由涓涓细流汇为奔腾巨浪，有力地开辟着未来思想的河床。

与此同时，八十年代的文学创作较之五六十年代，也有着迥然相异的风貌。建国初期，适应着人们比较单纯的思想状况和政治路线上的单一化模式，文学作品所展示的世界，有如观看一部黑白电影，是是非非，正反两种底色泾渭分明。这种黑白相衬的基调，由片面提倡塑造高、大、全的英雄人物，一直发展到"文革"期间的"三突出"，其反差度的强烈已经到了严重失真的地步。可是，进入新时期以来，文学变得和生活一样丰富多彩了。冷暖明暗、斑驳陆离，各种色调一起汇集到作家笔下，构成五光十色的人生画面，再也难以用"是是非非"的形式逻辑来加以剖分。试想：像高加林、刘思佳、谢惠敏这样的形象，难道能用传统的正面人物或反面人物的概念来概括吗？而《黑骏马》《北方的河》之类作品，也是很难以"歌颂什么，反对什么"这样一句话来作归纳的。文学的主题变得更广阔，更多义，更富于哲理和诗情了；文学中的人物变得更复杂，更"含混"，也更为活生生了；相应地，写作技巧的大胆创新，作品形式和风貌的千姿百态，更增添了新时期文学的色彩，构成了名副其实的百花苑。面对这种情况，固有模式中的唯道德化、政治化的评判，显然不适用了。这就需要评论者采取一种全新的视角来看待文学和人生，对历史、对现实，对各种审美现象不搞"一刀切"，而要尽可能具体地去把握与剖析事物运动中的表层、中层，深层等各个层次的动向、动态和相互关系，不抹杀它在人们心里唤起的多重体验甚至矛盾感受，同时又要努力寻求其统一点。我们的文学理论批评之走向多元互补，创作实践的创新应该是直接的动因。

三

互补原理的提出，对今后文学思想的发展有着重要的指导意义。

我们的文学观念经过这几年来的局部性变革，目前正酝酿着总体性突破。但是，这一突破将按照什么样的方式进行呢？我以为，它不应该是用一种新的单向性思维来取代旧的单向性思维，而应在多元互补的基础上求得观念的更新。如有关文学是什么的论断，过去习惯于从"再现生活"这一点上来作规定，无疑是不够充分的。但新观念的建立，并不意味着必须抛弃这个论断。只要不把"再现"等同于机械的翻版，只要不否认从生活到艺术之间需经过巨大的创造性的飞跃，那么这个论断仍然是可接受的，对于阐明文学的本源有好处。同样有意义的，是把文学看成作家的"自我表现"。只要这里所说的"自我"不是封闭的个人，不是与世隔绝、独往独来的幽灵，而是置身于大千世界并映现着这个世界的森罗万象的一滴水珠，那么"自我表现"的说法也完全是合理的。再有，把文学视作"语言符号的体系"，只要不切断符号与其所指代的事物之间的联系，不把符号的逻辑结构说成是某种先验的存在，而能够从符号的组合与使用中看出客观世界和主观情趣的投影，这个观点便亦是无可非议的。再现论、表现论、符号论以及其他一切有关文学本性的解说，只要确实立足于文学自身的某一方面属性，并且不导致割裂与别的属性之间的内在关联，尽管观念上互有出入，却都是可以成立和借以相得益彰的。今后对文学的认识，似宜采取这样一种兼容并蓄的态度。

从研究课题和方法上看，近年来文学理论探讨的侧重点，出现了由外部关系向内部关系、由客体向主体转变的趋向。作为针对过去偏于外部关系、偏于客体性研究的反拨,这样的转变是很自然的,在一个时期内提倡这样的研究,也是有必要的。不过我们并不需要用后者来取代前者,事实上也取代不了。对文学现象来说,不仅外部关系和内部关系都是客观存在着的,而且两者之间并没有不可逾越的鸿沟。像作品的题材、主题、结构、语言、风格之类,当然属于内部关系,但题材和主题中就包含有社会经济、政治、伦理、宗教等内容,结构反映着现实生活与心理活动的逻辑,风格打上了作家个性的印记,文学语言更是社会语言的一个组成部分,内部诸要素无一不与外部世界相通,内部关系的分析也不能不转化为外部关系的研究。主体性与客体性的关系也是如此,作为矛盾的双方,它们是不可分割而又相互推移的。就文学所要反映的现实生活而言,人是生活中的主体,周围的环境则是他的客体。进入创作过程以后,作家是创作的主体,被反映的人和生活都是创作者的客体。而一旦作品写成,到了阅读和欣赏的阶段时,读者又成了欣赏的主体,整个作品连同体现于其中的作家的思想、感情、审美构思,都成了被欣赏的客体。由此可见,文学现象中的诸对立项决不能孤立地看待,它们处在经常转化之中,而无论何时又总是相互依存、彼此制约着的。文学研究的方法,因而也不能不遵循多元互补观念的规范。

在当前文艺思想的研讨中,还有一个建设新的学科体系的问题。大家知道,现行文艺学的体系基本上是从三十年代的苏联输入的,大体上以马克思主义有关意识形态的理论为基础,并吸纳十九世纪俄国革命民主主义者的现实主义美学观而建构起来的。这样的体系注重文学的外部关系而相对忽略其内部关系,倾向于"再现论"而相对忽略主体表现及形式因素,是不足为奇的,更何况二三十年代以来的苏联批评家还在其中掺入了不少庸俗社会学和形而上学的成分。面临不断出新的文艺现象,旧的理论体系的改造必然要提上议事日程。但按照互补原理的提示，理论界恐怕不忙于立即构造起一个无所不包的新的学科体系，而应该让文学的观念在它的各要素、各层次上先得到充分的展开，各各建立起相应的理论系统，而后加以协调与综合。比如说，你主张文学是生活的再现，就可以考虑在"再现论"的基础上重建科学的理论；他认为文学是自我表现，也可以尝试在"表现论"的原理下另立一套准则；他更为重视语言符号的功能，又不妨借取"符号论"为依据作出新的概括。余如专就社会学、心理学、文化人类学、神话学以及"三论"等自然科学的联系着眼，各自建构起独特的理论大厦，百十座别具一格的摩天大楼拔地而起，辉映成趣，彻底打破"定于一尊"的传统格局，则更能显示出理论工作的生气。当然，我们有马克思主义作指导，多元还要能达到互补，不至于像现代西方文艺学流派那样陷入各执一端、互相排斥的境地。

互补原理的产生，还可以打开人们的思路，有助于进一步深入探讨文学理论批评中一些"老、大、难"的问题。例如作家世界观与创作方法的矛盾，就是一个长时期来争论不休的课题。究竟世界观与创作方法是否存在矛盾，抑或作家世界观内部存在矛盾？又怎样来解释这个矛盾，进而防止和克服矛盾？我这里不打算重复这些具体的论争，只想从新的角度提出一点质疑，即：过去习惯于将矛盾的出现看成作家和作品的缺陷，甚至以新时代文艺工作者可以在马克思主义理论指导下避免这类矛盾而自豪，究竟是否妥当？根据多元互补的观念，人的意识心理本身就是一个多要素、多层次的组合体，由于气质、教养、社会规范、个人实践诸方面影响的差异，不仅使人在不同场合里会对事物作出矛盾的判断，就是在同一条件下的心理反应，也会有理性、感性乃至下意识活动的区别。感受到了的东西，不一定能从理念上加以概括，积淀在下意识里并不自觉地流露出来的情趣,有时尚未有明确的自我感觉。如果一切都要提到理念高度上来把握,一切都要经过理性的筛选,意识贮存中的材料便会流失大半。正常的创作心理过程,应该是理性、感性和下意识的协调活动,或者叫作自觉、半自觉、不自觉因素的协同作用,在这种状态下,作者的心灵窗户才能充分打开,而又不至于完全失去理性的控制。因此,创作过程中的思想矛盾,无论称之为世界观与创作方法或世界观内部的矛盾,其存在都是合理的,不但不足以为诟病,反倒往往造就作品的价值。试看古往今来的大文学家、大艺术家以至大哲学家、大思想家,哪一家的体系中不存在着矛盾,而无碍于他们的伟大。只有二三流以下的人物,才会按照固定的理论程式来限制自己心灵的感受,体系固然纯洁了,生命力也大为减损。这是一条值得记取的历史经验。

再比如,有关题材选择的问题,究竟应该写重大题材呢,还是写各人熟悉和喜爱的生活内容?是"题材决定"论呢,还是"题材无差别"论?这也是聚讼已久的论题,且经过了多次反复。用多元互补的观念来看,这其实是两个不同层次上的问题,不必混为一谈。从作家个人的创作选择着眼,勉强自己去写不熟悉的题材,是不可能获得艺术上的成功的,只有致力于真正有体验的生活的开掘,才能不断从中挖掘出新的思想火花来。所以说,"题材决定"论是站不住脚的。但是,从整个民族、整个时代的历史潮流着眼,不同的题材和主题在反映历史潮流的广度、深度上又是有差别的,不能等量齐观。一时代有一时代之文学,每个时代文学又有其特定的重大主题,如果未能将时代的重心充分表现出来,这一时期的文学就不能说很好地完成了自己的历史使命。从这个意义上说,"题材决定"论又是有道理的。宏观上的决定论和微观上的非决定论,构成了"二律背反",但由于不是处在同一个层面上,矛盾是可以协调的。在我看来，宏观意义上的重大主题，并不等同于某种特定的具体题材，更主要的是指那种能体现历史潮流的时代精神。当然，时代精神并不能凌空显现，而必须通过特定的题材和具体的人生画面烛照出来。因此，凡是着重表现了这一时代精神的题材内容，便都可以称作重大题材；时代精神渗透于社会生活的各个方面，各方面的题材也都有可能提炼为重大题材。这样一来，写重大题材的号召，便不至于重蹈过去以"写重大政治运动""写中心工作"来限制作家创作视角的覆辙，而写重大题材和写作家熟悉、喜爱的生活，便也得到了有机统一。这并不意味着凡作家爱写的事物都能自动转化为重大题材，还有一个对时代精神的确切把握并渗透于所写题材的问题，有作家的思想高度和艺术感受的深度、艺术创造力的强度的问题。作家选择的自由和时代精神的一致要求，同样是一个多元互补的关系。

以上略举数例以说明文学观念中的互补原理的普遍有效性，相信随着理论批评的深入开展，这一新的思维形式将取得更广泛的应用和更充实的内容。这也正是现代意识渗入和改造传统文学思想的重要标记，是整个民族文化心理推陈出新的一个必不可少的侧面。

（原刊《上海文学》1986年第12期）

文艺新学科建设之我见

我们这个会议,把文艺新学科的建设提上了议事日程,有着重要的历史意义。前年倡导新方法,去年探讨新观念,今年筹建新学科,三点一线,勾示了文艺新浪潮滚滚向前的轨迹,反映出我国理论界蓬勃的生机。这股创新的潮流,尽管在目前还显得比较幼稚而粗糙,今后的路途中也会要经历种种起伏曲折,但在改革、开放的大形势下,它的逐步成长和日渐茁壮是可以预期的。新学科建设任务的提出,不失时机地将文艺创新的潮流导向了更为广阔的天地,使得理论观念、方法的研讨有可能在更高的层面上展开,其积极的作用自毋庸置疑。这一号召之所以引起广泛的反响,原因也就在这里。不过我以为,正是这样一种热烈的氛围,需要我们冷静下来思考问题的另一方面,即:怎样才能将新学科的建设扎根在牢靠的基础上,从而能有效地推动这些萌生中的学科健康地向前发展。每一个有志于此项研究事业的人,都应该认真对待这个问题。

首先,我们要问一问:"新学科"究竟"新"在哪里?当然,标志是多方面的,新的课题、新的材料、新的方法、新的结构以至于新的概念范畴和名词术语,都可以作为一门新的学科的构成条件。而据我看来,这一切新要素的根底,则在于其中包蕴的新的理论观念和理论思想;缺少了这一环,整个新学科就失去了灵魂。

我们知道,每一种学科都必须有一个基础的观念作为凭依,由此出发才能建构起学科体系的大厦来。比如说,文艺社会学的基本观念是把文艺看作一种社会现象,这就是它的理念据点,从这个据点引申出对文艺的社会属性、社会机制、社会过程和社会效果的全面考察,于是产生了文艺社会学这门学科,而如果这个根基发生了动摇,学科的理论架构便会走向崩毁。同样道理,文艺心理学的基本观念是把文艺认作心理现象,结构主义和符号学的基本观念是把作品当成独立的符号系统。更往细里分,同属文艺心理学的范畴,弗洛伊德精神分析学派的理论支点是以性心理为基因的个人潜意识,而神话原型批评的思想核心则是由历史积淀而成的"集体无意识"。但不管哪一种理论,只要自成体系,都需有一个特定的观念作为其建构的基础;也正是这种基础观念上的独特性,决定了一门理论科学的特殊的品格和发展方向。

设使上面的说法能够成立,那么,我们今天要从事新学科的建设,自不能不特别注重于基本观念的把握与提炼,换句话说,应以思想创新为学科创新的先导,而不能喧宾夺主,让一些别样的东西占据了理论研究的中心位置,压倒和取代其内在观念的磨砺,那样就会把新学科变成一堆毫无生命力的花架子。我这样说,绝没有否定新学科需要在材料、方法、结构、语言各方面推陈出新的用意,事实上,观念的更新也必然会导致这些方面的相应的变化,但我感到,在当前创新意识还属于刚刚起步的情况下,过多地考虑方法、架构以至于名词术语的变换翻造,其实是文艺新思潮尚不成熟的表现,是一种过激的"幼稚病"。记得晚清诗坛上曾有谭嗣同、梁启超等一班人鼓吹"诗界革命",起初也是把捋扯新名词作为诗歌创新的表征,结果徒增生涩而难睹新意,后来才觉悟到"革命者,当革其精神，非革其形式……能以旧风格含新意境，斯可以举革命之实矣。"（见《饮冰室诗话》）当时黄遵宪的诗歌就是"以旧风格含新意境"的范例，他在"新体诗人"中成就最高，不是出于偶然。当然，"旧风格含新意境"只能是相对的，"旧风格"不会纯粹地旧，"新意境"也不可能完全地新，而且这种新旧协调只能是过渡阶段的现象，一旦新意境更趋于成熟，必然会突破旧有的体制风貌，建立起崭新的诗歌样式来，"五四"以后的新诗所以取得了更大的创新业绩。不过从事物运动变化的合理进程来看，没有黄遵宪等人在诗歌意境方面的努力开拓，就不会有"五四"以后体貌全新的诗；而如果在新内容的发展尚不充分的条件下，急于要在诗歌形体上花样翻新，就必然会出现堆垛和生造词语等弊病。举这个例子是为了说明，我们当前的理论创新，似亦可借鉴晚清"诗界革命"的经验，率先致力于"革其精神，非革其形式"，逐步过渡到由观念更新带动整个理论形态的更新，这才有可能使新学科的建设落到实处，一步一个脚印。

观念建设是学科建设的前提已如上述，然则，为了保证新学科的顺利成长，我们究竟需要建设起什么样的文艺新观念呢？我认为，有这样几个条件至少是要具备的：

其一，作为一门新学科的基础观念，它必须是真实的而非虚构的，也就是说，它必须切实地把握住文艺本身在某些方面的客观属性，而不能是研究者头脑中的主观想象。观念，总是一种现实的反映。文艺观念，则是人们对于文艺现象这个实际存在的事物的认识。而由于事物的质往往显现为多要素、多层次的复合体，在我们从不同角度、不同层次上去观照事物时，便会触摸到它的不同的方面，因而对同一事物形成了不同的观念。这些观念只要确实植根于事物内在的质素（而非外表的假象），就有它存在的客观依据，植根愈深入于事物的深层结构,其概括性、可信性也愈大。所以,我们要推测一门新学科究竟有没有持久的生命力,不是看它的理论架构是否宏伟,表现形态是否新奇,恰恰要着眼于其内在观念的信实程度。而若从事一门新学科的研究,也必须从这里下手,努力开掘出前人尚未充分提示的事物层面来,加以反复锤炼,奠定扎实的根基,学科建设才不至于成为空中楼阁或沙滩上的瓦砾。

其二,新学科的基础观念应该是成串的而非割裂的,各个环节之间有着内在的逻辑联系。前面讲过,每门学科都有一个基础的观念,但既然是一门学科,必然由好些部分建构而成,其内蕴的观念也就不会是孤立的"一",而应该是聚合式的"一",即由一个核心的观念,生发出许多相关的观念,最终形成一串观念的系列。学科的体系是否谨严,根本上就取决于其观念系列的内在逻辑性。缺少了这种逻辑联系,观念的组合上不是流于单一、贫乏,就是显得杂多、凌乱,整个学科因亦建立不起自己的系统。为此,我们判断一门新学科的结构形式,也还不能光看它的外部体制是否整一、齐全,而仍要深入考察其内在的观念。

其三,每一门新学科的基础观念尽管各有其特定的内涵,而同时又应该具有不排他性,能够同其他各种真实可信的观念互相沟通,这一点也是很重要的。一种文艺观念总是从一个侧面来触及文艺的质,就其对这一侧面的概括与把握来说,也许是信实可靠的,而就其对文艺总体的质的把握来说,则往往是不全面的,于是会造成不同文艺观念之间的矛盾与冲突,前面举到的文艺社会学、文艺心理学和注重结构、形式的各派之间,常因视角的歧异而互相排斥,便是一例。他如艺术创造学把文艺创作归因于作家的创造性活动,而接受美学却强调读者参与了艺术的创造;国别文学史力图理清文学发展的民族轨迹,而比较文学却着重寻找文学现象的国际关系——

也都由于观念上的差别而导致研究领域和趋向的不同。这样的分歧是确实存在着的。但若作进一步的分析，我们就会发现，这类矛盾和冲突其实仅限于事物的表面，就其实质而言，每一种特定的观念（真实而非虚构的）都有可能从文艺现象的一个侧面，延伸、扩展到其他侧面，因为事物的质原本就是多侧面构成的统一体，各个侧面之间有着贯通一气的渠道。所以，只要不设置人为的障碍，文艺社会学的讨论，完全可以导向社会心理和社会语言规律的探索，而结构主义与符号学的研究，也不妨将艺术作品的内部关系与外部关系打通起来思考。学科之间的这种多元"互补"，将会为理论科学的正常、全面的发展提供合适的土壤，这也是我们当前建设新学科的有利因素。

真实性、逻辑性和不排他性，这就是我对于学科基础观念建设的基本要求。它们并不是学科创新的充足条件，而仅仅是一些最必要的依据。只有具备了这样一些起码的要素，新学科所赖以生成的新观念，才有可能是实实在在的，而整个学科的建构与演进，也才能获得牢固的支点。我之所以不惮词费地把话说在文艺新学科建设破土动工之际，正是出于这番考虑。

末了，附带谈及这么一个问题：人们在议论新时期的文艺时，常拿来同"五四"时期相提并论，这也是有道理的，因为新时期文艺在思想的解放和艺术的开拓上确与"五四"时期的情况相似，甚且有些方面的创新追求还超过了"五四"。但又要看到，新时期至今还没有产出像"五四"时期那样的文化巨人和文艺巨匠，则究竟是什么原因呢？是我们这一代人才气欠缺吗？不见得，这些年来常常可以读到才华横溢的好作品。是我们的学力不足吗？也许，但未必尽然。我觉得更为根本的，还是我们思想观念上的不成熟。"五四"时期的文化巨子，不管持哪一种观点，大多对于民族的传统文化有一番深刻的反思,对于外来的思想潮流也有过比较和鉴别,从中综合提炼出自己的观念,就不同于人云亦云的浮泛之见。这正是"五四"新文化运动能有较高的起点,并能迅速攀登思想高峰的重要原因。当然,这样一种条件的形成,则又跟鸦片战争以来半个多世纪的社会大变革、大动荡的形势有关,跟新文化倡导者自身从青少年开始即作了长时间的思想酝酿和理论探索分不开。我们当前虽也处在社会变革的时代,但由于变革的种因一直受到压抑,变革的出现仿佛突如其来,人们缺乏精神上的准备和理论上的修养,就不免在变革面前陷于某种程度的盲目性。比起"五四"时期的巨人来,我们这一代人的观念意识显得比较混杂,常有徘徊不定和新陈纠葛的现象发生,在继承传统与接受外来影响时,也会有食而不化、生搬硬套的弊病。这些都显示出我们在思想上的不成熟,而这一情况又必然要大大限制住我们的理论视野与文化建设的展开。所以尽管近年来文艺创作和理论批评相当活跃,却不能说已经确立了新文化的主体意识,更不用说登上时代的高峰了。由此看来,我们的创新事业仍将经历一个长时期的艰难曲折的过程。要由不完善逐渐趋于完善,由不成熟逐渐走向成熟。而作为这一过程的中心环节的,恰恰在于思想观念上的持久不断的磨砺与锻铸。这是历史赋予我们这一代人的使命。我们如果意识到了这个使命,那么,文艺新学科的建设就绝不限于发几篇宏论,出一套丛书,而是要切切实实地为后人打下几根桩子,开创一代新风,这才是新时代儿女们应有的志气。

(本文系据作者于 1987 年 9 月召开的《文艺新学科建设丛书》工作会议上的发言整理而成,载于《文艺研究参考》1988 年第 1 期)

"原创性"自何而来

——当代中国文论话语构建之我思

"当代中国文论话语构建"这个大题目，原非以我之寡闻浅见所能回答的，何况我的专业是古代文学，似乎更无必要介入这一论题。不巧的是，我在从事古典文学研究之余，兼带搞一点古文论，近年来古文论界争议甚多的如"失语症""古代文论的现代转换"等时时进入我的眼帘，并引起我的兴趣，我关注这场争议达十年之久，内心积累了不少疑问与想法，很想找个机会倾吐一下。而这些年来的观察与思考，又使我深深感到"失语症"之类并不单纯是古文论领域的问题，它还牵连到整个文论话语的构建，且只有将其放置在当代中国文论乃至文化构建的大背景下，才有可能做出比较合理的判断与推论。这样一来，便把我引进了自己不熟悉的领地去作探索，显得有点胆大妄为，好在我不求建树系统的理论，只不过借此表达个人的一点观感，以请各路方家解惑赐正。

一、"失语症"一说之"失"与"得"

为便于切入问题，让我们从曾为多方聚焦的"失语症"一说谈起。

众所周知,"失语症"的提出已有十多年历史。此说产生后,反响相当热烈,赞同者不少,反对者更多,而赞同与反对内部又各有不同说法,真可谓异论蜂起,迄今尚难平息。对于这番鏖战,本人采取的是作壁上观,未明确表过态。一则不想惹是生非,生怕卷入口舌笔墨之争,会耗掉我剩余不多的生命与精力;二则亦有难以率然表态之感,即既不能旗帜鲜明地予以支持,又不想干脆了当地给以否定,我认为这是一个颇足玩味的话题,或可从中引发出一些耐人思考的东西来。

平心而论,"失语症"的提法在我看来确有欠妥之处,它不是一个科学的命题。因为以往一百年来我们民族在思想文化建设上所面临的困惑,主要出自社会转型(由前现代向现代社会演进)所带来的话语转型(由传统话语向现代话语方式转变),其间涉及传统思想与现代思想、外来资源与本土资源、实践经验与理论升华等多方面的纠葛,总的取向是要尝试促进古今中外各种理念与文化形态在当代中国社会土壤中的磨合与会通,以形成适应现时代需要的民族新精神、新话语。在这一变化过程中,不可避免地会有得有失,但绝不是笼统地用一个"失语"便足以概括了的。"失语症"的提法之所以受到众多诘难,跟它未能正视话语转型的积极意义和全部复杂性,当是分不开的。

然而,这并不意味着"失语症"的提出纯属"伪命题"。在学术论争中,常见有人匆忙宣判不合自己心意的论题为"伪命题",这不是一种好习气。"伪命题"指的是全然虚假、毫无意义的话题,属空洞无物的文字游戏。有些论题提法片面,甚至包含错误,但若是反映着某些值得注意的动向,能够从中提炼出具有一定真实内涵的问题来，便不宜一概斥之为"伪"而任情放逐。"失语症"之说亦复如此。为要取得耸人听闻的效果，它以放言高论的姿态表见自己，其代价是在相当程度上丢失了科学的谨严性，以至招来一系列的诟病。不过只要不怀偏见的话，我们自不难发现，在它那故作惊人之态的外衣下，含藏着某种实在的针砭意向，即对于当代理论建构中盲目追随外来话语、相对忽略自我创新的严重不满，而这一不满并非无的放矢。

我们说过，当代中国文论话语的构建是在话语转型的过程中实现的。转型之前，我们有一套传统话语，那就是我们的古代文论，它是一种非常富于民族特色的理论话语，是置身于世界各民族之林亦不会丧失其独立品格的话语。近代以来，随着中国社会的急遽变革，这套话语因难以适应变革的需求而遭受冷落，先进的中国人汲汲于"别求新声于异邦"，大量引进外来话语（主要是西方话语），从而推动了话语转型。这一转型既然是凭借外来话语的驱动和支撑而开展起来的，就不可避免地要打上追随、效法外来文化的特定印记，并因此而同自己本有的传统拉开了距离。以这样的方式来构建当代中国的理论话语以至整个文化形态，其好处是能较为迅速地赶上时代步伐，不失时机地实现话语的现代转换，弊端则在于容易失落自身的主体性，让"他者"牵引并掩蔽了"自我"。不幸的是，这一弊病在当代中国理论话语的构建中亦有所显现，特别是在把"建设""创新"当作"跟风""趋时"的潮流中表露尤为鲜明。所以，一个世纪下来，当我们于世纪之末回顾这一百年来的行程时，不免会惊讶地发现，尽管我们的理论话语已经得到全面更新，但填塞于其中的"新"的成分大多（不是全部）出自外来资源，很少有我们自己的理念创获,这不能不说是一大缺憾①。原创性的不足,意味着话语转型并未能最终完成,这是我们在进一步讨论如何构建当代中国理论话语时所必须面对的事实。

如此看来,"失语症"一说的意义,恰在于用尖利乃至夸张的方式挑开了近现代中国社会变革进程中话语转型滞后的现象,以对世人起一种刺激与警醒的作用,一笔抹杀其现实的针对性是不客观也不公正的。当然,在揭示这一征象时,它的许多论断有失分寸。比如将整个当代理论界的现状一例归结为"失语",便犯有以偏概全、夸大"病情"的错误。而为了给"失语"找寻病因并开设处方,它又将祸源追始于现代化转型中的向西方学习,更以"改弦更张""回归传统"作为治疗病症的不二法门,这些都有可商榷之处。但不管怎样,"失语"一说尖锐地触及我们民族话语转型过程中原创性不足之弊,应该承认是符合实情且切中病痛的,值得我们认真检视。为此,如何跳出对"失语"一词的纠缠,深入到其底里去探讨当代中国理论话语构建的方向与途径,把握话语转型的基本规则和操作方法,来给"原创性不足"的毛病准确把脉并开出处方,当成为理论界同人共同追求的目标所指。

二、"话语转型"中原创性不足的原因何在

"失语症"的提出为我们挑明了当代中国话语转型中原创性不足之病,但它将"病因"归咎于向西方学习,则显然属于"误诊"。

---

① 按:据传国外某政要曾言及,中国的崛起只不过是经济实力的增长,不用担心其成为超级大国,因为中国对现时代人类思想没有贡献出什么东西。不管说这番话的动机是什么,仍足引起深思。

以我们这样一个"后发现代化"民族的生存条件而言，身受外部环境的沉重压力，不得不争取在较短时间内赶上世界前进步伐，而自身原有现代化因素的积累又明显欠缺，在这种情况下，"向西方学习"实在是唯一的出路。实际上，也正由于我们打开了封闭的国门，大胆走向世界，广泛吸取外来文化中一切可利用的资源，方能够促使固有的民族话语逐步实行并继续不断地实行着向现代话语的转变，这应该是一个不争的事实。那么，为什么转型中又会产生某种程度上"失语"的弊病呢？一则，从学习到自创本身需要有一个接受、消化以至改造出新的过程，这期间出现各种盲目吸收、消化不良甚至胡乱更张的症候自属难免，不能一看到这类现象便大摇其头，轻易加以否决。再一点，也是更为重要之点是，引进的外来资源必须同本土基因相结合，以求得在新的环境里重新生成和推陈出新。这层意思又关涉到两个方面的问题：其一是外来资源须与本民族的生活实践相沟通，以争取在民族生活的土壤中扎下根子；其二是它还要同民族的思想与文化传统相交汇，以便于楔入民族心灵的深处，并转化为民族喜闻乐见的话语形态。总之，有了这两个结合，而不是双重脱节，外来的"他者"才有可能"存活"于本土，并顺理成章地转化为民族"自我"的血肉构成，这亦便是话语创新的关节之所在了。

对于上述两重关系，前一方面的结合，即外来话语须与民族生活实践相沟通，似乎不存在任何疑义，原则上大家都认同，可实际操作上并不尽然，这跟我们引进外来文化时的特殊境遇和由此而产生的急功近利心态是分不开的。回顾二十世纪的历程，世纪之初国门已然洞开，引进资源以西方列强为主，且偏于自然科学及政治、经济之类实用性社会科学，较少顾及人文方面，显然和当时人们学以致用、救亡图存的意向紧密相关。新文化运动后，人文成果的输入有所扩大，但终不及实用性知识受人重视，"科学至上"的观念仍牢不可破。到世纪中期，受政治形势变化的影响，对西方开放的大门基本关上了，转向朝苏联"一边倒"，出现了另一波的引进。而后又由于高扬"批判帝修反"的大旗，割断了这一联系，直至世纪末尾才重新走向全面开放。这样一种忽放忽收的态势以及重实用轻人文的倾向，自是大时代剧烈动荡的显影，难能苛求，但它所造成的后果，必然会使我们向世界开放的步调变得促迫而凌乱，引进外来资源也常是"捞到篮里便是菜"，顾不上细加择别与清理，更难以精心考虑如何结合民族生活实践而给予合理应用和加工了。

即以新时期以来的情况说，鉴于前段时间里的闭关自守、贻误战机，这个阶段的引进工作是空前大量且全方位的，对于我们过去缺乏了解的西方现代思潮更是如此。引进大大开阔了我们的眼界，加深了我们对世界的知晓程度，也为我们构建当代中国理论话语提供了更为丰富的资源，成绩无疑是巨大的。但要看到，西方现代思潮尽管品类繁多，新变迭起，而其内部实际上仍是有序生成，也就是说，每一种理论话语的产生皆有其自身的历史渊源和现实的针对性，忽略了这些方面，就不可能对它作出正确的解读。然而在引进时，受急功近利心态的支配，人们往往等不及将它的来龙去脉梳理清楚，便匆忙地加以发挥和运用，这就不可避免地会出现误读、误释以至误用，既离开了其本意，更容易导致对民族当下生活实践的扭曲。比如说，二十世纪八九十年代，西方马克思主义思潮进入我们的视野，一时间译介"西马"、引用"西马"理念成为热潮，这当然是件好事。可引用来干什么呢？我们都知道，"西马"理论话语在西方属激进思潮，"西马"理论家继承了马克思的批判精神，对西方工业文明社会及其市场经济形态给予多方面的揭露和批判，有助于增进人们对资本主义腐朽面的认识。但若脱离"西马"思潮所产生的环境，机械搬用它的一些话语施加在我们的现实生活上，不加分析地使之与当前正在发展着的现代化工业文明及市场经济对号入座，则必然会引向对我国改革开放事业的质疑与否定，某些"新左派"人士正是这么做的。这件事表明，原本非常激进的流派，到我们这里有可能蜕变为极端守旧的思想，难道不该引起人们的警觉吗？再比如，九十年代开始，文化保守主义倾向在大陆学术界逐渐占据上风，一改往昔以激进主义为主导的局面，这当然有其深刻的历史动因，姑且不去说它。我们看到的是，在谈论文化问题时，一些学者着重引述西方文化保守主义者的言论，用以证明保守主义所要保守的，其实是由西方市民社会所孕育出来的自由思想传统，它区别于激进主义路线的，只是不赞成用激烈变革的手段来打乱现存秩序，而主张以渐进调适的方式来维护和推进自由传统，这样将更有利于自由精神的承传与贯彻。此说言之成理，但我弄不明白的是，那毕竟是西方的情况，跟我们有什么相干？在我们这里，市场经济尚未发育周全，市民社会根本没有建立，也不存在那种自由思想传统，此时此刻来倡扬文化保守主义，其所要保守和所能保守的究竟会是什么呢①？由此看来，引进外来资源固然极其重要，而引进后的结合国情思考、应用亦十分必要，简单移植和机械搬用常要导致对

---

① 按：我不赞成文化保守主义，并不意味着主张激进主义。在我看来，二十世纪的革命动荡造成了激进与保守两种思潮的明显分流与激烈碰撞，而今进入建设的时代，应该有条件超越激进与保守之争，将文化转型的方针与策略提到一个新的层面上来重加认识。这个问题说来话长，兹不具论。

文本与国情的双向遮蔽及严重歪曲,只有在充分理解所引进的对象并正确把握其与民族生活实践的内在关联的基础上,才能使外来资源真正转化为本土财富,成为构建当代中国理论话语的重要凭借。

现在再来考察第二方面的关系,即外来话语与民族传统相结合的问题,这个问题的看法上其实是颇有分歧的。在许多搞当代理论研究的人看来,借取外来资源是为了解决当前现实中的问题,故而外来话语与本民族生活实践的结合非常必要,至于与民族传统的结合则不那么吃紧。他们虽然不反对在当代中国理论话语中适当吸收一点传统的因子,却并不把传统的参与视为构建新文化的不可缺少的环节,这只要看当前出版的一些文论和美学著作大多致力于在马克思主义与西方现代文艺思潮之间做会通工作,却很少关注吸纳传统思想及其理论资源,即可概见一斑。与此相呼应的是,古代文论界的学者们也多半对传统与现实的结合持怀疑和否定态度,在他们看来,研究古文论就是研究古文论,把古文论本身弄清楚了,就算达到目的,完全没有必要考虑与当代生活接轨的问题。还有人认为,古代文论与西方文论属异质文化,不具备可通约性,所以古文论的现代转换根本上是行不通的。这形形色色的意见,集中到一点上,便是传统不必要亦不可能参与当代文化的运作,换言之,中西古今之间的对流不可行。这一思想障碍实质上已构成当代中国学术创新发展的一个瓶颈,需要多花点气力来加辨析,让我们从古今不同的角度上分别开展讨论。

所谓站在今天的视角看问题,是指从构建当代中国理论话语的需求出发,看传统的参与是否成为必要条件,这个问题对不同性质的学科来说,答案会很不一样。在自然科学方面(特别在其知识原理上），民族传统乃至民族生活条件的差异都是不重要的，因为大家面临的是同一个自然界，很容易形成相同的认知状态，国外先进的科学理论拿到我们手里，便会自动转化为我们自己的思想资源，故从来也不听说有什么中国化的牛顿力学或民族特色的爱因斯坦相对论。相比较而言，社会科学便有所区别，作为其研究对象的社会制度与社会生活在不同民族之间是很有歧异的，于是引进的外来理念必须经受本民族生活实践的考验，在两相结合与融通中才能转化为民族自身的理论构建。二十世纪我们的政治领导人在这方面下了功夫，先后产生出孙中山的"三民主义"、毛泽东的"新民主主义"和以邓小平为代表的"有中国特色的社会主义"三大理论体系，标志着中华民族在社会科学上的重大创新，这一创新过程至今仍在衍续之中。至于人文学科则又有其自身的特点。人文学科的对象是"人"，尤其是人的精神世界。人的精神状况固然离不开社会环境的制约，但也脱不了文化传统的影响，时代心理与民族心理在每个人身上都打下深刻的烙印，且相互交织在一起，难能分判开来。因此，人文学科上的外来理念就不仅要同本土的生活资源相结合，更须同民族的思想文化传统相交会，才能真正渗入本民族的心灵，并融贯于民族的血液之中。关于这一点，我们只要看现代西方人如何珍视与崇扬他们固有的"两希"传统（古希腊罗马文化和希伯来文化精神），尽可能地利用传统话语资源为其现代文明体系提供有力的思想支援，便可悟得其中的奥窍所在。而当今亚非拉地区的许多民族（如印度、阿拉伯世界、南美洲一些国家等），也在尽力发掘他们各自的传统精华，用以与西方世界进行对话，争取通过对话、交流来重建其具有民族特色的新文化，为什么我们不抓紧这方面的工作，反而要对传统的参与当代运作抱有这样那样的疑虑心态和挑剔眼光呢？

还可以从另一个角度，即古文论学科自身发展的角度，来探讨传统参与当代理论建设的必要性和可能性。大家知道，古文论的传统是在我们民族几千年的历史积累中逐渐形成的，但古文论作为一门学科，却于二十世纪方始建立并得到定名。在这之前，它不称作"古文论"，而叫作"诗文评"（《四库全书总目》中即列有"诗文评"一类），这意味着它是一种当代性的评论，是活生生的文学批评。情况确实如此，我们的先辈正是通过所从事的"诗文评"，来介入他们那个时代的文学运作的。不光唐人评唐诗、宋人评宋诗属于当代批评，即使是明清人评唐宋诗，亦不是为了单纯"考古"，乃是要给自己时代的诗歌创作确立规范（有所谓"宗唐"与"宗宋"之争），这仍是一种当代性的评论，而我们的文论传统便是立足于这一活生生的态势得以不断地充实和完善的。进入二十世纪以后，形势发生了变化，不但文学形态有了新变，批评话语也完全更新了，原有的"诗文评"不再被人直接引用，它成了历史的陈迹，成了文化遗产，于是有了"古文论"的称呼。"古文论"者，已经埋入故纸堆的文论话语也。如果它长久停留在这种过去状态之中，那它就只能作为"古董"供人把玩，而不成其为活生生的理论资源，更不会具有自我发展的生命力。因此，若要使我们的民族传统得到延续和更新，就必须让它从封闭的、已然完成的状态中解脱出来，重新面向现实，面向当代文化的运作。一旦这样做了且行之有效的话，古文论也就不再定格为"古文论"，它会以多种形式进入当代中国文论话语的构建，成为整个当代文论的有机组成部分，就好像中医尽管渊源于古代医学，因其继续应用于临诊处方，便不称之为"古医"，而承认其为与"西医"相并列的民族现代医学学派一样。古文论作为一门理论科学（不仅是历史遗产），也只有在面向现实，参与当代文艺创作、批评和理论构建的开放态势中，使自己演变为"中国文论"，才会有持续生存和发展的远大前程①。

然则，古文论向中国文论的演变（即所谓"现代转换"），究竟有没有可能性呢？这就涉及不同时代、不同民族的文化形态是否具备可通约性的问题了。依我之见，世上万事万物之间，差异固然是普遍存在的，而共通亦不能不说是普遍存在的，因为万事万物皆处身于同一个世界之中，它们要相互依存和相互转化，若完全不具备可沟通处，那简直成了不可思议的事。同样道理，文化形态在古今中西之间确有很大差异，但文化是人所创造的，"文化即人化"，虽然不同时代、不同民族乃至不同个体的人在心性与外貌上都会有所区别，而"人同此心，心同此理"的古训仍然不可否弃。古今中外的人既然皆称之为"人"，他们之间便不会有绝对的不可通约性；否定了这一点，必然导致否认人和人的相互交往与相互理解的可能性，而人类社会的存在亦将发生疑问。把这个观点具体应用到文论话语的建构上，一方面，我们得承认，古文论与现代文论（其话语资源多出自西方）在话语形态上确有重大差别，以至难以将两者随意拌合到一起而不显得突兀与生硬；但另一方面，我们又会发现，传统

---

① 对待我国文论传统可以有两种不同的态度和做法，一是仅视之为历史遗产而进行清理工作，再一是着眼于活用资源以求得推陈出新，我曾借取冯友兰谈中国哲学时所用的"照着讲"与"接着讲"这对范畴来分别概括。两种做法都是有意义的，就具体研究者而言，自可随个人性分选择自己喜爱的研究方式。但若咬定只有前者才是"真学问"，后者必然堕入"野狐禅"，则我期期以为不可，因为任何一种学术的发展都是在一代又一代学人"接着讲"（儒学正是如此）的过程中实现的。"古文论"要向着"中国文论"升华，舍"接着讲"外别无他途。

文论话语中所蕴含着的那种天人合一、群己互渗的超越性生命境界追求，那种对生命本原的直觉感悟式的审美体验方式和诗意言说方式，以及视文学文本为饱和着多种生命内质的有机结构与生命形态等，均可通向现代人的生存状况与生命体验，且恰恰是现代文论话语系统（连同作为其根底的西方文论话语系统）所相对缺略的。西方人由于有强大的理性思维作支撑，自古以来便习惯于将文艺看成是认知世界的手段（所谓"模仿"说、"再现"说、"人生图画"说、"百科全书"说皆由此而来），在如何运用文艺形式反映世界、摹写人生世相上，提出过不少精辟的意见，而于激发人的生命体验及感悟方面则不免有所不足（"五四"以来的现实主义文论继承的正是这一传统）。晚近的浪漫主义和种种非理性思潮，将文艺活动的重心转向自我表现，个人的生命体验得到了凸现，却又将个体与群体、自我与他人、内在生活与外在生活乃至单一主体与整个对象世界截然分割开来和对立起来，亦容易造成文艺蜕变为一己情怀的宣泄工具，而丧失其感通社会和感发生命的巨大功能。在这种情况之下，发扬我们民族自身的传统，使之参与当代中国文论话语的构建，将理性的追求与生命的追求，自我实现的追求与天人合一、群己互渗的追求相互结合，以形成现代人的更为完整也更为充实的生命体验和审美体验方式，岂不是一件非常有意义的事吗？传统本身有着不仅属于过去亦且属于未来的成分，这正是它能够跨越历史以通向现实甚至通向未来的保证。古文论现代转换之所以可能，关键也就在于其所蕴有的生命内核足以穿越时空以贯通古今（当然需要剥离由历史环境加于其上的种种杂质），而在生命理念相沟通的前提下，话语形态的转换与整合则属于操作层面上的问题，虽尚有困难，总还是好解决的①。

以上从原则上讲明了外来与本土、传统与当代相结合的重要性，这既是话语转型过程中原创性不足的根本原因，而亦是构建当代中国理论话语的方向所在。有了这个方向，便可以进而讨论具体的方式方法，也就是如何实现文论话语创新构建的途径。

三、怎样才能构建有创新意识的文论话语

当代中国文论话语的构建要走上创新之途，先在条件是要确立其所依据的本根；以传统为本还是以当代为本，是一个基本的分界线。按照"失语症"的逻辑，"失语"源于追随西方、脱离传统，则克服"失语"的弊害就必须改换门庭、回归传统，亦便是以传统为本位来构建当代文论，或者说，是以传统文论为"母体"来吸收和综合外来资源，以形成具有民族气质的当代中国文论话语。此说看来很有诱惑力，它为我们展示出一幅高扬民族大旗，在自身传统主导下生成新话语体系的动人图景，其注重原创自是不言而喻。但我们在感动之余，不免会产生疑问：如果传统真有那么大的能量，即依托其为"母体"便足以生发出新的理论话语来，则当年的"失语"又从何而来？依常情度之，"失语"之"失"，不正缘于单凭传统不足以应对世变吗？而今世变更为急剧放大，"回归传统"又如何

---

① 按：原属古文论的基本范畴如"意象""意境"等，现已进入当代文论，没有理由认为其他一些范畴如"感兴""情志""神韵""风骨"等，一定不能为当代文论所接纳。话语形态的转换生成须经过现代阐释与应用（说详后），但更主要的还当是话语中体现的精神实质被当代所吸收，这才算古文论为当代文论建构所能作出的最大贡献所在。

能保证不会再次面临"失语"的尴尬局面呢？文论话语总是面对活生生的文学现象来进行言说的，而文学现象又必然是人的现实生命活动的反映。传统与现代之间固然存在着互渗互动的关系，但传统毕竟不能代替现实，更不能主导现实，它反倒要在面向现实和参与现实之中，使自己得到切实的承传与逐步更新。据此而言，构建当代中国文论话语自不能立足于传统，而只能立足于当代，唯有"当代"才足以构成其本根。

需要说明的是，所谓立足当代，是指当代生活，而非现有的理论话语。当代生活即现时代中国人所处的生存状况、所从事的生命活动及由此而生成的生命体验，它是一切文艺现象得以发生的本原，构建理论话语也不能脱离这个本原。现有的各种文艺作品和理论话语，若能在一定程度上呈现出当代中国人的生存与体验，自可用以作为理解本原的参考，但绝不能取代本原。之所以要强调这一点，是因为许多学界人士在否定以古文论为"母体"的同时，极力主张在现代文论话语的基础上建设当代文论，理由是一百年来中国现代文论的发展已初步形成了外来资源与本土国情相结合的新经验，当可沿此方向继续向前。这个说法自有一定的道理，我们不能不正视一个世纪以来中国文论家在开创民族现代话语中所付出的艰苦劳动和所取得的重要成果，绝不可轻易抹杀。尤其是一些天才思想家善于从时代生活潮流的深处提炼出关系到民族命运且具有真正原创性的话题来，深刻地影响到中国现代文学与文论的走向，如鲁迅为代表的新文学开创者们喊出"改造国民性"的口号，为"五四"启蒙运动的出现创造了前提，又如毛泽东延安讲话中所阐发的知识分子与工农群众相结合的问题，对整个革命文艺运动有着持久的指导意义。这些理念的产生皆足以显示现代文论思想的巨大创获，确能为理论话语的进一步发展开辟道路，不过由此不也证实了理论创新的源泉来自现实生活，并不能单纯以原有的理论话语为依托吗？

中国现代文论话语之所以不能当作本根，还因为从总体上看，它尚未建成成熟的理论形态，不足以支撑起一整套新的话语系统。这不光指前面说过的现代化话语转型过程中存在着盲目追随西方和有意疏离民族传统的倾向，亦包括其自身所可能具有的创新成分大多停留于经验层面，真正上升到理念高度仍有明显的不足。即以革命文学运动中谈论最多的文艺与政治的关系来看，以往多宣扬"文艺为政治服务"，而今则表示不再采用这一提法，改提"文艺为人民服务，为社会主义服务"，这当然是领导人审时度势所作出的政策调整，有积极意义。但政策意味着什么呢？不就是经验的表述吗？从经验事实出发，过去强调"为政治服务"有其必要性，现在不提这个口号亦有其合理性，不过这都是经验层面上的概括，至于上升到理论层面，这个关系问题究竟应该怎样把握（是文艺为政治，还是政治为文艺，抑或两相为甚至两不为），才算具有普遍涵盖性呢？这自是理论界所需钻研并予以回答的问题，可惜的是，在"不提"的说法出来之后，大家感受到思想解放的欢快，而问题似乎随即烟消云散，再也引不起人们的兴趣。许多积累多年的话题，在大形势发生变化后，往往就这样被打入冷宫，无人理睬，其实并不全在于这些话题已然过时，不再有任何讨论价值，乃是因为它们长期以来仅停留于经验事象的领域，未能从中抽绎出带有普遍原则性的理论思考来，故而经验一起变化，话题便会显得过时。而实际上，过时的只限于当下的经验，并不包含其中蕴有的普遍原理。就拿刚才举到的文艺与政治关系的例子来说，革命年代与当前和平建设时期在这个问题的具体处理上当然有了改变,但不论怎样变,文艺与政治关系本身,或者更延伸一步看,文艺活动中审美与功利之间的关系问题,依然是客观存在着的,属理论探讨中经常碰到且绕不过去的一个基本议题。远的不去说它,即如近段时间在文艺学界炒得很热火的"审美意识形态"之争,除了在"意识形态"概念的界定上费了不少口水外,其核心理念的歧异所在,不就是文学功能上审美与功利的关系①,以及作为其背景渊源的文艺与政治的关系问题吗?在这样一个重大的逻辑支点上,几十年下来,迄今尚未形成比较明确而周全的理论概括,能说我们的现代文论话语已经有了成熟的观念内核和完善的话语形态了吗?总之,不论是古代文论、现代文论或引进的西方及其他民族的文论,都只能为我们提供话语资源,而不能以之为构建当代中国文论话语的本根。本根仍然是当代中国人的生存状况和生命体验(当然要放在全球现代化浪潮的大背景和中国历史未来发展的前景下加以观照和体认),也只有立足于这一当代人的生命活动且对之进行认真、深入的反思,才有可能找到事关重大的理论话题,进而构建出真正富于原创性的理论话语来。

这样说,并不等于把古今中外的话语资源看得不重要了,事实上,在确立本根之后,最要紧的便是构建话语,而新的话语形态不可能凭空产生,它只能来自既有话语资源的综合加工。然则,面对不同的话语资源,我们又该如何进行选择与综合呢?在这个问题上,我主张走兼收并蓄之路,即无须定格以哪一种话语资源为主流,只

---

① 按:意识形态一般具有社会功利性,而审美则往往被看成是超功利的,故争议中会出现"是意识形态就不属于审美,是审美即不能归入意识形态"之说,可见不解决好这个关系问题,考察文学艺术的性能会显得摸不着边际。

要看它是否适合于言说当代中国的社会文化生活与文艺现象,且能从原则高度上来把握事物的发展趋向,不管其出自古代或现代、东方或西方,均可不拘一格地加以吸纳和引用。这里不存在什么"中体西用"或"西体中用"的问题,而是"中西古今互为体用",或者说,立足于当代中国之"体",古今中外的话语资源皆为其所"用"。而"用"的关键则在于用"活",即通过活用各方资源,以促使其实现从原有话语向着新的话语的创造性转化,这也便是话语创新之途了。

那么,要怎样才能做到活用资源呢?我以为,首先一点是要打破其固有封闭的思想体系,让话语资源向着当代中国人的生存状况与生命体验开放,同时也就意味着向着其他话语系统开放,在这不断开放自身并参与新的话语运作的情况下,特定话语资源方有可能解脱其原有的意义纠葛,突破其既定的思想封界,使自身得到激活。我曾以中国诗学传统中的"诗言志"为例来说明这个问题。"诗言志"的命题被朱自清先生称作中国诗学的"开山的纲领",在诗学传统中影响十分深远。这个命题在今天究竟还有没有意义呢?按朱先生的考释,"诗言志"的"志"特指古代宗法社会关系下与政教伦常相关联的怀抱,故"诗言志"的含义便是要求诗歌表达诗人的这种襟怀,以起到巩固社会政教伦常的作用①。这样看来,这个命题似乎已经死了,现代社会不再保留宗法关系,谁还需要诗歌来起到巩固宗法礼教人伦的作用呢?"五四"以后的新文学家大多回避这个命题,宁愿引后起的"诗缘情"来解说诗歌的功能,便是出于这种考

---

① 参见朱自清《诗言志辨》,《朱自清古典文学论文集》上册,上海古籍出版社,1981年,第194—195页。

虑。然而，至五十年代，当老诗人臧克家以《诗刊》主编的身份，请毛泽东主席为《诗刊》题词时，毛主席欣然命笔，写下的赫然正是"诗言志"三个大字。难道毛主席的用意是要今天的诗人去宣扬已经过时了的宗法伦理吗？当然不是。他是对"诗言志"的命题作了比较宽泛的理解，即不去死抠其与宗法社会的特定关联，而注意发扬其中所包孕的诗歌与社会人生相结合的精神。我们知道，人的思想感情有偏于私人化的一面，亦有倾向社会化的方面，两类情感都有权利在文学作品里得到表现。作为革命领袖，毛主席当然更为重视文学与广阔社会生活的联系，他希望诗人用自己的歌唱来参与社会的改造和建设，这正是他选择"诗言志"一题的理由。而当他这样做的时候，他实际上已经对原有命题做了推陈出新，即略去其在特定历史环境下所形成的具体和特殊的含义，采取其所可能具有的一般与普遍的意义，并使其面向当代生活开放其自身，从而突破了传统思想体系的羁绊，得以引发及生成新的意义内涵，这也就是话语资源的活用了。而经过这一活用，"诗言志"的命题便不仅能通行于古代，亦且能进入当代，特别是它用以为核心并着力标举的那个"志"，作为与社会人生息息相关的诗人襟抱，一种与群体、与他人休戚与共的思想情怀，在现代文论以及西方文论中似还找不到完全相对应的概念，则"诗言志"一题的进入当代文论话语构建，不就带有某种原创的意味了吗？至于古代传统中围绕着"诗言志"而展开的各种论题，如"志""情"关系、"志""气"关系、"心""意"关系、"意""象"关系以及直陈言志、比兴喻志、感物吟志，以意逆志等，便也有可能一并随着进入当代文论视野，于是文论话语的构建亦将更其充实且丰富了。

活用资源的第二个方面，是让不同的资源在相互接触与相互交流的过程中开展思想碰撞和话语对释，由此而达到双向超越与综合创新。我们说过，一种话语资源在其自身系统之内，通常是相对封闭、自成一体的，一旦打破限界，向着新的生活源泉开放，则必然会发生彼此间的对接与互动，并经常引发思想碰撞和话语对释。这是一件大好事，因为只有在碰撞中始能发现新的话题，也只有通过有效的对话交流，方足以构成新的话语形态。怎样才算是有效的对话呢？据我看来，那就是一种"对释"，或者叫"互释"，即不同话语传统之间的双向阐释和互为阐释，这是针对以往习见的单向阐释而提出来的。二十世纪六七十年代之交，台、港及海外比较文学界出现了一种阐发研究的模式，即以西方理念来诠解中国古代文学与文论传统，虽常令人有耳目一新之感，然亦不免产生"以今律古""以西范中"的弊端，其结果往往成为以我们的事象材料来证成西方现有的理念，除了表明西方理念具备更大的普适性以外，对既有理论思维的成果并未能增添任何新的成分，这显然不是一种有效的对话方式。真正有效的对话不应该是单向阐释，应该是双方对释和互释，而这种对释与互释又须以双重视野下的双向观照为前提，即既要用现代意识（包括全球视野）来观照和把握古代传统，亦要从传统自身出发来反观外来及现代文论中的理念，在这样一种循环往复的交流过程中，便有可能达致充分的对话与共同提高，新的话语形态亦将于此得到生成。为说明这个道理，我所举出的最简明易晓的例子，便是中西文论中有关美和形象关系的探讨。在西方审美传统里，美与形象历来不可分割（美学即称作"感性学"），"美在形象"的理念牢不可破。而考之于中国传统的审美经验，固然亦有讲文采、习藻丽的一面，但那并不代表主流意识，相反，从《老子》书宣称

"大音希声,大象无形"①,直到唐人标榜"义得而言丧""境生于象外"②,以及"象外之象,景外之景""韵外之致""味外之旨"③之类鼓吹来看,我们的先人更为看重的是一种超越性的追求,即超越形体层面的观感,以跻于精神境界的体悟。借用西方"美在形象"的理念作比照,或可将我们的经验归之于"美在对形象的超越",这并非古人的原话,乃是两种话语系统经碰撞后所引发出来的对美与形象关系的新认识,是"对释"与"互释"所导致的话语更新。而有了这一更新后的思想与言说,又可借以同西方固有的"美在形象"的理念作比较,看这两个不同的命题各自的根据何在,相互间是否还存在内在的联结与推移、转化关系,于是话题更可深入开展下去。这类例子尚多,不必胪列。我相信,像这样的一种对话方式,不仅对于构建当代中国文论话语来说是切实可行的,其于促成东西方不同民族文化传统的互补互动,当亦不失为有力的凭借。

纵览中国社会与文化话语转型的历程,走的是一条由"失语"到"借语"、由"学语"到"创语"、由"杂语"到"通用语"、更由"民族话语"到"全球话语"的发展道路,而今我们面临的正是传统话语、现代话语和各种外来话语"杂语并存"的局面。"杂语并存"为我们提供了众多的话语资源,亦便是为理论创新创设了大好条件。但要看到,"杂语并存"还不是我们所要追求的目标。如果仅

---

① 《老子》第四十一章,引自张松如《老子说解》,齐鲁书社,1987年,第272页。
② 刘禹锡《董氏武陵集纪》,引自瞿蜕园《刘禹锡集笺证》卷一九,上海古籍出版社,1989年,第517页。
③ 见司空图《与李生论诗书》《与极浦书》诸文,引自《司空表圣文集》卷二、卷三,《四部丛刊》本。

满足于不同话语的合法存在,却不企图给予沟通或尝试综合,那只能是各说各的,谈不到一块去,又怎能形成我们时代的创新话语呢?构建当代中国理论话语,需要考虑由"杂语"向"通用语"的过渡。必须说明的是,提倡这一过渡,并不意味着要取消各种话语资源。"通用语"并不是一种"标准语",构建当代中国理论话语也绝非要定于一种话语形态。"通用"之"通",首先在于沟通话语资源与当代生活的内在联系,使理论话语真正进入当代中国人的生命体验,这才有可能为不同话语系统之间的对话交流筑起一个可靠的平台。"通用"之"通",也包含着通过话语之间的对释与互释,以达到一定程度的综合,以形成足以"弥纶群言"的创新话语,这也就是能体现现时代精神的民族话语新形态了。这一新的话语形态将通过传统的现代化、外来的本土化和一个多世纪以来实践经验的理性化三者相结合而建成,而由于构建过程中各家所倚重的话语资源有所区别,用以言说的对象亦存在差异,故构建而成的新话语也必然具有多元的姿态,其共通处只在于通向时代生活和民族生活,通向对话交流与综合创新。也只有广泛建立起这种新型的民族话语,我们方能有效地言说我们自己的新生活与新经验,并以我们的创新思维成果奉献于世界各国人民,从而使民族话语真正进入全球话语的有机构成和整体运作之中,以实现民族文化的伟大复兴及其对人类思想文明的有效推进。

(本文系应《文史哲》编辑部特约专题论稿,见该刊 2008 年第 5 期,《新华文摘》同年第 23 期全文转载)

"人诗意地栖居"
——论审美向生活世界的回归

审美作为人的生命活动的有机组成,原本是跟人的整个生活世界密不可分的。这只要看早期人类的审美意识集中显现于工具及其他用器的制作,居室、服装与人体等修饰上,便可见出其审美与实用的一体性关系;在那个时候,即便是为行使巫术而构制的绘画、雕刻以及祭典活动中经常采用的乐舞表演,亦皆有其实用的功能,并不类同于后世专以供审美欣赏之用的艺术作品。进入文明社会后,随着脑体分工的定型化和社会阶级对立形势的产生,审美开始从日用世界里分化出来,以各种独立的艺术样式展现自身,但分化不等于彻底分离,因为古代社会的艺术活动尚不具备那种纯粹的自律性,它跟人的实际生活还有着千丝万缕的纠葛存在。且莫说西方古代与中世纪里长时期将"艺术"与"技艺""工艺"混为一谈,即以有数千年文明历史之称的中国而言,诗歌、文章、乐舞、雕绘等文艺样式也始终被纳入"礼教文明"的矩矱之中,承担着庆典、朝会、政事、外交、应制、应试、颂圣、酬宾等众多的社会职能,并不单纯为了审美,可见审美与生活世界的联系具有悠久、深厚的传统,难以一刀切割。

审美脱离生活世界,走向纯粹的"自律",是跟"现代化"的进程相合拍的,或者说,是一种"现代性"的表征。现代工业文明及其商品经济的普及,大大提升了人的自觉生命,使"主体性"得到空前的发扬,而有了"主体"的这种自觉,才有审美自觉的可能性。另一方面,现代社会的合理性需求促成工具理性的盛行,给人的感性生命带来某种压抑,于是又会激起感性生命的反抗(集中表现于浪漫主义思潮和文艺运动),从而形成了审美自觉的必要性。既有必要性,又有可能性,审美的自觉便不可阻遏,它显形为审美的"自律",最终导致了艺术世界与生活世界的分离。据考证,中世纪以后的"文艺复兴"时期出现了"美的艺术"这一称呼,标示着近代西方人观念里初步萌生了将"艺术"从一般"技艺""工艺"中分化出来的动向。至十七世纪,人们开始拿不同的艺术样式相列并比。十八世纪中期,查尔斯·巴多出版了题为《简化成一个单一原则的美的艺术》一书,以音乐、诗歌、绘画、雕塑、舞蹈五项艺术门类为主,外加建筑和雄辩这两门实用艺术,构成了一个完整的美的艺术系列,这也就是为现代人单独划出的审美活动领域。与此相应,艺术的传播与接受体制也获得了大力推广。十八世纪末,在巴黎卢浮宫建立起艺术博物馆,专一收集、保存并展览世界著名的绘画与雕塑精品。随之而来的,是各种画廊、音乐厅、剧院、电影院等设施以及各类艺术学校和艺术教育的设置,从空间和时间上保证了艺术活动的独立开展,进一步巩固了审美"自律"的体制。美学学科的成立,更从理论上对审美经验给予总结,而且大多数美学界人士关注的只是艺术审美的经验,"美学"几成了艺术哲学的别名①。这一切表

---

① 按:以上考证资料介绍,参见[波兰]塔塔尔凯维奇《西方六大美学观念史》第一章"艺术:概念史"(上海译文出版社,2006年),另朱狄《当代西方艺术哲学》第一章"'艺术'概念的历史性变化"(人民出版社,1994年)。

明,一个自立于生活世界之外的审美世界已经牢固地树立起来,那便是专业性的艺术活动领域,现代人在这个领域内从事专一的审美活动,再到这个领域之外去获取其他的生活内容,审美与人的实际生活的分流,就这样得到了确定。

然而,这一审美脱离生活世界以寻求"自律"的状况,晚近以来又有了转变。"后现代"浪潮的兴起,不单向既有的"现代性"提出质疑,亦向与"现代性"紧相关联的"审美自律性"发起挑战。审美不再被视以为单纯艺术活动领域的事,甚且艺术与非艺术之间的界限也日趋模糊,这就为审美回归生活世界创造了前提,但同时亦潜伏着审美自身走向"异化"的危险。如何正确看待当前时代生活的这一新的取向,进而把握有利的契机,以防止和克服审美的"异化",促成其向生活世界的健康的回归,当是每一个爱美、求美的人的热切心愿,我们就来讨论这个问题。

一、"向生活世界回归"是当代审美的大趋势

还是先从审美回归生活世界的趋向及其表现谈起,这里又可分别就现象与观念两个不同的层面来揭开话题。

就现象世界的变化而言,晚近以来,我们看到了两大趋势:一是艺术活动领域内"美的消解",二是日常生活领域中"美的泛化",它们之间还存在着一定的互动关系。

艺术活动领域内"美的消解",体现为"审丑"风气的抬头和现成物品进入艺术这样两个方面,其出发点亦互有同异。我们知道,艺术作为人的审美体验的传达,自古以来一直是围绕着创造"美"和欣赏"美"而展开的,它在近世被称作"美的艺术",更标明其职责之所在,故"审美"即以艺术充当自己的专有领地。现代工业

文明的迅猛发展，一方面提高了人们的审美自觉性，另一方面却在现实生活中播撒下大量丑恶的因子，主观愿望与客观实际之间的对比过于鲜明，不由得人们不对生活中的"丑"给予正视。十九世纪中期后兴起的写实主义、自然主义等文学艺术潮流，一反浪漫主义者大力讴歌"美"的传统，以暴露黑暗、揭示丑恶为能事，正是这一社会条件下的典型产物。这种"审丑"的风气，到颓废派、荒诞派手里发展到了极致。如果说，写实主义者的揭露"丑"，尚带有批判倾向，其中隐含着艺术家本人对"美"的追求，那么，到颓废派以至荒诞派的"审丑"，则已消解了对"美"的期望，完全是为"审丑"而"审丑"，因为在他们看来，"丑"或者"荒诞"即是世界的本然，没有可能也没有必要越出这"丑"与"荒诞"去设置任何意义追求。但这样一来，艺术的职能便发生了一个微妙的变化——从表现"美"（确切地说，应是"美""真"合一）的固有立足点，移向了面对"真"和揭示"真"（无"美"之"真"），尽管这个转变仅停留于艺术世界内部，却多少预示着审美直面人生且回归于现实人生的新的取向。

较之"审丑"趣尚更为贴近生活世界的，乃是现成物品进入艺术创作领域的策略。1913年法国艺术家马塞尔·杜尚将一只自行车的轮子装置在厨房凳子的顶端，以《旋转的饰板》为题充当艺术品，数年后，他又将小便器题以《泉》的标题送交美术馆展出，由此开启了现成物品进入艺术创作领域的习气。杜尚这一"惊世骇俗"的举措，显然非出自单纯的审美需要，实乃是对于"美"作为艺术品专利的一种抗议，甚且包含着对审美自身的否定。用他自己的话来说，"这种现成物品的选择并非由审美享受来支配的。它是建立在冷漠的视觉反映上的，同时，无论好的趣味或坏的趣味都无从谈起"，"而对于现成物品的制作，我们则必须断定：所有世界上的绘画都是现成物品的辅助物，而且都可以用来装配成作品"①。他还公开宣称："我羞于用'创造'这个词"，"从根本上说我不相信艺术家的创造功能，他和其他任何人是一样的人。他的工作是要做某件事情……现在，每个人都在做什么事，而那些在画布和画框之内做东西的人就被称为艺术家。起先他们都是被称为工匠的，我更中意这个称呼"②。杜尚的这类表白，充分说明他对艺术品和艺术活动的特殊性一概不予承认，实质上也便是对于审美脱离生活世界的质疑，而现成物品之进入艺术创作，恰恰成为以极端手段来犁平这条鸿沟的一种努力。所以，在杜尚之后，西方现代艺术的许多流派如达达主义、超现实主义、抽象表现主义、野兽派、立体派、新造物派中间，都出现了借用日常生活中的图像与物品进行组合、拼贴以制作艺术品的迹象。到二十世纪五六十年代之交波普艺术的崛起，这一用实物构造艺术品的运动更发展到了高潮，如破汽车、破鞋、碎玻璃、废罐头、木桶、竹棍、毛毡、线团以至海报、旧照片、颜料、沥青等各类垃圾，均可充当艺术创作的原材料，总之，艺术的灵感不必寄托于艺术家的独创，只需取自图像化和感官官能化的城市日常生活世界及其大众传媒活动即可，这意味着艺术与生活的界限正趋于消失。诚如波普艺术理论家奥尔登堡的宣言："我所追求的是一种有实际价值的艺术，而不是搁置于博物馆里的那种东西"，"我所追求的艺术，要像香烟一样会冒烟，像穿过的鞋子一样会散发气味。我所追求的艺术，会像旗子一样迎风摆动，像手帕一样可以用来擦鼻子。我所追求的艺术，能像裤子一样穿上和脱下，能像馅饼一样被吃掉，

---

① 见杜尚 1961 年 10 月 19 日在纽约现代艺术博物馆《关于"现成物品"》的谈话，转引自朱狄《当代西方艺术哲学》，人民出版社，1994 年，第 55 页。
② 见卡巴内《杜尚访谈录》，文化艺术出版社，1997 年，第 4 页。

或像粪便一样被厌恶地抛弃"①。这种将艺术等同于生活的态度，绝非孤立的事象，与波普艺术同时兴起的诸如行为艺术、观念艺术、偶发艺术、人体艺术、大地艺术之类，亦皆显示出同一种姿态，形成了一个颇具声势的潮流。所谓"本世纪六十年代和七十年代的大部分艺术，其实是对这种把艺术同生活相分离的形式主义倾向的反抗，它们均试图使伟大艺术回到人类日常生活之中，与生活交融为一体……你周围的任何东西，不管是自然物还是人造物，都有可能具有审美的价值，因而都可以被视为艺术"②，以及"过去，艺术是一种经验，现在，所有的经验都要成为艺术"③，反映的便是晚近艺术界里的这种新风气，比起现代艺术的"审丑"趣尚来说，这一"后现代"的潮流似更能体现艺术活动领域中的"美的消解"。

与艺术活动领域中"美的消解"相呼应，当代日常生活领域里则出现了"美的泛化"，这两种看似相背而行的动向，实为同一思潮的两个不同侧面。"美的消解"以现成物品进入艺术的方式显现出来，实际上便构成了"美的泛化"，而现实生活中各种日用物品均涂以美的色调，其实也就意味着"美的消解"。前一种动向见之于晚近流行的"后现代"艺术，后一种态势则孳生于当前活跃着的"后现代"社会，它们共同开花结果在这"后现代"的土壤之中，值得我们给予深切的关注。

然则，"后现代社会"究竟是个什么概念呢？解说五花八门，不

---

① 见奥尔登堡《我追求一种艺术……》一文，转引自〔美〕约翰·拉塞尔《现代艺术的意义》，陈世怀、常宁生译，江苏美术出版社，1992年，第417页。
② 〔美〕布洛克《美学新解》，陈守尧译，辽宁人民出版社，1987年，第217页。
③ 〔美〕丹尼尔·贝尔《后工业社会的来临》，高铦、王宏周、魏章玲译，商务印书馆，1986年，第529页。

一而足。不过我以为,就我们所要探讨的论题而言,它大致相当于鲍德里亚所说的"消费社会",因为"美的泛化"正是消费社会的典型景观。这里自然又要牵涉到对"消费社会"产生条件的理解。按照学界的一般认识,当前西方世界消费社会的出现,是工业文明高度发达的结果,也是二十世纪后半叶社会产业结构调整的直接反映。工业文明的发达,使社会生产力不断提高,物质产品愈益丰盈,这就为提升人们的消费能力创造了条件。六十年代起,西方社会的产业结构出现了相应的变化,产业重心由制造业向第三产业转移,各种商业、服务行业以及文化产业等飞速发展起来,很快占据了市场的主要位置,整个社会成了一个消费文化盛行的商品世界。有如鲍德里亚所言:"今天在我们的周围,存在着一种由不断增长的物、服务和物质所构成的惊人的消费和丰盛现象。它构成了人类自然环境中的一种根本变化。恰当地说,富裕的人们不再像过去那样受到人的包围,而是受到物的包围。"① 在这样一种普遍商品化的氛围中,为了刺激人们的消费欲望,对商品的美化与包装是必不可少的。于是审美不复局限于艺术活动的专利,它摇身一变,扮演起生活世界的宠儿角色来,或者说,艺术自身不复甘守在精英分子的象牙塔里,它以欢快的姿态降临到普通群众的世俗生活之中,在酒吧、商场、俱乐部以至广告传媒、橱窗设计、美容化妆、时尚展演等各个场所,处处显露自己婀娜多姿的身影,成为商业经济的最好的舞伴。美就活跃在街头巷尾,它向着四面八方播散着魅力,这对于委身于消费文化的审美来说,岂不是顺理成章之事吗?无怪乎德国美学家韦尔施要发出这样的感叹:"今天,我们正生活在一个前所未闻的被美化

---

① [法]让·鲍德里亚《消费社会》,刘成富、全志钢译,南京大学出版社,2000年,第1页。

的真实世界里，装饰与时尚随处可见。它们从个人的外表延伸到城市和公共场所，从经济延伸到生态学"①，"在我们的公共空间中，没有一块街砖，没有一柄门把手，的确没有哪个公共广场，逃过了这场审美化的蔓延。'让生活更美好'是昨日的格言，今天它变成了'让生活、购物、交流和睡眠更加美好'"②。他甚至认为，今天的消费者去商场购物，"实际上不在乎获得产品，而是通过购买使自己进入某种审美的生活方式"③。英国社会学家费瑟斯通也强调指出："我们生活的每个地方，都已为现实的审美光环所笼罩"，"现实已经与它的影像混淆在一起"④。他还说："艺术已经转移到了工业设计、广告和相关的符号与影像的生产工业之中"，"任何日常生活都可能以审美的方式来呈现"⑤。这些表述明白无误地昭告着当今时代生活领域中"美的泛化"的事实，它和艺术领域内的"美的消解"是互为因果的。

现象层面上的"审美回归"已如上述，接下来要从观念层面上对这个问题重加一番梳理，两个层面之间虽有一定的联系，又决不能等同视之。大体上说，现象层面反映的是审美回归生活世界的各种迹象，其背景主要集中在当前西方后现代生活方式与艺术潮流上，而观念层面则经常体现出现代人对审美与生活世界关系的一种把握与信念，有着更为宏大的背景和更深邃的思考在内。这一观念层面的考察，又可按其所揭示的主题和所从属的派别，大致区划为三种

---

① [德]沃尔夫冈·韦尔施《重构美学》，陆扬、张岩冰译，上海译文出版社，2006年，第91页。
② 同上书，第137页。
③ 同上书，第91页。
④ [英]迈克·费瑟斯通《消费文化与后现代主义》，刘精明译，译林出版社，2000年，第100页。
⑤ 同上书，第11页。

倾向：

其一是关于审美与日常生活经验相结合的主张，可以杜威的实用主义哲学及其追随者为代表。早在二十世纪二十年代，杜威在其《经验与自然》的哲学专著里，便已提出"经验就是艺术"的命题①，在他看来，"愉快地扩大了的知觉或美感欣赏同我们对于任何圆满终结的对象的享受乃是属于同一性质的。它是我们为了把自然事物自发地供给我们的满足状态予以强化、精炼、延长和加深而对待自然事物的一种技巧的和理智的艺术的结果"②。这就是说，艺术经验和日常生活经验之间没有什么质的区别，日常生活经验的强化与加深，便能成为美的经验。他在晚年所写的《艺术即经验》一书中进一步申述了这一观点，认为审美感受无非是一种较为圆满的经验，任何生活领域的活动，如健身、烹饪、修剪草坪、观看体育表演乃至于从事教育、科学事业及宗教信仰等，均有可能进入审美境界，所以他大声呼吁艺术理论家要把"恢复作为艺术品的经验的精致与强烈的形式，与普遍承认的构成经验的日常事件、活动，以及苦难之间的连续性"当作自己的任务③，这就意味着审美向生活世界的回归。杜威的这一主张，不光在当时引起了相当的反响（包括自然主义美学家桑塔耶纳亦尝与之同调），在而后的新实用主义思潮代表者罗蒂、卡维尔诸人，以至更新一代的舒斯特曼手里，均得到继承与发扬。舒斯特曼的《生活即审美》一书（有北京大学出版社 2007 年出版的中译本），不仅细心发掘与深入考察了那些在传统美学中长期被边缘化了的审美经验（如通俗艺术、大众娱乐、城市景观、乡村歌舞等），

---

① ［美］杜威《经验与自然》，傅统先译，商务印书馆，1960 年，第 284 页。
② 同上书第 312 页，译文略有校改，参见比厄斯利《西方美学简史》（北京大学出版社，2006 年）所引。
③ ［美］杜威《艺术即经验》，高建平译，商务印书馆，2005 年，第 1—2 页。

还就"身体美学"及"生活艺术"的自我设计提出不少可行的建议。这样一种将审美活动与人们的日常生活经验融为一体的思路,跟当前西方世界普遍发生的审美"泛化"的现象,无疑显得最为切近,不过杜威等人所着眼的只在于日常经验自身的圆满和纯粹,全然不带有后现代社会商业化运作的痕迹,这一点必须分辨清楚,不容混为一谈。

审美回归生活世界的另一个思想派别,当以"环境美学"的倡导为标志。"环境美学",亦或称"景观美学""自然美学""生态美学"(其间自有细微差别,兹不一一辨析),探讨的是人与其所处环境之间的审美关系,它意味着人将其所处环境整个地作为审美对象来加以观赏,故又名"景观美学"。在人与环境的关系中,大自然占据着首要的位置,这并不是说环境里只有自然物象存在,绝非如此,实际上,即使是自然景观,亦时或夹带有人工造物(如建筑物、人工植被等)的成分,但既然我们将环境作为整体景观来对待,大自然通常构成其主要背景,人工造物镶嵌于自然景观之中,组成全幅的自然画面,就这个角度而言,环境美学着重研究的实乃人和自然之间的审美关系,这就使它同日常实用物品的审美有了区分。环境美学的另一个重要特点,是它不以审美主体和审美对象为对立的两极,因为主体的人就存身于环境之内,作为整个环境的有机组成,在这种情况之下,审美者不是从外面来打量其审美对象,而是从内里来感受和体验其所存身的整体氛围,从而使主客体之间很自然地达成了双向交流,所谓"分享模式"和"介入模式"(有别于一般审美活动的"分离模式")[①],正是

[①] 按:此说为美籍美学家阿诺德·伯林特所倡扬,亦为艾伦·卡尔松诸人所承袭与发展,见所撰《环境美学》《生活在景观中》《美学与环境》诸书。相关介绍可参看[美]史蒂文·布拉萨著、彭锋译《景观美学》第二章"审美经验"(北京大学出版社,2008年)及彭锋《完美的自然》第二章"对自然的审美经验"(北京大学出版社,2005年)、《回归:当代美学的11个问题》第九章"如何欣赏自然环境"(北京大学出版社,2009年)。

指的这一特定的审美交流方式。再要看到,环境固然能够充当审美景观,可它又是人们的生活基地,怎样的生态状况有助于生活质量的提高,不能不影响到人的审美观感,故而"生态美"常用为环境审美的一大标尺,其实这"生态美"的观念里已然掺杂了众多实用功利的机制。因此,环境审美很难成为像艺术欣赏那样的纯粹审美,它往往显形为审美与实用相结合,环境美学也就经常带有一个实用功利的维度(尽管其理论根据可以上升到"形而上"的层次),尤其在一些具体的旅游景点设计与生态环境规划中表现最为鲜明,这也是环境美学之能体现"审美回归"的重要表记。

我们已经介绍了主张审美回归的两种观念,其共同点在于坚持审美同人们的日常生活打成一片,第三种思路比较别致,它所看重的是审美充当人生的目标,亦便是人的审美化生存的问题,可以将这一倾向称作"审美主义"或"审美的形而上学"。"审美主义"最初表现于艺术活动领域,浪漫主义思潮中"为艺术而艺术"的口号即其先兆,后来的唯美主义者不仅接过了这一"艺术至上"的传统,更将其推向整个人生。英国唯美主义作家王尔德公然宣称:不是艺术模仿生活,乃是生活模仿艺术[1],所以他要提倡一种"唯美"的生活方式,这样一来,追求"美"的人生便成了审美主义者的旗帜。当然,对"美"的性能的理解是各各不同的,故审美主义的道路亦千差万别。即以哲学家的信念来说,最早如叔本华以"审美静观"为"生命意志"获得解脱的基本途径,便含有标举审美人生的用意

---

[1] 参见王尔德《谎言的衰朽》一文中所言:"生活对艺术的模仿远远多过艺术对生活的模仿。其所以如此,不仅由于生活的模仿本能,而且由于这一事实:生活的有意识的目的在于寻求表现,而艺术就为生活提供了一些美的形式,通过这些形式,生活就可以实现它的那种活动力。"引自伍蠡甫主编《西方文论选》下卷,人民文学出版社,1964年,第117页。

在。继之尼采高倡"酒神精神",将尽情释放生命创造力的"醉"境奉为美的最高准则,宣称"只有作为一种审美现象,人生和世界才显得是有充足理由的"①,其审美主义的人生取向表露更为明白。在这之后,有如海德格尔以"诗—思"为通向"本有"(Ereignis)的渠道,进而鼓吹"人诗意地栖居",马尔库塞、阿多诺等西方马克思主义者宣扬"审美救赎论",以审美为救治、消除人性"异化"的必要手段,乃至于后现代思想家福柯在其晚年也致力于构建"生存美学",意图通过人的"自我修持"来"把自身的生存变为带有某种审美特征并符合某种价值取向的艺术品"②。这些哲学界人士分属不同的思想流派,其奉为"审美人生"的内涵亦互有歧异,但在以"美"为人生目标、为精神追求之所系这一点上,自有共通之处。"美"成了人的生命活动的准则,这也应该是审美回归生活世界的一种取向,尽管其带有较多的"形而上"的色彩。

以上论列了观念层面上审美回归生活世界的几种有代表性的倾向,实际存在的当不止这几种,且影响也不限于观念世界,常要扩展到实践领域。不过较之于前面所讲的现象层面的"回归",观念上的倡导毕竟未形成普遍的风气,而其所揭示的思想原则和所含藏的生活理念,又自有超越当下时代、通向未来世界的意义,这个问题容后再加阐述。

二、"审美回归生活世界"与"日常生活审美化"

我们分别从现象层面与观念层面两个不同的角度,系统考察了

---

① [德] 尼采《悲剧的诞生》,周国平译,三联书店,1986 年,第 105 页。
② [法] 福柯《性史》,姬旭升译,青海人民出版社,1999 年,第 148 页。

当今时代审美向生活世界回归的大趋势,当可发现,它不仅涉及人的审美方式的变化,还关系到其整个生活方式的转变,确实称得上是一种"大趋势"。如何正确地看待这一演变的趋势,就其方方面面的表现作出合乎情理而又不失乎原则立场的判断,是下一步所要开展的工作。而为了做好这件工作,有必要联系我们当前正在热议的"日常生活审美化"的话题,就其与"审美回归生活世界"的关系作一点辨析。

如所周知,"日常生活审美化"的命题是由英国学者费瑟斯通于1988年4月举行的"大众文化协会大会"上的讲演里明确提出来的,他把这个现象视以为当代西方消费社会和消费主义文化的重要表征。按照他的界说,"日常生活审美化"包括三个方面的含义:其一是指第一次世界大战后各种"先锋派"艺术潮流以及其他类型的亚文化、区域文化的兴起,造成高雅文化的衰落和艺术神圣性的消解,进而导致艺术活动与日常生活之间界限的消失;其二是与此同时,出现了将生活转换为艺术的谋划,具体指追求生活方式的风格化与审美化,特别表现在讲求消费生活的文化品位和艺术品位上;再一点则是指由于大众传媒和电子网络的迅猛发展,使得虚拟的符号与影像充斥于日常生活之中,以致整个人的生活环境显现为一个虚拟的世界、一种幻觉化了的空间[①]。费瑟斯通的这一见解,较好地概括了当前西方世界"美的消解"与"泛化"的基本动向,且跟人们的消费生活和文化趣尚挂上了钩,故一加发表,即不胫而走,迅速传遍了西方学界。新世纪初,大约自2002年起,这个口号也开始引发国人的关注,在一些刊物上得到述评,随即展开热烈的讨论。不少论者

[①] 参见费瑟斯通《消费文化与后现代主义》一书中的叙述,上海译文出版社,2000年。

将当今中国城市生活里的许多现象,亦归源于"日常生活审美化",大力讴歌者有之,严厉抨击者亦不乏,围绕这个议题"热炒"了好几年,至今仍觉余波荡漾。究竟该怎样来看待这一现象且辨明其与"审美回归生活世界"的关系呢?让我们试着作一点解析。

率先要肯定,"日常生活审美化"是"审美回归生活世界"的一个重要表现。"审美"要摆脱其远离尘俗的清高姿态,向着现实人生回归,最直接的路径便是进入人们的日常生活领域,同普通群众日常的休闲、娱乐、交际、购物、居处、旅游等活动打成一片,以便他们在尽情享受其物质生活乐趣时,能够同时获得美的精神享受,这也正是"日常生活审美化"的积极意义之所在。本文上一节所罗列的现象层面上审美回归的各种迹象,大多即属于"日常生活审美化"的内容,它扩大了传统艺术的表现范围,促进了艺术与生活的关联互动,更使人们的日常生活时时处处染有某种美的色泽,其有助于提升人的生活质量,一定程度上满足了人的精神期待,自不容轻易否定。

但是,这并不意味着"日常生活审美化"即等同于审美向生活世界的回归。"审美回归"是一个大概念,不光体现于日常生活,亦须反映到人与世界关系的方方面面,包括人与自然界、人与其所处的社会环境、人与人之间的种种交往、人与其自身的生活实践以及个人生活目标设置和自我身心调协等,皆属于人和世界关系的范畴,亦便是"生活世界"范围内的事。审美要回归于"生活世界",就应该是一种全面的回归,让人的整个生命活动焕发出美的光辉,这才能成为"审美化人生"理想之所系。上一节里我们举到观念层面上的一些理念,尽管取向不一,而或多或少皆足以显示这种对"审美化人生"的总体性追求,与"日常生活审美化"之局囿于人们的消费生活,显然不可同日而语。由此看来,"审美回归"决不能简化为"日常生活审美化",后者只能算作整体性"审美回归"中的一个世俗的、浅表的层次,不当用来以偏概全。

这里更须提请注意的是,"日常生活审美化"的种种迹象,原本是与"消费社会"及其消费主义文化紧相关联的,也就是说,它有一个商业运作的背景存在,与"审美化人生"的追求目标并不一致,从而给问题带来了特殊的复杂性。我们看到,一方面,它确实促成了美的普及("泛化"),在人们的日常生活环境及其所属物品上普遍添加上美容式的包装,让生活增添了美的色彩;但另一方面,它又阉割了美的精神,用外观的"美"和单纯感官享受的"美"来取代情操、趣尚的美和心灵震撼的美,于是又导向了美的"异化"。"泛化"和"异化"并存,恰恰构成"日常生活审美化"的不可分割的两个侧面,是我们在谈论这一话题时所万万不可忽略过去的。

然则,"日常生活审美化"所产生的"异化"倾向,又该如何来把握呢?

首先是作为审美对象的"生活世界"的异化。有如我们上面提及,"生活世界"体现着人的全部生存方式,包括劳动、休息、交往、消费、家庭生活、社会生活、道德行为、政治实践乃至科学探索、人生信仰等众多内容在内,是人的整个生命活动的展开。故审美回归生活世界,便意味着整个人生的美化,换言之,人们不单在艺术活动领域内寻求美和欣赏美,还要到现实人生的各个领域里去发现美和创造美,为此,审美有了更为广阔的天地和更为实在的根基。然而,与"日常生活审美化"相联系的"消费社会",却是一个由种种"幻象"所编织成的虚而不实的世界。它以物品丰盈、供应不匮的外表,掩盖了社会分配不公、贫富差距的事实;它把人的需求集中吸引到感官享受上来,转移了人们对政治改革、社会解放、精神超越、人道尊严等更为重大的生活目标的关注;它更通过广告、图片、品牌、时尚、电子网络、媒介导引等多种手段打造出密集的符号影像，将物质消费消纳于符号消费之中，于是符号君临天下，实在的生活世界便转形为虚幻的符号世界，"审美化"也就成了"虚拟化"的别名。这一系列情况充分表明，"消费社会"里的日常生活，是一种"畸变"了的生活，它在很大程度上扭曲了生活世界的真实本相，而以这样一种生活景观为审美对象，自不能不造成审美的"异化"。

审美异化的其次一个标记，是充当审美主体的"人"的异化。"人"作为审美主体，应该是渴求精神解放与心灵自由的亲美、爱美、乐美的人，这才有可能从生活世界里去发现和创造真正的美，并给予细心的品味与持久的关爱。"消费社会"里的消费者虽然也能欣赏物品外观的"美"，但这只是纯感官的享受，缺少了一个精神超越的维度，况且消费者对物品的欣赏，经常是同他占有消费物品的欲望紧密联系在一起的，所以实用的需求往往盖过了审美的需求，"人"作为审美主体也就难以凸显出来。不过这还不是问题的关键，更为紧要的是，"消费社会"里的人其实并不是自主的消费者，是"消费社会"借助商业运作，开动了"欲望机器"，把他们变成了貌似主动的消费者，而在这商业运作的背面，存在着支撑它们的整个社会秩序，正是这一既定秩序控制着人们的"自由消费"。诚如意大利学者多夫勒斯所言：大众传播媒介"正在逐渐成为人类今天基本'美学食粮'的形式"，"在大多数情况下，它们是单向的，也就是说，它们输送一种单向信息，社会成员（听众、观众和过路人等）只是这些信息的接受器……由于它们在大多数情况下都掌握在政府、国家官吏或拥有大工业垄断公司的人们手中，从而是被'从上面操纵的'，所以，无论具体操作人员如何善良，它们都极可能控制公众的舆论和爱好,而公众却无力反抗它们并易于屈从它们的影响"①。对这一现象,马尔库塞的批评尤为尖锐,他说:"如果商品和服务设施维护对艰辛和恐惧的生活所进行的社会控制的话,就是说,如果它们维护异化的话,那么,在大量的商品和服务设施中所进行的自由选择,就不意味着自由。何况个人自发地重复所强加的需要,并不说明他的意志自由,而只能证明控制的有效性。"② 这就清楚地揭示了主体在被异化状态下从事审美的不自由。

异化的主体和异化的对象世界,必然导致审美活动自身的"异化",它构成了"日常生活审美化"的症结所在。前曾述及,"消费社会"里盛行的是消费主义文化,而"日常生活审美化"正是这消费主义文化土壤上绽出的"虚花"。消费主义文化的特征是什么呢?其一自然是提倡消费,把消费当作享乐人生的不二法门,而若这一策略获得成功,消费者人人都沉浸在消费性的悦乐之中,他就必然会让自己全身心都得到放松,头脑里也放逐了一切思考,所以说,"娱乐消费所许诺的解放,是摆脱思想的解放,而不是摆脱消极东西的解放"③。这也是为什么当权者要竭力支持、鼓励这种消费主义的生活方式,"通过将每一个人的注意力集中在他仅仅是消费品的兴趣上……将他缩减成一个初级消费品社会的各种观念的简单容器",便足以"使他没有能力意识到他在精神上、政治上、道德上日益增长

---

① 见多夫勒斯《信息和大众传播媒介艺术》一文,引自《当代艺术科学主潮》,安徽文艺出版社,1991年,第185页。
② [美]赫伯特·马尔库塞《单向度的人——发达工业社会意识形态研究》,刘继译,上海译文出版社,1989年,第8—9页。
③ [德]特奥多威·阿多尔诺《启蒙辩证法》,洪佩郁、蔺月峰译,重庆出版社,1990年,第136页。

的被侵犯的程度","变成复杂操纵的顺从的材料"①。消费主义文化的又一个根本性特点,是在物质消费的基础上,大力推行"符号消费",也就是用品牌、风格、时尚、包装等来吸引广大消费者(这些因素亦常标明消费者的社会地位与角色身份),激发他们在实用需求之外的虚荣心,当这类虚荣心理的满足成了一种必不可少的精神寄托时,消费便也戴上了审美的光环,承担起传播艺术文化的职能来。人们常把"日常生活审美化"理解为生活世界从"实在"向"虚拟"的转变②,正是着眼于这一"符号消费"风行的局面,可恰恰是"符号消费"过程中多种影像的交叠,煽动起人的复杂的情欲,让真实的"美"蜕变成虚假的"眩惑"③,这岂不是审美自身的最大的"异化"吗?

综上所述,"日常生活审美化"作为消费社会生活方式与消费主义文化的一个不可或缺的标志,呈现出审美异化的倾向是必然的,对此不可不抱有清醒的批判态度,一味给予讴歌赞美似不可取。但要看到,消费社会里"畸变"了的生活,仍然是一种生活,故"异化"了的审美亦仍归属于审美(就好比"异化劳动"仍属劳动一样)。消费社会为要打造其消费主义文化,将审美的因子引进日常生活领域,播散于日常生活环境的各个角落里,客观上为审美回归生活世界开辟了道路。所以我们认为,"日常生活审美化"既显示出审

---

① 见哈维尔《无权者的权力——纪念扬·托巴契卡》一文,转引自陶东风《当代中国的文化批评》,北京大学出版社,2006年,第237页。

② 按:舒斯特曼即曾表示,社会由"现代"向"后现代"的转变,实质上乃是由理性向审美的转移,参见其《哲学实践》一书所述,有北京大学2002年出版的中译本。

③ 按:"眩惑"之说发自近人王国维《红楼梦评论》一文,指物象眩人耳目的外观,有可能导致人们由审美的超越性境界复归于"生活之欲",故属虚假的"美",应予否定,可参。

美的异化,而又构成"审美回归"的一个组成部分。肯定其"审美回归"的大方向,将其纳入当代审美流变的大趋势,而仍坚持揭露其商业化的背景和消费主义的陷阱,努力防范并消除其所带来的"异化"病毒,当是我们在这个问题上所应采取的态度。

三、审美向生活世界回归的重大意义

经过上一节的辨析,现在可以对"审美回归生活世界"作一总体性估价了。我们意识到,"审美回归"并不等同于"日常生活审美化",它应该是"审美化人生"的整体营构;"审美回归"的表现亦不限于"后现代"生活方式与艺术潮流,而有着更为深广的历史背景,是人类新的文明形态发端的一种征兆。这里附带要说明的是,用"后现代"一词来指称晚近出现的某种生活方式或思想文化潮流,实际上是不很确切的。"后现代"与"前现代"皆相对于"现代"而言。如果说,"现代"指的是工业文明时代,"前现代"指工业文明之前的农业社会或游牧社会,那么,"后现代"就应该是工业文明之后的另一种不同型态的文明社会,而这一新的文明时代尚未正式到来。尽管当今时代生活中已然出现了若干走出工业社会的苗头,但新文明体制的构建并未完形,人们试着以"信息社会""知识经济社会""海洋能源社会""生态文明社会"乃至"后工业社会"多种称呼来标示这一新的动向,亦表明其性能没有被人清晰地掌握。所以,当前习称的"后现代",实乃"现代后期"的别名,指的是工业文明烂熟之际的一种社会与文化状态,其中既包含旧文明衰颓的景观,而亦掺杂不少新文明因子胚芽与发育的成分。审美要打破其固有的"自律性",从单一的艺术活动领域解放出来,走向广阔的生活世界,正是主体的人从"主客二分"回归于"天人合一"的表征,也是人自身的身心诸方面机能相互调协的反应,这里就有走出工业文明限界的意味在。而"审美回归"在一定时空范围内以消费主义文化的姿态显现出来,甚至打上某种"异化"的印记,则又是工业文明衰颓形势给它强加的制约。廓除了这一外加的、非必然性的制约,当可对"审美回归"的趋势有一比较准确而完整的认识。

究竟应该怎样来看待审美向生活世界回归的巨大意义呢?除前面提到的它预示着一种新的文明型态的到来之外,就其对人的审美活动与生活方式的实际影响来看,我以为,这样几个方面的作用是不能不计及的:

第一,"审美回归"拓宽了审美活动的领域,从单一的艺术美转向多重生活世界的美,促成了美的增值。我们说过,现代人的审美活动较多地集中于艺术领域,对生活世界的美不够重视。浪漫主义的兴起使一部分人将审美眼光投向了大自然,但艺术仍然是审美关注的重心,甚至对自然美的欣赏也常戴上了欣赏艺术的有色眼镜。"审美回归"的提出大大打开了人们的眼界,促使人们到广阔的生活世界里去寻求和发现丰富多彩的美学现象,美的形态遂有了新变。比如说,面对大自然,可以感受到各种自然物象之美,亦可体认整个生态环境之美,宇宙生命运动生生不息,天人、物我之间的往返交流永无休歇,自然界便成为人的审美的一大源泉。再比如,身处社会人群之际,接触到人的各种仪容举止、行为习俗、家庭关系、社会交往、工作奋斗、学习钻研、物质生活、精神追求等,也常会为对方那种高雅的气质、美好的情操、坚强的意志、活跃的生命力所打动,进以领略其内在精神境界的优美和崇高,使自己获得某种感染,这便是通常所谓的社会美,实质上根底于人的内心世界的美,或可称作人情美与人性美,亦是生活世界之美的一个主要构成。至若置身于具体的日常生活环境中,在衣、食、住、行各个方面皆需要用到大量的人工制品,而人们在制作这些用具时,不单从实用的角度来进行设计、加工,还常将自己的审美观念融合进去,于是物品成了人的审美创造力的体现,它在提供使用价值的同时,又会具有观赏价值,这可以叫作人工修饰之美,或简称文饰美。质言之,自然美、人情美、文饰美,这些都是传统艺术活动领域之外的审美现象,却是我们在生活世界里经常遇到的。艺术美不过是生活世界的美的集中反映,我们怎能只顾欣赏艺术,而将它的来路和本原轻轻地撂在一边呢?

"审美回归"的第二方面作用,是改变了审美的方式,从以往带有片面性的审美观赏,转变为全方位的审美体验,提高了审美的质量。这个问题又可从几个不同的角度来加审视。就审美对象而言,由虚拟的艺术世界返回实在的生活世界,足以打破那种听故事、看表演的虚幻心理,更切近地感受美的现象所由生成的真实氛围,从而增强了审美的可信度,利于其效果的持久与深入。再就审美主体来说,艺术审美单纯靠视听器官的功能支持(大多数只凭视觉或听觉一种),人的其他官能则无缘参与,这固然是受了具体艺术形式的限制,而亦跟美学界人士长期以来的偏见(认为只有高级的视听官感可以通往理性)有关。但在接触生活世界的审美现象时,各种官能都有可能活跃起来,也都有可能参与审美的建构(如处身大自然中,花的芬芳、风的轻拂、阳光的和煦以至空气的清新滋润等,都能给人带来美感,并不限于视觉与听觉),审美成了人的整个身体机能(生理与心理各个方面)协同作用的结果,不仅便于获得更充分的美的信息,亦且有助于主体身心的全面发展。还可就审美主客体之间的关系来看。前曾述及,环境美学家以为自然环境的审美之区别于一般艺术欣赏,一个最大的特点便是变"对象式审美"为"栖居式审美"。也就是说,人们在赏玩特定的艺术作品时,总是将其放到一定的距离上，把它作为一种外在的对象加以观赏，主体与对象之间是"分离"的；环境审美则有所不同，因为人就栖身于环境之内，他无法将自己与整个环境割裂开来，于是审美便成了一种"介入"的活动，即人从内里来感受和体验其所栖居的环境之美，让自己的整个身心全部浸润与沉没到这一环境美的氛围之中，从而达致一种深度的美感效应，这正是"栖居式审美"胜过"对象式审美"之处。依我之见，这里所讲的"分离"与"介入"的区别，稍嫌绝对化了一些，因为任何审美活动都要求主客体之间达成交融互渗，否则便不会有生命的交感共振。不过艺术欣赏确是以主客体之间的"分离"为起点的，欣赏活动即是一个由分离逐步走向交会的过程，而在环境审美之时，人栖居于环境之中已构成前提，"介入式"的审美也便成了定势。而且这种"介入式"或曰"栖居式"的审美方式，并不限于自然环境，对于整个生活世界的审美活动都能适用。生活世界本来就是人的生命活动开展的场所，他生存、栖居并活动在这个世界里，同这个世界天然地有一种"介入"关系。保持这一可贵的亲缘关系，用以引导生活世界的审美，进而借鉴其经验以深化艺术世界的审美体验，当是"审美回归"的重要收获之一。当然，审美不能一味"介入"，还须有所"逸出"，既立足于真切的体验，而又能自我超越，才是审美所应遵循的途径。

不过"审美回归"的最根本的意义，仍不能不归诸凸显了美的本原，对审美与生活世界的关系给出了正确的答案。审美原本是人的生命活动的有机组成，人生存于世界上，不光有其实用功利的需求，亦有其精神超越的需求，其中就包含美的需求。爱美同实用功利是并行不悖的，早期人类的生活世界里，这两个方面也常相互结合，浑然一体。文明发达以后，随着劳动异化所带来的精神世界与物质世界的分离，审美愈来愈超脱于日常生活世界之上，成了少数精英分子从事艺术活动的"专利"。与此同时，广大生活世界的美却落到了人们的视野之外，很少得到关顾和讨论。"审美回归"将美的本原问题重新提上议事日程，让我们体认到，美既非心灵的幻觉，亦非符号的游戏，它实实在在地存在于人们的生活世界里，体现在人与自然、人与人、人与自我的交往关系之中，由这些交往关系所生成并呈现出来的生命的和谐与自由，那就是美。美乃是生命本真境界向人的开显。生命活动作为美的本原，以其活泼泼的生命力，源源不绝地创造出各种活生生的生命形态来。外界的生命形态一旦与主体自我生命相交会，引发主体对生命本真的体验与感悟，这就叫作审美；而由审美活动所把握住的生命本真，便显形为美。所以说，美的本原就在生活世界之中，审美原本是生活世界的事，艺术美无非是生活世界之美的一种提炼，绝不能只顾欣赏艺术，而忽略了到生活世界里去开发美和创建美。由此又可引发出一个相关的话题，即"美化人生"目标的设置。古今中外的思想家和哲学家（包括本文第一节里引到的几位人士）就这个话题发表过不少好的见解，虽常带有"乌托邦"色彩，其所坚持的方向则值得肯定。如海德格尔在其活动后期特别欣赏德国诗人荷尔德林"人诗意地栖居在这片大地上"的诗句，并以此为题目作过专题演讲①，以阐说他的审美化的人生哲学。无独有偶，我们的先哲庄子喜欢用"游"来标示其人生追求，其间亦含有相当的审美意趣在②。两相比较，"栖"属于静

---

① 见海德格尔所撰《"……人诗意地栖居……"》一文，收入孙周兴选编《海德格尔选集》上册，上海三联书店，1996年。

② 按：庄子的"游"，主要指"心游物外"，即精神超脱之意，其与审美的超越实相沟通，故后世多以"游心"指称艺术思维活动，如"精骛八极，心游万仞"（陆机《文赋》）、"心游目想，移晷忘倦"（萧统《文选序》）、"气韵本乎游心，神采生于用笔"（郭思《论画·论用笔得失》），皆是。

态,"游"则属于动态,但二者反映的皆为人与其生活世界的一体化关系。能够在这本属自己的生活世界里安逸地"栖",尽兴地"游",乃是人生的最大乐趣,亦便是一种审美化的生存了。诚然,现实生活不尽是"栖"和"游",亦有苦难与抗争,有劳动的艰辛、奋斗的伤痛、失败时的沮丧与成功时的欢乐,而若能以"栖"和"游"的安之若素的态度来对待生命创造活动中的诸般遭际,则心灵的门户自然洞开,生活世界里的各种美的事象自能涌入其间,而为主体审美情怀所欣喜地接纳和充分地吸取,"审美化人生"的基本意义也就显现于此了。这一"审美化的人生"眼下虽尚难以普遍建立,而在"后工业文明"时代真正来临,社会脑体劳动的差别日趋缩小以至消失,人们的物质生活与精神生活重归一体之际,审美与整体人生的合流自当成为人的必然选择,我们对此确信无疑。

(原刊《江海学刊》2010年第5期,《新华文摘》2011年第1期全文转载)

走向"体验美学"

一、八十年代"体验热"的回顾

二十世纪八十年代里,中国文艺美学界出现了一股小小的"审美体验热",一时间,不少学界人士喜好用"体验"一词来言说文艺审美活动的性能,这在以往并不经见。有人认为,它显示出文艺观念"向内转"的倾向,即在解除文艺用为政治工具的职能后,其自身的审美性能得到重视,于是"体验"被当作审美活动的标志被凸现出来而为人们津津乐道,此说自有道理。不过在我看来,更重要的意义还不光是回归审美,乃在于论者对审美性能的把握上有了明显的变化。传统的审美理念是以唯物论的反映论为依据的,"美"被视以为独立于审美主体之外的某种恒定不易的实体,审美则不过要求对这一实体对象作客观的"反映"而已,在这里,主体的能动作用是不被彰显的。而今以"体验"取代了"反映",人的主体性在审美活动中便得到明确的肯认。它意味着:是人的能动作用激活了"美",造就出"美"的巨大而经久的魅力,这一"人本"立场在文艺审美领域的确立,恰与八十年代的时代精神枹鼓相应。这或许是我们今天回顾往事时所不当轻易略过的。

八十年代"体验热"的另一个深远意义,乃是它对于我国文艺学和美学理论研讨的重要开启作用。我们知晓,"体验"作为学理性名称,是由西方学界输入我国的。中国古代虽亦有"体验"一词,那只是就"身以体之,心以验之"的日常经验而言,算不得学术用语。引进"体验"之说来更新我们对审美性能的理解,显示出我国学人对学术思想发展的热切企望。但值得注意的是,"体验"一说在西方学界也并不普遍流行。它起于德语文化,且在德语中,"体验"(Erlebnis)原只是个普通用语,意思与"经历"或"经验"相仿。十九世纪七八十年代之交,狄尔泰为建立其"精神科学"和"生命哲学",始将其与"经历"(Erleben)明确区分开来,赋以特殊的思想内涵,使之成为含带学理性的专用名词,并得到后来一部分学界人士的传承,而英语世界里却始终只有"Experience"(一般译作"经验")一词,并无特殊的"体验"之称。这或许正是西方美学家谈论审美意识时,通用"审美经验"而非"审美体验"的缘由。可是,我国文艺美学界人士在二十世纪八十年代间引进西方理论思想时,却偏偏选择"体验"而非"经验"来指称审美活动的特质所在,其中蕴含的意义颇足玩味。还当关切的是,西方学界从狄尔泰起始,一贯注重的是"体验"的认知功能,虽不否认其中含带情感的因素,但终认为当归属于人的认知活动。而我国学人对"审美体验"的发扬,却始终偏向其情感心理的一侧,还常援引民族审美传统中立足"感兴""神思""妙悟"等大量资源以证成其"情感生命"之内核。这一动向不仅表明了中西双方对审美性能的理解与期许上的差异所在,也为建构具有中国特色的"审美体验"说开辟了新的航向,值得关注。

话说回来,八十年代的"体验热"终竟是不够成熟的。那个年代里文艺美学界注目的问题很多,"人性"与"人道主义"的发扬、"实践美学"的构建、文艺"主体性"的探讨乃至各种"新方法""新观念""新学科"汹涌而来,对"体验"的关切只占据一个小角落。这或许正是为什么当时虽有不少学人将"体验"一词应用于文艺审美问题的阐说,却很少对"体验"本身作深度学理探究(专著仅两三种,专论亦不经见)。待到九十年代之后,"新启蒙"消歇,商品经济大潮涌起,审美逐渐转向日常生活和商品消费市场,其感官享乐的因子畸形膨胀,具有"形上"意味的"体验"遂罕为人关切。与此同时,以"后学"为标志的各种新思潮汹涌而来,"新殖民主义""女性主义""解构主义""文化诗学"等广为流行,其共同性在于从审美以外的某个角度切入文艺批评,让审美从属乃至消解于其批评话语之中,"体验"也就跟随审美一同被弱化和消解了①。当然,审美自是人的生命活动中不可或缺的一个方面,"体验"亦自是审美的题中应有之义,所以九十年代之后对"体验"问题的探究始终未曾断绝,特别表现于当前美学界各流派在理论建构中都添补和加强了审美体验的相关论述,甚或占据重要的核心位置,其深入发展的前景似可预期,而亦有待人们的认真思考和总结。

二、"体验"与"感受"

要究明"体验"的性能,还得从其与"感受"的关系说起。因为"体验"即发源于人的具体感受活动之中,随着感受的深入而逐渐形

---

① 按:我并不一概反对从审美以外的角度切入文艺批评,这样的批评亦自是需要的,只是认为文艺的本职在予人以美的体验,外部观照当经由审美为中介而进入作品,不当径自取代和抹杀其原有的审美功能。

成,且即使正式转为"体验",亦仍未脱离其原有生动、活跃的感受形态。从这个意义上讲,"体验"自身即可视以为一种特定的感受方式。

那么,"感受"又意味着什么呢?简要地说,作为人与其外在世界沟通信息的最直接的渠道,"感受"是由"感"和"受"两个方面组合而成的心理机制。"感"(感发)即外在物象对人的触动,多呈现为人的感官对外来刺激物的直接感知形态;"受"(受应)则意味着主体心灵对这一感发作用的承受和应答方式,常以内在的情绪反应为具体表征。有时候,直接的感发在触动感知机能之时,还会连带引起人的某种联想或想象心理活动,情绪反应也就显得更为复杂多变了。但总体说来,仍属"物感"与"心应"两方面的交会,我们的先辈称之为"心物交感",以之为艺术审美活动产生的前提,洵属允当。以"感受"为"体验"的发端及其具体存在样式,表明"体验"绝非脱胎于某种神秘的心灵直感,它并不能脱离与人的现实生命活动的有机联系,也离不开人的感官与情感心理的活动作用,始终显现为一种活生生的生命形态。

不过要看到,"感受"并不就等同于"体验",更不能等同于"审美体验"。人们在其日常生活交往过程中,随时随地会引发各种感受,却并不经常进入体验境界。感受中的大量浅表成分,往往一带而过,很快趋于消失,内里留不下多少痕迹;只有那些于世道人生含带某些特殊意义的感受,才有可能在个人心底积淀下来,经长期"郁结"而生成某种体验。解释学大师加达默尔对"体验"的成因提出过如下两个条件:一是"直接性",即建立在人们的切身经历之上;再一是由"直接性中获得的收获,即直接性所留存下来的结果"[①]。这跟我

[①] [德]汉斯-格奥尔格·加达默尔《真理与方法》,洪汉鼎译,上海译文出版社,2004年,第78页。

国传统中以"身遭困厄""意有所郁结"来揭示"发愤著书"的内在动因①，不正可遥相呼应吗？可见"体验"确是从"感受"发展而来的，是生活的实感经内心积淀、酝酿与刻意加工的产物。

这样说，似尚未能确切把握"体验"之得以成立的标志，也就是其有别于一般感受活动的特殊性能所在。按狄尔泰的界说，"体验"当属于人对其生命本真意义的一种体认②，这就将"体验"的独特内涵明晰地揭示了出来。人在其实际生活中的感受是多种多样的，有纯粹感官生理的满足与不满，有各种实用性功利活动的期待与反馈，也常有人际交往关系中的诸多感应，甚且有哲思、审美、信仰之类超越性精神追求所达致的心理效应，把这众多且杂乱的感受形态混为一谈，一股脑儿纳入"体验"范畴，将会使"体验"丧失其特定的价值指向，也就不复为人所刻意寻求与多加珍惜了。而今以"生命本真"作为体验的内核，进入体验即从事于探询、证成以至于感受生命的本真状态，让自己置身于本真的生命之流，这岂非大有意义之举吗？当然，这一本真境界的开显不会凭空而来，它立足于实际的生活感受，又经由杂多感受的自我淘汰、有选择的积淀、相互生发比照与凝定合成，终于形成足以窥入"生命本真"的体验。这便是体验发源于感受，且始终未脱离其具体形态却又能建立自身独特体性的缘由所在。

考察由"感受"至"体验"的演进过程时，还不能忽略其中一个关键的因素，便是"反思"。有如狄尔泰所着意指明："对生命的

---

① 参见《史记·太史公自序》所述，司马迁《史记》卷一三〇，中华书局，1936年，第1181页。
② 狄尔泰曾多次触及这个话题，后加达默尔予以归纳道："在狄尔泰这里……生命就是在体验中所表现的东西"，"就是我们所要返归的本源"。（同上《真理与方法》第85页）

反思构成我们的生命体验。"① 他还反复宣称："一切体验的主要内容是诗人自己对生活意义的反思。"② 为什么要如此重视"反思"在体验活动中的作用呢？那是因为"生命本真"蕴藏于我们内心深处，自发地主导着我们的思想行为，一般状况下是习焉而不察的，而今要将其作为对象予以体认，则必须让其显形。反思的功能正在于通过反观自己的生活路向和习性，省察其利弊得失之所在，从而逐渐接近并探得其本真意义所向，更予以体验和修整，整个生命境界即有可能得到提升。这也便是"反思"在体验活动中不可或缺的重要原因。不过体验中所要实现的"反思"，未必像我们日常生活里的自我省察那样多采取抽象思维的路径，它即可借助感受的活生生的形态来进行。前曾述及，由感发引起的受应属情感心理活动，这情感心理其实是一种多层次的复杂建构，根子直通向人的本性。大体说来，其表层多呈现为具体的情绪反应，所谓"喜怒哀惧爱恶欲"的"七情"说③即代表这个层面。各种情绪反应又可大体区划为"正面"（积极采纳）和"负面"（消极抵制）两大类别，其成因出自主体对外界事象所抱有的态度，亦便是情感心理的内驱动力了。不过这还不算是根子，真正的根底在于每个人自身的生命需求。由生命需求出发，对不同事象采取接纳或拒斥的不同态度，更进以形成各种情绪心理的反应，这才是人的情感生命的总体建构。常言道，"需求"即代表人的本性，它在每个人的现实生命活动中生成，而亦承

---

① 狄尔泰：《生存哲学》1960年英文版第22页，转引自王一川《意义的瞬间生成》，山东文艺出版社，1988年，第108页。
② 同上书第38页，转引自刘小枫《诗化哲学》，华东师范大学出版社，2007年，第212页。
③ 见《礼记·礼运》，载阮元校刻《十三经注疏·礼记注疏》，中华书局，1936年，第53页。

传着人类全体的历史发展经验，它之能构成人的情感生命乃至整个心灵世界的本根，自是理所当然。而由于情感心理活动与生命需求之间的关联最为直接，这一由"情"入"性"的道路也常为人所采纳，其具体途径即是对自己的实际感受加以反思式观照，借助这一"反观"的作用以去除生命中的杂质并逐渐提升其自觉性，以期能揳入"本真"。前面所讲的由感受的自我选择、积淀生发、提炼深化以至于最终转形为本真体验的整个进程，实际即是在"反思式观照"的导引下逐步行进的。"反思式观照"作为动力引擎，其以把握生命本真为目标，推动人们的实际感受活动逐步向着体验生命意义的超越性精神追求发展，而又终始不离乎原初活生生的感受形态，在探讨"体验"的性能及其成因问题时，是万万不可忽略过去的。

三、审美体验

现在可以进入审美体验问题的探讨了。如所周知，"体验"并不只限于审美这一特定形态，现实生活的诸多领域都有可能产生体验，而为什么人们偏要特别关注审美，以之为体验活动的主要代表呢？首先一条，是因为审美体现着一种纯粹的体验，而其他领域的体验往往难以达到这样的纯粹性。比如说，人在其自然生存以及社会实践活动过程中自亦可能生成若干体验，但这类体验多与人的某种生理需求或实用功利需求相交杂，在揭示生命本真的纯净度上便显得稍逊一筹。又比如，在从事某些具有超越性的精神追求方式时，人们也常会进入体验境界，有如哲理思考中的"悟道""悟禅"阶段，科学研究和发明时的"灵感""直觉"闪现，道德修养所讲求的"自明本心"，乃至宗教信仰所倡导的"天启""虔信"等，确也能将特定的体验提升至相当高度，但这种种活动方式都不让自己的追求局限在体验范围之内,而要求迅速将体验所得转用于思辨、实验、自我规范及其他行为方式,故"体验"在其中只属于一个过渡性环节,并不具有主干的身份。与之相比照,审美则大不一样,其从头至尾的全过程都不离乎体验,且主要功能即在于体验自身。可以说,没有体验,就没有审美;体验稀薄,其审美价值就低下。正是这一不争的事实,彰显出审美体验纯粹性的特色,亦便是人们需要着意研究的根据所在了。

  审美体验的另一个重要特点,表现为它是对于特定对象的体验,而不限于自我生命体验。这就是说,我们称之为美的对象的事物,属于自身包孕生命本真内涵的事象,它存在于审美主体之外,需要审美者运用自己的力量去开启并感受其内在的生命律动,进以领略其本真意义之所在。以此看来,在审美活动中,一般存在着三方面要素的交互运作:一是具有自身生命内涵的审美主体,作为审美行为的施动者;二是充当其直接观照对象的客体,一般呈现为某种"有意义的形式";再一则是蕴含于这客体外在形式之中的本真的生命意义,这才是审美活动所要达致的旨归所在。为此,审美主体在面对其直接对象时,不能仅以囫囵式地接受其整个形体为限,而要努力突破并穿越其外在的形式,以进入和摄取其内涵的本真。但他并不能采用逻辑思维的方式来拆解这一形式,因为审美体验作为活生生的感受,是不能脱离对象的感性存在的,它必须在感性的生命活动中来领略其内在真谛,这就需要借助主体自身的生命体验。换言之,是主体凭借自身原有的生命体验,通过直觉式的观照与体认,从对象的外在形态中来感受和揭示其内里的生命蕴含,这才构成了审美的依据。就此而言,审美活动实际上是在自我生命体验基础之上的第二重体验(或曰现实生活感兴之余的"二度感兴"),它凭靠个人既有体验的反思式观照,进入宇宙万象生命之流的新的体验,又通过自我与对象物之间的生命共振和信息交换，以拓开并充实自身对生命本真的原有体认与容涵，"在他物中学会理解我们自己"①。就这个角度看来，审美的独特作用是不容置疑的，对于发扬人的生命本真和提升其体验能力，实具有不可替代的重大意义。

审美体验活动自身也有一个由低而高的演进过程，呈现为从审美感知经审美想象而进入审美领悟以至审美感发的逐层递升的基本流向。"感知"是审美体验的初级阶段，是主体直面对象时的初步体认，但它并不能等同于日常生活感发中所获得的感知印象，也并不伴随一般刺激下的情绪反应。在审美感知中，主体是以自己原有的生命体验来应接对象的生命机能的，其感知印象中就已经含藏着双方意蕴情趣上的交流共振，所谓"感同身受"一语确切地反映了其真实状态，也是审美感知即已进入审美体验活动的明证。于是，继审美感知而进一步展开的审美想象，借联想和想象的心理机制，将眼下的直感推向那"思接千载""视通万里"② 的广阔天地，以营构出"象外之象，景外之景"③ 的更丰富也更多样的体验来，比单纯的"感知"自然更见胜长。而如果说，审美感知与想象多还停留于直接的感性形态上，则审美领悟（亦作"审美理解"）便明显地加强了理性因素，不仅让人对美的对象的生命活力产生"感同身受"的体验，还将审美者引入生命本真的悟境之中，以形成自觉的体认方式，这自是经由理性化的反思来实现的。如果说，人在进入审美活动之际，即须凭"反思式观照"将自己既有的生命体验转化为审

---

① ［德］汉斯－格奥尔格·加达默尔《真理与方法》，洪汉鼎译，上海译文出版社，1999年，第124页。
② 见刘勰《文心雕龙·神思》，引自范文澜《文心雕龙注》，人民文学出版社，1960年，第495页。
③ 见司空图《与极浦书》，《司空表圣文集》卷三，《四部丛刊》影印本。

美体验，则其由当下的审美感受提升至含带理性意味的审美领悟时，还须经由"二度反思"，也是较之原有直感式"反观"更为自觉也更深入的"反思"，它为审美增添了理性认知的成分。需要说明的是，这一理解功能在审美体验的全过程中并不与其感性生命相割裂，而常经由感性体验来展开（故称之为"领悟"或"体悟"），成为体验活动中的有机组成；设若一旦脱离感性，纯然凭逻辑思维形态展现，"理解"也就不再从属于审美，而转成了独立的美学批评。

审美感知、想象和领悟，构成审美体验自身递进的三个环节，是一个始终不离乎感性生命而又逐渐朝向理性化提升的历程，"感发"则是审美体验实现后的情感效应。审美体验的实现，满足了主体的审美需求，必然会给他带来愉悦之情，通常讲的"审美快感"（或作"美感"），就是指的这种悦乐心态。不过审美所带来的乐趣，并不局限于一般生理需求或实用功利需求得到实现后的那种快适感和满足感。后两者是有具体对象和目的的需求，达到了目的，就会暂时得到满足，待有了新的目标，再去从事追逐。审美一般不含带具体的功利目标，它所追求实现的只是一种人生的境界，且属于与他人、他物共享的境界，所谓"成为一个体验，就是内在地与世界、身体和他人建立联系，和他们在一起，而不是在他们旁边"①，表白的正是这一"万物并作"的生命境界。而一旦进入这个境界，就会"使得体验者一下子摆脱了他的生命联系，同时使他返回到他的存在整体"，从而体验到"代表了生命的意义整体"的"一种意义丰满"②，这也便是对生命本真的体认了。人在其日常生活中多关注

---

① ［法］莫里斯·梅洛-庞蒂《知觉现象学》，姜志辉译，商务印书馆，2001年，第134页。
② ［德］汉斯-格奥尔格·加达默尔《真理与方法》，洪鼎汉译，上海译文出版社，1999年，第89—90页。

"一己""小我"之得失,且常因个体生命受拘束而感觉不自由。进入审美体验活动后,在与不同对象的生命交流中有了交感共鸣,体认到生命原是一个整体流程,各个小生命都是"大生命"的有机构成,这才有可能从其日常的"小我"圈子里解脱出来,回归于本初的"大我""全我"境界,并由此热切感受到精神上的自由解放,进以焕发出活泼泼的生命力量,这也便是审美体验活动的最佳效应和明显收获了。

然则,感发生命之余,更会有什么样的后续现象产生呢?我们说,"感发"是审美体验得到实现的圆满效应,这就意味着体验的进程至此告一段落,审美即终止于体验范围之内。但生命活动并不跟随具体体验的终结而终结,它还在继续自己的行程。换言之,"体验"因生命需求而引发,最终仍须回归于现实生命活动之中。"体验"的回归首先落脚于人自身的情性陶养,因为体验本是从情性中流出,其直接归结点必落在情性之上。也就是说,审美的意义不单在于美的体认,还当有助于人的情感世界及其内在人性的发育成长,包括习性、爱好、情韵、气质乃至整个人格修养和信念培育,审美均有积极的参与作用。既往有所谓"美育代宗教"一说,其实际着眼点亦在于审美对人的情性发展的重要引导作用。而由情性的陶冶,又必然要过渡到以情性为动力所从事的各项社会活动与人际关系的建构上来,包括艺术、文化、道德、教育、思想、学术、法制、政治乃至各类社会组织与活动,作为社会群体的运作,实皆离不开"情性"的组合及推动,"体验"(生命本真意义的体认)在其中自亦具有重要的导引作用。所以我们不当将"体验"的发扬简单地归结为"向内转"。弘扬"体验",确有注重心灵自我培育的意味,但也是人的主体能动作用得以更好体现的契机。由"审美体验"经"情性陶冶"而进入现实生命活动,在拓展人的精神世界的前提下推动各项社会建设，是一条宽广而明亮的人生道路，值得提倡。

四、走向"体验美学"

"体验"和"审美体验"既然有如此积极的意义，有必要予以认真思考与研究。在从事实际考察和理论探讨的基础之上，或可考虑建立一项专门的学问，暂定名为"体验美学"。这里姑且就"体验美学"的构想提一点粗浅的建议。

"体验美学"首当关注"体验"生成的基础，即"生命本真意义"所在，因为"体验"即是对生命本真的体认。生命本真自出于每个人的现实生命活动与生命需求，离开了这一现实的活动与需求，还有什么"本真"可言？但"本真"又不能等同于一切实有的需求，因为各个人的实际活动与需求有很大差异和矛盾存在，甚至有从一己私欲出发而背离公众普遍利益的需求，自难笼统列入"本真"范围。我们的先哲孟子曾就"可欲"和"所欲"两个不同概念作了明确区分。他有"可欲之谓善"的教言①，是将"可欲"作为正当、合适的需求来加以肯定；而在谏说齐宣王时，他又有"以若所为，求若所欲，尽心力而为之，后必有灾"的劝告②，这里的"所欲"就意味着一己私欲，成为不利于国家人民的不合理的需求了。这提醒我们，把握生命本真，固要从考察具体的生命需求入手，而最终着眼点仍在于生命活动自身的具有普遍意义的客观性能。这一本真性能的指认，首当建立在人的生命活动形态的考察之上，而其最终根底或可归之于宇宙生命。按我们民族的传统理念，宇宙作为

---

① 《孟子·尽心上》，《孟子集注》卷七，《四库全书》本。
② 《孟子·梁惠王上》，同上书卷一。

"一气化生"的生命系统,"大化流行,生生不息"① 的运作方式,即体现了其生创能动、经久不灭的存在性能,亦便是生命本真意义之源头了②。人类诞生之后,生命活动形态有了明显的发展与变化。在人的自然生存的层面上,人依存于整个自然界,其生命需求与一般生物无实质性差别,"要生存,要温饱,要发展"即出乎其生物本能,自属于生命之本真。人类又通过生产劳动建立起各种社会机制,形成多样化的社会实践,实践作为有目的、有意识的自觉改造世界的活动,遂将生命的能动性提升到自觉创造的层面上来,这一自觉创造的性能当更能体现人的生命特色。不仅如此,人的自觉性还常引导人们逸出其当下关顾的实用功利需求,转而面对生命本原以探询其终极意义之所在,亦便是哲思、审美、信仰之类超越性精神追求产生的缘由,也当归入人的本性。总之,要生存,要实践,要超越,一句话,要在自觉、能动的创造活动中争得自由且能对这一趋向自由的创造作用予以体认,这即是人的生命本真所在,亦便是体验所当成立的依据。当然,各个人的生命需求自有差异,其所体认到的本真境界亦有区别,这种差异性若不否定其共通性,自可各自保留,用以彰显生命活动的丰富内涵;而若从根底上背离甚或扭曲其普遍意义,导致相反的结果,这样的需求就不能归之于"本真",而要视以为生命的"异化"状态,给予有力的抵制和根本性改造了。

构建"体验美学",还当着力研究"体验"的独特性能所在,

---

① 参见陈淳《北溪字义》卷上释"命":"大化流行,生生未尝止息",中华书局,1983年,第1页。
② 无独有偶,西方现象学美学家杜夫海纳在探讨自然美的成因时,也将大写的"Nature"用为本原,Nature 的原意即"自然",特地用大写字母标记,意指自身具有创化能力的自然,中文本特译作"造化"(见韩树站译本《审美经验现象学》,文化艺术出版社,1996年,第622—625页),能得其实,且即可用以与民族传统的"大化"说相参照。

特别是需要将其与人的经验活动作一明晰的界分。经验和体验自有密不可分的关系，体验须凭借人的实际经历以生成，经验中亦常包含大量的体验成分，不过二者在基本性能与发展路向上确有明显歧异，不得不加辨别。总的说来，经验面对的是客观世界，其主要职能在于认知事物。从人与外界事象打交道（所谓"心物交感"）时所形成的浑沦感受中，单独析离出其表层的感知因素，即构成经验活动的起点。感知在人的记忆储存中蜕化为表象，经归纳与综合转形为概念，更沿着判断、推理的演绎路向一路行进，于是有了逻辑思维，这也就是通常所谓"从生动的直观到抽象的思维"的认知路线，其中"经验"对认知的奠基作用是不可抹杀的。至于体验，其方向与取径则大不相同。它不重在对外在世界的认知，而立足于对人生意义的自我感悟。所以它的活动路线乃是以内向为主，即由感受所引发的情绪反应向内探索，通过反思式观照逐步触及自我生命需求（抑或借助与对象的生命感应来提升自我生命内涵），借此以体认生命本真意义所在。这一体认亦非出自逻辑思考，更多建立在情感认同的基础之上，而情感是脱不开感性形态的，于是保持活生生的感受心理就显得格外重要。感受中自有认知的成分，故体验也常含带认知功能，但它依然是凭靠活生生的情感生命来从事感受和体认，即使进入理解与体悟的层面，亦仍属一种理性化了的情感心理，并不等同于逻辑思维。正是体验心理的这一复杂性，使中西体验审美观在重认知或重情感的问题上产生了一定的分歧，实际上各有所得，但相较而言或当以情感为主，这里自也反映出经验与体验在性能上的差异。

研究"体验美学"的重心，固当放在审美体验本身的探讨上，确立"生命本真"和考较体验的性能，都只是为把握审美体验的活动规律打下基础，归结点还在于审美体验自身。这里首需强调的是，不能将"体验"摆在从属于审美的位置上来看待,要承认,"审美"就是"体验",等同于"体验",且一旦离开"体验",即别无"审美"可言。为此,所有有关审美的问题,都应该放到与体验相契合的角度上来加考察,诸如审美需要、审美态度、审美经验、审美视野、审美心理机制、审美价值判断、审美原始形态、审美历史演进乃至于审美活动中的主客关系、身心关系、形神关系、历构与临构关系等,都要在"体验"的大题目下来加思考与解答,这自是"体验美学"建构的题中应有之义。而从另一方面来看,审美体验又并非孤立存在的现象。体验所得以展现的审美过程中,不光具有审美的属性,往往还含带社会政治、经济、历史、文化、道德、宗教乃至自然物理等诸多方面因素,且这些因素亦多跟随人们的体验活动以进入其审美视野,成为审美所要体认的生命本真的有机组成。为此,在突出审美体验的重要意义时,切忌将"体验"封闭于人的内心世界,要让它向现实生活的方方面面开放,特别要关注各种社会事象以及自然物象,如何经由体验的加工而转化成为审美现象,同时也就表明了审美体验的作用并不单纯局限于内心感受,还具有推进和改造人的秉性以及各方面现实生活的多样化功能。至如与审美直接相关联的艺术创造、审美教育、工艺制作、园林建筑等活动,其中本自含有大量审美体验的因子在,由此来探讨体验与物质生产、精神生产之类实践活动的内在联系和结合方式,亦不失为拓开体验研究的有效途径。总之,以"体验"为核心,在确切把握审美体验自身性能与运作方式的基础之上,大力开展"体验"与各项审美机制乃至人的多样化生命追求之间关系的探讨研究,"体验美学"自是大有可为的。期待此项研究有助于切实推进人们的体验活动和对体验人生意义的真切关注!

末了,还须表白一句:提倡建设体验美学,目的不在于树立一家之说，是为了更关注也更集中地研究一个专题，以形成一种学理。这个问题在美学界已有多人触及，有不少好的见解需加梳理整合。所以在从事此项工作时，自应立足于中西既有审美体验研究经验的继承和发扬，其间也包括对时贤成果的参考与吸纳。自二十世纪八十年代至今，我国学界对审美体验的关切迄未中止，当前各家各派美学思想里亦多涉及这方面的意见。当然，由于各人审美观念的不同，对体验问题的理解和重视程度自有差异，有人将其视之为一种引人脱离现实的不良倾向加以批判，或也有为之添加某种神圣化乃至神秘化色彩的，这些都需要在总结经验的基础上逐步厘清。"厘清"不等于定于一尊，只是将问题的脉络梳理清楚，便于探讨的进一步深入。可以想象，在体验美学的建设过程中会出现多种不同的声音，各家宗旨并立，议论蜂起，争辩激烈，这恰是学术思想深入发展的大好契机。这里只是将问题提出作一引子，略陈鄙见，期引发兴趣而已。

（刊见《江海学刊》2021年第1期）

"文学是人学"再续谈
——贺钱师百岁寿诞

业师钱谷融先生今年正步入百岁华诞,刚好又是其震惊文坛的大作《论"文学是人学"》发表60周年。母校为其庆寿,嘱写一篇文字,但不属纯纪念性的,要重在究明学理。作为亲炙教益的门生,固自义不容辞,遂不恤年迈笔衰,勉力从事,仍以老师倡扬的"文学是人学"为题,试加阐释如下。

一、"人学"观的历史定位

从历史源流上看,我们当承认,"文学是人学"命题的提出,标志着"以人为本"的文学本原观的确立,同时也便是具有鲜明现代性的文学本体论趋于成熟的表征。这样说,并不等于否定传统文学创作中的人的本原作用(人永远是文学活动的主体,文学作品也必然镌有人的生命的印记),而意在表明由于传统社会中的人普遍地处于从属地位,其本原意义常受压抑,难以得到彰显,只有待到近现代工业文明与市场经济下具有独立自主人格的人的出现,"以人为本"的文学观方有可能明确树立。

我们知道，西方古代占主导地位的文学观是"模仿自然"说，"自然"（指整个对象世界）成为文学的本原（柏拉图更以"自然"为"理念"的影子，于是"理念"成为文学艺术的最终本原），其中自亦包括现实世界中的人及其相互关系在内，但在"自然"的大背景下并不显得特别突出。中世纪教会以人为上帝的仆从，文学的神圣功能在于"光耀主恩"（所谓神学本原），尽管这"上帝"的形象无非是人的希望与信念的投影，而异化了的神圣终于掩抑了人自身。待到中世纪晚期"文艺复兴"运动兴起，大力标举"人文主义"，"以人为本"的思想理念发扬开来，文学的"人学本原观"始得到初步树立。之后古典主义者高标人的理性精神，浪漫主义者推重人的情感生命，到十九世纪和二十世纪之交的生命哲学、意志哲学、心理分析学派以及各种现代主义潮流又大力鼓吹非理性的作用，总体说来仍不离乎"人"这个本原。现代思潮中也有以形式主义、新批评、结构主义、语言符号学为代表的以宣扬"文本"的核心地位来取代"人本"的主张，更有像解构主义乃至消费主义那样将"人本"与"文本"一并打破，使文学艺术活动完全融入日常生活及符号游戏的种种试验，待拭目以观其效。

再来看我国的传统。自古以来，在我们的文学领域中也出现过"诗言志""诗缘情""言以足志，文以足言"乃至"以情志为本"诸种提法，形成了传统文学中的"人学"内核，足可珍视。但古代中国人所肯定的"志"或"情志"，实属一种与宗法礼教人伦紧相关联的"怀抱"（参见朱自清《诗言志辨》所述），传统伦理关系支配着人的思想感情，有"非礼勿视，非礼勿听，非礼勿言，非礼勿行"的训导，故"情志为本"仍须归结于"文原于道"，而文学也就成了礼教、政治的工具。政教工具论的文艺观支配中国社会达两千余年之久，至晚明"童心"说、"性灵"说的兴起，始有"以人为本"的思想萌芽产生,而仍不成气候。"五四"时期率先提出"人的文学"的口号,明确宣示以"人学"本位来取代政教本位,体现现代性的文艺思想方告正式诞生。当时虽有文学研究会与创造社有关文学使命的争议,但前者的"为人生"固然凸显着"人本"观念,而后者的"为艺术",落脚于表现自我,实际上也还属于特定的人学本原观。于此看来,"文学是人学"的命题正是直承"五四"时期"人的文学"的理念发展而来的,其思想内涵与理论形态则更为博大、深厚且成熟得多,故能成为当代中国文艺思想演进上的一个独特的亮点,值得人们悉心关注与大力推进。

二、"人学"观的现实意义

"文学是人学"的命题于二十世纪五十年代中期的提出,具有强烈的现实针对性,是为长时期来在革命文学运动中占据重要地位的"左"的倾向而发的。如所周知,二十世纪三十年代间兴起的左翼文学运动,以"革命文学"的口号取代了"五四"时期的"文学革命"。"革命文学"主张文学创作为革命事业服务,表现广大人民群众的革命理想和斗争生活,这实际上是在新形势下尝试用人民本位的文学观来丰富和拓展"五四"时期有关"人的文学"的理念,有其积极的现实意义。但由于过分强调文学为革命斗争服务,一味地让文学从属于政治,又不免割裂了人的多样化的社会存在,扭曲其血肉丰满的生活实践,进以削弱甚至丢失了文学的"人学"本根,使之蜕变为单纯从事宣传、说教的工具。长时期因袭下来的将文学作品里的人物与故事用为图解政治、粉饰生活的手段,就是这种"工具论"恶性膨胀的表现,导致文学创作严重脱离人的活生生的生命体验,坠入假、大、空的窠臼而不得自拔。"文学是人学"的申言正是为针砭时弊而发，它在大力反对"工具论"的同时，高扬了文学活动的"人学"本原，在那个时代实起到振聋发聩的巨大作用。与此同时，《论"文学是人学"》一文对"五四"以来的"人学"传统也做了进一步提升，它既不像"人的文学"一说所鼓吹的那样偏重在"自然人性"和"个体本位"，亦不同于后来梁实秋诸人着力标榜的"普遍人性"及全人类的"共通性"，而是切实地主张自然人性与社会人性的统一、普遍人性与具体人性的结合，并以"人道主义"（即"把人当作人"的信条）用为人学本原观的价值尺度，联系相关论题，建构起一个更为圆融而开阔的理论体系，其实际意义是无论如何也不能低估的。

遗憾的是，这一理念提出后，在当时的政治气氛下，立即遭受严厉打压，成为思想批判的众矢之的，而被沉埋达二十年之久。直到二十世纪七八十年代之交，历经"文革"浩劫，人们回过头来清算"左"的遗毒，才又将其重新发掘出来并加以肯认。实际上，"以人为本"的思想早已深入人心，新时期文艺界的"拨乱反正"，恰是沿着这条路子不断展开其行程的。从七十年代末对于"工具论"的反拨，经八十年代前期有关人性、人道主义和"异化"问题的讨论，到八十年代中后期主体论文艺思想的建构与传播，以至九十年代中期就"人文精神失落"危机所发出的警示性召唤，这一系列理论思想领域的探索与建树，不都是奠立在"人学本原观"基础之上的吗？可以说，"文学是人学"的命题构成了新时期以来文艺思想战线建设上的一面鲜明的旗帜，其重大的现实意义至今未曾消歇。

犹可注意的是，这一时期以来关于"人学"本原问题的探讨，虽有多方面的深入开展，却并未穷尽这个命题的全部内涵。人性、人道主义等问题的讨论，只触及人学本原观的若干重要方面，完整的理论形态尚待系统梳理与整合。主体论文艺思想虽形成了一个纲领,仍有将作为文学本原的"人"置于主客二分的境地且予以实体化的倾向,未能充分揭示"人学"的本原意义。而有关"人文精神"的热切呼告,亦只是在价值论层面上发扬了"人学"的追求目标,其对激情的诉求远远大过于理性的思考。甚至二十世纪九十年代之后陆续兴起的各种"后新潮"文学观如形式本体论、文本建构论、语言符号游戏论、意义消解论,以及二十一世纪以来大众消费文化和休闲文艺中出现的一系列新问题,也都需要有"人学本原观"及时作出有力的回应。据此而言,"文学是人学"的命题自仍有大力拓展的余地,要求我们为其开辟出更为远大的发展前景。

三、"人学"观的未来建构

那么,究竟怎样才能进一步发扬这一具有强劲生命力的理念,使其获得更为广阔的解释空间和更为坚实的立论根基呢?我以为,这样几个方面或许是可资探询与思考的。

首先是作为文学本原的"人"的内涵界定。"文学是人学"一说的核心在于"人","人"是文学的主体,也是文学的本根。只有对当今时代所需要树立的"人"的内涵有明确的把握,文学的发展才会有牢靠的方向。然而,"人"又是世界上最为复杂的一种存在物。它既有自然的生命,又有社会的生命;既属于个体的存在,又属于群体的存在;既有感性的需要,又有理性的追求;既会有现实功利的计较,又会有精神超越的向往;乃至既常有"主客二分"的设置,又时须步入"天人合一"、与万物一体的境界。对这样一种最具复杂多面性的生物体,该当如何来领会其实质,方足以为当今文学的演变确立切实可行的航向呢?依我之拙见,尽管"人"在不同时际、不同境遇下会侧重展示其不同的方面,但从总体上说,我们所须推重的当是向着全面发展而不断生成着的人,而不应是单面的人、封闭的人以及凝固化了的人。就立足于当前已然达到高水平的现代文明和开始向"后现代"转型的时代潮流而言,亟须树立的也当是那种既具有独立自主性而亦能与他人、与他物乃至与整个世界和协共生的人格精神。这样的人才足以开创未来,才能担当起全面实现中国的现代化并进以营造"以每个人的自由发展为一切人自由发展的条件"的理想社会的职责,也才有可能引领我们的民族新文学稳步走向繁荣与复兴。人道主义者鼓吹"把人当作人",我们自不能停留于十九世纪时那种单纯同情弱者的胸怀,也不能追随尼采式的一味仰望强者的眼光,须有我们自己面对当今世界的选择,这或许将成为眼下拓展文学的"人学本原观"的第一要义。

其次要看到,"文学是人学"的命题中必然蕴含着一个"人"与"文"的关系问题。把"文学"归结为"人学",意味着"人"是文学的本根,但本根并不同于芽卉,文学作品仍须以文本的形态呈现,这里就有一个由"人"到"文"的转化过程。比如我们常说,文学是写人的,是写给人看的,这都不错,但前提乃文学为人所写,"人"是文学的创作者。人凭什么来创作文学作品的呢?一是要凭他在其生命活动中长期积累的生活素材和所形成的生命体验,二是要通过审美想象将这些素材与体验转化为艺术构思,三还要借助语言文字符号将其艺术构思体现于文本形态,这一个个转化的步骤都需要分别作研究与解析,"文学是人学"的命题方能真正得到落实。再比如,文学作品作为一个相对完整的符号系统,被人称作"有意味的形式",其表层文本结构中实涵有深层的审美心理与文化意蕴在。这形式中的"意味"、表层下的深层,实即文本内涵的"人本",如何将不同层次的因子结合起来加以考察,让语言符号、审美心态、文化意蕴三者之间相互渗透与映射的关系得到阐释,"文本"

与"人本"得以会通,也是尚待解决的问题。还要看到,文学作品产生后,文学活动其实并未曾终止,更须有一个读者对作品的解读与接受的环节,这又构成了由"文"向"人"的转化过程,而转化中的双向交流与互动,包括如何由艺术符号生成新的审美体验与思想共振,亦尚可作进一步的思考和研究。总之,上述几方面问题均涉及"人"与"文"的对立统一关系,逐一梳理清楚,有一个全面的观照,"文学是人学"的原理才得以充分展开并确立不移。

界定"人"的内涵与正确把握"人"与"文"的关系,属"文学是人学"一说的基本内核,除此之外,涉及问题尚多。如:文学活动作为人的存在方式之一,与人的其他存在方式之间关系如何?文学作品作为文学活动的结晶,与人的其他审美形态及意识形态产品之间的区别与联系何在?甚至像传统所云"人品即文品"或"人品不类文品",这样的说法该当如何对待?诸如此类的问题,要追根溯源,都常会触及"文"与"人"之间的内在关联。立足于"文学是人学"的理念,从人学本原观上来看待各种文学现象,便于高屋建瓴式地来营构文学理论的大厦,解决一系列复杂的问题,这也是崇奉"以人为本"信念的文学工作者今后所当致力的方向,愿与同好者共勉!

(原刊《华东师范大学学报》2017 年第 4 期,并收入华师大出版社当年 10 月出版的《钱谷融先生纪念文集》,《社会科学文摘》同年第 10 期全文转载)

第二辑

传统回眸

民族文化与古代文论

近年来，学术界开展了对我国古典美学和古代文论的民族特色问题的探讨，很有意义。弄清这个问题，不仅有助于我们更好地清理和总结丰富而珍贵的民族文学遗产，还能够推动当前民族化的马克思主义文艺学的建设，指导文艺创作沿着社会主义内容与民族形式相结合的道路前进。当然，这样的问题不能指望在一朝一夕获得解决，而需要众多的学术工作者从各个不同的侧面来加以研究和讨论，集思广益，逐步取得比较一致的结论。个人认为，古代文论是古代文学的一部分，而古代文学又是整个古代思想文化的一个组成部分。因此，如能联系我国民族文化的传统，从中西文化异源的总的背景上来考察古代文论的特点，亦不失为一条途径。本文拟作初步尝试。

一

西方人对世界的观念，跟古代中国人有所不同。在西方，比较流行的是把世界分割为多元的看法，所谓"此岸世界"与"彼岸世界"、物质世界与精神世界、本体与现象、内容与形式等范畴，在他们那里往往是互相对立而不相融合的。早在古希腊人的头脑中，超乎现实的人的世界之上，有一个以奥林帕斯山为基地的神的世界。神对人的支配和人对神的反抗，经常构成激烈的矛盾冲突，形成希腊悲剧中的"命运"主题。著名的《俄狄浦斯王》，就是这样一出表现人企图摆脱"命运"控制而终于落入"命运"陷阱的惊心动魄的诗剧。后来，基督教发展成为西方世界占主导地位的宗教。它通过天堂地狱、原罪赎罪、末日审判之类神话传说，将人世的苦难与短暂同天国的永恒幸福作了强烈对照，引导人们超脱现世去追求永恒的未来。总之，在西方人的宗教观念里，"此岸世界"与"彼岸世界"之间悬隔着一条鸿沟，彼此是不相沟通的。再从哲学思想来看，柏拉图有"理念世界"与"现象世界"的划分，"理念世界"是绝对的真实和完善，"现象世界"不过是"理念世界"的虚幻的投影。亚里士多德则把事物的构成归之于"质料因"和"形式因"等方面，它们相互间的对峙导致了"心物二元论"。此后像康德哲学中的"物自体"与人的主观意识的对立，黑格尔哲学中的"理念"与"自然"的对立，以至现代西方人观念中的物质文明与精神文明的对立等等，都是这种多元化世界观的承续和发展。

与之相比较，古代中国人对世界的看法却是更多地趋向于一体化的，在天与人、理与气、心与物、体与用诸方面关系问题上，不喜欢强为割裂，而习惯于融会贯通地加以把握。古代中国人的观念中也有人格意志的"天"，也有所谓"天命"思想，但并不把这种"天命"看作外加于人、与人事毫不相干的东西。从西周开始，统治者有鉴于殷王朝覆亡的教训，就提倡"敬德"作为保持"天命"的手段。"皇天无亲，唯德是辅"[①] 一语，正反映了他们将"天命"与

[①]《尚书·蔡仲之命》，《尚书注疏》卷一六，中华书局，1980年。

人德配合一致的宗教伦理思想。这种观念到汉以后发展成为一整套"天人感应"的学说,认为人事的善恶会导致上天用符瑞或灾异来表示劝勉和谴告。因此,中国人一般都注重于当前人事上的努力,不肯多花心力去探究"彼岸世界"的奥秘,所谓"尽人事,听天命",正体现了我们的祖先立身处世的基本态度,而它的前提就是"天人合一"的世界观;至于像西方那种由"天人相分"而产生的神秘的宿命论思想,在我国古代宗教和文艺创作中是较为罕见的①。再以纯思辨哲学的领域而言,我们也少有那种分割心物关系的二元论体系。唯物主义哲学家一般将"元气"视作宇宙万物的本根。唯心主义哲学家虽然宣扬"理在气先",而同时又承认"道不离器"②;他们所谓的"天理""天命"跟"人性""人伦"在内容实质上是一回事。总之,把世界看作一个浑融的整体,把人作为这个整体的核心,这可以说是我们民族思想文化的一个重要传统。

这种以人为本位的世界一体化观念,在我国古代文艺思想上得到了深刻而多方面的反映。

首先,在文艺与现实生活的关系问题上,我们的传统一向是重视文学创作紧密联系社会人生,流行于西方的"为艺术而艺术"的倾向很不发达。"诗言志"和"文以明道"的观念,支配整个文坛达两三千年之久,文学有助于人伦政教的思想深入人心,即使是一些主张发抒性灵和嘲弄风月的作家,也不敢公然站出来违抗。反映现实的同时,我们的文学传统尤注重于改造人生。在古希腊,亚里

---

① 按:我国古代哲学家中也有持"天人相分"观点的,如荀子、王充、刘禹锡,但整个哲学思想的主流仍是"天人合一"。

② 参看《二程语录》:"道之外无物,物之外无道。"又:"形而上为道,形而下为器。须著如此说,器亦道,道亦器。"引自《二程遗书》卷一、卷四,《四库全书》本。

士多德曾把诗歌的起源归因于"求知",并宣称求知出于人的天性①。这种"纯知识"的论调发展到后来,往往容易跟"唯艺术"的倾向搅和到一起去。如十九世纪法国小说家弗洛贝尔一面提倡"写实主义",一面又把自己封闭在艺术的象牙塔里,就是典型的例子。我国古代文论则总是把"求知"与"尚用"结合在一起的。孔子以"兴观群怨"论诗,"观"可以说是接触到了文学的认识功能,但并不同于一般的探求知识或摹写现实,而是"观风俗之盛衰"②"考见得失"③,目的还是为了社会的整治。散文创作方面,荀子倡"明道"说,同时强调"致用",其现实性一望可知。后来柳宗元主张"施之事实,以辅时及物为道"④,写文章与改革政治便有了更直接的联系。总之,重视文艺的社会功利作用(有时不免流于狭隘的功利主义),不把文艺与现实人生割裂开来,这个特点跟民族文化传统里以人为本位的世界一体化观念若合符契。

其次,在审美主体与客体的关系问题上,我们的传统也不像西方文论家那样严格区划两者的界线,甚至偏重在某一方面立论,而是更多地强调在审美主体能动制约下的主客体融和一致。西方从亚里士多德开始对文艺的本质持"模拟"说,认为艺术作品是客观事象的直接再现,作家必须绝对忠实于"自然"⑤(他们喜欢将文学比作镜子,就是由此而来的)。这一说法的好处是坚持了唯物论的反映论原则,缺点在于忽视人的主观能动作用,流弊至于自然主义。晚

---

① 参看《诗学》第四章所述,引自伍蠡甫主编《西方史论选》上卷,上海文艺出版社,1963年,第53页。
② 《论语集解》引郑玄注,见《论语集解义疏》卷九,《四库全书》本。
③ 朱熹《论语集注》,见《论语集注大全》卷一七,《四库全书》本。
④ 《答吴武陵论〈非国语〉书》,《柳河东集》卷三一,《四库全书》本。
⑤ 参看《诗学》第一章,上引《西方文论选》第51、52页。

近的一些文艺思潮，则又往往将文艺创作归结为艺术家心灵的自由活动，完全抹杀了现实生活的基础，陷入另一个极端。在这个问题上，我国古代文艺思想渊源于诗、乐、舞三位一体的"言志"说。"言志"不同于"模拟"①，它更侧重于审美主体的自我表现；但传统观念里的"志"，又不等同于个人的闲情逸兴，它主要指作家有关政教、人伦的志趣与怀抱，具有深刻的社会内容。"言志"也不是凭空产生的，往往由客观事物的"感兴"而引发，所谓"人禀七情，应物斯感，感物吟志，莫非自然"②，就是说的这一过程。这样一来，"言志"说便把审美客体与主体之间的隔阂打通了，在承认主体对客体的受动感应的同时，着重突出了它的主观能动性（我们的文论中常将作家喻为乐器，感受着外界的触动而发出美妙的声音来），这也正显示了我们民族文化里以人为核心来贯通、组合各个方面的思想传统。推广开来看，像西方文论谈"形象"（人生的图画），谈"典型"，都是偏重于艺术如何反映客观现实方面；而我们喜欢讲"意象""兴象"乃至"意境"，侧重在审美主体对物象的渗透与把握。又如西方评论文学作品，着眼于人物、情节、环境诸要素，我们则往往使用气势、风骨、兴味、神韵等概念，虽然同西方叙事文学发达而我们抒情诗独盛的局面有关，也可以看出审美着眼点的差异。

再其次，在作家与作品、内容与形式等关系问题上，我们的传统也是比较注意相互间的统一，很少出现孤立地谈论文章和讲求形式美的倾向。先秦诸子中，孔门"四教"以德行为先，倡导"文质

---

① 我国古代文论中也有"模拟"说的萌芽，从墨子的"摹略万物之然（状）"（《墨子·小取》）到苏轼的"求物之妙"（《答谢民师书》）、"随物赋形"（《文说》）都是，但没有构成明确的传统。

② 刘勰《文心雕龙·明诗》，引自范文澜《文心雕龙注》卷六，人民文学出版社，1960年，第65页。

彬彬，然后君子"①，开了后世儒家一贯重视人格培养的风气。孟子提倡"知人论世"和"以意逆志"说，在批评方法上对后人影响甚巨。墨家和法家主张"征实"，反对"虚饰"，虽然对文采的作用估计不足，而"质本文末"的观点则与儒家并无二致。道家鼓吹"大音希声"和"得意忘言"，就其对后世的影响而言，是把自然与含蓄的美推许为文章的极致，也是华不灭质的思想的体现。魏晋以后，重视形式美的思潮方始抬头。陆机《文赋》里谈了许多修辞谋篇的技巧，归结点却在于"恒患意不称物，文不逮意"，并没有将形式与内容截然分割开来。沈约论诗首创"四声八病"之说，甚至把问题提到"妙达此旨，始可言文"的高度，但他同时又主张"以情纬文，以文被质"②，肯定了情志与声律的统一。后来司空图、严羽等人标举"韵味""兴趣"，着重探索诗歌艺术的内在境界，而前提仍然是"诗者，吟咏情性"③，承认诗中自有人在。较之于西方文艺思潮，像形式主义美学家那样单纯从物体形式的比例、谐调、均衡、对称上面去寻求"美的法则"，这样极端注重形式的倾向，我国古代文论中可以说是不存在的。而晚近一部分西方评论家里流行的那种把艺术作品看成是一个独立自足的世界，认为作品一经创作出来，便与作者绝缘，从而反对联系作者身世、怀抱去探索作品意义的见解，显然也和我们的传统大异其趣。

---

① 《论语·雍也》，《论语注疏》卷六，中华书局，1980 年。
② 参看《宋书·谢灵运传论》，沈约撰《宋书》卷六七，中华书局，1974 年。
③ 《沧浪诗话·诗辨》，引自郭绍虞《沧浪诗话校释》，人民文学出版社，1961 年，第 26 页。

二

再说西方人对历史的观念,跟我们的祖先也很有差别。西方的历史和文化并非一脉相承、稳定不变的。古代文明被中世纪文明所否定,中世纪文明被近代资本主义文明所否定,这种渐进过程的中断和飞跃式的突变,使西方人的历史观里不存在什么永恒的道统观念。及至"进化论"思想普及后。一般人更视历史之进化为事理之当然。古代中国的历史和文化自然也是有变化的,但较之西方,这种变化缓慢而微细,断而又续,给人以凝固稳定、嬗递承传的感觉。所谓"天不变,道亦不变"①,正是古人由这种历史感所作的理论概括②。因此,在对待社会经济、政治、文化诸方面的改造和建设问题时,我们的祖先常常不是把眼光投向未来,而是将面孔转向过去。言必称三代,甚至言必称尧舜,成了孔孟以后中国人的传统习惯③。这种以"法先王"为标的的历史道统观,也不能不对古代文论发生重大的影响。

我们的文学史观是以伸正黜变为特色的。正像政治史上有"正统"、思想史上有"道统"一样,文学史上也有所谓"文统"。以文而言,"明道""征圣""宗经"的口号统治了整个封建社会;以诗而言,"言志""美刺比兴""温柔敦厚"之类说法贯串着古代历史的始终;以时而言,"诗骚""秦汉""唐宋"等时代一直作为后人

---

① 董仲舒《举贤良对策三》,引自《古文雅正》卷三,《四库全书》本。
② 中国古代哲学里讲"变"的也很多,但往往是"器变道不变",甚至陷于循环往复。
③ 先秦法家如商鞅、韩非之流是厚今薄古的,后来也有少数几位思想家、政治家能不为"先王"观念所囿,但在整个古代只是特例。

追求的理想；以人而言，"屈宋""李杜""韩柳"诸大家长期被奉为不可逾越的楷模。古老的观念、久远的时代、早期的文学样式、权威的作家，这些都被视为文学上的正宗，是后人必须加以膜拜和仿效的对象。把这些观念和范例全盘接受下来，一代代流传下去，被认为是每个作家的神圣职责。当然，文学也和一切事物一样，总是在不断变化中的。反映到文化思想上，就产生了"正变"的说法。起初是"风雅正变"，后来推广到"诗体正变"，以至一切文学样式的"正变"。对这个问题有过各种解说，但或多或少都带有以"正"为"盛"、以"变"为"衰"的气息，或则干脆主张"变而不失其正"①，总之还是没有摆脱正统思想的影响。

与此相适应，我们的文艺思潮里，复古倾向占据着突出的位置；而且愈往后来，这种倾向就愈严重。唐人要复汉魏之古，宋人要复唐代之古，明人倡"文必秦汉，诗必盛唐"②，清人更欲跨明越宋，上追先秦两汉。平心而论，掩藏在复古旗号下的文艺思潮，是不能一例看待的。有的确是规行矩步地模拟古人，也有不少是以复古为通变，实质上具有革新的意义。但革新而要借复古为号召，正，可以看出传统思想的巨大势力。这同西方历史上只有在文艺复兴和古典主义两段不太长的时间内倡导复古，是不可同日而语的。当然，我国古代也有反对复古、鼓吹"独任性灵"的文艺思潮，但理论体系的完整和影响的深远都不及前者。我们也有标榜"新变"或"通变"的文学主张，而大多只限于文辞体貌的翻新，一旦说到文学的精神实质，则又往往强调师承古人。所谓"名理有常，体必资于故

---

① 朱熹《跋病翁先生诗》见《朱子全书》卷六五，《四库全书》本。
② 《明史·文苑传》，录李梦阳语，见《明史》卷二八六，中华书局，1974 年。

实;通变无方,数必酌于新声",或者叫作"望今制奇,参古定法"①,就代表了传统文论中"常""变"结合、以"常"驭"变"的基本看法,它的思想基础仍然是伸正黜变的文学史观。

这样的历史观念,也影响到我们文论中许多概念术语的使用方式。有人说,我国古代文论的特点之一是名词概念的稳定性。我以为,说得更确切些,应该是概念在凝固的形式下流动。在西方,文学术语的变换是比较常见的。随着新的理论体系的创立,新的概念不断产生,旧的名词逐渐淘汰,这是一个自然的新陈代谢的过程。而在古代中国,由于传统势力的强大,名词术语上也出现了新陈纠葛的现象。新的观点和理论往往不愿意采用独创的新形式表现出来,而宁愿把自己容纳到旧的概念系统之中,以便取得容易被人们接受的合法地位。这样,便形成了我国文论在术语使用上特有的形式凝固稳定而内容丰富多变的情况。例如"诗言志"的"志",最初似乎是同宗教祀典里"神人以和"的思想联系在一起的②,这大概是西周"雅颂"时代的产物③。到了春秋时期,各国公卿大夫在政治和外交活动中常有"献诗陈志""赋诗言志"一类做法,所陈、所言不外国政方面的批评与颂扬、希求与酬答,于是"志"的内涵便由沟通天人之际转为专注于人伦政事。至屈宋时代,"贤人失志之赋作"④,像《楚辞·悲回风》所云"介眇志之所惑兮,窃赋诗之所明",以及《楚辞·九辩》所谓"贫士失职而志不平",这里的

---

① 《文心雕龙·通变》,引自范文澜《文心雕龙注》,人民文学出版社,1960年,第519、521页。
② 见《尚书·尧典》:"诗言志,歌永言,声依永,律和声。八音克谐,无相夺伦,神人以和。"上引《尚书注疏》卷一。
③ 今人多认为《尧典》出于战国,但其中可能包含上古的思想资料。上引文字谈到诗、乐、舞一体和"神人以和"的思想,应该属于早先文艺创作情况的反映。
④ 《汉书·艺文志》,《汉书》卷三〇,中华书局,1962年。

"志"虽仍有关乎一国治政,而侧重点却已转移到个人的穷通出处。延及六朝,"诗缘情"的说法流行开来后,"情""志"并提在一般文章里成了习惯,"志"也往往就成了"情"的代名词,包罗更广,又不限于联系诗人的人生志趣和政治怀抱了。这就是古代文学概念在凝固形式下流动的典型例子。再如"文以明道"的"道",荀子、扬雄指的是儒家之道,到刘勰手里便兼赋以本体论的含义,柳宗元把它同"辅时及物"的政治改革活动联系起来,至宋代,政治家、理学家、古文家又各有各的理解,创为"明道""贯道""载道"诸论,直到章学诚《文史通义·原道》把"道"规定为"万事万物之所以然,而非万事万物之当然",这中间变化多端,虽然使用同一个"道"字,可以说是千门万户,各道所道。其他如"风""骨""气""味""神""韵""意""兴"等概念,也都经历了复杂的变化过程。人们常说我国古代文论中的概念术语具有特殊的多义性和不确定性,原因就在于此,这也是同西方文论不很相像的地方。

三

古代中国的人生态度和思想方法,是以儒家"中庸之道"为准绳的,跟西方人的容易冲动、好走极端大不一样。即以个人的立身行事而言,孔子说过"用之则行,舍之则藏"[1]的话,孟子衍伸为"穷则独善其身,达则兼济天下"[2],从此成为后世文人普遍的生活准则。一般正直的士子都是有用世的怀抱和积极的追求的,但当他们的理想不能实现,怀抱不能施展的时候,他们往往不是急于把脑

---

[1] 《论语·述而》,《论语注疏》卷七,中华书局,1980年。
[2] 《孟子·尽心上》,《孟子注疏》卷一三,中华书局,1980年。

袋硬拼上去撞个粉碎，而是反求诸己，退修其德，以俟时机。像屈原那样的灭身殉志，在中国文人中可谓特例，所以后人要目之为"狂狷""狷狭之志"①，也就是不合中庸之道。但屈原作品对时政的批评，不仅出于一腔忠君爱国之忧，表现方法上也多采用香草美人作比兴，被赞许为"优游婉顺""依经立义"②，可见也还不完全背离中道。其余的作者在执着于人生目标、宁折不屈这一点上，比起屈原又逊一筹了。我们的文人在生活态度上也往往容易趋于消极，但很少有消沉到弃绝人世的地步，他们大多善于从生活的其他方面寻找精神上的乐趣，求得某种程度的解脱，美其名曰"旷达"，陶渊明和苏轼就是这方面的代表。佛老思想的流行，更为古代中国人提供了极好的精神避难所。道家的逍遥出世和佛教的"万法皆空"，正好给儒者的"独善其身"添加了玄学思辨的滋味。儒、释、道三教之所以能合流，这也是一个重要因素。总之，无论是进取还是退屈，我们的传统都是要有节度，合乎中道，不走极端。像西方文学形象中浮士德式的永恒冲动，曼弗雷德式的孤高厌世，哈姆莱特式的不断怀疑与反省，堂吉诃德式的不顾一切与风车搏斗，这样的性格是不太符合我们的传统精神的。

"中庸"的人生观和取乎"中道"的思想方法，反映到文艺观方面，便是倡导艺术的"中和之美"。《左传·襄公二十九年》记载了吴季札在鲁国观周乐时对各种乐曲的评论，是现存最早的体现"中和之美"观念的材料。其中如以"勤而不怨"评论《周南》《召南》，以"忧而不困"评论《卫风》，以"思而不惧"评论《王风》，以"乐而不淫"评论《豳风》，以"大而婉，险而易行"评论《魏

---

① 参见班固《离骚序》、刘勰《文心雕龙·辩骚》所论。
② 参看王逸《楚辞章句序》，《四部丛刊》本《楚辞》卷一。

风》，以"思而不贰，怨而不言"评论《小雅》，以"曲而有直体"评论《大雅》，都包含了对立面相互调和的思想。尤其是季札视为音乐极致的《周颂》，他一口气用了"直而不倨，曲而不屈，迩而不逼，远而不携，迁而不淫，复而不厌，哀而不愁，乐而不荒，用而不匮，广而不宣，施而不费，取而不贪，处而不底，行而不流"这样十来组赞语加以形容，可说是把"中和之美"的意趣发挥得淋漓尽致。季札之后，孔子论诗乐也很重视"中和之美"。他说："《关雎》乐而不淫，哀而不伤。"①又说："郑声淫"，主张"放郑声"②。"淫"是过度的意思，也就是违背了"中和之美"，所以他老人家要加以排斥。孔子的这个见解，到《礼记·经解》里发展为"温柔敦厚"的"诗教"。"温柔敦厚"是"中和"在人的品格上的体现，后也引申指诗的品格，它从理论上概括了儒家对诗歌的基本要求，成为后世论诗的不二圭臬。后来《毛诗序》中"发乎情，止乎礼义"以及"主文而谲谏"之类主张，也是由上述见解一脉相承而来的。

如果说，汉以前对"中和之美"的理解较多地偏于艺术作品所表现的人的思想感情方面，那么，魏晋以后就把这个观念着重转移到作品的艺术风格和艺术方法方面。《文心雕龙·体性》是一篇关于文学风格问题的专论，它依据作者的才、性、学、习四个方面，将文章风格归结为八类，各有特色；但同时又认为"八体虽殊，会通合数，得其环中，则辐辏相成"，主张各种风格间的相互调剂与配合。这个看法在古代文论中是有代表性的。《文心雕龙》全书在评论作家作品和论述写作方法时，处处贯串了这一思想。如《辨骚》篇论楚辞，提出"酌奇而不失其贞，玩华而不坠其实"的原则；《诠

---

① 《论语·八佾》，《论语注疏》卷三，中华书局，1980年。
② 《论语·卫灵公》，同上卷一五。

赋》篇述辞赋,揭示"文虽新而有质,色虽糅而有本"的宗旨;《明诗》篇评《古诗》,用"结体散文,直而不野"表示称赞;《乐府》篇谈汉郊庙歌辞,以"丽而不经""靡而非典"加以批评;《风骨》篇宣扬风骨与文采相结合,达到"风清骨峻,篇体光华";《丽辞》篇讨论骈偶的组合,要求"高下相须,自然成对";《夸饰》篇主张"夸而有节,饰而不诬";《事类》篇提倡"综学在博,取事贵约"。我国古代文论在探讨艺术方法时,常喜欢将对立的范畴作辩证的统一(如情与理、形与神、直与曲、一与多、幻与真、奇与正),实际上都是这一传统的继承。

唐以后,诗歌创作和评论中开始重视意境问题,"中和之美"的思想便也延伸到这个领域。司空图讲求"韵外之致""味外之旨",特别拈出"近而不浮,远而不尽"八个字来概括这种虚实隐现之间的诗歌境界①,正是把握住了"中和"的要义。他的《二十四诗品》论述诗歌的二十四种境界,其中如以"超以象外,得其环中"形容"雄浑",以"遇之匪深,即之愈希"形容"冲淡",以"饮真茹强,蓄素守中"形容"劲健",以"浓尽必枯,淡者屡深"形容"绮丽",以"不着一字,尽得风流"形容"含蓄",以"语不欲犯,思不欲痴"形容"缜密",以"情性所至,妙不自寻"形容"实境",以"离形得似,庶几斯人"形容"形容",都显示了在诗歌意境创造上的不即不离、不黏不脱的美学趣味。后来苏轼所谓"发纤秾于简古,寄至味于淡泊"②,以至严羽、王士祯一派的"兴趣""神韵"之说,均由此而来。至王国维,更是借鉴了西方的文艺思想材料,围绕着"境界"说,探讨了"情"与"景"、"意"与"境"、"出"

---

① 参看《与李生论诗书》,《司空表圣文集》卷二,《四部丛刊》本。
② 《书黄子思诗集后》,《苏轼文集》卷六七,中华书局,1986年。

与"人"、"有我"与"无我"、"壮美"与"优美"、"写实"与"理想"等一系列关系问题,将传统的"中和"思想在艺术意境领域的运用发挥到了极致。由此看来,"中和之美"的观念确是贯串、渗透在我国古代文论的各个方面,它要求把艺术作品的各种要素联合起来考察,不赞成单就某一方面加以片面的引申、发挥,而后者在西方文论中却是不乏其例的①。

四

最后还要谈到中西学风的差异。我们知道,西方的学术文化比较多是在自由论辩的空气里发展起来的;所以他们的学术著作一般很讲究谨严的逻辑论证和修辞方法,在文章结构上经常采用"始、叙、证、辩、结"的论证程式,甚或流于烦琐。西方在亚里士多德的时代就已建立起系统的逻辑学和修辞学,跟这也有关系。对比之下,我国古代的学术文化一般是在师友相传的条件下发展起来的,论辩风气不浓,从而形成了重了悟而不重论证的学风。孔子教学生,主张"取譬连类""举一反三";庄子论文辞技艺,倡言"神遇"和"得意忘言",都不很强调缜密的逻辑分析。佛教流传到中国,衍变为"明心见性""教外别传"的禅宗。古代用语录体著书的习惯,一直延续到宋明以后的理学。这些都可作为我们注重领悟的佐证。在整个古代,只有晚周诸子和魏晋玄学里的论辩色彩较浓,逻辑性也最为突出,而较之西方学术专著的长篇巨帙,体系庞然,仍不免有望洋兴叹之感。但我们的学术著作在理论深度上则并不减色,往

---

① 西方文艺思想多偏于一端,也自有它的胜处,往往在某一领域探讨穷深,发挥畅尽,则又为我们所不及。

往片言只语,思精义丰,鞭辟入里,耐人寻味,这又是我们的长处。

这种重了悟而不重论证的学风,影响到文论的形式,也是多片段而精要的提示,缺少系统严密的论著。从孔、孟说诗开始,经过汉人的诗序,到后来各种诗话、诗品、评点、论诗诗以及序跋、传论、笔记、书信等,文艺批评的形式可说是极其丰富多彩,但很少看见体系整严而论证细密的著述①。所以我们今天若要研究一位批评家的思想,还必须将他散见于各处的言论钩稽拢来,才能形成比较完整的概念。

在评论方式上,我们的传统喜欢使用形象化的词语,对事物整体作概括性把握,很少进行逻辑上的具体分析与推理。例如用"清新""俊逸""雄放""沉郁"等形容词或者用"芙蓉出水""错采镂金""翡翠兰苕""碧海掣鲸"之类比喻语来评论作家的风格,用"采采流水,蓬蓬远春""落花无言,人淡如菊"这样的生动画面来摹写不同的艺术境界,用"横云断岭""曲径通幽""剥茧抽丝""草蛇灰线"这类成语来说明写作的方法和技巧,而不再加以更多的解释。即使是一些专门性的文学术语,如"风骨""滋味""气象""神韵"之类,也大多是从日常生活的用语引申、移用到文艺评论上来的,所以常带有某种程度的具象性和朦胧性。这些都说明了我们的文艺评论在很大程度上属于一种直观的、经验式的批评,是批评家传达他自己的审美体验的独特手段,在许多方面还没有提炼、上升为严格意义下的理论思维形态,这同西方文论在思辨上的烦琐恰好相映成趣。

---

① 刘勰《文心雕龙》一书"体大而虑周"(章学诚语),在古代文论专著中称得上空前绝后,可能是受佛教因明学影响下的产物。但比之西方的同类著作,无论在谈理论或评创作方面,仍带有较多的直观色彩。

古代文学批评还有一种特殊的形式，就是用选本来代替批评，通过选什么和不选什么来表明一定的文学宗旨。从《文选》的标举"沉思""翰藻"，直到《古文辞类纂》的宣扬桐城家法，中间的选家多如牛毛，什么"格调说""神韵说""性灵说""肌理说""秦汉派""唐宋派""浙西派""常州派"等等，五花八门的文学流派和文学主张，各有自己的选本来伸张自己的观点。这些选本虽然不谈多少理论，但即事见理，思想观念就渗透在所选作品中，一可以借生动的形式广为传播，二可以借古人的权威号召天下，影响有时反倒在评论专著之上，也可以算是"不着一字，尽得风流"了。而推究这种批评样式特别兴起发达的原因，则仍不能不归结到流行于我国古代的那种即事点悟式的传统学风。

综上所述，以人为本位的世界一体化观念、以"法先王"为标的的历史道统观、以"中庸"为准则的人生观和思想方法以及重了悟而不重论证的学风，这些都是我们结合探究我国古代文论特点时所溯及的民族思想文化传统的若干重要方面。这样的追溯自是不完备的，希望有助于问题的深入。当然，文化传统本身也不是凭空而降的，它植根于中国社会的土壤，受到古代社会经济、政治诸因素的制约。这里不能加以详谈，只需指出一点，即：古代中国的历史发展虽然经历了原始社会、奴隶社会和封建社会几阶段的变化，但本质上始终是一个宗法式的农业社会。在我国，小农经济长时期来占据着绝对优势，手工业和商业发展缓慢，这就造成了古代世界的相对单一性和古代历史的长期延续性，从而形成我们民族心理上的务实精神和守成的倾向。着眼于人事而相对忽略自己以外的世界，重视人伦关系和精神生活而相对忽视物质建设，面向过去而不愿大胆探索未来，爱好调和折中而不喜欢走极端，注重切实领会而不重口辩，都是由此衍伸而来的。也正因为商品经济发展迟晚，我国历史在由原始社会向奴隶社会过渡时,并没有发生像古代西方那样的奴隶主民主派推翻旧氏族贵族统治的革命,而是由氏族贵族直接转变为奴隶主贵族,因而氏族制的残余也就保留下来,成为一整套维护奴隶制和封建制的宗法制度、宗法关系。这种宗法式的奴隶制与封建制,反映在道德观上,就是以"孝亲"为本、注重协调人伦关系的"三纲五常"原则;反映在宗教观上,就是天神崇拜与祖先崇拜相结合的鬼神并祀的信仰;反映在社会历史观上,是"法先王"的道统思想;反映在文化教育制度上,是"为学"与"从政"紧密联系的"学而优则仕"的趋向;反映在人格塑造上,则是培养谦谦之德的君子,而非具有独立意志和自由思想的公民与学者。总之,这种制度是把政权、族权、神权以及王权纽结在一起,"内圣外王",亦君亦父,所谓"天地君亲师"五位一体,便清晰地表明了它们相互间的关系。在这样一体化的社会制度下,当然很容易形成人们对世界一体化的观念,从而促进了民族心理的务实与守成。由此看来,我国古代文论以及古代文化的民族特色,归根到底还得到古代社会历史制度中去探本求源,才能予以比较科学的解释。同时要看到,这种民族传统既然是历史地形成的,必然会随着历史条件的变化而起变化,不可能也不应该加以绝对固定。从当前建设社会主义思想文化的需要出发,对历史传统进行清理、择别、改造和发展,将民族的传统提高到科学化的水平上来,这才是我们从事研究的正确途径。

(原刊《文学评论》1984年第3期)

一个生命论诗学范例的解读
——中国诗学精神探源

古老的中国文明,就其精神生活的层面而言,经常焕发出一种诗性智慧的光辉,其突出的标志便在于对生命理念的强调和发扬。如以天地万物为一气化生,视大化流行为生生不息,在价值观念上"重生""厚生",乃至将天人及人际间的组合秩序归结为生命和谐等,虽处处带有古代中国宗法式农业社会的烙印,而透过其历史的外衣,仍可窥见内里深藏着的人性本真。这或许是华夏文明历经久远而迄未丧失其动人魅力的重要原因。

作为传统诗性智慧的结晶,中国诗学植根于民族文化土壤的深处,不仅积累丰厚,特色鲜明,亦且自成统系,足具精义。清除其历史的杂质,抉发其思想的精微,在现代语境下予以新的阐释,是完全有可能为人类诗学的未来发展作出其重大贡献的。然则,什么是中国诗学的主导精神呢?据我看来,也就在于它从民族文化母胎里吸取得来的生命本位意识。正是这种生命意识,贯串着它的整个机体,支撑起它的逻辑构架,渗透到它的方方面面,从而形成了它独特的民族风采和全人类意义,值得我们仔细探讨。近年来,一些学者已开始注意到这个问题,做了不少有益的工作,但还有深入的余地。本文尝试在此基础上作进一步开拓,这里先就一些基本范畴和命题中蕴含的核心理念稍加提挈。

一、"情志为本"

有悠久历史传统的中国诗学是以"诗言志"的命题为其"开山的纲领"的①,这一点经朱自清先生拈出后,学界几已达成共识,毋庸赘言。由"诗言志"生发出六朝的"诗缘情","情""志"互补,共同构成传统诗学的内在根基。它们之间也存在一定的差异,比较而言,"志"侧重在与社会政教伦常相关联的怀抱,"情"则不限于这种关联,有时甚至偏离到一己的私情上去,所以"言志"和"缘情"常要发生龃龉。但从另一个角度来看,置身于古代宗法式社会政治关系下的中国人,其生活领域受政教伦常的覆盖面实在是很宽广的,加以"志"的内涵在历史演化中又不断得到扩展,于是"情""志"相混的状况愈来愈普遍,终于整合成了一个范畴。挚虞《文章流别论》中说到"夫诗虽以情志为本,而以成声为节",刘勰《文心雕龙·附会》述及"夫才量学文,宜正体制,必以情志为神明,事义为骨髓,辞采为肌肤,宫商为声气",表明"情志"这一复合概念已然确立。而孔颖达《左传正义·昭公二十五年》所云"在己为情,情动为志,情志一也",更从道理上揭示了两者的一体关系。后世尽管扔有分用与合用之别,较多的状况则是相互替置。

其实,"志"与"情"确有融通交会之处。无论是与社会政教伦常相关联的怀抱,或者仅属个人生活领域的私情、闲情、自适之

---

① 见朱自清《诗言志辨》,《朱自清古典文学论文集》上册,上海古籍出版社,1981 年,第 190 页。

情,它们都是人在其现实生命活动中所获得的感受和体验,是一种情感性(当然也包含理解的成分)的生命体验,而诗歌创作的首要任务便在于传达人的这种体验。"诗言志"说以"志"为诗的内核,"诗缘情"说以"情"为诗的根由,内核与根由都有本根的意味,这便是"情志为本"命题的来由。当然,若按中国传统心性之学,"情志"尚非人的精神本体,"心性"才是本体;心之未发曰"性",已发曰"情","心性"乃实体,而"情志"不过是它的活动功能。但未发的"心性"是虚静空明、寂然不动的,它不会产生诗;只有当它活动起来,转化为"情志",再用合适的语言意象表达出来,才有了诗。所以《毛诗序》论述诗歌源起,即以"情动于中而形于言"开宗明义,可见"情志"正是诗歌活动的实在的生命本根。立足于人的真实的生命活动和生命体验,便成了中国诗学的基本的出发点。

"情志为本"的观念,拿来同西方文论,尤其是长时期来在西方文论中占主流地位的"模仿自然"说相比,其特色更为显著。"模仿自然"一说发端于古希腊哲人赫拉克利特,而展开于亚里士多德的《诗学》专著,它奠定了西方理论观念中以"自然"为文学创作本原的思想传统,《诗学》因亦成为西方文论中的经典。要说明的是,"自然"一词并不等同于今人所谓的"自然界",在西方传统中,它一般用以指称独立于创作主体之外的客观世界,甚且常偏重在社会的人的行为与性格。《诗学》一书就把诗歌艺术模仿的对象规定为"在行动中的人",并有"喜剧总是模仿比我们今天的人坏的人,悲剧总是模仿比我们今天的人好的人"之类说法[①]。不管怎样,艺术创

---

① 见《诗学》第二章,引自伍蠡甫主编《西方文论选》上卷,上海文艺出版社,1963年,第52—53页。

作以客观世界为底本的观念是明确的，客体的"自然"而非主体的"情志"构成诗歌活动的本根，这是西方主流派诗学在出发点上大不同于中国传统诗学之处。"模仿自然"说后来衍化为"再现生活""反映现实"诸说，其侧重写照社会人生的意向更为清晰，而以外在世界为底本的精神则终始不变。

"模仿自然"与"情志为本"的分途异趋已如上述，那么，西方文论是否另有与"情志"说相当或相近的理论主张可供比照呢？国内一部分学者认为，后起的"表现论"就是这样的一种主张，进而断言"言志"与"缘情"之说即属于"表现论"的思想系统，这个问题不可不稍加辨析。

大家知道，表现论是随着近代欧洲浪漫主义文艺思潮而兴起的理论主张，作为对古典美学的反拨，它否认艺术创作应以客观世界为底本，而崇尚"表现自我"，于是作家的"自我"便成了艺术活动的本根，宣泄一己的情怀构成文学创作的最高使命。粗粗看来，这样一种主张似与我国传统的"情志"本位观有相通之处，它们都立足于作为创作主体的人，立足于人自身的生命体验，不妨归为一个类型。但是且慢，这里尚有实质性的区别，也就是构成本体的人的生命内涵上的歧异。前面讲到，由"志"与"情"两个概念复合而成的"情志"范畴，是对立统一的二元建构，其中包含着一系列复杂的矛盾关系。首先，"志"作为与社会政教伦常相关联的怀抱，其明确的界定应该是"发乎情，止乎礼义"①，换句话说，它出自情感性的生命体验，却又不能不受"礼义"规范的制约，也就是带上了理性的"镣铐"，于是和"缘情"之"情"有了分歧，从而造成"情志"内部常见的情与理的冲突，此其一。其次，专就情感的层面

---

① 见《毛诗序》，《十三经注疏》本《毛诗注疏》卷一，中华书局，1980年。

而言，关联到政教伦常的"志"，它指向群体的生活，渗透着群体的意愿，当属于一种社会性的情感生命体验，这同"缘情"的"情"可以无关乎政教伦常、囿于一己私情相比，则又有群体生命与个体生命间的差别。其三，我们说过，"情志"的本体是"心性"，"性"为体而"情"为用。依据传统的观念，"性"受命于天，人性与天理相合，"情"则不免牵于物欲，人情不能等同于天理；但另一方面，人间的"礼义"又是天理的体现，于是以"礼义"为规范的"志"也就成了人的本性的实现。这样一来，"志"与"情"的整合，某种意义上也就是"性"与"情"的统一（故"情志"亦作"情性"），推扩开来看更是"体用""理欲""天人"之间的结合，而就生命体验而言，则应视为宇宙生命与个体生命间的贯通流注，其含义是很丰富的。综上所述，"情志"作为中国诗学的生命本根，内蕴着感性与理性、个体与群体、人欲与天道诸层矛盾，其理想境界是要达到天人合一、群己互渗、情理兼容，而仍不免要经常出现以理节情、扬情激志、举性遗情、任情越性以及"一时之性情"与"万古之性情"种种变奏，"志""情"离合因亦成为贯串整个诗学史的一根主轴线。不难看出，这样复杂而多层次的生命内核，确乎为中国诗学所特有，又岂是西方表现论的一味张扬"自我"，视个体生命体验为唯一真实所能比拟？实际上，"表现"和"模仿"两说，一重客体，一重主体，看来针锋相对，骨子里却有其一致性，便是都建基于西方传统的主客二分思维模式，故导致用一方来排斥另一方。而以"情志"为标志的生命体验，原本从民族文化天人合一、群己交渗的理念脱化而出，就不会极端地倾侧在某一头，倒是要以调谐、和合为自己的目标。研讨中国诗学，不可不对它的生命本根有一确切的把握。

二、"因物兴感"

中国诗学以"情志"为诗歌的生命本根,"情志"又是怎样发动起来的呢？这就需要联系到"因物兴感"之说。

上节说过,"情志"根底于"心性",而"心性"本体是虚明静止的,"心性"的发动和"情志"的产生要靠外物（这一点上也甚不同于单纯由内而外的表现说）。《礼记·乐记》有言："凡音之起,由人心生也。人心之动,物使之然也。"又言："夫民有血气心知之性,而无哀乐喜怒之常；应感起物而动,然后心术形焉。"说的就是这个道理。东汉王延寿将此观念初步移用于诗学领域,提出"诗人之兴,感物而作"的命题①。刘勰《文心雕龙·明诗》则用"人禀七情,应物斯感,感物吟志,莫非自然"四句话,加以较完整的表述。刘勰所谓的"应物斯感",陆机叫作"感物兴哀"②,傅亮称之"感物兴思"③,萧统谓为"睹物兴情"④,萧纲则云"寓目写心"⑤,基本上一个意思,可见属当时人的共识。我们这里使用"因物兴感"一语,是从梅尧臣《答韩三子华韩五持国韩六玉汝见赠述诗》的开首几句："圣人于诗言,曾不专其中,因事有所激,因物兴以通"里概括出来的,指诗人的心灵凭借外物而引起感发的过程,其所感发

---

① 王延寿《鲁灵光殿赋序》,引自《全后汉文》卷五八,中华书局影印本,1965年。
② 陆机《赠弟士龙诗序》,见《陆士龙文集》卷三所附《兄平原赠》,《四部丛刊》本。
③ 傅亮《感物赋序》,引自《全宋文》卷二六,中华书局影印本。
④ 萧统《答晋安王书》,引自《全梁文》卷二〇,中华书局影印本。
⑤ 萧纲《答张缵谢示集书》,引自《艺文类聚》卷五八,上海古籍出版社,1982年。

出来的便是"情志"。

"因物兴感"是一种什么性质的活动呢？这就牵涉到感发过程中的"心"与"物"的关系问题。过去，在反映论的影响下，人们只承认"心"对"物"的反映作用，以致将"兴感"说里的"感物""应物"都理解成了对外在事象的"反映"，这是不正确的。反映论的前身乃模仿说，它们共同立足于以"自然"为本。既以客观世界为底本，艺术品便只能是摹本、映本，后者之于前者，称之为"模仿"也好，"再现"也好，"反映"乃至"能动地反映"也好，总之须以忠实于原本为主要价值取向，创作的要义就在于显示对象世界的本来面目。西方文论中爱用"镜子"来比喻文艺反映现实的功能，大作家巴尔扎克慨然以充当十九世纪法国社会的"书记"自命①，着眼点都在这里。这可以说是一种知识论的取向，文艺即被归结为认知的方式和途径。

"兴感"说则不然。在感发过程中，"心"是主体，"物"只是凭借，虽"因"于物，实"源"于心（诗学中有"心源"之说），这跟传统观念视"心性"为人的精神本体分不开。"心"接受"物"的感发亦非单纯的影照，"应物"不同于"映物"，除感受外，还有应答的作用，是"心"与"物"的双向交流与沟通。这种心物交相为用的关系，不妨借古人用过的乐喻来加领略。苏轼有一首《琴诗》："若言琴上有琴声，放在匣中何不鸣？若言声在指头上，何不于君指上听？"寥寥四句，风趣而富于哲理。琴作为乐器，是音声之所从出，但它自身不会奏鸣，就好比寂然无动的"心性"；手指作为触击乐器的外物，它本来不是音声之源，而由于指与琴的交相为用，

---

① 巴尔扎克《人间喜剧前言》，引自伍蠡甫主编《西方文论选》下卷，上海译文出版社，1979年，第16页。

遂使美妙的乐声迸发出来。此处所揭示的心物关系，不是迥然不同于镜喻中的对象（底本）与映象（摹本）的关系吗？如果说，"模仿"说侧重在对外在世界的观照，那么，"兴感"说突出的恰恰是人的生命的发动，前者视文艺为认知手段，后者将诗歌当作生命形态，分殊判然可见。

西方文论中也有注意到人的生命体验的感发的，那便是由柏拉图开创并经浪漫派诗人发扬光大的"灵感"说，"灵感"与"兴感"或可作一比较。我们知道，按柏拉图的原意，"灵感"有神灵凭附和感应的意思，它能使诗人在特定的瞬间失去清醒的理智，进入迷狂状态，从而激发出异常的创作才能来①。后世谈"灵感"者不一定继承柏拉图有关神灵凭附的假说，却大多肯定其突发性和非自觉性，至晚近意志论、直觉论、生命哲学、精神分析诸家，又转向人的本能、直觉、无意识等非理性层面来探究其成因。与此相呼应，国内学界也开始有人从巫术、宗教、神话原型等关联上来追索"兴"的源起，这不失为一种有启发性的思路，但从"兴感"进入传统诗学的视野而言，则已经不带有什么神秘、超验的成分，也没有过多的非理性色彩。其借以兴发之"物"，"春风春鸟，秋月秋蝉"等自然景物之外，还包括"嘉会寄诗以亲，离群托诗以怨"，以及"楚臣去境，汉妾辞宫""塞客衣单，孀闺泪尽"诸种"感荡心灵"的社会事象②，都是很实际的人生境遇。其兴发的方式虽未必自觉，却不限于瞬间突发，可以有一个"流连万象之际，沉吟视听之区；写气图

---

① 参见柏拉图《伊安篇》所述，载朱光潜译《柏拉图文艺对话集》，上海文艺联合出版社，1954年。
② 钟嵘《诗品序》，引自何文焕编《历代诗话》上册，中华书局，1981年，第3页。

貌，既随物以宛转，属采附声，亦与心而徘徊"① 的渐进加深的过程，当然也不排斥"兴会淋漓"式的巅峰状态的呈现。于此看来，"兴感"并不同于许多西方文论家心目中的"灵感"，它是一种很现实的生命感发活动，是人与外在世界在情感体验上的交感共振，和那些超验的"神力"或先验的"本能"都是不相干的。

现在还有一个问题，就是这种交感共振的基础究竟是什么？在这个问题上，有人试图引用西方审美心理学里的"移情"说和"同构"说来作解释，应该说，这样的借鉴是有意义的，有助于将"兴感"的研究推向深入。但要看到，双方理论的哲学出发点各自不同，又不容混淆。比如"移情"说认为，物本无情，而人能够在审美活动中见出物的生命跃动，盖出自将自己的情感体验移注于物，所以人感受到的仍是自我的生命情趣，这不仅在实际上否定了物我间的交流，亦且从根底上把主体的人与作为对象的物对立起来了，显然属于主客二分的思维态势。又如格式塔心理学标举"异质同构"，考察心理场与物理场的共振，意图从人、物形体结构的对应性上来找根据，是能说明一部分问题的，但对应关系仅限于外在形式，形同而质异，则又不免有形质二元对立之嫌。与此相对照，"兴感"立足于天人合一、群己互渗的民族文化精神，视天地万物为一气化生，人的心灵也是精气所聚，在宇宙生命、人类生命、个体生命之间原本就有信息、能量的传递，无须借助于"移情"或"形体同构"。古代思想家宣扬"天地之大德曰生"，叫人从大化流行中去"观生意"②，正是基于这种信念。至于社会生活中的人、事与创作者心灵

---

① 见《文心雕龙·物色》，范文澜《文心雕龙注》卷一〇，人民文学出版社，1960年，第693页。
② 见《河南程氏遗书》卷一一，载《二程全书》，中华书局版《四部备要》本。

上的沟通,当更不在话下。这样一种"泛生论"的理念是否合乎现代科学,或有无必要给予新的解说,自可探讨,但它构成"兴感"说乃至整个中国诗学的思想理论基础,是不可忽略的。

三、"立象尽意"

"情志"由"兴感"所发动,它是诗歌的生命本根,但自身还不是诗。"在心为志,发言为诗"①,"情志"要通过适切的话语表达出来,才能转化为诗。这里又出现了一个难题:语言作为概念的符号,它能不能恰切地传达蕴含着活生生的生命体验的"情志"呢?这个问题上一向有两派意见,即"言尽意"说和"言不尽意"说,各执一词。现在看来,两家都有合理成分。若从表达日常生活经验及科学认知中的事理而言,概念符号的语言应该是胜任的,这就叫"言尽意";而若从传达微妙深邃的诗性生命体验和形而上的哲思感悟来说,纯粹的概念逻辑又不够用了,于是称"言不尽意"。"尽"还是"不尽",关键在于所要尽之"意"。诗歌艺术活动领域,自然是以"言不尽意"说为主流了。"言"既然不能尽"意",诗还怎么写呢?于是需要找出一个中介——"象"。"言不尽意""立象以尽意"②,或者叫作"意以象尽,象以言著"③。这样一种"言—象—意"的层级结构,原本用于说"卦"解《易》,而由于合乎诗歌艺术的实际,很快为诗学所吸取,"立象尽意"也就成了中国诗学里的

---

① 见《毛诗序》,《十三经注疏》本《毛诗注疏》卷一,中华书局影印本,1980年。
② 《易·系辞上》,《十三经注疏》本《周易注疏》卷七,中华书局本。
③ 王弼《周易略例·明象》,引自影宋本《周易》,上海商务印书馆版《四部丛刊》本。

一个核心命题。

　　提起"象",人们便会联想到西方文论中常讲的"艺术形象",其实"象"在中国诗学里有多重含义,可以是客观的物象、主观的心象或文字构成的语象、艺象。诗中之"象"自属艺术形象,但与西方文论中的"形象"仍有区别。"形象",一般解作"人生的图画",既突出其具象性,也提示着它的再现功能,而具象性正出自再现的需要。俄国批评家别林斯基关于"哲学家用三段论法,诗人则用形象和图画说话"那段名言曾被反复引用,早已耳熟能详,其根据也就在于他认"艺术是现实底复制,是被重复的、仿佛是再造的世界"①。这显然是沿袭"模仿"说的思路下来的。在我国传统中,"象"固然有模拟现实事物的一面(所谓"象其物宜"),但着眼点不在这里,"立象"是为了"尽意"。所以古人往往不拘泥在以"形"执"象",反倒倾向于对两者作出一定的界分。《易·系辞上》说:"在天成象,在地成形"。又说:"见乃谓之象,形乃谓之器。"王夫之用"形者质也""象者文也"加以解释②,意谓"形"属于事物实体,"象"却是一种显现,"形"实而"象"虚,两者不能等同。确乎如此,诗中之"象"更是一种虚拟的显现,不过不限于形体的显现,乃重在生命的显现,其功能是要在诗歌作品里展呈作为人的生命体验的"情志"。中国诗学不把诗中之"象"叫作"形象",习惯称之为"意象"(表意之象),便是这个缘故。诗歌创作中虽不废"尚形似",但又强调"以形写神",进而宣扬"离形得似",亦是出于这种考虑。"意以象尽","意象"遂构成了诗歌的生

---

　　① 见《一八四七年俄国文学一瞥》,引自《别林斯基论文学》,新文艺出版社,1958年,第19页。

　　② 王夫之《尚书引义·毕命》,《尚书引义》卷六,中华书局,1976年,第175页。

命实体。

　　无独有偶，西方诗学在传统的艺术形象理论外，晚近也兴起了一股标举"意象"的思潮，集中体现在现代主义各诗歌流派中，以意象派、象征派、超现实主义等为代表。意象派有惩于浪漫派诗人为表现自我而无节制地宣泄感情，故主张诗歌应以创造"意象"为主，不容情绪泛滥。他们所谓的"意象"，指"在一刹那时间里呈现理智和情感的复合物的东西"①，比较接近于我们所讲的"表意之象"，但过分重视瞬间的体验和直接的呈现，又容易停留在直觉式的印象阶段，不免限制其思想感情的深度。意象派运动仅昙花一现，不为无因。与之相对立，象征派却致力于用具体意象去表达诗人体悟中的抽象理念，而且往往是带有超验、神秘性质的形而上的理念，为了使理念表达得可被感知，不得不采用襞绩层深的象喻手法，于是"意象"转化成为"象征"。象征派诗歌意象每每晦涩、含混，盖由于此。至于超现实主义诗歌则以侧重表现无意识心理为特征，其意象更为混杂、破碎，毋庸细述。综括以上各派，可以看出，西方现代诗学中的重"意象"倾向，同我国古典诗学中的"意象"说确有相通之处，都把诗歌意象作为诗人生命体验的显现。比较而言，西方现代派诗人似更注重个体生命的独特性体验，或系于偶发，或指向超验，或归之无意识，而中国古典诗人却偏向于日常生活中的现实性体验，其独特性与普遍性、个体性与群体性、超越性与实在性经常是相交融的，这可能是我们接触现代派诗歌意象每觉新奇怪诞，而读古典诗歌常感平淡处有深味的一个重要原因吧。

　　于此可以谈到中国诗学所提倡的意象浑成。"象"既是表意之

---

　　① [美]庞德《意象主义者的几"不"》，引自《意象派诗选》，漓江出版社，1986年，第152页。

象,"意"又是现实生活中带有普遍性的情感体验,"意"与"象"的融会便是顺理成章的了(这也是西方现代派诗歌虽富于创新而难以达到意象浑融的缘由)。唐王昌龄所作的《诗格》,将"久用精思,未契意象"作为诗歌创作中的一道关隘,可见意象的契合是诗思用力之所在。由于我国古典诗歌多抒情写景之作,意象问题又常被简化、归约为情景关系问题,因而情景相生、情景交融也就成了诗学的一个热门课题,有所谓情中景、景中情、融情入景、即景生情诸般讨论,而大要归之于"意象俱足"①和"意象透莹"②。"意象俱足"即"外足于象,而内足于意"③,指物象和情意的表达都恰到好处,不会给人以欠缺感;"意象透莹"则意味着"意"和"象"的一体化,相互之间无有间隔。两个要求实际上是一致的,因为诗中意象本来就不能两分,"象"是诗的实体,"意"为蕴含于实体中的生命。从"立象尽意"的角度来看,"寻象"的目的就在于"观意",如果出现了意象不能配合的现象,或"意"余于"象",或"象"余于"意",则必然会感到某一方面有所不足,而透过"象"来把握其中的诗性生命体验,就不免要大打折扣了。明王廷相云:"言征实则寡余味也,情直致而难动物也,故示以意象,使人思而咀之,感而契之,邈则深矣,此诗之大致也。"④ 这段话清楚地揭示了"意象"(表意之象)在中国古典诗歌"言—象—意"结构层次中的中枢位置,也表明了它实在是诗歌生命之所依托。

---

① 李东阳《麓堂诗话》,引自丁福保辑《历代诗话续编》下册,中华书局,1983年,第1372页。
② 王廷相《与郭价夫学士论诗书》,见《王氏家藏集》卷二八,明嘉靖刻本。
③ 王世贞《于大夫集序》,见《弇州四部稿·文部》卷六四,文渊阁《四库全书》本。
④ 见上引王廷相《与郭价夫学士论诗书》。

浑融是意象关系的一个方面，关系的另一方面便是"意"对于"象"的超越。这个说法看来似有矛盾：既云一体，何来超越？仔细想想，还是有道理的。"一体"，指"意"和"象"的相互依存，谁也少不了谁；"超越"，则是说"意"对于"象"占据主导地位，由"象"上升到"意"乃必然的趋势。最早对言、象、意三者关系作出系统论述的王弼就是这样看的，其《周易略例·明象》明确指出："言者所以明象，得象而忘言；象者所以存意，得意而忘象。"这正是发挥了《庄子·外物》中关于筌、蹄的喻义，而究明了"向上一路"的修习方法。或以为，王弼谈论的是哲理，而我们研究的是诗学，哲学思考尽可以"得意忘象"，诗歌艺术则必须"得意存象"，舍弃了"象"，便无有诗。此说甚辩，但不尽在理，因为它的着眼点局限在意、象相互依存的一面，而没有考虑到人的审美感受由"象"的层面向"意"的层面的升华。陶渊明《饮酒》诗（其五）后半篇云："采菊东篱下，悠然见南山。山气日夕佳，飞鸟相与还。此中有真意，欲辨已忘言。"虽非论诗，确是一种审美的人生态度。你看他从东篱采菊、悠然远望，将南山、云气、日夕、飞鸟诸般景象尽收眼底，而恍然领略了此中"真意"，但一旦进入"真意"层面，则已脱略忘怀所由来的途径，这不正是"得意忘象""得象忘言"的最好诠注吗？皎然《诗式》所云"但见性情，不睹文字"[1]，《二十四诗品》讲的"超以象外，得其环中"[2]，其实都是这个意思。"不睹文字""超以象外"，不是不要文字形象，而是超越了外表的"言"和"象"，直接面对其中蕴含着的情意空间，便再也感受不到

---

[1] 《诗式》卷一《重意诗例》，引自李壮鹰《诗式校注》，齐鲁书社，1986年，第32页。

[2] 《二十四诗品·雄浑》，引自郭绍虞《诗品集解》，人民文学出版社，1963年，第3页。

文字和形象的存在了。"立象尽意"不等于"意尽象中",还要争取跨越"象外",这实际上已经接触到我们下一节所要讨论的问题。

四、"境生象外"

"意象"作为诗性生命体验载体的诞生,标志着诗的成形,但成形尚不等于完成,诗歌艺术的更高要求在于超越"意象",实现"意境"。

"意境",亦作"境界",或径称之曰"境",究应作何理解呢?关于"意境"说的来龙去脉,已经有了大量考释成果,暂不赘述。这里想要提请注意的,是前人对"意境"范畴的两个基本的界定:一是"意与境会",二是"境生象外",它们体现了"意境"的两大性能。

"意与境会"出自唐权德舆《左武卫胄曹许君集序》,后来司空图《与王驾评诗书》云"思与境偕",苏轼《题陶渊明〈饮酒〉诗后》作"境与意会",朱承爵《存余堂诗话》谓"意境融彻",署樊志厚《人间词乙稿序》称"意与境浑",说的都是一个意思。这里的"意",自然是指诗人的情意。"境"取自佛家用语"境界",原指人们感知中的世界,移用于诗歌美学,当指审美感受中的世界。"意"与"境"合,更突出情意的主导作用,"意境"也就成了为诗人情意所渗透的艺术世界。这是一个无所不包的概念,几乎囊括了诗歌艺术的全部内容,而其特点正在于标示出诗歌艺术世界的整体性和全局性。如果说,"意象"作为诗的实体,重点表明诗本身由"象"组合而成,"象"是诗性表达的基本单元,那么,"意境"的存在便意味着各个意象不是孤立分割的,它们会合成一个完整的机体,通体为诗中情意所贯注和照亮。据此,则"意境"和"意象"

当同为诗歌艺术的本体,它们之间仅有全局性与局部性的差异,故而古人经常"境""象"并提,不作严格划分。

"意境"的另一种界说见于刘禹锡《董氏武陵集纪》,文中将"义得而言丧""境生于象外"并列为诗的两层精义。同时代诗人戴叔伦也讲到"诗家之景,如蓝田日暖,良玉生烟,可望而不可置于眉睫之前",这里的"景"即同于象外之"境",后司空图曾加引述与阐发①。从"境生象外"这个命题看,"境"与"象"不再是一体,而是有了明确的分化,"象"特指诗歌作品中直接呈现出来的实体性形象,"境"则多指隐藏在实体的"象"背后并由"象"延伸和引发出来的广阔的象外空间。这样一来,诗歌艺术世界便一分为二了,它的可被直接感知的实相的一面归属于"象",而它的不可被直接感知、却需要凭借想象力和情意体验、感悟能力来把握的虚灵的一面,便称之为"境";前者属形而下的世界,后者具形而上的功能。这自然不意味着它们之间可以分离脱节,实际上,象外世界即由象内世界所生发,回过头来又充实、补足了象内世界。从这个意义上说,或可将"意境"界定为意象结构的象外延伸,或者叫意象艺术的层深建构。

"意境"的这两重内涵是互有矛盾的:依据前者,它应该包容整个诗歌世界,实相与虚灵均在内;而依据后者,它主要指向象外,突出了诗歌艺术的"形而上"的功能。后世学者往往各执一端加以引申、发挥,于是造成"意境"说的特殊复杂性与多面性,兹不具论。这里要强调的是,两种界说所分别揭示出来的"意境"的整体性和超越性,却有其内在的关联性与统一性,不可不加细察。前曾述及,意象实体是一种多元的组合,多元而要整合为一体,靠什么

---

① 见司空图《与极浦书》,《司空表圣文集》卷三,《四部丛刊》本。

呢？靠的便是诗中情意，正是情意的贯通使各单个意象凝结成了生气灌注的生命整体。因此，由局部性的"象"拓展为全局性的"境"，同时意味着由"象"的层面向"意"的层面升华，而这一升华便是超越。当然，象外世界的开拓并不限于"意"对"象"的简单超越，其所包含的内容要丰富得多。司空图提过"象外之象，景外之景"①，另外又谈到"韵外之致"和"味外之旨"②，如果我们把前者理解为诗歌意象引发的想象空间，那么后者即可解作内蕴于意象深处的情意空间，包括诗学中常称引的气、韵、味、趣、神、理各种成分在内。这样，由象内世界的感知空间，经象外的想象空间，最终导向最虚灵而邃永的情意空间，便形成了一条逐步上升和超越的通道，"意境"设置的意义也就在于提示了这条通道。

中国诗学以"意境"的超越为追求目标，跟诗歌创作过程中"情志"与"意象"的对立统一分不开。"情志"作为诗的生命本根，需要在"意象"中得到自我显现，"意象化"使"情志"成了生命实体。但两者之间又有矛盾："意象"是实相，"情志"是虚灵；"意象"多元，"情志"一体；"意象"固定，"情志"流动；"意象"有限，"情志"却可以向无限生发。因此，"意象化"的结果，亦可能导致对"情志"的限制乃至障蔽。所谓"性情渐隐，声色大开"③，固然是针对南朝片面重物色诗风的贬语，却也揭示出诗歌艺术活动中"情志"与"意象"间的起伏交替，后者对前者的掩抑与汩没。如何来防止和克服这一弊病呢？那便是超越"意象"，进入"意境"。"境生象外"的提出，正是为了突破"意象"世界的实

---

① 见司空图《与极浦书》，《司空表圣文集》卷三，《四部丛刊》本。
② 见司空图《与李生论诗书》，《司空表圣文集》卷二，《四部丛刊》本。
③ 沈德潜《说诗晬语》卷上，引自丁福保辑《清诗话》，中华书局，1963年，第 532 页。

体性和有限性，将人的审美感受引向那广阔无垠的想象空间和绵远不尽的情意空间，使得诗思、诗情、诗趣、诗韵、诗味一股脑儿呈现出来，诗的生命意义从而得到完全的释放。从这个角度来看，"意境"构成了"情志"和"意象"在更高层面上的综合，它既是诗歌意象艺术朝着"情志"这一生命本根的复归，而又是"情志"由生命体验形态向诗歌审美形态转化的告成。

不过要注意，这里所说的"复归"，并非真的返回"情志"的本初状态。"情志"作为诗人的实际生活感受，属于现实生命活动的领域，是与创作者一己当下的生活遭际及情意体验紧密相联系的，它并不必然地具备感受的普遍性和生命内涵的深度。意象化的过程（包括象外世界的生发），正是诗人对自我生命体验进行对象化观照与审美加工的过程，经过这一转化，不仅生命体验获得了可感知的外在形态，其内涵的普遍性和历史深度也得以加强，由一己当下的情绪感受转向了对生命本真境界（即理想境界）的探求，于是生命体验实现了自我超越，转变、升华为审美体验。象外世界的想象空间和情意空间的建立，便是诗人审美体验充分展开的成功标志。到了这个阶段，实体意象世界的拘限固然已经打破，而原初的一己情怀也得到有力提升，个体生命与群体生命乃至宇宙生命发生交感共振，这才是诗歌生命活动的最后归宿。所以古人讲"意境"，不限于艺境，亦且是心境（心灵境界）和道境（"道"的体现），所谓"超以象外，得其环中"（"环中"即"道枢"）、"俱道适往，着手成春"①，都是指的这种境界。这是民族传统审美精神之所系，"意境"因亦成为传统诗学的最高理想和终极目标。

---

① 《二十四诗品·自然》，引自郭绍虞《诗品集解》，人民文学出版社，1963年，第19页。

五、中国诗学的生命论特色

以上就中国诗学中的若干基本范畴和命题作了一点解析，目的在于揭示其生命论的真谛。我们看到，发端于"情志"，成形于"意象"，而完成于"意境"，或者说，由"因物兴感"经"立象尽意"再到"境生象外"，构成了一个完整的诗歌生命活动的流程。在这里，"情志"即诗歌的生命本根，"兴感"为生命的发动，"意象"乃生命的显现，"意境"则是生命经自我超越所达到的境界；扩大开来看，"气""韵""味""趣""神""理"皆生命的内在质素与机能，"骨""采""声""律""体""势"属生命的外在形态与姿容，乃至于心物、形神、动静、虚实诸关系的把握以及谐和、自然、刚健、灵动等意趣的嗜求，亦莫不贯串着生命的爱尚与肯认，而综合各要素以形成的"意—象—言"诗学系统，实质上便呈现为一种生命机体的构建，这也便是中国诗学的逻辑结构了。由此观之，生命论作为中国诗学的基本取向，是可以成立的。

中国的生命论诗学究竟有什么特色呢？我们还是拿西方诗学来作一较测。

首先在于它的天人合一、群己互渗的生命本体观。前面说过，西方传统的模仿说是一种以"自然"为本、具有知识论取向的文艺思想，它不强调生命本位的观念；而近代以来的表现论、意志论、直觉论、精神分析诸说，虽具生命意识，多偏重在个体特殊的感性生命甚至非理性生命活动方面，相对忽略群体普遍性的情感体验与共振，也达不到与对象世界的沟通融会。这样一种张扬主体、凸显自我的态势，固然是当前西方社会精神危机的反映，而亦根底于其一贯的主客二分的思维定式。与之相比照，作为中国诗学生命本根的"情志"或"情性",原本就是一个复合概念,它来自心物交感,经过意象浑融,最终到达"俱道适往"的超越境界,可以说自始至终不离乎天人、群己、情理诸方面的交会。整个中国诗学的逻辑构架便是在这独具一格的生命本体建构上展开的,当然也有其自身的传统文化为底基。这个问题谈论已多,姑且从略。

其次一点,可称之为实感与超越相结合的生命活动观,这从诗歌生命体验发端于"因物兴感"而归趋于"境生象外"即可见出。近人王国维据以概括为"出入"说,其云:"诗人对宇宙人生,须入乎其内,又须出乎其外。入乎其内,故能写之;出乎其外,故能观之。入乎其内,故有生气;出乎其外,故有高致。"① 说的也就是由实感到超越的过程。在此问题上,西方人的处理方式和我们大不一样。传统的模仿说和表现论多重实感(一重客观经验,一重主观情绪),不甚强调超越性的体验;少数唯理论者(如柏拉图、黑格尔)以"理念"为世界的本源,要求艺术创作透过感性现象去把握理念,这可以说是一种理性的超越(仍属知识论取向),而非生命的超越。对生命活动的超越性追求,是晚近西方兴起的潮流,从叔本华、尼采、弗洛伊德、海德格尔下而及于意象派、象征派、超现实主义诸家,不同程度地显示出这一新的动向。但要看到,他们的超越观和我们有很大的不同。在多数西方思想家的心目中,精神的超越与日常生活的实感是相对立的,超越即在于扬弃实生活的经验感受。叔本华以审美静观为生命意志的解脱,尼采认"酒神精神"为强力意志的释放,弗洛伊德视艺术创作为被压抑的"性本能"的升华,存在主义者大声呐喊从"此在"的沉沦状态下自我超拔等等,都有以

---

① 王国维《人间词话》第六十则,见《蕙风词话·人间词话》,人民文学出版社,1962年,第220页。

超越性精神体验来否定现实生命活动的鲜明意向,这又是西方现代社会个群分立的征兆。反观我们的民族传统,"超世"与"在世"原本是统一的,前者即寓于后者之中,故而从生命的实感到审美的超越之间并没有一条界限分明的鸿沟,象外世界也只是象内世界的自然延伸与拓展。诗学的最高理想——"意境"指向超越,而又包容实体性"意象"和实生活感发的"情志"在内,不正体现了民族审美思维"即世而又超世"的基本路向吗?这恐怕也是"意境"这一范畴难以在西方诗学中找到其对应物的重要缘由①。

中国诗学的再一个特点,是文辞与质性一体同构的生命形态观。文辞问题本篇未多涉及,但毫无疑义它在诗歌作品"言—象—意"的层级结构中占有一席重要位置。有一种观点认为,中国诗学不重视语言的功能,根据就在"言不尽意""得意忘言"之说,恐未必妥当。"言不尽意"的命题重在揭露概念符号的词语与诗性生命体验之间的矛盾,并由此导引出"象"作为沟通"言""意"的中介,而由"言"及"象"、由"象"及"意"(亦即"得象忘言""得意忘象")的逐层超越遂得以实现。这同时意味着"言"自身的性能也在起变化,由表达日常事理的概念符号转形为足以传达内在生命体验的意象符号,文辞因亦构成了诗性生命实体的外在形态。我们可以看到,从《庄子》的"卮言""重言""寓言"和儒家诗说的"赋比兴"起,诗学中的文辞观便一直是朝着这个方向演进的。它衍生出多种形态,如"辞采"是情性的自然焕发(见"情采"说),"声律"是心气的流注与节律(见"气盛言宜"说),"骨力"作为文辞内在生命力度的表现(见"风骨"说),"体势"构成生命形体

---

① 附带说一句,国内学者常喜欢将"典型"说与"意境"说相比照,实属不伦。"典型"为艺术形象构造问题,和"意境"的超越性指向并不在一个层面上。

的风貌与动势（见刘勰"因情立体，即体成势"说），乃至于明清人爱讲的"格"和"调"，亦无非是诗人品格、气格、情调、风调在作品文字音韵上的落实。文辞体式整个地显现为诗歌作品中的"有意味的形式"，共同地指向诗的生命内涵。对比西方诗学，基于其"形式"与"质料"二分的观念，一方面有独立演进着的形式主义思潮，另一方面体验论者又容易忽略形式规范，诗学的进程常在重形式与重体验之间作钟摆式的运动，其情况自亦殊异。

总合而言，西方诗学的基本特征是多向发展，重客体、重主观、重形式、重生命、重实感、重超越各立门户，彼此分流，演化出一套又一套的理论观念。它们的探讨富于创新性，有助于打开人们的视野，而极端、片面在所难免，相互冲突更是家常便饭。相形之下，我国古典诗学在长时期渐进积累过程中形成了独具一格的生命本位意识，它把天人、群己、心物、体用、情理、意象、出入、形质众多不同的方面扭结在一起，构筑成一个较为圆融通贯的体系，恰足以对那种各执一端、片面引申的现象起弥合作用。应该承认，作为宗法式农业社会文化精神的产物，它的宗法伦理的人格导向、调和折中的思维方式以及空灵淡远的生命情趣，并不尽适合于现时代文明进步的需求，要下一番分解、剥离、转换与重组的改造出新工夫，而其蕴含的生命论的精髓，特别是那种将各对立因素融会贯通地合为生命活动整体的基本思路，仍值得我们建构当代诗学形态时用为参考。大力开展中西诗学的对话、交流，或许是达到这一目的的有效途径。

（原刊《社会科学战线》2003年第5期，《中国社会科学文摘》2004年第1期全文转载）

释"诗言志"

——兼论中国诗学的"开山的纲领"

二十世纪四十年代,朱自清先生出版了他论述中国诗学的经典性著作——《诗言志辨》,称"诗言志"为中国诗学的"开山的纲领"(见书序),并就这一命题及其相关范畴作了细致的考辨。半个世纪过去了,中国诗学的研究有了多方面的展开,出现了许多新的热门话题,"诗言志"的讨论虽续有深化,但并不占据视野的焦点。但据我看来,如要确切地把握中国诗学精神的原质,还须回归到这个"开山的纲领"上来。我将尽力在朱先生论述的基础上做一点补充阐发工作。

一、释"志"

"诗言志"命题的核心是"志","志"乃"诗"之生命本根,也便构成中国诗学精神的原核。所以我们的考察不能不从"志"的含义入手,当然是指诗中之"志",而非一般词语辨析。

有关诗"志"的解说,现代学者中最有权威性的要数闻一多和朱自清,两家之说互有同异。闻先生的解说见于其《歌与诗》一文,是这样说的:"志与诗原来是一个字。志有三个意义:一记忆,二记录,三怀抱,这三个意义正代表诗的发展途径上三个主要阶段。"① 这段话朱先生在《诗言志辨》里曾加引用(略去最后一句),但他所强调的是:"到了'诗言志'和'诗以言志'这两句话,'志'已经指'怀抱'了。"② 这就是说,他只认可"怀抱"为诗"志"的确切内涵,而将"志"这一词语所兼有的"记忆"和"记录"的含义放到"诗言志"命题以外去了。另外,闻先生所讲的"怀抱"泛指诗人内心蕴藏着的各种情意,"言志"即等同于言情(周作人先持有这个看法,见其1932年在辅仁大学所作《中国新文学的源流》讲演稿),而朱先生却着重揭示"这种怀抱是与'礼'分不开的"③,也就是专指同古代社会的政教、人伦紧密相关联的特定的情意指向。两种解说实质上是有相当差别的。

我比较同意朱先生的说法。闻先生立说的前提是认上古歌诗为分途,歌的作用在于以声调抒情,诗的职能则在用韵语记事。最早的记事要靠口耳相传,所以"诗"或者"志"的早期功能便在保存记忆。自文字诞生后,记事可以凭借书写,于是"诗""志"的含义遂由记忆转为记录。再往后,诗与歌产生合流,诗吸取了歌的抒情内容,歌也采纳了诗的韵语形式,这样一来,诗用韵语所表达的便不限于记事,而主要成了情意,这就是"诗言志"一语中的"志"解作"怀抱"的由来了(参见《歌与诗》)。应该说,闻先生对于"志"的含义的演进分疏得相当明白,且有一定的合理性,但以上古歌诗由分途趋向合流的假设却是不能成立的。歌乃诗之母,人类早期的诗并非独立存在,它孕育于歌谣之中,并经常与音乐、

---

① 《闻一多全集》第一集,三联书店,1982年,第185页。
②③ 《朱自清古典文学论文集》上册,上海古籍出版社,1981年,第194页。

舞蹈合为一体，这种诗、乐、舞同源的现象已为中外各原始民族的经验所证实。据此而言，则歌诗的发展自不会由分途趋于合流，反倒是由一体走向分化，也就是说，诗的因子曾长期隐伏于歌谣之中，而后才分离出来，最终取得自身独立的形态。这也正可用来解释"诗"之一词在我国历史上出现较晚的原因①。诗既然成立在歌之后并为歌所派生，诗的质性便不能不由歌所限定，而若歌的作用在于表情达意（即抒述怀抱），则诗中之"志"自当取"怀抱"之义乃为妥帖。这并不排斥诗可用来记事，但主要职能在于抒述怀抱，记事也是为了"言志"。

我们还可以从"志"的文字训诂上来探讨这个问题。"志"字未见于甲骨文和金文，许慎《说文解字》据篆文将"志"分解为"心"和"之"两个部分，释作"从心，之声"，而段玉裁《说文解字注》则据大徐本录作"从心之，之亦声"。"之"在甲骨文里有"往"的意思，故"志"亦可解作"心之所往"或"心之所之"。闻一多先生则将"志"分解为"从止从心"，取"停止在心上"或"藏在心里"的含义，以证成其以"记忆"训"志"的用意，不过他又说这对于"怀抱"一解同样是适用的。两种诂训皆有一定的根据。取前者，则"志"相当于今天所谓的意向；取后者，则大体相当于所谓的意念。意向和意念都属于"意"，所以古人常径直用"意"来训"志"，"诗言志"有时也说成"诗言意"。而如果我们要将这两种解释结合起来，那只有用"怀抱"一词才能包容，因为"怀抱"既可表示心所蕴集，亦有志向或意向的指称，可见诗"志"

---

① 按：据《诗言志辨》考证，甲骨文、金文里都不见"诗"字，《周书·金縢》始云"诗"，其可靠性亦为人怀疑。《诗经》中十二次说到作诗，六次用"歌"，三次用"诵"，仅三次用"诗"，可见到此时"诗"字的使用尚不普遍。

的确切内涵非"怀抱"莫属了。

实际上,"诗言怀抱"在上古时期歌诗尚未分家之时即已开始了。众所周知,上古歌谣(包括乐舞)经常是同原始巫术与宗教活动相联系的,其歌词往往就是巫术行使时的咒语或宗教仪式中的祷词,不仅表现意念,其意向作用也很鲜明。如常为人引用的《伊耆氏蜡辞》:"土反其宅,水归其壑。昆虫勿作,草木归其泽!"① 显然便是先民为祈求农作物丰收所作的祝祷或咒言。《山海经·大荒北经》所载驱逐旱魃之辞:"神北行!先除水道,决通沟渎",亦属明显的咒语。我甚至怀疑一向被视作劳动歌谣的《弹歌》:"断竹,续竹,飞土,逐宍(肉)"②,其用意也并非在于记录原始人制作弓箭的过程,而实在是附加于弓弩之上的一种咒术,这在其他民族的早期歌谣中并不鲜见。原始歌谣用于巫术和宗教活动,必然要配合着一套仪式,那就是原始人的乐舞。从《吕氏春秋·古乐篇》所记述的"昔葛天氏之乐,三人操牛尾,投足以歌八阕"中,当可依稀看出它的投影;而从八阕歌的题名曰"载民""玄鸟""遂草木""奋五谷""敬天常""达帝功""依地德""总禽兽之极"来看,更全是颂神祭祖、祝祷丰年的内容。这些都可以说是表达了先民的意向,不过并非后代诗歌里常见的个人抒情,而是具有切实的群体功利性能的情意指向,正代表着那个阶段人们的普遍的"怀抱"。

歌诗之"志"由远古时期与巫术、宗教活动相联系的人们的群体祝咒意向,演化为礼乐文明制度确立后与政教、人伦规范相关联的志向和怀抱,自是顺理成章的事,这也可以说是"志"进入礼乐

---

① 见《礼记·郊特牲》,引自逯钦立辑校《先秦汉魏晋南北朝诗》,中华书局,1983年,第47页。

② 载《吴越春秋》卷五,引自上书第1页。

文明后的定型。对这一点，当时的公卿士大夫阶层是有充分的自觉的。《诗言志辨》一书中列举《诗经》各篇说到作诗意图的十二例，指出其不外乎讽与颂二途，即都与政教相关。今人顾易生、蒋凡所著《先秦两汉文学批评史》将自陈作意的《诗经》篇章拓展到十七例，但也认为"归纳起来，主要是'讽刺'与'歌颂'"，是"有意识运用诗歌来表示自己对人生、社会、政治的态度"①，看来确已构成那个时代的共识，体现着人们基本的诗学理念。当然，人的思想感情是多种多样的，诗的表达功能也绝非单纯一律，即使在上古阶段亦仍有像"候人兮猗"②这样纯属个人抒情的歌谣存在，至于"诗三百"里表达男女情爱及其他个人情愫的篇章就更多了。但在强大的史官文化传统的制约下，通过采诗、编诗、教诗、用诗等一系列环节的加工改造，这些原属个人抒情的内容，无一例外地转化成了与政教、人伦相关联的怀抱，以"言志"的方式传递着其本身可能涵有和逐渐生发出来的种种信息。诗中之"志"便是这样广泛地建立起来的（礼乐文明乃其社会基础），"诗言志"因亦成为中国诗学传统中经久不灭的信条。

不过要看到，"志"的具体内涵在长期的历史变迁中又是不断有伸缩变化的，特别是社会生活愈往后发展，人的思想感情愈益复杂化，个体表达情意的需求愈形突出，于是原来那种偏于简单化的颂美与讽刺时政的功能，便不得不有所调整和转换。第一位以个人名义显扬于世的大诗人屈原，写下其不朽的篇章《离骚》，其中反复致意的是自身遭谗被逐的忧愤情怀，尽管不离乎君国之思，而侧重个

---

① 《先秦两汉文学批评史》，上海古籍出版社，1990年，第29页。
② 《吕氏春秋·音初篇》载"涂山女歌"，引自《先秦汉魏晋南北朝诗》，中华书局，1983年，第5页。

体抒怀的表达方式，已同既有传统中比较直切的"讽"与"颂"拉开了距离。到宋玉作《九辩》，揭举"贫士失职兮志不平"的主旨，可通篇不正面关涉时政，仅着力摹绘秋意衰飒的景象与本人困顿失意的处境。这类作品班固曾称之为"贤人失志"之作①，朱自清先生谓其"以一己的穷通出处为主"②，都是拿来同《诗经》作者的直接讽、颂时政以"明乎得失之迹"③ 相区分的。但就古代社会的士大夫而言，其"穷通出处"虽属"一己"，而仍关系乎时政，所以写个人穷通出处的诗歌亦可归属于"言志"，而且这种"志"对于士大夫个人来说有更切身的关系，于是后世诗人的"言志"便大多走到这条路子上去了。

与此同时，古代所谓的"志"还有另一层含义。《庄子·缮性》篇有这样一段话："古之所谓得志者，非轩冕之谓也，谓其无以益其乐而已矣。今之所谓得志者，轩冕之谓也；轩冕在身，非性命也。物之傥来，寄者也。寄之，其来不可圉，其去不可止。故不为轩冕肆志，不为穷约趋俗，其乐彼与此同，故无忧而已矣。"这里将"得志"分别为两种不同的类型，一指荣身（"轩冕"指代富贵荣华），一指适性。荣身之乐取决于外物，来去不自由；适性之乐决定在内心，穷达皆无所妨害。作者的主意当在以适性为"得志"，这样的"志"显然不同于儒家的济世怀抱，而属于道家的超世情趣。超世，是要超脱社会的礼教伦常，当然更不会以时政萦怀，这本来跟"诗言志"中的"志"不相一致。但超世也是一种人生姿态，在实践上又成为独特的人生修养，故不妨与儒家之"志"相提并论；而且后

---

① 见《汉书·艺文志》，班固《汉书》卷三，中华书局，1962年。
② 见《诗言志辨》，《朱自清古典文学论文集》，上海古籍出版社，1981年，第220页。
③ 见《毛诗序》，《十三经注疏》本《毛诗注疏》卷一，中华书局，1980年。

世儒道互补，士大夫文人常以"兼济"与"独善"作为立身行事的两大坐标，两种不同内涵的"志"便也逐渐融会贯通了。超世之"志"渗透于文学作品，当以《楚辞》中的《远游》《卜居》《渔夫》诸章为较早。东汉班固《幽通赋》的"致命遂志"和张衡《思玄赋》的"宣寄情志"中，亦能找到它的痕迹。诗歌作品言超世之志的，或可以汉末仲长统《见志诗二首》为发端，得魏末阮籍《咏怀》诗而发扬光大，到东晋玄言诗潮形成巨流，而绵延不绝于后来。

综上所述，"诗言志"中的"志"，孕育于上古歌谣、乐舞及宗教、巫术等一体化活动中的祝咒意向，并经礼乐文明的范铸、改造、转形、确立为与古代社会政教及人生规范相关联的怀抱，大体上是可以肯定的。这一怀抱的具体内涵，又由早期诗人的用讽、颂以"明乎得失之迹"，发展、演变为后世作者的重在抒写"一己穷通出处"和"情寄八方之表"①，其间分别打上了诗、骚、庄的不同思想烙印，从而使"诗言志"的命题变得更富于弹性，乃能适应后世人们丰富、复杂的生活感受的表达需要。尽管如此，"志"的容涵面仍不是漫无边际的，除了少数误读乃至刻意曲解的事例以外，它所标示的情意指向，依然同带有普遍性的人生理念密切相联系，甚至大多数情况下仍与社会政教息息相关（超世之"志"的产生往往由对时世的失望而导致，故可看作为现实社会政治的一种反拨），这就使"言志"和纯属私人化的情意表现有了分界。朱自清先生将"诗言志"与"诗缘情"定为古代诗学中前后兴起的新老两个传统，并谓"'言志'跟'缘情'到底两样，是不能混为一谈的"②，眼光毕竟犀

---

① 此系借用钟嵘《诗品》评阮籍语，见曹旭《诗品笺注》，人民文学出版社，2009年，第69页。
② 见《诗言志辨》，《朱自清古典文学论文集》，上海古籍出版社，1981年，第271页。

利（两者之间亦有复杂的交渗关系，兹不具论）。也只有拿"志"同泛漫的"情"区划开来，才能确切地把握中国诗学的主导精神。

但要注意的是，不能因此将"志"与"情"简单地归入理性和感性这两个不同的范畴。"情"固然属于感性（广义的，包括人的全部感受性，不光指感性认知），"志"却不限于理性。作为"心之所之"的意向，且与社会政教、人伦相关联的怀抱，"志"的情意指向中必然含有理性的成分，并对其整个情意活动起着重要的指导与规范作用。但"志"又是"心之所止"，是情意在内心的蕴积，其中自然包含大量的感性因素。内心蕴积的情意因素经外物的诱导，发而为有指向的情意活动，这便是"志"的发动，其指向虽不能不受理性规范的制约，而作为情意活动本身则仍具有感性的质素。《毛诗序》用"发乎情，止乎礼义"来概括诗"志"所必具的感性原质与理性规范间的关系，应该说是比较切合实际的。周作人以"言志"为言情，以之与"载道"的文学观相对立，显系误读（用意当在为他所倡导的性灵文学找寻传统支援）。当前学界则有一种片面张扬"言志"说的理性内涵的倾向，忽略了它的感性基质，亦不可取。正确地说，"志"是一种渗透着理性（主要是道德理性）或以理性为导向的情感心理。它本身属于情意体验，所以才能成为诗的生命本根；而因其不离乎群体理性规范的制约，于是又同纯属私人化的情愫区分开来。情与理的结合，可以说是"志"的最大特点，也是"言志"说在世界诗坛上别树一帜的标志所在。当然，这种结合的具体形态不可避免是会起变化的，从原始歌谣的情意混沌，到早期诗人的情意并著，又经献诗、赋诗、引诗、解诗等活动中的"情"的淡化和理念的突出，再到骚辞、乐论中对"情"的重新发扬，终于在"发乎情，止乎礼义"的表述中取得其初步的定性。"志"的政教与审美的二重性能构造，便是在这样曲折变化的过程中一步步地建立与巩固起来的。

二、释"言志"

"志"是诗的内核,但并不就是诗本身;"在心为志,发言为诗"①,"志"要通过"言"的表达才能构成诗。由于许慎《说文解字》中有"诗,志也"的说法,近代学者常以"诗"等同于"志",于是对"诗言志"命题中的"言"以及"言"与"志"的关系便不很关注,其实是错误的。杨树达先生在1935年所著《释诗》一文里,曾据《韵会》所引《说文》文句,发现今本《说文解字》在"诗,志也"的下面脱漏了"志发于言"一句,为之补入②,这就把诗所兼具的"志""言"两个方面说全了。先秦典籍里也常有以"志"称"诗"或"诗""志"互训的用法,这多半是取"志"所具有的"记载"的含义,并不同于"诗言志"中的"志";否则的话,"诗言志"便成了"诗言诗",文意也不顺了。所以"诗"还必须是"言"与"志"的配搭,用一个公式来表示,便是:

志≠诗;志+言=诗。

那么,"志"和"言"之间的关系是怎样的呢?简括地说,"志"是内容,"言"是形式;"志"是"言"所要表达的中心目标,"言"是为表达"志"所凭借的手段,这大致上符合古代人们的一般观念。《左传》引孔子的话说:"《志》有之:'言以足志,文以足

---

① 见《毛诗序》,《十三经注疏》本《毛诗注疏》,中华书局,1980年。
② 杨树达《积微居小学金石论丛》(增订本),中华书局,1983年,第25页。

言。'不言，谁知其志？言之无文，行而不远。"① 说明言语的功能确实在于助成志意的表达，这同《论语·卫灵公》中记述孔子"辞达而已矣"的说法相一致。

然则，"言"是否能恰切地表达"志"（"意"）呢？这个问题历来是有争议的。后世概括为"言尽意"和"言不尽意"两大派，前者强调"言""意"的统一性，后者着力揭示其矛盾性，两派论辩成为魏晋玄学的热门话题。其实这个分歧在先秦诸子的论说中即已肇始了。儒家如孔子主张"辞达"，赞同"言以足志"，应该是比较接近后来的"言尽意"派的。但他又说："予欲无言"，并引"天何言哉？四时行焉，百物生焉"为同调②，可见他心目中的至理精义实难以用言语表述，这或许正是子贡要感叹"夫子之言性与天道，不可得而闻"③ 的原因吧。另一方面，道家如老、庄，一般归属于"言不尽意"派。老子有"道可道，非常道"之说④，认为根本性的大道（"常道"）不可言说，但同时亦意味着日常生活中的普通道理（"非常道"）是"可道"的。庄子对"言""意"之间的矛盾有非常尖锐的揭露，而从"可以言论者，物之粗也；可以意致者，物之精也；言之所不能论，意之所不能致者，不期精粗焉"⑤，以及"六合之外，圣人存而不论；六合之内，圣人论而不议；春秋经世，先

---

① 见《左传·襄公二十五年》，引自《春秋左传注疏》卷三六，《四库全书》本。
② 《论语·阳货》，《论语注疏》卷一七，《四库全书》本。
③ 《论语·公冶长》，同上书卷五。
④ 见今本《老子》第一章，引自张松如《老子说解》，齐鲁书社，1987年，第2页。
⑤ 《庄子·秋水》，引自王先谦《庄子集解》卷四，中华书局，1954年，第93页。

王之志，圣人议而不辩"① 等说法来看，其实也未曾全然否定言说，只是把言说的作用局限于有形器物和有限时空的范围内，至于"六合之外"涉及形而上境界的玄思妙理，便是言之所不能及了。由上所述，以儒、道为代表的不同学派在"言""意"问题上存在着一定的共识，就是在日常生活经验的范围内讲辞能达意，而在形而上的哲性思维层面上讲"言不尽意"，这一点上似乎并没有根本性的分歧（仍存在某种差异，说详后）。不过儒家所论以人伦日用为主，道家却偏爱形而上的思辨，以其取向各别，遂开出不同的门路，成了后世两派分化的前驱。

这一分化在诗学上的影响又是如何？诗所要表达的"志"，当然不全是形而上的思致（抑或含有若干这类成分），但也不同于人们的日常生活经验。作为审美化了的生命体验，诗的情意来自人的生活实践，萌发于诗人的实际生活感受，而又在其审美观照之下得到升华，以进入自我超越的境界，成为一种带有普遍性的可供传达和接受的诗思。这样一种诗性生命体验，就其思理的微妙、机栝的圆活、内蕴的丰富和姿态的多变来说，跟形而上的哲性思维异曲同工，实在是概念化的词语表述所难以穷尽，因亦是一般名理思考所难以把握的。这就是为什么在中国诗学（扩大一点，包括整个古典美学）的领域内，"言不尽意"观念始终占据主导地位，影响远胜于"言尽意"说；而以诗"言志"的一个关键任务，便是要努力协调和解决"志"（"意"）和"言"之间的这一矛盾。

解决"言""意"矛盾的途径，有儒家的"立象"说和道家的"忘言"说。

---

① 《庄子·齐物论》，引自王先谦《庄子集解》卷一，中华书局，1954 年，第 13 页。

"忘言"说提出在先，见于《庄子·外物》篇："筌者所以在鱼，得鱼而忘筌；蹄者所以在兔，得兔而忘蹄；言者所以在意，得意而忘言。"用筌鱼、蹄兔的关系来比喻言意的关系，说明"言"不过是手段，"意"才是目的，达到目的后，手段尽可以弃舍，充分体现了道家重意轻言的品格。但"忘"之一词不仅意味着弃舍，实有超越的含意。捕鱼猎兔先须用筌、用蹄，得意也先须借言，借言才可以忘言，可见"忘"是使用后的弃舍，所以叫作超越。为什么要超越言说呢？当然是因为"言不尽意"的缘故了。言既然不能尽意，要怎样才能获致其意呢？庄子提出"心斋"和"坐忘"之说："无听之以耳而听之以心，无听之以心而听之以气。耳止于听，心止于符；气也者，虚而待物者也。唯道集虚，虚者心斋也。"[①] "堕肢体，黜聪明，离形去知，同于大通，此谓坐忘。"[②] 就是说，要排除一切名理思考，甚至要忘怀自身躯体（包括欲求）的存在，使心灵处于虚静空明的状态，始有可能让自己在精神上回归自然，而与"道"浑然一体。这其实是一种直觉式的体悟，跟日常生活中的名理言说判然二途，也正是道家区分形而上的智慧与形而下的认知的根本着眼点。然而，吊诡的是，人在自身致力于直觉体悟的时候，似乎可以排除名理言说，一旦要将自己所悟传达出来，或者企图进入别人悟到的境界时，仍不得不凭借言说，此所以老、庄仍要著书立说，而后人亦还要反复读解其文本，也是"得意忘言"说仍须以借言达意为前提的缘故。那么，言说如何能导入那种直觉式的体悟呢？当然不能光凭一般的名理判断。庄子自称其书的表达方法是"寓言十

[①] 《庄子·人间世》，引自王先谦《庄子集解》卷一，中华书局，1954年，第23页。
[②] 《庄子·大宗师》，引自王先谦《庄子集解》卷二，中华书局，1954年，第45页。

九,重言十七,卮言日出","寓言"即虚构假托之言,"重言"谓借重古先之说,"卮言"可能指凭心随口、蔓衍而恣肆的表述风格,三者共同成就其"谬悠之说,荒唐之言,无端崖之辞",而与常见的"庄语"有别①。由此看来,《庄子》书实际上是将言说看作为启发、诱导读者进入体悟的一种手段(《老子》所谓"正言若反"也属同类),言说的意义不在于词语本身(往往"言在此而意在彼"),而在于悟性的激发(后来禅宗标榜"直指本心""不立文字"而又要借助机锋、棒喝等禅语、灯录,实为同一机杼),这样一种独特的言语表述方式自不同于普通的名理言说,而能起到筌、蹄之用。但也正因为言说的意义不在言说自身,而在启悟,于是一旦悟入,言说自可消解,这便是"忘言"说刻意强调要超越和弃舍言语的用意了,而"言""意"之间的矛盾也便在这凭借和超越的过程中得到了某种程度的调协。

再来看儒家的"立象"说,见于《易·系辞上》:"子曰:'书不尽言,言不尽意。'然则圣人之意其不可见乎?子曰:'圣人立象以尽意,设卦以尽情伪,系辞焉以尽其言,变而通之以尽利,鼓之舞之以尽神。"《易》是儒家的经典,《易传》中虽然吸收了道家思想的某些成分,基本上仍属儒家的立场。这段话里所引"子曰",虽未必真是孔子所说,但能代表儒家后学的观念。它所谈论的问题正是由老庄学派的"言不尽意"说引起的,而解决矛盾的途径则是"立象以尽意"以下的几句话。应该说明的是,这里所说的"意"专指卜卦时展呈的天意,天意精微难测,一般言说不易完整地把握,故需要借助"象"来传达;"象"又是通过卦的符号即"阴"(一

---

① 《庄子·天下》,引自王先谦《庄子集解》卷八,中华书局,1954年,第101页。

一)、"阳"(——)的交错重叠来表示的(如乾卦象征"天"象,巽卦象征"风"象等),而后再用卦辞和爻辞来说明这些符号的意义,并采取各种灵活变通的办法以竭尽其利用,以达到神妙的境界。我们不妨将这段话里所蕴含的释意系统归结为如下的公式:辞→卦→象→意。其中"卦"和"象"其实都属于"象"的层面,"卦"是表象的符号,"象"则是卦符所指称的意象,如把两者结合起来,则上述公式可简化为:言→象→意。这就是说,"言"如果不能尽"意",通过立"象"为中介,就有可能尽"意"。后来王弼用"尽意莫若象,尽象莫若言"来概括这三者之间的递进关系①,是切合"立象尽意"说的原意的。

如上所述,"立象尽意"原为占卦所用,但它对中国诗学影响极大。诗歌创作和欣赏(包括各种艺术创造与欣赏),原本是一种意象思维活动,诗意的感受与表达都离不开"象"的承载,于是"立象尽意"便成了中国诗学乃至整个古典美学的一项基本原则,后来有关"形神""情景""意象""境象"诸问题的探讨均围绕着它而展开。与此同时,"象"的提出还涉及"言"的改造问题。在日常生活中,词语是概念的符号,言说从属于名理思考;但在"言—象—意"的结构中,"言"以尽"象",从属于意象的塑造,于是转变成了意象的符号,或者叫作意象语言。意象语言自不同于概念化的词语,需要建立起一套独特的表现形式,这又推动了中国诗学在文辞体式诸层面上的建构。其实这方面的考虑原已开始了。孔子主张"辞达""言文",是要借文辞的修饰以更好地发挥其达意的功能,而修饰之中便有意象化的要求。汉人说诗以"赋比兴"配合"言

---

① 见王弼《周易略例·明象》,楼宇烈《王弼集校释》,中华书局,1980年,第609页。

志"，赋、比、兴正是将诗人志意意象化的三种基本的言说方法。再往后，有关风骨、情采、隐秀、虚实、骈偶、声律、体势、法式诸要素的揭示以及清新、俊逸、自然、雄浑、搜奇抉怪、余味曲包、外枯中膏、率然真趣等美学风格与规范的发扬中，也都关涉到意象语言的经营，可见"立象尽意"说笼罩之广。

儒家"立象"说和道家"忘言"说作为解决"言""意"矛盾的两条途径，并非互不相容，庄子的寓言、重言、卮言里便有许多意象化的成分，而《易传》有关"言—象—意"的递进构造中也体现出逐层超越的趋向，但两者毕竟有所差异。就"立象"说而言，"言"虽不能直接尽"意"，借助"象"为中介，最终仍能尽"意"，所以它的归属是在"言尽意"派。而"忘言"说尽管凭借言说为筌、蹄，却不承认言说有自身的价值，一力予以超越和弃舍，应该属于道地的"言不尽意"派。两条路线之间是存在对立和冲突的。汉魏之际的荀粲就曾对《易传》的"立象尽意"说提出过质难，认为："盖理之微者，非物象之所举也。今称'立象以尽意'，此非通于象外者也；'系辞焉以尽言'，此非言乎系表者也。斯则象外之意、系表之言，固蕴而不出矣。"① 荀粲显系站在庄子的立足点上批判《易传》，他发挥了庄子的"言不尽意"说，指出"象"也不能尽意理之微，还特别提出"象外之意"和"系表之言"（即"言外之言"）这两个概念，要求人们到"言""象"之外去探求真谛，这就把问题导向了深入。不过究竟怎样超越"言""象"，他并未加以说明，而且"象外""言外"同"象""言"之间是否还存在着某种联系，他也未加认可，所以"言""意"矛盾并未能获得解决。

---

① 《三国志·魏志·荀彧传》裴松之注引《晋阳秋》所载何邵《荀粲传》，见中华书局校点本《三国志》，1959年，第319—320页。

如果说，荀粲是从相互对立的角度来看待"立象"说和"忘言"说的，那么，王弼恰恰致力于两说的调和与融会。王弼之说集中反映于他的《周易略例·明象》，由于此说的特殊重要性，我们将相关内容逐段引录并解说如下：

> 夫象者，出意者也。言者，明象者也。尽意莫若象，尽象莫若言。言生于象，固可寻言以观象；象生于意，故可寻象以观意。意以象尽，象以言著。

这一段基本上复述《易传》的见解，无甚新义，只是"意以象尽，象以言著"的概括将"言—象—意"的递进关系表述得更为明确而已。

> 故言者所以明象，得象而忘言；象者所以存意，得意而忘象。犹蹄者所以在兔，得兔而忘蹄；筌者所以在鱼，得鱼而忘筌也。

这里开始转入庄子的立场，但将庄子的"得意忘言"拓展为"得象忘言""得意忘象"，显然是接过了《易传》的话题，同时吸取了荀粲对"立象尽意"说的批评。

> 是故存言者，非得象也；存象者，非得意也。象生于意而存象焉，则所存者乃非其象也；言生于象而存言焉，则所存者乃非其言也。

这几句是全文的核心部分，着重说明"忘言""忘象"的理由，又分两层：先说"言"的指向是"象"，"象"的指向是"意"，而若执着于"存言""存象",就会因手段而忽视目的,于是达不到"得象""得意"的要求,这是一层意思。次说"象"原为与"意"相关联而成其为"象","言"原为与"象"相关联而成其为"言",现在隔断了这种联系,片面就"象"和"言"自身来考虑"存象""存言",则所存者不复是原来意义上的表意之"象"和表象之"言",最终连"象"和"言"也一并失去了。这是另一层申说。两层解说不仅进一步发展了庄子关于"得意"可以"忘言"的主张,更着力突出"得意"必须"忘言"(包括"忘象"),因为"言"和"象"无非是通向"意"的桥梁,而若一心徜徉于桥梁的此端,则必然要丢失目的地的彼端,甚至连桥梁自身的意义也不能保住。这又说明"言"对于"象","象"对于"意"各有其二重性的存在,既是媒介,又是蔽障。换言之,胶执于此,即成蔽障;唯不断超越,方能祛弊除障,而顺利实现其通向"意"的媒介作用。最后:

> 然则,忘象者,乃得意者也;忘言者,乃得象者也。得意在忘象,得象在忘言。故立象以尽意,而象可忘也;重画以尽情,而画可忘也。①

这是由上一层论述引出的结论。最值得注意的,是他将庄子的"得意而忘言"改为"得意在忘象,得象在忘言",一个"在"字非常关键。庄子以筌、蹄为喻,意在说明达到目的后手段可以弃舍,按逻辑关系说是"得意"在先,"忘言"在后。王弼强调"在忘象""在忘言",则"忘象""忘言"反倒成了"得意"的先决条件。这一改动正是由上文不滞执于"言""象"的主张而来的,唯不滞执

---

① 上引均见楼宇烈《王弼集校释》,中华书局,1980 年,第 609 页。

于"言""象"，始能超越"言""象"，以进入"言外"和"象外"的境界。这样一来，王弼便将"立象尽意"同"超以象外"（包括"言外"）统一起来了。就是说："立象"是"尽意"的凭借，而滞于"象"又不能"得意"，故须由"立象"转为"忘象"，以超越"象"自身的限界，即从有限的象内空间引发出无限的象外空间，同时便是从形而下的"象"世界跃升到形而上的"意"境界。王弼的这一归纳不单给予儒、道两家之说以新的综合，亦是对他以前的"言""意"矛盾问题探讨的一个总结；对于中国诗学和美学来说，则不仅重新肯定了"立象尽意"的原则，更进而开辟了由"立象尽意"向"境生象外"演变的通道，其影响是十分深远的。至于中国艺术的许多奥秘居然蕴含在"言"和"意"（"志"）这一对古老的矛盾之中，并随着矛盾的发展而逐渐演示出来，恐怕更是出乎人们的意料了。

三、释"诗言志"

既已释清"志"的内涵以及"志"与"言"之间的关系，现在可以就"诗言志"的命题作一整体把握。

"诗言志"的比较完整的表述，见于《尚书·尧典》的这段话：

> 帝曰：夔，命汝典乐教胄子。……诗言志，歌咏言，声依永，律和声。八音克谐，无相夺伦，神人以和。夔曰：於！予击石拊石，百兽率舞。

《尧典》编入《虞书》，但这段话显然不可能出自虞舜时代，或以为是周代史官据传闻追记。而据顾颉刚先生等考证，今本《尧典》

的写定约当战国至秦汉间①，于是"诗言志"成了一个晚出的诗学命题。另外，学界也有人将这里的"诗言志"同《左传》上提及的"诗以言志"分作两回事，认为后者专指春秋列国外交场合下的赋诗言志，是借用他人的诗（"诗三百"里的诗）来表达自己的"志"，并没有自己作诗以抒述怀抱的含义，由此推断"诗言志"的传统起于用诗，而后才转到作诗，并引孔孟说诗都未涉及"诗言志"命题为证。这些说法需要加以辨析。

由我看来，我们不当轻易否定既有的成说。《尚书》的不少篇章确系后人写就，但后代文本中可以含有早先的思想成分，这一点已成为学人的共识。即以上引《尧典》的一段话而言，其中所包含的诗、歌、乐、舞一体化的现象和诗乐表演以沟通神人的观念，应该渊源于上古巫官文化，至迟也是周初《雅》《颂》时期庙堂乐舞祷神祭祖活动的写照，而不会出自诗、乐早已分离的战国以后，更不可能是后人的凭空想象。因此，这段文字的写定固然在后，但并不排斥其所表述的观念流传在先，也就是说，"诗言志"的观念完全有可能形成于周初或更早阶段，当然未必会有后来文本中那样完整的界说。我们再看前文讲到的《诗经》作者自陈作意的情形，正如朱自清先生等所归纳的，不外乎颂美与讽刺时政两途，尽管主题已从沟通神人转向关切社会政教、人伦，其落脚点仍不离乎"诗言志"的范围，而且是自觉地在运用诗歌形式以抒述怀抱，虽未使用"言志"这个词语。据此，则"诗言志"的传统实际上开创得很早，远在我们能从历史记载上见到这个命题之先。名实之间，当执实以定名，还是仅循名以责实呢？

---

① 按：蒋善国《尚书综述》（上海古籍出版社，1986年）对各家考证有具体介绍与论析，可参看。

再就"诗言志"和"诗以言志"两个命题之间的关系来考察。"诗以言志"见于《左传·襄公二十七年》有关晋、郑间君臣交会的一次记载：晋大夫赵孟请求与会的郑国诸臣赋诗言志，郑臣伯有与郑君有宿怨，故意赋《鹑之贲贲》一首，有"人之无良，我以为君"的句子，会后赵孟私下对人说："伯有将为戮矣。诗以言志，志诬其上而公怨之，以为宾荣，其能久乎？"这段话的主旨是讥评伯有，顺带提及"诗以言志"，从口气上看，赵孟不像是这个命题的创立者，无非引用当时流行的说法而已①。因此，"诗以言志"一语在这个特定的场合固然是指赋诗言志，并不等于它在社会流传中只能限于这层含意，绝不包括作诗言志在内。况且从情理上推断，总是作诗人言志在先，读者借诗言志在后，要说当时人们只承认借诗可以言志，却不懂得作诗也能言志，似乎很难叫人信服。

其实，有关的文献资料中已经透露出时人对作诗言志有明确的认识。《国语·周语上》载录召公谏厉王弭谤时，谈到"天子听政，使公卿至于列士献诗"的制度，献诗是为了"以陈其志"②，即补察时政，这应该属于作诗言志。朱自清《诗言志辨》里曾从《左传》中举出四个例子：一是《隐公三年》记卫庄公娶庄姜，美而无子，卫人为赋《硕人》；二是《闵公二年》记狄人灭卫，卫遗民拥立戴公于曹，许穆夫人赋《载驰》；三是同篇记载郑高克帅师次于河上，师溃，高克奔陈，郑人为之赋《清人》；四是《文公六年》载秦穆公死，以三良为殉，国人哀之，为赋《黄鸟》。这几则记述的都是诗

---

① 无独有偶，与《左传》所记年代相当，《国语·鲁语》中亦载有师亥言及"诗所以合意，歌所以咏言"的话，"合意"就是"合志"，是"言志"的另一种提法，可见"诗以言志"或"诗以合志"是通行之说。

② 见《诗·卷阿》毛传，《十三经古注》本《毛诗郑笺》卷一七，中华书局，1980年。

篇的写作缘由，所谓"赋"当指写成后自己歌诵或由乐工歌诵，所以朱先生认为属于"献诗陈志"，至少属作者自陈其志是不会有误的。与此同时，古代另有"采诗观风"的说法①，"采诗"之说虽有人质疑，由诗、乐以观民风则确然不假，这从孔子所谓诗"可以观"②和《左传·襄公二十九年》所记季札观乐的事实皆足以证。观乐观诗，当然是要观诗中的情意（即作诗人之"志"），这才有可能由诗乐以了解民风，所以"观风"说中必然隐含着对作诗言志的认可。至于孔门说诗不涉及"诗言志"的论断，现已为新出土的郭店楚简所推翻，其中《孔子诗论》一篇赫然著录有孔子所说的"诗亡（无）离志，乐亡（无）离情，文亡（无）离言"的话，可以看作为"诗言志"的别称③，且能同《礼记·仲尼燕居》中所引孔子"志之所至，诗亦至焉；诗之所至，礼亦至焉；礼之所至，乐亦至焉；乐之所至，哀亦至焉，哀乐相生"的论述相参证。而孟子提出的"以意逆志"说④，主张"以己之意'迎受'诗人之志而加'钩考'"⑤，当亦是以承认诗人作诗言志为前提的。以上材料表明，"诗以言志"之说流行于春秋前后当非偶然，它不仅同列国外交会盟中的赋诗言志相联系，还同周王室与各诸侯国朝政上的献诗陈志，官府的采诗观风以及士大夫的观乐观志，公私讲学如孔子、孟子的教诗明志，乃至诸子百家兴起后各家著述中的引诗证志等活动息息相关，具有极其广泛的社会基础，而其内涵并不限于外交辞令上的用

---

① 《汉书·艺文志》《食货志》及何休《春秋公羊解诂》皆曾述及，可参。
② 见《论语·阳货》，《论语注疏》卷一七，《四库全书》本。
③ 按：《竹书》整理者释读的"离"字，另有学者释读为"隐"字，但不管"诗无隐志"或"诗无离志"，都是讲的"诗""志"合一，原则上同于"诗言志"。
④ 见《孟子·万章上》，《孟子注疏》卷九，《四库全书》本。
⑤ 《诗言志辨·比兴》，见《朱自清古典文学论文集》，上海古籍出版社，1981年，第259页。

诗,包括作诗、读诗、观诗(观乐)、引诗为证等多种含义在内,可说是对古代人们的歌诗观念的一个总结,这也正是"诗言志"命题产生的巨大意义。

综上所述,"诗言志"作为中国诗学的原发性传统,从萌生以至告成,有一个逐步演化、发展的过程。如果说,上古的巫歌巫舞中已经孕育着"诗言志"的性能;那么,到《雅》《颂》的庙堂乐章和早期诗人的讽颂时政,便意味着"诗言志"观念的初步形成;再经过春秋前后广泛开展的献诗、赋诗、观诗、教诗、引诗等活动,"诗言志"的命题得以正式建立和得到普遍认可,其内涵及功能得以充分展开;于是到今本《尚书·尧典》以至稍后的《礼记·乐记》和《毛诗序》中,终于获得了完整的归纳与表述,而取得其理论形态的定型。这样一个由性能的萌生到观念的形成再到命题建立和理论完成的过程,大体上符合人的认识规律,当可成立,而"诗言志"作为中国诗学的"开山的纲领"因亦得到确证。

还要看到,"诗言志"既称作"纲领",就不会局限于孤立的命题,而要同那个时代的一系列诗学观念达成有机的组合。"志"乃是情意的蕴集,当附着于心性,而其发动需凭借外物的诱导,这就是《礼记·乐记》提出"物感"说或"心物交感"说的由来。但"志"作为与社会政教相关联的怀抱,其情意指向又须受群体理性的规范,这又是孔子以"思无邪"论诗①和《毛诗序》主张"发情止礼"的根据。"志"的思想规范落实在诗歌的美学风格以及由此美学风格所造就的人格风范上,便是孔子等人倡扬的"中和"之美(如《论语·八佾》中所谓"乐而不淫,哀而不伤")与"温柔敦厚"的

---

① 见《论语·为政》,《论语注疏》卷二,《四库全书》本。

"诗教"说①。而有此思想规范和审美质素的诗歌所能起到的社会作用，除直接的颂美与讽刺时政外，更有"兴""观""群""怨"等多方面功能，可供士君子立身行事及秉政者教化天下之用②。此外，"志"所涉及的治政范围和等级有大小高低之分（所谓"一国之事""天下之事"乃至"盛德""成功，告于神明"），以"言"达志的手段有直接间接之别（或直书其事，或因物喻志，或托物起情），以及"志"的情意内涵因时代变化而不能不有所变异，构成《毛诗序》以至东汉郑玄《诗谱序》中着力阐发的"六义"（风、雅、颂、赋、比、兴）、"正变"（"诗之正经"和"变风变雅"）之说。至于从读者的角度考虑诗"志"的正确接受，则孟子"知人论世"和"以意逆志"说开了端绪③。由此看来，先秦两汉的主流诗学，确系以"诗言志"为纲领贯串起来的；而"诗言志"传统中的政教与审美二重性能结合，便也奠定了整个中国诗学的基本取向。

从后面这个断语，又可引导出一个新的推导，即："诗言志"构成中国诗学的逻辑起点。这不单指"诗言志"的观念在历史上起源最早，更其意味着后来的诗学观念大都是在"诗言志"的基础上合逻辑地展开的。比如说，由"志"所蕴含的"情"与"理"的结合，可以分化出"缘情""写意"（或称"主情""主意"）的不同诗学潮流，成为后世唐宋诗学分野的主要依据。再比如，由"志"与"言"的矛盾而产生的"言不尽意"的思考④，促成"立象尽意"

---

① 《礼记·经解》引孔子说，《礼记注疏》卷五〇，《四库全书》本。
② 参见《论语·阳货》"小子何莫学夫诗"的一段话与《毛诗序》里"经夫妇，成孝敬，厚人伦，美教化，移风俗"的论说。
③ 见《孟子·万章》上下篇，又《孟子·告子下》中亦有示例。
④ 按："言""意"矛盾并不单出自诗学，但包含诗学，且在诗学领域里有充分的展开。

的美学原则的建立；而"立象"能否"尽意"的论辩，又激发了"境生象外"的新的追索；乃至由"立象""取境"拓展为心物、情景、形神、意象诸问题的探讨，超升为气、韵、味、趣、神、理等因素讲求，更落实为辞采、骨力、体势、声韵、法式、格调各种诗歌语言形式规范的设定。可以说，中国诗学的整个系统便是在这"言—象—意"的基本框架上发展起来的，而"言—象—意"的框架正导源于"诗言志"的命题。据此，则"诗言志"作为原生细胞，逻辑地蕴含着中国诗学的整体建构，这或许是它被称作中国诗学的"开山的纲领"的更深一层含义吧！

（原刊《文学遗产》2005年第3期，同年《中国古代文学年鉴》全文转载）

释"感兴"
——中国诗学的生命发动论

"感兴"是中国诗学传统中的一个独特的范畴,在它身上凝聚着我们民族特有的诗性智慧与审美体验方式。作为一种生命论的诗学,我们的先辈历来将诗歌创作和欣赏视以为人的生命活动。如果说,"情志"构成了这一生命活动的本原,那么,"感兴"便是诗歌生命的发动。正是由于"感兴"的发动,"情志"得以向意象和意境转化,人的审美体验和诗的审美内核才得以生成。所以讨论中国诗学,不能不给予"感兴"以特殊的关注。

一、"感兴"说的源起

"感兴"亦作"兴感",是"兴"和"感"两个概念复合而成的,两者之间有一个由分而合的过程,须稍作提挈。

据当代学者考证,"感"的本字为"咸","咸"为会意字,从"戌"从"口",意指两性交合,引申为天地万物之间的感通交会。《周易》"咸"卦的卦象即为艮(象征少男)下兑(象征少女)上,表示婚娶吉利,后来的解释也都用阴阳交感、刚柔相济来加推衍阐说，传统的"天人感应"之说便是从这里生发出来的。

"感"进入文艺领域当以荀子《乐论》为最早，其云："凡奸声感人，而逆气应之，逆气成象而乱生焉；正声感人，而顺气应之，顺气成象而治生焉。"这是从音乐与人心相通的角度来说明社会治乱的成因，属于艺术功能论的见解。稍后的《礼记·乐记》对这一点有所发挥，但《乐记》更着重于从艺术创作的角度来应用感应说。《乐本》篇云："凡音之起，由人心生也。人心之动，物使之然也。感于物而动，故形于声；声相应，故生变；变成方，谓之音；比音而乐之，及干戚羽旄，谓之乐。"又云："乐者，音之所由生也，其本在人心之感于物也。"这是把音乐的生成归之于外物对人心的感触，后来人们将这一感发作用推扩到诗、书、画等一切艺术形态上，形成影响深远的"物感"说，由此而奠定了古代感兴论美学的基础。

值得注意的是，古人所说的"物感"，并不限于物对人的单向作用，而是心与物的双向沟通和交流，一般称之为"心物交感"。这是从"感"的本义"交合"而来的，"物感"说只是将它应用于心物关系罢了。《乐记·乐言》篇里谈道："夫民有血气心知之性，而无哀乐喜怒之常；应感起物而动，然后心术形焉。"《乐本》篇也说道："人生而静，天之性也。感于物而动，性之欲也。物至知知，然后好恶形焉。"这就是说，"心"自有其内在的本性（所谓"性"），它本身处在虚静空明的状态，外物的刺激作用在于将它发动起来，由此产生喜怒哀乐好恶种种情绪感受，外现而成为语言、声音、动作乃至诗歌乐舞等艺术。因此，"感"不仅仅是物对心的叩击，同时也是心对物的应答；心与物双向交流才产生了"感"，故云"交感"。这样一种"心物交感"学说的建立，自是以我们民族思维传统中固有的"天人合一"的理念为支撑的。

另一点须加说明的是，"物感"说中的"物"，也并非纯然指自然景物或其他实物，而是泛指一切外在的物象，尤其侧重在社会的民情风俗以及造成各类民情风俗的政治与教化状况。所以《乐记·乐本》篇要强调指出："凡音者，生人心者也。……是故治世之音安以乐，其政和；乱世之音怨以怒，其政乖；亡国之音哀以思，其民困。声音之道与政通矣。"又谓："郑卫之音，乱世之音也，比于慢矣。桑间濮上之音，亡国之音也，其政散，其民流，诬上行私而不可止也。"古代传统里的由诗、乐以观民风乃至审音以知政之说，便由此而形成。剔除其中以圣王为教化本源的思想糟粕，仍不能不承认它从社会生活环境的影响来说明人的生命感受及艺术生命体验的发动，是有其合理性的。

如果说，《乐记》里的"物"的概念多少显得有点大而无当的话，那么，到汉人诗说中提出"事"的概念，其含义就更加明白而具体化了。班固《汉书·艺文志》里谈到汉代乐府民歌的搜采，用"感于哀乐，缘事而发"来概括民间歌谣的创作成因，虽仍因袭"观风俗，知薄厚"的话头，而"缘事"显然比"感物"来得贴切。稍后，何休在《春秋公羊传解诂·宣公十五年》里述及上古歌谣的流传，也用"男女有所怨恨，相从而歌，饥者歌其食，劳者歌其事"来加解说，其中"食"指生存，"事"指劳作，总合起来还是一个"事"，即人的生命活动。班、何之论局限于民间歌谣，魏晋南北朝以后文人诗作大兴，"缘事"便也推扩到了文人诗的领域。最突出的是钟嵘《诗品》开首的一段话，它虽然也从"气之动物，物之感人"说起，而具体展开时的论述，除"春风春鸟，秋月秋蝉"四句属自然景物外，余如"嘉会寄诗以亲，离群托诗以怨"乃至"楚臣去境，汉妾辞宫""负戈外戍，杀气雄边""塞客衣单，孀闺泪尽""士有解佩出朝""女有扬蛾入宠"等等，无不属于人事范围，且皆切合个人的经历。至此，"事感"已然宣告确立。

"事感"的传统至后代续有衍流。唐杜甫作新题乐府诗,元稹称其"即事名篇,无复依傍"①。白居易《与元九书》中标榜"文章合为时而著,歌诗合为事而作"②,其《策林六十九》"采诗以补察时政"条亦讲到"人之感于事,则必动于情,然后兴于嗟叹,发于吟咏,而形于歌诗"③。他们所讲的"事",特指与时政相关联的事件,但也离不开个人的见闻阅历。至于唐孟启著《本事诗》,将诗的写作与文人逸事挂钩,其注重个人经历就更明显了。后来的各种诗话、笔记以及诗作的纪事、系年,都跟这种"缘事而发"的观念有关,是"事感"说在中国诗学传统中的一大应用。尽管如此,"事感"并没有正式取代"物感",这不仅因为在古人心目里"事""物"本属一体,物象中原来就包含事象的成分在内,更由于"物"的内涵远较"事"为广阔,各种自然景物、人工产品、艺术作品甚至于形而上的天、道、理、气等皆可归之于"物",它们与主体心灵之间的沟通交会便不能称作"事感",而只能统称为"物感"。所以"物感"说仍然是感兴论诗学的正宗,"事感"从属于"物感"。

释"感"已毕,进而释"兴"。"兴"在甲骨文里呈众手执物上举的图形,今人有从集体劳作来理解的④,也有从上古巫舞的角度加以考证⑤,不管怎样,其协力上举的意义是比较确定的,故《尔雅·释言》训"兴"为"起也",这个含义一直保存了下来。

以"兴"说诗殆始于孔子,《论语》中七处提及"兴",与诗直

---

① 元稹《乐府古题序》,《元氏长庆集》卷二三,《四部丛刊》本。
② 见《白氏长庆集》卷四五,《四部丛刊》本。
③ 同上书卷四八。
④ 参见杨树达《释兴》,载《积微居小学金石论丛》(增订本),中华书局,1983年。
⑤ 参看陈世骧《原兴:兼论中国文学的特质》,载叶维廉编《中国现代文学批评集》,台北联经出版公司,1976年。

接关联的有两处，即《泰伯》篇的"兴于诗"和《阳货》篇的"诗可以兴"。前者指人对诗的接受，后者属诗对人的影响，但都是从诗歌引发人的思想感情的功能上着眼的。从诗的功能转向诗的写作，当以"赋比兴"的"兴"为标志。"赋比兴"与"风雅颂"合称"六诗"，载《周礼·春官·大师》，其义不明。至《毛诗序》改称"六义"，仍未作明晰疏分。孔安国以"三体三用"来判解，多为后人沿袭。此说虽不见于《毛诗序》，但《毛诗》以风、雅、颂分别立体，又在小序中屡用赋、比、兴标示作法，故以《毛诗序》为"三体三用"说的肇端，亦未尝无据。郑玄为《毛传》作笺，即以"见今之美，嫌于媚谀，取善事以譬劝之"来释"兴"，又引郑众"兴者，托事于物"之说①，可见"兴"作为诗歌的特定表达方式已得到确认，不过这还不是感兴论意义上的"兴"。

　　用为诗歌表达方法的"兴"究竟指的什么呢？汉儒多从譬喻的角度来解说（后人亦常如此），于是"兴"和"比"便缠夹不清，至多认为"比显兴隐"，即一为明喻、一为暗喻而已。朱自清先生独具只眼地拈出"兴"兼具发端和譬喻双重含义②，这就为区分比、兴指明了道路。当然，严格说来，还不算精确，因为"兴"固然是发端，却不一定非譬喻不可。兴辞与所兴之物之间可以是类比关系，亦可以是他种联系，甚且有可能像帕里－洛德理论所说的那样，仅只是民间口头歌谣里不具有任何意义的"套语"。所以，与其说"兴"为发端兼譬喻，不如说它是发端兼联想，而前人所谓"触物以

---

　　① 语出《周礼注疏》卷二三，《十三经注疏》本，中华书局，1980年。
　　② 参看《诗言志辨·比兴》所论，《朱自清古典文学论文集》，上海古籍出版社，1980年，第239页。

起情谓之兴"①"兴者，先言他物以引起所咏之词也"②，于此也得到了确解。这样来说"兴"，则"兴"虽属诗歌表达方式，却仍然保有原来"起也"的含义，而且从"触物以起情"的提法中，分明显示出由表达方法朝着诗歌生命感受的生成方式转移的趋向，这也正是"赋比兴"的"兴"演化为"感兴"之"兴"的具体途径。

依据现有资料，第一个将"兴"与"感"相联系的人，是东汉末年的王延寿，其《鲁灵光殿赋序》中说道："诗人之兴，感物而作"③，这就把"兴"看成了由心物交感而生成的诗歌生命体验。三国时杨修作《孔雀赋序》，致慨于孔雀目为珍禽而久后遭人漠视的命运，并谓："临淄侯感世人之待士亦咸如此，故兴志而作赋"④，亦是将由感而兴视以为创作的动因。此二例尚是就具体赋篇的写作而言，西晋挚虞《文章流别论》中的"兴者，有感之辞也"⑤，则不仅专就诗歌创作立论，论断也更富于概括性。两晋以后文人述作中"兴""感"连用的情形就更普遍了，如陆机《赠弟士龙诗序》云"感物兴哀"⑥，孙绰《三月三日兰亭诗序》云"物触所遇则兴感"⑦，王羲之同题诗序云"每览古人兴感之由，若合一契"⑧，傅亮《感物赋序》云"怅然有怀，感物兴思"⑨，其"感""兴"二字合

---

① 胡寅《与李叔易书》引李仲蒙语，《斐然集》卷一八，《四库全书》本。
② 朱熹《诗集传》卷一，上海古籍出版社，1958年，第1页。
③ 引自《全后汉文》卷五八，严可均编《全上古三代秦汉三国六朝文》，中华书局影印本，1965年。
④ 同上书卷五一。
⑤ 《全晋文》卷七七，中华书局影印本。
⑥ 见陆云《陆士龙文集》卷三所录《兄平原赠》，《四部丛刊》本。
⑦ 《全晋文》卷六一，中华书局影印本。
⑧ 同上书卷二六。
⑨ 《全宋文》卷二六，中华书局影印本。

成一体的趋势已逐渐明朗。至唐王昌龄《诗格》列"感兴势"一体①,鲍防著《感兴诗》十五首②,表明"感兴"作为复合词语确然成立,而诗歌审美的"感兴"说因亦臻于成熟。

二、从"一度感兴"到"二度感兴"

"感兴"说将诗歌生命的发动归因于心物交感,但心物交感并不必然地具有审美的意义。比如古代"天人感应"之说将祥瑞和灾变视以为上天对执政者的嘉奖或谴责,从而引起君主内心的自勉或怵惕,这是宗教神学意义上的心物交感,却非审美的感兴。又比如日常生活里人们受外界的刺激,引起自身的心理反应,产生喜怒哀乐各种情绪感受,这也是一种心物交感,而亦不属于审美感兴。如果我们将心物交感而生成体验统称之为"感兴"的话,那就有审美感兴与非审美感兴之别。其实质性区分在于:实际生活中的感受总是同一己当下的利害关系紧相连接,而审美体验却要超乎实用功利之上,这才能成为一种超越性的生命体验,也才是可用以为普遍传达和接受的生命体验。

那么,审美感兴又是怎样形成的呢?应该说,它并非远离人的实际生活的另一种体验,它的根子就在人的现实生命活动之中,是人的现实生命感受的转形与超越。为要实现这一超越,必须将自己的实生活感受推开一步,即努力摆脱它与一己当下的实际利害关系的牵连,而拿它作为纯生命体验来加以观照和品味,从中领略生命

---

① 王昌龄《诗格》卷上"十七势"条,见张伯伟《全唐五代诗格校考》,陕西人民教育出版社,1996年,第133页。
② 见白居易《与元九书》所引,载《白氏长庆集》卷四五,《四部备要》本。

的本然情趣和本真意蕴。换句话说,就是以审美的超功利态度对原有的体验进行再体验。原有的体验这时已转成再体验的对象,与审美主体发生新的交流,这又一次的心物交感便是审美感兴,其结果则是审美意象和审美意境的生成。由此可见,审美感兴是建基于实生活感受之上的,它是"一度感兴"之后的"二度感兴";研究诗歌生命活动不能停留于一般地谈论感兴,而必须着重把握其由一度感兴向二度感兴飞跃的关键。

首先要问:是什么力量推动着人们由"一度感兴"转向"二度感兴"的呢?我以为,中国诗学传统里的"发愤抒情"说为我们提供了打开迷宫的钥匙。"发愤以抒情"一语出自《楚辞·九章·惜诵》,是大诗人屈原陈述其创作动因的表白,司马迁据以推衍为著名的"发愤著书"说,影响后世深远。今人探论此说时,多关注于其中的"愤"字,以为显示了古代文人可贵的批判精神,诚然不错。但我觉得其"发"字亦相当重要。为什么要"发"?"发"的前提是"意有所郁结"。而"郁结"着的"意",不正是人们在其现实生命活动中长期积累下来的感受吗?所谓"西伯拘""孔子厄""屈原放逐""左丘失明""孙子膑脚""不韦迁蜀""韩非囚秦"等,便是这类愤怨之"意"的来由①,通属于"一度感兴"。由"一度感兴"造成的"郁结"长期得不到发泄,会导致精神疾病,故需要"发愤"。但"发愤"也有不同的方式,上述作者没有选择大哭大叫或逢人倾诉的办法来宣泄内心的愤懑,而是以"著书"或"抒情"作为宣发手段,有如清沈德潜所讲的"郁情欲舒,天机随触,每借物引

---

① 见司马迁《史记·太史公自序》,《史记》卷一三〇,中华书局,1959年。

怀以抒之"①，这就由实生活感受转向了超越性的审美感兴。所以，"发愤抒情"说的意义不仅在于对"愤怒出诗人"的肯定，其"长歌当哭"式的抒发还意味着生命活动的转型，即由实际的生活斗争转向审美生命的创造，而抒郁结便成了转型的直接动因②。这不禁使我们联想起流行于国外的"苦闷象征"说，它以"苦闷"作为艺术生命的根底，并从"苦闷"借取艺术意象使自己得到释放与升华来解释创作的成因，岂不跟"发愤抒情"有异曲同工之妙吗？不过细细辨析起来，我们先辈的愤怨似多出于忧患意识，属"忧世"的表现，而现代西方人的苦闷则常来自虚无意识和荒诞意识，或近于"忧生"，于此亦可窥见时代风气与民族传统的差异。

既已检讨了审美感兴发生的动力，便可进一步来推问其所赖以生成的条件，也就是说，它是通过什么样的方式使自己建构起来的。我们说过，任何感兴的发动皆源于心物交感，审美感兴更当如此。我们又说，审美感兴作为"二度感兴"，是对原有生命体验的再体验，即将原来处于内心的实生活感受转化为被体验的对象，这一转化是怎样实现的呢？从心物交感的关系来说，被体验的对象属于"物"的方面，而且它之所以能成为对象，也必须具有"物化"的形态，因此，原有的体验在审美观照下不能仅只以原来那种流动不居的心理活动状况出现，而必须进行改装，也就是要幻化为具体的物象（包括心象）姿态。这一点在我们的诗学传统里亦得到了反映。

---

① 沈德潜《说诗晬语》卷上，引自丁福保《清诗话》卷下，中华书局，1963年，第523页。
② 按：需加说明，发舒的"郁结"并不限于愤怨之类负面性感情，亦包括欢乐、兴奋的感受，韩愈讲"不平则鸣"，便兼顾到两方面，因均属于心理上的不平衡。但韩愈又以为"夫和平之音淡薄，而愁思之音要妙；欢愉之辞难工，而穷苦之言易好"（《荆潭唱和诗序》），可见毕竟以发抒愤怨为主。

应该承认，我们这个民族的惯性是特别关注现实的，即使是超越性的追求也往往不尽脱离现实人生（所谓"在世中超世"），这就造成人们对审美超越的意义估计不足，而审美感兴与非审美感兴的界分亦常不甚明晰。如《乐记》以"物感"来解说乐舞的成因，从人心的萌动一脚便跨进了艺术的殿堂，其间并无"一度感兴"到"二度感兴"的转化痕迹。审音知政、观乐观风诸说，亦是一力将时政风俗与艺术活动直接打通，看不到任何审美的超越性。这自然是自古以来的政教本位观念对人的审美眼光的限制。尽管如此，艺术审美的实践毕竟为人们提供了丰富的经验，而情感的发扬也使得政教本位的拘限有所突破。

最早体现出审美意识的觉醒的，还得数到屈原，其"发愤以抒情"一语中内在地孕育着审美感兴由实生活感受分化而出的胚胎。如前所述，其"发"和"抒"均含有转型的意味，故所发所抒之情已然不同于原来郁结深心的愤怨，而成了审美的情怀。这种审美情怀的树立，是跟诗人以其如椽之笔为我们营造的色彩斑斓的神奇梦幻世界图像分不开的。王逸曾高度赞扬屈原的诗歌艺术，以为"《离骚》之文，依《诗》取兴，引类譬喻。故善鸟香草，以配忠贞；恶禽臭物，以比谗邪；灵修美人，以媲于君；宓妃佚女，以譬贤臣；虬龙鸾凤，以托君子；飘风云霓，以为小人"①，虽处处不离汉儒以比兴说诗的套子，而对于屈骚特具的以美人香草、云龙迂怪等形象来寄托孤愤的抒述方式，算是有了体认。这其实便是诗人将其原有的实生活感受转变为审美再体验对象的不二法门。

如果说，屈原对于审美感兴的建立多少还带有自发性的话，那么，魏晋南北朝时期的诗人就有了更大的自觉性，他们在"缘情"

---

① 王逸《离骚经序》，见《楚辞》卷一，《四部丛刊》影明翻宋本。

"体物"思潮的鼓动下,对诗人情趣的意象化和景物意象的情趣化获得了较为真切的体会。代表性人物可以举出陆机,他在好些篇什里自陈写作缘起,足资参证。如《怀土赋序》所云:"余去家渐久,怀土弥笃。方思之殷,何物不感?曲街委巷,罔不兴咏。水泉草木,咸足悲焉。"① 这段话分明告诉我们,离乡怀土是他郁结于心头的实生活感受,带着这种感受去接触曲街委巷、水泉草木,则无一不成为其投射内心郁结的物化意象,而这些物化意象又成了他再体验的对象,并引起他"何物不感""咸足悲焉"的新的生命体验,从而宣之于"兴咏"。像这样一种心物双方循环往复的交流呼应,正是审美感兴逐步酝酿生成的具体方式。陆机文集里谈到这类心物交感的例子不少,如"伊我思之沉郁,怆感物而增深""悲缘情以自诱,忧触物而生端"②,"矧余情之含瘁,恒睹物而增酸"③,以及诗作中的"载离多悲心,感物情凄恻"④"悲情触物感,沉思郁缠绵"⑤"感物百忧生,缠绵自相寻"⑥"踟蹰感节物,我行永已久"⑦,等等,都是情物对举、交感共振,恰好成为审美感兴发动的表征。

陆机及其同时代的人的审美经验在刘勰《文心雕龙》一书中得到初步的理论总结。《明诗》篇云:"人禀七情,应物斯感,感物吟志,莫非自然。"这里所说的内在于人的"七情",显然不同于《乐记》里"生而静"的先天之"性",而属于"感于物而动"的"性之欲",是经过现实人生"一度感兴"后的心理体验,于是"七情"

---

① 见《陆士衡文集》卷二,《四部丛刊》本。
② 陆机《思归赋》,同上书卷二。
③ 陆机《感时赋》,同上书卷一。
④ 陆机《赴洛二首》其二,同上书卷五。
⑤ 陆机《赴洛道中二首》其一,同上书卷五。
⑥ 陆机《赠尚书郎顾彦先二首》其一,同上书卷五。
⑦ 陆机《拟明月何皎皎》,引自六臣注《文选》卷三〇,《四部丛刊》本。

"应物"便构成了审美的"二度感兴",而"感物吟志",发为诗歌创作,自是顺理成章的事。《文心》中谈到"情""物"关系的地方很多,像"情以物兴""物以情观"①"物以貌求,心以理应"②"目既往还,心亦吐纳""情往似赠,兴来如答"③,实际上皆是就审美感兴而言的。以后萧绎《金楼子·立言篇》所讲的"内外相感",宋苏洵《仲兄字文甫说》提出的"风水相遭"④,苏轼《琴诗》中的"指""琴"之喻⑤,也都是循着这个思路下来的。明人李梦阳在《梅月先生诗序》一文中更把这个论题展开了。文章开首说道:"情者,动乎遇者也",并谓:"遇者,物也;动者,情也",这似乎是认同于一般的"物感"说。但讲到后来,却归结于"天下无不根之萌,君子无不根之情,忧乐潜之中,而后感触应之外,故遇者因乎情,情者形乎遇"⑥。这就是说,在审美活动中,"忧乐潜之中"是更为根本的,有了内心的郁结,才会生发出外在的感触,所以"情"成为"遇"("物")的凭借,而"遇"则是"情"的表现。这样一来,"情"与"物"的关系恰恰倒转过来,不是物感而后情动,却成了情借物象以自现了。其实,不管是"一度感兴"或"二度感兴",都建立在心物交感的基础之上,主客体之间本无先后本末之分。但依据传统的理念,"一度感兴"的主体乃是"生而静"的"性",故物动而后心动是合理的;到了"二度感兴"即"发愤抒情"的阶段,内在的郁结必须转化为外在的意象,于是心动较之物

---

① 见《文心雕龙·诠赋》,范文澜《文心雕龙注》卷二,人民文学出版社,1960年,第136页。
② 《文心雕龙·神思》,同上书卷六,第495页。
③ 《文心雕龙·物色》,同上书卷一〇,第695页。
④ 苏洵《嘉祐集》卷一四,《四部丛刊》影宋本。
⑤ 苏轼《东坡诗集注》卷三〇,《四库全书》本。
⑥ 李梦阳《空同先生集》卷五〇,《明代论著丛刊》本。

感就显得更为根本了。李梦阳的见解意味着我们的先辈对于审美感兴的特质有了更深刻的认识,"二度感兴"便也从"一度感兴"中确然分立出来了。

　　以上解说了审美感兴的生成动因和建构方式,从而揭示出由"一度感兴"向"二度感兴"转化的关节,剩下一个问题还须稍作解析。有一种观点认为,人的实生活感受与审美感兴之间的差别,主要在于所感发的对象不同,即前者属社会人事,而后者为自然景物。这个说法似是而实非。不错,产生人的实际生活感受的,大半属于社会人事,因为人总是活动在一定的社会环境里,各种社会事象对于人的心灵的刺激亦较为直切,但这并不排斥自然界的因素(尤其是灾变)直接干预人的生活,给人带来现实的生命体验。所以笼统说实生活感受来自社会人事,是不全面的。另一方面,自然景物经常对诗人的感兴起激发作用,自然物象似乎天然地适合于古典诗词寄托情怀,这也是不争的事实,但依然不周全。杜甫在其《观公孙大娘舞剑器行》一诗的小序中,谈到张旭因观赏公孙大娘之舞,"自此书法长进,豪荡感激"[①]。潘之淙《书法离钩》中也说到"张旭见担夫与公主争道……而悟草法"[②]。郭若虚《图画见闻志》里更记述了画圣吴道子看将军裴旻舞剑后画兴大发,一气挥成东都天官寺鬼神壁画的故事[③]。这一类兴感的发动皆非来自自然景物。文学创作中感兴的生发就更为复杂了,屈原借男女情爱说君臣遇合,左思借咏史以咏怀,白居易从琵琶女的沦落致慨于本身的遭贬谪,李贽甚至认为《水浒传》的作者是假借梁山好汉的故事以寄托自己的

[①] 仇兆鳌《杜诗详注》卷二〇,中华书局,1979年。
[②][③] 见《四库全书·子部·艺术类》。

一腔孤愤①,即所谓"夺他人之酒杯,浇自己之垒块"②,这里起感发作用的不都属于社会人事吗?可见"一度感兴"与"二度感兴"的分野并不在于感发对象的类别,根底上源于感发性质的不同,即主客体双方结成实用性功利关系还是超乎实用的审美关系,这也是区分审美感兴与非审美感兴的根本性标志所在。

三、虚静、神思、兴会——审美感兴活动的基本环节

我们还要就审美感兴活动的过程作进一步论析。依据中国诗学传统的提示,这一活动的进程主要地是由"虚静""神思""兴会"几个环节构成的,现分别加以考述。

(一) 虚静

"虚静"的概念源于先秦道家。《老子》书中有"致虚极,守静笃,万物并作,吾以观复"的话③,可以看作为"虚静"说的源头。"虚静"是什么意思呢?《老子》第三章说道:"圣人之治也,虚其心,实其腹……常使民无知无欲,使夫智者不敢为也。"撇开其中可能存在的愚民倾向不论,"虚"就是要做到"无知无欲",即排除各种智能和欲求,使心灵呈现为空明的状态。《老子》书中还说:"道常无为而无不为,侯王若能守之,万物将自化。……不欲以静,天下将自正。"④可见"静"就是要"无为","无为"了才能"无不为",这种"无为"并非真的什么也不干,而是指循其自然,任其自

---

① 参见李贽《忠义水浒传序》,《李氏焚书》卷三,明万历刻本。
② 见《李氏焚书·杂述·杂说》。
③ 引自《老子说解》第十六章,齐鲁书社,1987年,第109页。
④ 《老子说解》第三十七章,同上书,第241页。

化,不要刻意营求。合而观之,"虚静"指的是一种无知、无欲、无求的心理状态,进入这种状态,就有可能透过万物纷生的杂乱景象,而把握到宇宙运行周而复始的根本原理。"观复"的"复"实际上便是"道"的别称,"虚静"以"观复",表明这正是"体道"的境界,实现了最高的人生修养。故而先秦道家竭力鼓吹"虚静",老子的"涤除玄鉴"、庄子的"心斋""坐忘"诸说,其实都是"虚静"主张的发挥。与此同时,荀子亦有"虚壹而静"之说①,但那是指平心静气、专神致志,是求知的态度和方法,跟老庄的"体道"不是一路。

将"虚静"说正式引入文艺创作领域的,是齐梁间的刘勰。在他之前,宗炳论画已有"澄怀观道,卧以游之"之说②,"澄怀"有"虚静"的寓意,但未用这个字眼。刘勰则公然标举"陶钧文思,贵在虚静,疏瀹五藏,澡雪精神"③,把"文思"的调理同"虚静"心态的培植联系起来了;其"疏瀹五藏,澡雪精神"的提法亦来自老庄④,确含有"涤除玄鉴"、使心地空明的意味。但刘勰本人是儒家学说的宗奉者,《文心雕龙》又是一部有关文章作法的书,所以标举"虚静"心态之后,紧接着便用"积学以储宝,酌理以富才,研阅以穷照,驯致以怿辞"来补充申说"陶钧文思"的条件,这显然同老庄的"无知""无欲""无为"的要求相距甚远,而转向了荀子"解蔽"的路子。可以说,"虚静"说在刘勰手里并未充分发挥其潜力。

---

① 见《荀子·解蔽》,引自王先谦《荀子集解》,中华书局,1996 年。
② 见《宋书·宗炳传》,引自《宋书》卷九三,中华书局,1974 年。
③ 《文心雕龙·神思》,范文澜《文心雕龙注》卷六,人民文学出版社,1960 年,第 493 页。
④ 参见《庄子·知北游》:"老聃曰:汝齐戒疏瀹而心,澡雪而精神。"(《庄子集解》卷六)

真正继承并发展了老庄"虚静"精神的,是六朝时期的佛门弟子。佛教以虚空为万物的本性,视"涅槃"为人生至境。故僧肇《涅槃无明论》云:"夫众生所以久流转生死者,皆由著欲故也。若欲止于心,则无复于生死。既无生死,潜神玄默,与虚空合其德,是名涅槃矣。"又云:"夫至人虚心冥照,理无不统。怀六合于胸中,而灵鉴有余;镜万有于方寸,而其神常虚。至能拔玄根于未始,即群动于静心,恬淡渊默,妙契自然。"① 把"止欲""息动"以跻于"与虚空合其德"作为追求目标,较之道家的"无为而无不为",似又深入一层。至此,老庄学说中的"应帝王"色彩始剥落殆尽,"虚静"便成了纯粹超越性的精神境界。当然,这只是佛门修炼的境界,与审美尚无关涉。

唐代佛教大盛,释子与诗人的交往也日见增多,"虚静"说更由佛门转销而再次应用于诗歌创作。德宗时权德舆与僧灵澈唱和,著《送灵澈上人庐山迴归沃州序》,盛赞"上人心冥空无而迹寄文字","其心不待境静而静","深入空寂,万虑洗然",故所作"语甚夷易,如不出常境,而诸生思虑,终不可至"②,初步揭示了"虚静"心境对于诗境生成的重大意义。稍后,刘禹锡在《秋日过鸿举法师院便送归江陵序》一文中,就此更加以发挥道:"梵言'沙门',犹华言'去欲'也。能离欲则方寸地虚,虚而万景入,入必有所泄,及形乎词。词妙而深者,必依于声律。故自近古而降,释子以诗名闻于世者相踵焉。因定而得境,故儵然以清;由慧而遣词,故粹然以丽。"③ 这段话就把讨论的问题展开了:心地能虚能静的关键在于

---

① 引自《中国佛教思想资料选编》第一卷,中华书局,1981年,第157、162页。
② 引自《全唐文》卷四九三,中华书局,1983年影印本。
③ 《刘禹锡集》卷二九,上海人民出版社,1975年。

"去欲",也就是摆脱实用性功利关系的束缚;摆脱了这层关系,心灵空彻明净,才能向审美对象开放,以引发诗的感兴。"因定而得境"的"定"便是"静",静到无为无求,始能进入审美境界;"由慧而遣词"的"慧"并非在世的小聪明,而是超世的大智慧,能懂得离欲虚心以作超越性的追求,掌握诗歌艺术便也不在话下。这里表现出来的"虚静"观,已经完全脱开了荀子求知解蔽的套路,而跟诗歌审美感兴活动的超越功能紧相联系了。其后苏轼流传甚广的诗句:"欲令诗语妙,无厌空且静。静故了群动,空故纳万境"①,实亦是这种审美虚静观的一脉相承。

从上面的论述可以看出,由老庄"虚静"说演化而来的审美虚静观倡扬的是一种"去知""去欲"即非名理、非功利的审美态度,树立了这种心态,人才有可能从实生活境界转向审美境界。因此,"虚静"可以说是诗歌审美生命发动的前提,因亦构成审美感兴活动的准备阶段,或可视以为进入审美的必由门户。这里需要提请注意的是,有一种意见将"虚静"与"发愤"对立起来,以为"发愤"便不能"虚静","虚静"则不会"发愤",两者不并立,于是只好将它们归属于两类不同的创作心态,而"虚静"也就失去了其普遍的效应。其实,如上所述,"发愤"讲的是创作动力来自郁结于心的实生活感受,"虚静"则关系到审美感兴发动时的具体心态,两者本不在一个层面上,也就无所谓相冲突、不并立的困难了。质言之,诗歌审美活动正是要将人的内在生活激情提升为超越性的生命体验,所以"发愤"和"虚静"不但可以统一,且必须得到统一。于此更可联系到西方美学中有所谓"距离"说,主张艺术家跟实际人生之间拉开一定的心理距离,便于进行审美观照,取向上颇与"虚静"

---

① 苏轼《送参寥师》,《集注分类东坡先生诗》卷二一,《四部丛刊》本。

说相通。不过我们的"虚静"说渊于老庄哲学,根本上属于"体道"的心境,其最终目的亦是要将人带入"道"的境界,这又远非"距离"说所能包容的了。

(二) 神思

由虚静的心态引发审美感兴,到感兴心理活动的持续开展,便进入"神思"。"神思"的名称最早见于三国时韦昭《吴鼓吹曲辞·从历数》中的"聪睿协神思"句①,即指精妙的艺术构思。后来宗炳《画山水叙》谓"万趣融其神思"②,亦是指艺术思维包融万有。至刘勰《文心雕龙》一书,更立专篇系统讨论"神思",而在这之前,陆机《文赋》已就此问题展开论述而未立"神思"名目。

"神思"的内涵究竟包括哪些方面呢?刘勰用"神与物游"一语作概括,确实抓住了它的核心。这里的"神"指审美主体,即艺术家的心灵;"物"指审美对象,即心灵所感受的物象;"游"则用以标示审美主客体之间的关系,是一种相融相摄、周流往复的活动功能。正因为处在"游"的关系之中,作为审美主体的"神"便不是恒定不变的,它可以"寂然凝虑,思接千载;悄焉动容,视通万里""登山则情满于山,观海则意溢于海"③,充分显示出其主观能动性和创造性。同样,处在"游"的关系中的"物"也并非死物、静物,它在神的调动下纷陈杂错、变幻莫居,所谓"诗人感物,联

---

① 引自《先秦汉魏晋南北朝诗·魏诗》卷一二,中华书局,1983年,第546页。
② 引自《画论丛刊》,人民美术出版社,1962年,第1页。
③ 《文心雕龙·神思》,范文澜《文心雕龙注》卷六,人民文学出版社,1960年,第493—494页。

类不穷，流连万象之际，沉吟视听之区"①，这样的"物"自然不限于眼前的实物，而是艺术运思中的物化意象，它才是通常所讲的审美感兴的对象。"神"与"物"之间的相互作用构成了心物交感，但不是一般意义上的交会，而常呈现为持续运动方式的"游"，《物色》篇以"写气图貌，既随物以宛转；属采附声，亦与心而徘徊"来加形容；并且在这种周流往复的交互作用之下，审美主体与客体均得到不断的提升，亦即《文赋》中说到的"情曈昽而弥鲜，物昭晰而互进"。而到了"神"与"物"完全打通、融为一体之时，则文思已然成熟，便可以"笼天地于形内，挫万物于笔端""函绵邈于尺素，吐滂沛乎寸心"②，一气生成式地将内在的审美感受宣发于辞章了。这就是"神思"一说的基本内容，虽然其所涉及的具体问题尚多。

对"神思"作了简要阐释后，我们可以发现，"神思"与审美感兴属于同样性质的活动，二者都建立在心物交感的基础上，且皆为超越性的精神活动。稍有不同的是，"感兴"作为生命的感发，词义重点似乎落在感触、发动上面，而"神思"作为"神与物游"的运思方式，则必然有一个持续发展的过程。但这个界限是很不分明的，因为艺术家的审美生命一经感发，便立即进入持续运行之中，而且运行中的"神与物游"，也依然是心物之间的继续感发和不断感发，所以并不能将感兴和神思截然分开。再就"感兴"的含义来说，正如"兴"之一词可以兼指"起情"和"所起之情"，"感兴"连用也包括了审美体验的发动和由发动而生成的审美体验两层意思，两者互通。而若我们更侧重于从生成的审美体验来理解"感兴"，并将

---

① 《文心雕龙·物色》，同上书卷一〇，第693页。
② 见陆机《文赋》，引自萧统《文选》卷一七，《四部丛刊》本。

感发生成视以为持续发展、不断深化的过程，则"神思"亦可包含在感兴的范围内，它就是感兴的持续开展方式。

由此也可说明"神思"的概念并不等同于现代人所说的"艺术想象"或"形象思维"。作为艺术创造的心理活动，想象无疑要在"神思"中占据重要位置，这从陆机和刘勰的论述里都反映得很鲜明。但"神思"不仅有想象，还有感知、情感、直觉、领悟乃至掌握语言表达技巧的能力，是一种综合性的心理活动方式，较之艺术想象要复杂得多。"神思"更不能混同于"形象思维"，后者是被当作与逻辑思维相并列的思维形态提出来的，实质上仍然属于认知世界的手段，其哲学基础为反映论，而"神思"立足于心物交感，属审美体验的方式，其理论前提乃是生命论。可见同样是艺术创造的心理活动，从不同的观念上予以把握，就会凸现其不同的品质与姿态，这是我们研究传统诗学所不可忽略的。

（三）兴会

审美感兴在虚静心态中酝酿、发动，经神思的运行不断深化，达到其巅峰状态，便称之为"兴会"。"兴会"的"兴"指"情兴"，"会"即会合、相遇，故"兴会"乃情兴所会或情兴所到。日常用语中讲"兴会"，多指兴到之时，如《世说新语·赏誉下》记述王恭与王建武原有交，后虽生嫌隙，"然每至兴会，故有相思时"。文学用语中的"兴会"则标举一种文思勃发、灵性高扬的状态，如沈约《宋书·谢灵运传论》称赏"灵运之兴会标举"，颜之推《颜氏家训·文章篇》主张"文章之体，标举兴会，发引性灵"。但首先在文艺领域内论及"兴会"的，尚非沈、颜二人，而是晋代陆机，其《文赋》中谓为"应感之会"，实即"兴会"。

"兴会"是怎样的一种心理状态呢？《文赋》临近结尾处有一大

段集中的描述，每为人所称引。就这段描述看来，兴会应是诗歌艺术生命发动的高潮，到了这个境界，天机骏利，无往不达，所谓"思风发于胸臆，言泉流于唇齿""文徽徽以溢目，音泠泠而盈耳"，真是文思腾涌、挥洒自如；而一旦退潮，便会"六情底滞，志往神留，兀若枯木，豁若涸流"，再也找不回那样的灵机了。据此，《文赋》总结了兴会的几个特点：一是"来不可遏，去不可止"，即偶发性；二是"藏若景灭，行犹响起"，即瞬时性；归总起来则"虽兹物之在我，非余力之所勠"，也就是非自觉性（非人力所能营构）。这几个特点多为后来论家首肯，无怪乎陆机最终要感叹"吾未识夫开塞之所由也"①。

　　那么，对兴会就真的一点办法也没有了吗？是又不然。我们的先辈从自己的艺术实践里提炼出"伫兴""养兴""触兴"等方法，作为引发兴会的手段。"伫"即等候，兴会未到时不要性急、勉强，要耐心等待。梁萧子显《自序》中述及自己"每有制作，特寡思功，须其自来，不以力构"②。唐王昌龄《诗格》也谈道："看兴稍歇，且如诗未成，待后有兴成，却必不得强伤神"，还说："凡神不安，令人不畅无兴，无兴即任睡，睡大养神""睡觉即起，兴发意生"③。这都是说的伫兴。"养兴"指对兴会的培养，较之伫兴似更要积极一些。《文心雕龙》设《养气》一篇，宣扬"吐纳文艺，务在节宣，清和其心，调畅其气，烦而即舍，勿使壅滞。意得则舒怀以命笔，理伏则投笔以卷怀，逍遥以针劳，谈笑以药倦，常弄闲于才锋，贾余于文勇，使刃发如新，凑理无滞"，实际上便是指的养兴。王昌龄

---

① 均引自陆机《文赋》，《文选》卷一七，《四部丛刊》本。
② 见《梁书》卷三五《萧子显传》，中华书局，1973年。
③ 王昌龄《诗格·论文意》，引自《全唐五代诗格校考》，陕西人民教育出版社，1996年，第141、147页。

《诗格》里的"养神",亦含有养兴的意味。清人王昱《东庄论画》云:"未作画前,全在养兴。或睹云泉,或观花鸟,或散步清吟,或焚香啜茗。俟胸中有得,技痒性发,即伸纸舒毫;兴尽斯止,至有兴时续成之,自必天机活泼,迥出尘表。"① 这就谈得更为全面了,虽云论画,亦通于诗艺。再看"触兴",意指借外在物象以触发和感召自己的兴会。郭若虚《图画见闻志》记载了五代时画家景焕一次触兴作画的逸闻:"焕与翰林学士欧阳炯为忘形之友。一日,联骑同游应天,适睹(孙)位所画门之左壁天王,激发高兴,遂画右壁天王以对之。二艺争锋,一时壮观。"② 前引张旭见担夫与公主争道而悟草书法则,吴道子观将军裴旻舞剑而画兴大发等,皆为触兴的表现。触兴与养兴亦难以截然分割,睹云泉、观花鸟、散步清吟、焚香啜茗之时都有可能触兴。不过触兴似更偏重于动态的感触,与养兴的注重静养稍有不同,所以清人归庄要强调指出:"夫兴会,则深室不如登山临水,静夜不如良辰吉日,独坐焚香啜茗不如高朋胜友飞觥痛饮之为欢畅也。于是分韵刻烛,争奇斗捷,豪气狂才,高怀深致,错出并见,其诗必有可观。"③

综观上述伫兴、养兴、触兴几种招致兴会的方法,可以认识到,兴会的酝酿首先需要有安定的心神,也就是前面所说的虚静心境,而焚香啜茗、散步清吟等正是为了培养虚静心境。其次,兴会的产生有赖于外界物象的感发,所以观赏自然景物、艺术作品、社会事象乃至参与友朋交往、诗艺斗胜等均足以激发灵性。虚静的心境和在此基础上出现的心物交感,是生成兴会的基本条件,其原理与审

---

① 引自《画论丛刊》,人民美术出版社,1962年,第260页。
② 《图画见闻志》卷六,《四库全书》本。
③ 《吴门唱和诗序》,《归庄集》卷三,中华书局,1962年。

美感兴并无二致,可见兴会即属于审美感兴,它是审美感兴上升到白热化的那个极点。正因为是极点,它与神思也就有了区分:神思的"神与物游"往往呈现为盘旋上升的持续运动,而兴会则只是刹那间一纵而逝的事,故亦可将兴会视以为神思的高潮阶段,就心理状况而言,大致相当于近人所讲的"高峰体验"。

  作为整个审美生命活动的高峰,兴会不同于神思那样多停留于与物象的盘游周旋,它是"神"的境界,通常讲"兴会神到"正表明了这一点。大诗人杜甫对此深有体会,经常用"神"来形容诗兴高扬的状态,如"读书破万卷,下笔如有神"①"感激时将晚,苍茫兴有神"②"醉里从为客,诗成觉有神"③"挥翰绮绣场,篇什若有神"④"挥洒动八垠……才力老益神"⑤"草书何太苦,诗兴不无神"⑥ 等等,也便是皎然所云"意静神王,佳句纵横,若不可遏,宛如神助"的意思⑦。"神"在这里并非真指神灵,而是表示诗兴发动的神妙莫测。"神"的另一层含义乃物象内在的神理和主体内在的精神。从这个意义上讲"神到",意谓主体之"神"与物象之"神"的交会,故亦称"神会"或"神遇"。考"神遇"一词早见于《庄子·大宗师》,"神会"则由宗炳《画山水叙》中"应会感神,神超理得"二句概括而来。王昌龄《诗格》始有"神会于物,因心而

---

 ① 《奉赠韦左丞丈二十二韵》,《杜诗详注》卷一,中华书局,1979 年。
 ② 《上韦左相二十韵》,同上书卷三。
 ③ 《独酌成诗》,同上书卷五。
 ④ 《八哀诗·赠太子太师汝阳郡王琎》,同上书卷一六。
 ⑤ 《寄薛三郎中璩》,同上书卷一八。
 ⑥ 《寄张十二山人彪三十韵》,同上书卷八。
 ⑦ 见《诗式》卷一"取境"条,《全唐五代诗格校考》,陕西人民教育出版社,1996 年,第 210 页。

得"的说法①,皎然《诗式》亦谈到"于其间或偶然中者,岂非神会而得也"②,都是讲的主体精神超越物象而把握其内在神理,是一种"象忘神遇"的境界③。到达这个境界,则己之"神"与物之"神"合为一体,状物即所以写心,于是提笔操觚,七纵八横,无不如意了。苏轼《书晁补之所藏与可画竹三首》其一云:"与可画竹时,见竹不见人。岂独不见人,嗒然遗其身。其身与竹化,无穷出清新。庄周世无有,谁知此凝神。"④ 说的就是这个境界。他自述创作经验,有所谓"随物赋形"之说,实质上也是指掌握了物象的内在神理,故可"常行于所当行,常止于不可不止"⑤。于此看来,兴会的神妙莫测亦并非全然无可测度,"神妙"正是建立在"神会"的基点上的,而如何从神思阶段的"神与物游"进升到"象忘神遇",这才是审美感兴的终极目标,也便是诗歌审美生命发动的圆成。

  总起来说,审美感兴由确立超越性的审美态度为肇端,经心物交感、"神与物游"而不断深化,最后实现"神会于物"而进入兴会淋漓的状态,这就是它的全过程。虚静、神思、兴会在这一生命发动进程中各自占据不同的位置,因而构成审美感兴活动的几个基本的环节,必须合而观之,才能对"感兴"说有一全面的理解。

---

  ① 《诗格》卷中"诗有三思"条,《全唐五代诗格校考》,陕西人民教育出版社,1996年,第150页。
  ② 《诗式》卷五"立意总评"条,同上书第321页。
  ③ 见皎然《奉应颜尚书真卿观玄真子置酒张乐舞破阵画洞庭三山歌》:"盼睐方知造境难,象忘神遇非笔端",引自《皎然集》卷七,《四部丛刊》本。
  ④ 见《苏轼诗集》卷二九,中华书局,1982年。
  ⑤ 见《自评文》,《苏轼文集》卷六六,中华书局,1986年。

四、走向感兴论诗学与美学

依照上面的论述,中国诗学传统对于诗歌生命发动的认识,有一个逐步演化的过程,即由最初混沌地讲心物交感,演变为注意到双向交流中的再度感发,更进而对审美感兴的过程、特点、主客体关系及组成环节予以深入地考察,其内涵渐趋丰富,形态也愈益完整,终于形成别具一格的感兴论诗学和美学。研究这一感兴论的传统,对于我们今天的理论思维建设有什么意义呢?

应该看到,这种别具一格的感兴论诗学观与审美观,是与我们民族特有的"天人合一"的思想理念和思维方式紧相关联的。"感兴"说将诗歌生命的发动归因于"心物交感","心物交感"的依据便在于天人同源,即认为天地万物包括人的心灵皆由"一气化生",而"气"的分化与交会则造成天人、物物以及心物之间的种种感应,审美感兴亦属于这类感应。心物交感有不同类型,实用世界里带功利性质的冲突与调协的心理感受属一类,审美乃至"体道"时的超越性精神活动属另一类。人生在世,其实际生活感受的积累是无可避免的,而若想越出自己狭小的利益圈子,对生命的本真意义重加审视,那就必然要将心头的郁结以审美的方式予以释放,也就是进入审美感兴。审美感兴所要发动的诗歌生命,是解除了一己当下利害关系的本然的生命,它渴求回归生命的本源,即作为生生不已的大化流行的宇宙生命。通过虚静、神思、兴会诸环节,审美感兴活动的功能也正是要将审美主体的心灵逐步提升到与周遭物象的内在神理相贯通的境界,这样的物我同一实即"天人合一",因为其间贯串着个体小生命与宇宙大生命的交感共振,而个体生命便也在这向着"天人合一"境界的复归里找到了自己的精神家园。由此看来,审美是一种超越，同时也是还原：超越功利的自我，还原于本真的自我；超越主客二分，还原于天人合一。这并不意味着我们要否定和取消功利性活动和在功利活动中采取主客二分态势的必要性，只是说，感兴论诗学为我们所开拓的经由审美以超越自我并复归于"天人合一"的道路值得重视，它集中体现了东方民族的生命意识和诗性智慧。

与"感兴"说相比照，西方自古以来的文艺学传统是模仿说，相沿而为再现说和反映论。但不管叫模仿自然也好，再现生活也好，反映现实也好，其实都是将文艺当作认知世界的手段，而作家的职责便是给面对的各种事象写真。这可以称之为以知识论为取向的文艺理论，有别于我们传统中以生命发动为宗旨的诗歌美学。知识论和生命论哪一个更合理呢？应该承认，知识论亦自有其价值，因为人的生命体验中本来就含有认知的成分，文艺作品（尤其是写实的戏剧、小说）确也能帮助人们认识世界，不能一概抹杀。但就总体而言，用生命体验来概括文艺的本性似更全面。我们常说：文学是人学。这是什么意思呢？这不仅意味着文学作品是写人的，更其重要的是，文学是人写的，是人写给人看的。人凭什么来写文学？凭靠的就是他的生命体验，就是要通过文学创作来传达自己的生命体验并借以感发他人的生命体验。当然，光有生命体验，未必能成为好文学，还要讲求传达的技巧；而若没有或缺少生命体验，那一定不能成为好文学，甚至不成其为文学，至多也只是以假乱真的艺术赝品。所以从生命体验生成与发动的角度来把握诗歌艺术自身的生命力，当不失为比较合理的尝试，这也正是"感兴"说理论价值之所在。

然则，西方学界还有没有类似我们这样的生命论取向的诗学主张呢？有的。至少从十八至十九世纪之交的浪漫主义文艺思潮开始，经尼采、柏格森、狄尔泰诸人的生命哲学和意志哲学,以至当代海德格尔等为代表的存在主义哲学与美学,都具有高扬生命体验和审美体验的倾向,某种意义上和我们的传统诗学同趋,但两者之间亦有重大的歧异。我们民族的传统立足于"天人合一",故从心物交感谈诗歌生命的生成与发动,并将审美的超越归结为向宇宙生命的复归。西方理念的出发点则是个体本位、主客二分,于是诗人的体验多来自天才、灵感的激发或生命意志的扩张,而文艺创作也就成了纯粹的自我表现。两相比照,西方生命论诗学在发扬个体生命的主观能动性(如天才、激情、意志、想象等)方面,似较为胜长,但因缺少"天人合一"理念的支撑,则不仅生命体验的发动有类于无源之水,其归趋更难以落实。如果说,浪漫主义时期的诗人还常将超越的自我投向上帝的怀抱,以构建其诗学及诗歌创作中的"形而上"层面的话,那么,当尼采宣布"上帝死了"之后,审美生命活动的归趋便只能是自我意志、生命原欲、生存选择之类非理性意识的膨胀,往往貌似强悍,实则漂浮无根,终难找到切实可靠的家园。这一点上我们的传统或可资以借鉴。

这当然不是说我们的感兴论没有自身的缺陷。且莫说古典诗学因其逻辑形态的疏散而不易探索它的理路,即以基本观念而言,古代"感兴"说亦有明显的不足,主要表现为以下几个方面:

首先,感兴论诗学整个地建立在心物交感的基础之上,而心物交感是以天人、物我同源为依据的,作为宇宙生命原质的"气"沟通了天地万物,气化运行便是心物交感的来由。用这个道理来说明感兴的生成,自有其理论思辨力,但这只是"形而上"的哲思,而非对心物交感作用方式的科学论证。由此我们想到西方现代审美心理学用移情、内模仿、格式塔诸说来解释审美过程中的心物同构现象,有比较切实的考察与分析,但西方人的基本理念是主客二分,故执着于主客异体、心物异质,同构只能在形式层面上进行,这就不如我们用生气、生意、生理作通贯来得圆融。能否以我们的生命论为底子,从内在生命感通的需求出发,来吸取、运用现代心理学的成果,将心物交感的原理推进一步呢?

其次一点,即前面曾经谈到的,尽管我们的先辈在审美经验上有丰富的积累,而对于诗歌生命发动中"二度感兴"(审美感兴)与"一度感兴"(实生活感触)的界分,始终不够明晰。"知人论世"常被用为从作者经历的实事中去直接推考其作意,于是审美的超越性多被忽略了,诗歌审美与政教功能的分化亦难以实现。这自然跟我们民族的生存方式有关。作为宗法式农业社会里的中国人,小农经济、家族关系和大一统的集权政治是牢牢包裹着人们生活的三重网络,它迫使人们究心实在,而无暇去作过于超远的玄思。中国人在人生态度上有入世(淑世)与出世(避世)之分,但生存方式上却大多将实用世界与灵性世界搅和一起。儒家重视道德实践,讲求纲常伦理,这本来属于实用世界之事,而儒者却将其上升为"天理",以为安身立命之道。佛门弟子皈依空门,念佛修行,这原是内心的信仰、超世的追求,却又往往同降福消灾、果报来生的现实祈愿相结合。"道不离器""体用一源"解除了西方人固有的"此岸世界"与"彼岸世界"的悬隔,但"形上"与"形下"的混杂则使得哲思、审美之类超越性的精神追求未能得到独立而充分的展示,这也是造成传统感兴论诗学与美学在理论思维上见得薄弱的重要原因。

末了要看到,审美感兴活动的最终目的是要将审美者引入"天人合一"的境界,而依据传统的理念,其实质是"以人合天",让"天"吞并了"人"。儒家虽肯定人为万物之灵,有参赞天地、辅育万物的职能,却又将人的活动限定为奉行和实现那亘古不变的"天道"（即纲常伦理）；道家更是采取天道自然无为之说，"以人合天"便完全消解了人的能动性。感兴论美学观受老庄哲学影响很深（如虚静、神遇诸说皆来自老庄），不免处处带上这种静观无为的色彩，大大降低了生命感发的原创精神与力度。其实，"天道"是"有为"与"无为"的统一。就其创化万物、生生不已的功能而言，属"有为"（故《易》云"天行健"）；而就其遵循自然、依自不依他的活动方式而言，则又可称"无为"。人与天的关系也是这样：个体小生命需要融入人类群体生命以及宇宙大生命活动中以求得交感共振，而个人的主动性亦不容抹杀。我以为，我们不妨吸取西方生命论美学中张扬个体生命创造力的合理因素，以之与"天人合一"的理念相融合，从而在天人、群己乃至"有为"与"无为"之间构筑起一种张力，使之互涵互动，或许更能体现人对宇宙万物参赞辅育的职能。

感兴论诗学和美学出自我们民族的古老传统，但它的意义没有成为过去，也未必仅限于我们这个民族。从人的本真的存在方式，即"天人合一"状态下的生命发动来把握诗性思维的建构原则，看来是一条打开艺术创造活动的奥秘之门的通道。但传统观念里的杂质须加剥离，传统的思维形态须作提炼，而中西诗学观、美学观以至哲学观的相互撞击与交会，可能是改造与出新传统的有效途径。所以我们不能停留于清理、总结既有的成说，还需要努力走向感兴论的新阶段，也就是建设具有当今时代精神及未来发展远景的感兴论诗学和美学。希望这能成为理论学术界的一个诱人的前景！

（原刊《文艺理论研究》2005年第5期，《人大复印资料·古近代文学研究》2006年第4期全文转载）

唐人"诗境"说考释

历来治文学批评史者每致慨于唐代诗歌艺术发达而诗学理论不竞的局面,以为部分文人学士的诗评中虽偶有精义,多属片言只语,且常针对具体事象而发,罕能上升到理论概括的层面,至于流传于社会的诗格、诗式类著作,又拘限于声律、对仗、修辞、句法之类"形而下"的操作技巧,亦不具备真正的美学意义。这个说法有一定的事实依据,却并不全面。应该看到,唐人不光诗歌创作繁荣,在理论思想上也自有其重要的创获,它们及时地反映出当时时代诗歌艺术实践中的新的审美经验,从而对后世诗歌美学传统的建设起了深远的影响,"诗境"说便是其中突出的一例。"诗境"说正式发端于王昌龄的《诗格》,在皎然《诗式》中有进一步的变化与拓展,并为中晚唐众多诗家所继承和发挥,它可以说是纵贯唐代诗歌美学的一大观念,但长时间来未得到理论批评界的应有重视。可喜的是,近年来对它的关注与探讨稍稍多了起来,惜仍散见于就某一角度(如与佛学的关系)或某一论者(如王昌龄、皎然)的评议之中,比较缺少通贯性的把握。本文试图对唐人诗境说作一综合性考察,借以揭示其丰富的理论内涵并界定其深刻的美学意义。

一、"景"与"境"

唐人论"诗境"的第一个创获,乃是在诗学史上初次确立了"景"和"境"的概念,为诗境说的成立打下了基础。

这两个概念都是在盛唐诗人王昌龄的《诗格》中开始作为专门性术语而加以应用的①。先说"景"。"景"指的是物象(不限于自然景物,亦包括一部分能构成实际景观的人生事象在内),可以是外在世界客观存在的景物,也可以指经由诗人心灵加工并体现于诗歌作品中的艺术图景(《诗格》常用"景语""景句"来标示这类图像)。这两类物象,尤其用作艺术图景之"象",在唐以前的六朝诗学中径称之为"物""物色"或"象""物象",罕有以"景"命名者②。王氏《诗格》里虽仍保留原有这些称呼,却更通常地名之曰"景"。细细品味之下,较之于"物""象""物色"诸概念,"景"充当风景、景观、图像、画面的总称,似更能给人以整体性观照的感觉,它的出现意味着唐人诗歌创作中已特别关注到物象构成的整体美学效果,而这正是唐诗意象艺术发展、成熟到形成诗歌意境阶段的一个显要标记。

再来看"境","境"与"景"相通而实有区别。"景"多限于指称物象(不管是外界物象还是诗中图像),"境"的包容量似更为

---

① 关于《诗格》的作者,历来有不同说法。当前学界多认为,王昌龄确曾讲授过诗学,现传《诗格》文本中虽或有笔录及传抄者添加的成分,其主要思想仍出自王昌龄本人,今从。

② 按:刘勰《文心雕龙·物色》篇有"窥情风景之上,钻貌草木之中"之句,其中"景"仍属外在自然景物。倒是东晋顾恺之《画云台山记》中讲到"下为涧,物景皆倒",又南齐谢赫《古画品录》评张则画云"动笔新奇""景多触目",这两个"景"皆指画中物象,看来"景"用作艺术词语,画论当在诗论之先。

广泛。《诗格》里有"诗有三境"之说,以"物境""情境""意境"分别代表诗歌所要表现的三种不同的对象范围,"景"只能相当于其中的"物境"。至于"情境",以"娱乐愁怨"诸种情感活动现象为表现对象者,一般不称之为"景",却仍得以构成"境"①。而"意境"作为与"物境""情境"对举的一类诗歌境界(不同于后世惯用的广义的"意境"),当指着重展示诗人内在的意向、意趣或意理的作品,尽管可能夹带若干情韵及物象,主旨在表达某种人生体悟,故亦不能归诸写"景"。据此,则"境"的容涵较"景"为宽,"物""情""意"诸种材料均可纳入"境"的范围,"境"的营构要比单纯写景复杂得多,这也便是《诗格》论诗不停留于"景",却要上升到"诗境"的缘由。

正因为"景"的概念通常限于物象,而诗中除物象外,还必须有诗人的情意体验在,故情景关系遂成为后世诗学的一大论题,这一探讨亦由王昌龄《诗格》发其端绪(按:《诗格》一书尚无情景对举之说,多用"意"甚至"理"来指称诗人的主体情意,其论"景"与"意"或"景语"与"理语"的配合,实即后世所谓情景关系)。我们知道,六朝诗论中也常触及诗人主体与客体间的关系,但主要从创作活动的角度着眼,谈的是心物交感以引发诗思的问题。唐人看情景,则不限于诗思的引发,还要立足于诗歌意象结构和意象语言的经营,关系到作品艺术本体的构成,这一问题域的转换变化值得注意。唐人诗论中涉及情景关系者,实以初唐诗人元兢的《古今诗人秀句序》最早,其所提出的"以情绪为先,直置为本,以物色留后,绮错为末"的批评标准,以及特别致赏于谢朓诗"落日

---

① 参王国维《人间词话》所云:"境非独谓景物也。喜怒哀乐,亦人心中之一境界。"(《蕙风词话·人间词话》,人民文学出版社,1962 年,第 193 页)

飞鸟还,忧来不可极"一联为"结意惟人,而缘情寄鸟",以为高过其他单纯写景的名句①,从中不难看出其以"情"统帅"景"的用意所在。不过元氏之论情景仅点到为止,真正展开这个话题的,还当数王昌龄《诗格》。

《诗格》的基本观点是要求情景紧密结合。其云:"凡诗,物色兼意下为好。若有物色,无意兴,虽巧亦无处用之。"② 又云:"诗贵销题目中意尽。然看所见景物与意惬者当相兼道。若一向言意,诗中不妙及无味。景语若多,与意相兼不紧,虽理通亦无味。"③ 他曾举"明月下山头"一诗为例,谓其八句"并是物色,无安身处",还说"空言物色,则虽好而无味,必须安立其身"④。这里所谓的"安身",便是指要有诗人的切身体验进入诗歌,不当一味摹写景物;而所谓景物与意"相兼"且"相惬",亦便是诗中情景两相结合了。《诗格》更就这一结合的具体形态作了详细论述,在专题讨论篇章句法的"十七势"一节里,有所谓"直树一句,第二句入作势"(按指第一句写景,第二句始入题意)、"直树两句,第三句入作势""直树三句,第四句入作势""比兴入作势""含思落句势""心期落句势""理入景势""景入理势"等,实际上都关联到诗中情景安排,涉及诗歌开篇、结尾以及篇中"景语"与"理语""景句"与"意句"的配置方式,为后来宋元人大谈"四实""四虚""前虚后

---

① 见《文镜秘府论》南卷《集论》所录,卢盛江《文镜秘府论汇校汇考》第三册,中华书局,2006 年,第 1555 页。
② 见《诗格·论文意》,引自张伯伟《全唐五代诗格汇考》,江苏古籍出版社,2002 年,第 165 页。按:以下引此书者,简称《汇考》。
③ 同上《前格·论文意》,《汇考》第 169 页。按:此段引文中"然看所见景物与意惬者当相兼道"句,原本"当"在"看"字下,系据兴膳宏说改动,似宜改作"然当看所见景物与意惬者相兼道"为好。
④ 均见《诗格·论文意》,分别引自《汇考》第 168、163 页。

实""前实后虚"乃至"一景一情""化景为情"诸般构句法则开了风气。尤其是"含思落句势"一题,强调"每至落句,常须含思,不得令语尽思穷"①,不光总结了唐人诗作结尾处多融情入景的艺术经验,且突出好的诗篇当"语尽意不尽",令人回味无穷的审美性能,体现了诗歌意境化的取向。如果说,以上讨论还属于情景关系中比较浅表的层次,那么,下面两段言论牵涉到的问题当更为深切。其云:"昏旦景色,四时气象,皆以意排之,令有次序,令兼意说之为妙。"又云:"取用之意,用之时,必须安神净虑。目睹其物,即入于心。心通其物,物通即言。言其状,须似其景。语须天海之内,皆纳于方寸。"② 从这两处表白看来,诗中情景尚不限于两相搭配的关系,根本而言,当是诗人以其心意来含纳并统摄万景,按表达情意体验的需求来排列、组合物象,使之成为渗透着诗性生命体验的整体性景观画面。这不单已进入后人津津乐道的"情景交融"的领域,且清楚地表明了"景"作为整体性观照对象的形成,关键正在于诗人情意的统摄作用,从而为唐诗艺术意境的普遍生成提供了明晰的解答。

由此当可就"诗境"问题作出更深一步的体认。按"境"之一词,在古义中本是疆界的意思,显示一定的空间范围,属实体的性能,后亦引申来表记某种较为抽象的境界,但仍属外在事象的界定。佛教兴起,始以"境"来指称"心之所游履攀缘者"③,于是"境"成了"心识"之所变造,具有了主观性。这一"凭心造境"之说,某种程度上符合诗人由自己的情意体验出发来构造诗歌艺术境界的

---

① 见《诗格·十七势》,《汇考》第 156 页。
② 见《诗格·论文意》,《汇考》第 169、170 页。
③ 见丁福保《佛教大辞典》释"境",文物出版社,1984 年,第 1247 页。

活动规律,故被引入诗论,成为唐以后诗歌美学的重要范畴,王昌龄《诗格》中的诗境说便是这样构建起来的。《诗格》对"境"的含义并无明确界说(有时甚且将古义的"境"与诗学范畴的"境"夹杂并用,这在后世诗论中亦常有此例,须精心分辨),但其"诗有三境"条对"物境""情境""意境"则分别作了说明,全文迻录于下:

诗有三境:一曰物境,二曰情境,三曰意境。

物境一。欲为山水诗,则张泉石云峰之境,极丽绝秀者,神之于心。处身于境,视境于心,莹然掌中,然后用思,了然境象,故得形似。

情境二。娱乐愁怨,皆张于意而处于身,然后驰思,深得其情。

意境三。亦张之于意,而思之于心,则得其真矣。①

三者相参校,可以看出,尽管它们所要把握的对象各各不同,或为"泉石云峰",或为"娱乐愁怨",或为"意"("意理""意趣""意向"之类),把握的结果亦甚有差别,或"得形似",或"深得其情",或"得其真"(当指"意"之本真),而把握的方式并无二致,都离不开"处于身""张于意""思于心",也就是要求诗人全身心地投入其所要表现的对象之中,让对象进入自己的内心世界,融入自己的情意体验。循此而打造出来的"诗境",必然渗透着诗人的内在情思,实可看成其心灵的结晶。换言之,"境"作为专门性的诗歌美学范畴,天然地即含带诗人自身的情意体验在,它和

---

① 引自《汇考》第 172—173 页。

"景"的区别,不光在于表现范围较宽,能包摄物象以外的情感现象及意念材料,更在于这些事象材料均已经过诗人诗思的加工提炼,饱含并浸润着诗人主体的情意体验(这也正是论者标榜"情景相生"或"情景交融"所要追求实现的目标),据此,或可将"境"定名为由诗人情意体验所生发并照亮的整个艺术世界。从这个意义上讲,诗学之"境"本属诗人"意中之境"(当亦可通过文本传递而转化为读者"意中之境"),而不管"物境""情境"或"意境"(按指王氏《诗格》中自成一类的狭义的"意境"),其实质皆为后世认可的"意境"(广义的),故唐人诗境说即可视以为古典诗学意境说的发端,尽管"意境"这一名词的合成要迟晚得多。

"景"与"境"的概念辨析已如上述,但要看到,古人在名词术语的使用上并非十分严格,常有混用的现象出现。如晚唐司空图引戴叔伦语,谓"诗家之景,如蓝田日暖,良玉生烟,可望而不可置于眉睫之前也",这里的"景"实应作"境",而司空图自己接下去所说的"象外之象""景外之景",其实也都是谈的诗境①。又晚唐五代人所著《文苑诗格》书中有"杼柝入境意"条,言及"或先境而入意,或入意而后境"②,讲的其实是情语与景语的先后配置问题,"境"当作"景"。这类混用情形后世多有,不一一辨明。

二、"取境"和"造境"

诗境说不仅创立了"境"之一词,其关键更在于解释"境"的

---

① 见司空图《与极浦书》,《司空表圣文集》卷三,《四部丛刊》本。
② 引自《汇考》第365页。按:此书旧题白居易撰,实出晚唐以后人手假托,《汇考》中有所辨正,可参。

成因，于是有"取境"与"造境"之说兴起，亦皆出自唐人。

按"取境"的说法未见于王昌龄《诗格》，乃皎然首倡，但王氏《诗格》中实含有取境的思想，且相当完整，自不应略过。《诗格》在"诗有三境"条下更立"诗有三思"之条，以"生思""感思""取思"为诗思发动的三种方式。"生思"指"心偶照境，率然而生"，属自然兴发的路子；"感思"谓"吟讽古制，感而生思"，是借取前人作品引发自身的联想；"取思"要求"搜求于象，心入于境，神会于物，因心而得"，显然属于比较自觉的取境活动（故题曰"取思"）①，在《诗格》全书中也是论述之重点。然则，这一"取境"的活动该当如何进行呢？"论文意"条是这样讲的："夫置意作诗，即须凝心，目击其物，便以心击之，深穿其境。如登高山绝顶，下临万象，如在掌中。以此见象，心中了见。当此即用。"②这段话对于解说诗境的生成，实具有纲领性的意义。按其所言，"置意作诗"的第一步在于"凝心"，这"凝心"不光指专心致志，还应包含虚静其心的意思在内（后来的诗家如权德舆、刘禹锡诸人便常用"静""定""虚"来表述取境时的心理状态），即要求排除各种欲念的干扰，专一以审美的态度来观照对象（所谓"因定而得境"以及"能离欲则方寸地虚，虚则万景入"③，说的就是这个意思），这是进入艺术思维活动的前提。《诗格》中一再劝人要"放安神思""安神静虑"，要"放情却宽之"，甚至"须忘身"，因为只有摆脱种种实际利害得失的考虑和羁绊，始有可能"凝心天海之外"而"令境

---

① 引文均见《诗格·诗有三思》条，《汇考》第 173 页。
② 见《汇考》第 162 页。
③ 见刘禹锡《秋日过鸿举法师寺院，便送归江陵并引》，《刘禹锡集》卷二九，上海人民出版社，1975 年。

生"①。"凝心"让我们树立起审美的态度,为取境提供了必要条件,下一步须倚重的便当是"用思"(艺术思维的运作)。"用思"亦称"用意",它是诗境生成的根本途径,所谓"用意于古人之上,则天地之境,洞焉可观"②,充分肯定了它的巨大功能。"用思"的主体在于一心。佛教教义特别看重"心"的作用,在佛家思想观念影响下形成的诗境说也具有这个特点,所以上引有关"置意作诗"的那段言论中,在讲到"目击其物"后,紧接着便强调要"以心击之",且要"深穿其境",以便最终达到"心中了见""如在掌中"。而"诗有三思"条的"取思"一则,也是把"搜求于象"同"心入于境"紧密相连,并归结为"因心而得",看来"凭心造境"确是诗境说从佛家思想承传下来的理念。

不过我们也不要将问题简单化了,"诗境"毕竟不同于"禅境"。禅家从根底上不承认"境"的客观实在性,仅视之为"心"之所变造,而诗人对"诗境"的创造,则不仅须凭借外在物象,还需要有一个惨淡经营的过程。为此,我们不妨就《诗格》所提供的材料,对取境活动的具体进程再来作一番细密的检视。上一节里曾引述到"诗有三境"条的文字,其中"物境"一则叙述尤为详细(余二境在叙述中略有简省,大体相应)。它开宗明义指出,欲为山水诗者,须"张泉石云峰之境""神之于心"("情境"与"意境"表现对象各别,须"张之于意"则相同),乃是要求诗人将外在物象含摄并呈现于自己内心以构成"诗境",体现了运思的基本取向。接下来更就运思的具体方式作出解说,用"处身于境""视境于心""然后用思"这样三个环节加以概括。第一步,"处身于境"(或作

---

① 均见《诗格·论文意》,引自《汇考》第173、170、162、163诸页。
② 同上《论文意》,《汇考》第160—161页。

"处于身"），指诗人将自己的整个身心投入所要表现的对象之中，以感受其生命的气息并领略其内在的神理。这既是对"感同身受"的审美觉知心理的发扬，也是诗人形成其诗性生命体验的重要凭借，故当构成整个取境活动的先在步骤。如果说，"处身于境"侧重在感受，则紧接下来的"视境于心"（或曰"思于心"）便转向了观照，不单纯用感官观照，更强调要用心灵观照。这是一种审美的观照，通过这一审美心灵的注视与整合作用，原先感受中纷然杂陈的事象材料连同那流动不居的感受心理本身，始有可能转化为具有完整形态、足以让人"莹然掌中""心中了见"的"境象"，实即诗人情意体验中粗具规模的"诗境"了。至于这"意中之境"初步生成后的继续"用思"（或称之为"驰思"），当指的是诗歌作品的构思结撰工作，所谓"巧运言词，精炼意魄"乃至"意紧""肚宽""纵横变转""底盖相承"之类①，多属文字技巧的功夫。当然，字句的提炼同时也便是诗境的提炼，是诗境最终实现的保证，故当归属于"取境"的大范围之内。于此看来，诗学上的"取境"确是一个相当复杂的过程，它发端于感兴，提升于观照，并最终落实于文本的构建。主体的心灵在取境活动的整个过程中都发挥着巨大的能动作用，但心灵不能凭空造境，不单情意的引发要凭借外物，诗境的落实要依仗文字，就是审美观照的成功与否，很大程度上也要取决于诗人自身的生活阅历、学识素养和艺术思维的精心锤炼。"取境"说所包含的丰富内涵，是需要我们细心发掘并深加品味的。

　　上文介绍的是王昌龄《诗格》中的取境思想，接下来再看一看皎然的相关论述。皎然明确提出了"取境"说，而其《诗式》中直接谈"境"的文字并不多，述及"取境"的亦仅二处。一是在"辩

---

① 均见《诗格·论文意》，引自《汇考》第 162、163、165 页。

体有一十九字"节里说道:"夫诗人之思初发,取境偏高,则一首举体便高;取境偏逸,则一首举体便逸。"① 这是讲"取境"的重要性,强调"境"的性能决定着诗歌的体格风貌,并未涉及取境活动本身的界定。另一处表述则更具有实质性,其云:"夫不入虎穴,焉得虎子。取境之时,须至难至险,始见奇句。成篇之后,观其气貌,有似等闲不思而得,此高手也。有时意静神王,佳句纵横,若不可遏,宛如神助。不然,盖由先积精思,因神王而得乎?"② 这段表白针对作诗是否需要"苦思"的讨论而发,皎然不赞成诗作纯任自然的意见,主张用"苦思",但认为成篇之后当泯灭用思的痕迹,显露出自然而成的风貌,才算高手。这一重精思、尚奇险的见解,他曾反复谈到。《诗式》开宗明义即宣告:"夫诗者,众妙之华实……彼天地日月,元化之渊奥,鬼神之微冥,精思一搜,万象不能藏其巧。其作用也,放意须险,定句须难,虽取由我衷,而得若神表。至如天真挺拔之句,与造化争衡,可以意冥,难以言状,非作者不能知也。"③ 其所撰《诗议》中也曾述及:"或曰:诗不要苦思,苦思则丧于天真。此甚不然。固须绎虑于险中,采奇于象外,状飞动之句,写冥奥之思……但贵成章以后,有易其貌,若不思而得也。"④ 可见精思而复归自然,是他一贯的主张,也是他对诗歌艺术"取境"的基本规定。拿这一点来同王昌龄《诗格》作比较的话,则王氏论诗虽亦有"令左穿右穴,苦心竭智"以及"不能专心苦思,致见不成"之类提法⑤,而总体说来似更注重自然发兴。其所云"自古文

---

① 引自《汇考》第241页。
② 见《诗式·取境》,《汇考》第232页。
③ 见《诗式序》,《汇考》第222页。
④ 见皎然《诗议》,引自《汇考》第208页。
⑤ 见《诗格·论文意》,《汇考》第162、163—164页。

章,起于无作,兴于自然,感激而成,都无饰练,发言以当,应物便是"①,正体现了诗思出于自然的见解。他还一再申说思若不来时不要勉强,要放宽情怀,甚至睡觉养神,待兴发意生时再来从事。前引"诗有三思"条中,"生思"与"感思"均立足于自然发兴,唯"取思"较偏向刻意搜求。总括起来看,可以认为王氏的"取境"观念建立在自然发兴的基础之上,由感兴引发诗思,再通过观照取境来完成诗思,这跟皎然鼓吹的精思而返归自然,在侧重点上显有差异。

皎然"取境"说的又一个特点,是他主张诗歌造象要"奇险",甚至由"奇险"走向"变怪",这与他重"苦思""精思"的见解自相一致,且由此可联系到他有关"取境"的另一种提法,曰"造境"。"造境"说的提出见于皎然《奉应颜尚书真卿观玄真子置酒张乐舞破阵画洞庭三山歌》,为把握其精神,全录于下:

> 道流迹异人共惊,寄向画中观道情。如何万象自心出,而心澹然无所营?手援毫,足蹈节,披缣洒墨称丽绝。石文乱点急管催,云态徐挥慢歌发。乐纵酒酣狂更好,攒峰若雨纵横扫。尺波澶漫意无涯,片岭崚嶒势将倒。盼徕方知造境难,象忘神遇非笔端。昨日幽奇湖上见,今朝舒卷手中看。兴余轻拂远天色,曾向峰东海边识。秋空暮景飒飒容,翻疑是真画不得。颜公素高山水意,常恨三山不可至。赏君狂画忘远游,不出轩墀坐苍翠。②

---

① 同上《诗格·论文意》,《汇考》第160页。
② 《皎然集》卷七,《四部丛刊》本。

这是一首题咏张志和（别号玄真子）画艺的七言长歌，开篇交代事由，结末赞扬画家的高艺与主人的雅怀，当中大段则对绘事作铺陈描写，着力突出画家作画时手挥足蹈、乐纵酒酣的狂态和笔意纵横、墨点乱洒的艺能，其间插入诗人自己的两句感受："盼睐方知造境难，象忘神遇非笔端"，这就是"造境"一词在诗学上的源起了。"造境"与"取境"究竟有什么区别呢？应该说，作为构造诗歌形象的艺术思维活动，它们在原理上自应相通，都是指的诗人凭主体心意来感受和摄取外在事象以生成"诗境"的活动，实质并无二致。但细细考校下来，皎然的"造境"与王氏《诗格》里的"取境"观念确有歧异。王氏的"取"是名副其实的"取"，虽也要"搜求于象""深穿其境"，而"搜求"的结果仅限于"下临万象，如在掌中"或"了然境象，故得形似"，并无须改变事物的常态和实相，所谓"文章是景，物色是本，照之须了见其象"的说法①，显示了其尊重客观对象的用意。而皎然的"造境"恰恰以"狂"和"变"为其表征，上引长歌咏写绘事，突出的正是画家的狂态运作和由此造成作品风貌的逸出常规。他在《张伯高草书歌》中亦倡言："须臾变态皆自我，象形类物无不可"②，意指借助"象形类物"的手法，任凭己意来变造书体文字，可见"奇变"确是他从事"造境"的一大追求。掌握了这个要领，回过头再来看他的"取境"说，所谓"取境之时，须至难至险，始成奇句"，以及"放意须险，定句须难""绎虑于险中，采奇于象外"之类提法，其实皆偏向于"造境"。"造"（变造）还是"取"（摄取），实是他们两人在诗歌构境

---

① 《诗格·论文意》，《汇考》第 162 页。
② 见《皎然集》卷七。按：《四部丛刊》本原题《张伯英草歌》，现据《全唐诗》所录及题注校改。

方法上的一大分野。

然则,"造境"说的依据究竟是什么?且这样做的目的意义又何在呢?按照佛家的观念,"境"由"心"造,只要开启了心源,就可以做到万象毕出。这个主张对唐代艺术界产生了重大影响。张璪论绘画,有"外师造化,中得心源"的八字纲要①。张怀瓘《六体书论》谈书法艺术,也有"独照灵襟,超然物表,学乎造化,创开规矩"之说②。他们虽仍重视"造化"的示范价值(不像佛教将世界看空),而突出"心源"(灵襟)的主导作用则相当一致。皎然在《观玄真子画洞庭三山歌》里讲到:"如何万象自心出,而心澹然无所营",亦是将"心"认作万象毕出的源头,可见开启心源实乃艺术造境的根本前提。不过切莫将开启心源简单地等同于开展艺术想象活动。按佛家的教义,心性本静、本空,且正由于其空、静的本性,始能生成并容纳万象③。而要保证心体的空且静,佛教修持中遂有"观心"之一说,且常须借助观照外物来反观心源,所谓"唯于万境观一心,万境虽殊,妙观理等"④,即是指通过体察万物的变幻无常,来体认本心的空寂妙用。这一由"观物"归返于"观心"的路向,恰足以昭示诗歌艺术关注"造境"的缘由。当然,诗家不同于禅家,他们未必都会将自己的本心归之于虚空,但那种由开启心源来变造物象,更由所变造的物象来展示并反观主体心性的思路,则可以有共通性。有如皎然所指出的,"造境"之难在于"象忘神遇",即摆

---

① 张彦远《历代名画记》卷一〇所引,《四库全书》本。
② 载见《全唐文》卷四三二,上海古籍出版社,1990年版。
③ 苏轼《送参寥师》诗:"欲令诗语妙,无厌空且静。静故了群动,空故纳万境"(《四部丛刊》本《集注分类东坡先生诗》卷二五),可参。皎然所谓"而心澹然无所营",当也是这个意思。
④ 见唐释湛然所撰《止观义例》卷下,引自石峻等编《中国佛教思想资料选编》第二卷第一册,中华书局,1983年,第255页。

脱事物外表粗露的形迹以求索其内在精微的神理。既然摆脱了外表形迹，"造境"便不能光凭笔墨技巧来实现（所以说"非笔端"），它的支撑点必须放置在"神遇"上，也就是要倚靠诗人和艺术家主体的"神"来会通天地万物之"神"。这一会通工作正是通过变造事物形相来进行的，在凭"心"裁制万象的"造境"过程中，充分显示了诗人和艺术家个体的心气、才性以至风神，故透过其所造之"境"，即足以反映其主体心性。"造境"说之所以在唐中期以后得到盛行，"造境"活动又经常与诗人、艺术家的狂态运作相联系，当与中唐文人注重主体心性的发扬分不开，而皎然便是一个开风气者。

整个地看，"取境"和"造境"作为唐人艺术思维活动中两种极有特色的运作方式，其精义皆在一个"观"字上，且皆以"观物"为其发端。只不过"取境"说始终坚持"观物"的路线，从"以心照物""深穿其境"演进为"了然境象""故得形似"（或"深得其情""得其真"），而"造境"说则更要求由"观物"反观"心源"，通过"开启心源""裁制"与"变造"万象，以进入"象忘神遇"的境界。"象忘神遇"实现了对物象自身形体的超越，更利于主体精神的发扬，于是"主情"的诗学便有可能向"主意"的诗学倾斜了，这是唐人诗歌意象艺术的一大转关，不可不加注意。

三、"意与境会"和"境生象外"

"取境"与"造境"解说了诗境生成的方式，而由这"取"与"造"所形成的诗境本身，又具有什么样的特点和性能呢？借用唐人自身的提法，或可将其归结为"意与境会"和"境生象外"这样两个方面，让我们分别来考察一下。

"意与境会"出自权德舆《右武卫胄曹许君集序》，其评许生诗云:"凡所赋诗,皆意与境会,疏导情性,含写飞动,得之于静,故所趣皆远。"① 又,唐末司空图亦尝以"五言所得,长于思与境偕,乃诗家之所尚者"来赞许王驾的诗②,这"思与境偕"跟"意与境会"当是一个意思。什么叫"意与境会"呢?"意"自是指诗人的情意体验,情意体验渗入其所构造的诗境之中,使整个诗境为情思所笼罩,所照亮,所灌注饱满,这就叫"意与境会"了。有如皎然所指出:"静,非如松风不动,林狖未鸣,乃谓意中之静。远,非如渺渺望水,杳杳看山,乃谓意中之远。"③ 这意中的静境和远境,并不同于现实世界里的静景或远景,关键在于"意"。能体现"意"之静的,便是静境;体现"意"之远的,便是远境。可见"意与境会"的主导方面实在于"意","境"乃是"意之境"。皎然还曾讲到:"境非心外,心非境中。两不相存,两不相废。"④ 虽属论禅,亦通于诗道。"境非心外",是说"境"并非心外之物,它作为心之所营造,本身即为心意自身的一种呈现。"心非境中",谓"心"亦非境中之一物,它笼罩全境,势力普及于境之整体。"两不相存",指"心"与"境"不是并列存在着的两个东西,它们实属一体。"两不相废",则又意味着"心"与"境"不当彼此排斥或相互取代,要从互有联系、各自转化的作用功能上来加体认。皎然对"心""境"关系的这一梳理,当有助于我们理解"意与境会"命题的确切含义,从而对诗境的性能与特点有更深入的领会。

由此或可进以探讨"意与境会"与通常所说的"情景交融"之间的界限。按习惯的说法,诗歌意境成立的表记即在于"情景交

---

① 引自《全唐文》卷四九〇,上海古籍出版社,1990年。
② 司空图《与王驾评诗书》,《司空表圣文集》卷一,《四部丛刊》本。
③ 《诗式·辩体有一十九字》,《汇考》第242页。
④ 见皎然所撰《唐苏州开元寺律和尚坟铭》,载《全唐文》卷九一八。

融"，能做到诗中情意与物象的紧密结合，就算是有意境，否则便是意境不足或不具备意境。这个说法对不对呢？应该承认，此说有一定的道理，因为就一般抒情写景的作品而言，诗中情景二要素若能密切关合甚至打成一片，情意体验得以渗透于诗作的全部景观画面，则意境自能得到彰显，这也便是"情景交融"通常被认同于诗歌意境的缘由。但根据我们上面所作的辨析，"景"与"境"实非一回事，"景"仅限于诗中物象，"境"则包括"物境""情境""意境"等不同类别，也就是说，诗里写到的各种物象景观、情事活动乃至情感、意念的多样化表现形态，都可成为构"境"的材料，"境"比"景"的容涵要大得多，此其一。另外，"意"与"境"的关系也并不全然相当于情景关系。情景关系主要是从诗歌意象构成的层面上提出来的（尤其明显地落在"情语"与"景语"的配置方式上），属诗歌艺术表现方法的范畴（虽亦可溯源于创作过程中的"心物交感"），而"意与境会"乃指诗人情意体验对整个诗境的把握，它首先关涉到的是诗人的艺术思维活动，即其对于所要表现对象的审美感受与审美观照方式，而后才落实到意象组合与诗境构成的层面上来。比较下来，"意与境会"的涵盖面大，它反映着诗歌创作在"取境""造境"上的某种规律性要求，就诗歌艺术而言具有更强的普适性；"情景交融"则似乎更多适用于单纯写景抒情（尤其是借景传情）的篇什，套用在诸如直接抒情（所谓"直抒胸臆"）或"感事写意""观物入理"的篇章之上，往往见得有点扞格不入。故若我们不打算将诗歌意境艺术的成就独许给唐人甚至局限于盛唐诗人，而希望适当推扩于一部分汉魏古诗乃至宋型诗作的话，则"意与境会"一说当比"情景交融"有更大的包容性和可行性。

"意与境会"之外，加之于诗境的另一个特定的要求，便是"境生象外"。这个命题出诸刘禹锡之口，他在《董氏武陵集纪》一文中说道："诗者，文章之蕴耶！义得而言丧，故微而难能；境生于象外，故精而寡和。"① 后来司空图《与极浦书》中引戴叔伦语云："诗家之景，如蓝田日暖，良玉生烟，可望而不可置于眉睫之前也"，并谓"象外之象，景外之景，岂容易可谭哉"，其实也都是讲的"境生象外"。

"境生象外"究竟包含哪些内容呢？在刘禹锡的文章里，它是同"义得而言丧"一并提出来的，实际上这两个命题之间确有着紧密的联系。"义得言丧"的提法当本之于《庄子》书里的"得意忘言"，而"得意忘言"又是从"言不尽意"之说派生出来的，既然言词不能充分表达其所要表达的意蕴，那就必须超越语言的层面去直接领会那深藏着的意蕴，这就叫作"得意忘言"了。对"言不尽意"说的另一种回应办法是"立象以尽意"，这是《易·系辞传》所主张的，但"立象"能否"尽意"，人们也有争议。后来王弼便尝试将两种解答的路子归并在一起，用"言者所以明象，得象而忘言；象者所以存意，得意而忘象"的思路作了系统整合，既不排除"言""象"在"达意"问题上的指示和引导的作用，更力求超越"言""象"的局限去面对"意"的真实内蕴②。不难看出，刘禹锡标榜的"义得言丧""境生象外"的命题，正是从王弼为代表的玄学思维中承传下来的，两个命题出自同一个机杼，乃是要超越有形迹的"言""象"，以进入诗歌内在极精极微的境界。

进一步考察，我们会发现，在中国诗学传统中，对"言""象"二者局限性的认知，并不是同步发展的。有关"言""意"之间的差距，诗学中谈论甚多。从早期"比兴"说的宣扬"言在此而意在

---

① 见《刘禹锡集》卷一九，上海人民出版社，1975 年。
② 王弼的阐说参看其所撰《周易略例·明象》，见楼宇烈《王弼集校释》，中华书局，1980 年，第 609 页。

彼",经《文心雕龙·隐秀》篇揭示"隐也者,文外之重旨者也"①,直到皎然以下的诗格类著作大谈"两重意"和"多重意"②,表明诗歌作品"文约意广"的特点早为人们熟知。钟嵘《诗品序》则采用"文已尽而意有余,兴也"的提法③,明确地将"有余意"认作诗歌的一种美质。王昌龄《诗格》论"含思落句势",讲求诗篇结句"须含思,不得令语尽思穷",皎然《诗式》推许乃祖谢灵运诗"情在言外""旨冥句中",肯定"一篇之中,虽词归一旨,而兴乃多端"④,均以"意余言外""含蓄不尽"作为诗美的表征,可见对言词的超越早已成了诗家共识。

相比之下,诗人对于"象"的经营却比较执着。六朝诗学鼓吹"穷形尽相",标榜"神用象通",崇尚"巧构形似之言"⑤,都还是在"象"的圈子里打转转。至唐王昌龄《诗格》,亦仍以"得形似""了然境象"视作构建诗境的最高目标。故"象外"世界的开创之功,自不能不归诸皎然(盛唐殷璠"兴象"说实发其端绪),其《诗议》中的"采奇于象外"和前引《观玄真子画洞庭三山歌》所标举的"象忘神遇",正是"境生象外"说的直接先导。值得注意的是,皎然的"象外"追求与其"造境"说实相表里。"造境"主张变造物象以宣示诗人内在的气性,其所造之境多属虚拟想象之境,是实境之外的另一重境界,跟他"象外"追求中一力崇扬"采奇"与"狂态"完全一致。这一借虚拟、变造以开拓"象外"境界的想

---

① 见范文澜《文心雕龙注》卷八,人民文学出版社,1958 年,第 632 页。
② 皎然《诗式》有"重意诗例"条,可参。
③ 引自曹旭《诗品笺注》,人民文学出版社,2009 年,第 25 页。
④ 均见"池塘生春草、明月照积雪"条,《汇考》第 261 页。
⑤ 分别出自陆机《文赋》、刘勰《文心雕龙·神思》和钟嵘《诗品》评张协语。

法，在中唐诗人的诗学思想中表现相当明显。如孟郊《送草书献上人归庐山》诗描写草书艺术，就用了"手中飞黑电，象外泻玄泉。万物随指顾，三光为回旋"这样的句子，其《赠郑夫子鲂》诗中也有"天地入胸臆，吁嗟生风雷。文章得其微，物象由我裁"的表白①。而刘禹锡本人在《董氏武陵集纪》一文里，更明白阐说了"心源为炉，笔端为炭，锻炼元本，雕砻群形，糺纷舛错，逐意奔走，因故沿浊，协为新声"的造境原理。由此看来，造境说的提出直接开启了通往"象外"世界的门户，"象外"之"境"实即实境之上的虚拟想象之境。

不过我们也不要将"境生象外"的命题完全拘限在变造物象的范围之内。"象外"追求原就有"得意忘象"的一面，即超越"象"的层面以探得其精意所在，这才是走向"象外"的根本目的。皎然在情意与境象的关系问题上亦有新的阐发，他一方面肯定"诗情缘境发"②，坚持了"意与境会"的观点，另一方面又宣称"缘景不尽曰情"③，意指情意虽需凭附境象才得以呈现，而其生发的空间却可以超越有限的景观，具有向着无尽开放的趋势，这就为"象外"之思添注了新的内容（殷璠"兴象"说亦含有此意）。我们看诗人刘禹锡谈"境生象外"，要同"义得言丧"连在一起讲，显然承袭着魏晋玄学的话头，立足于超越"言""象"以求得真意。但他同时吸收了佛家"凭心造境"之说，把营造虚拟想象之境（不一定非取怪诞的形式不可）的要求也包罗进来。于是"象外"之"境"的容涵便进一步扩大了，既可用以指实境以外的想象空间，更可投注于

---

① 分见《孟东野诗集》卷八和卷六，《四部丛刊》本。
② 见《秋日遥和卢使君游何山寺宿扬上人房论涅槃经义》诗，《皎然集》卷一，《四部丛刊》本。
③ 见《诗式·辩体有一十九字》，《汇考》第242页。

那由实在感知空间和虚拟想象空间共同导向的诗人内在的情意空间（即诗歌作品所蕴含的整体情意氛围，其中又会有情感、意趣、韵味、理致等多种成分的交织）。这样一来，整个诗境便演化成一种层深的建构，由"象内"（"象"本身）通向"象外"，且"象外"尚可有多层叠合，足以让人反复求索玩味，这或许正是诗歌意境艺术的最大魅力之所在吧！

以上从"意与境会"和"境生象外"两个方面揭示了诗境所应具有的艺术特点，前者体现了诗境的整体性能，后者则形成其超越功能，这应是诗境之为"境"（区别于诗歌意象）的主要标记。当然，这是指诗歌艺术的成熟境界而言，至于具体创作中存在这样那样的缺陷，致使作品达不到完满的境界，自是难免。诗境的成熟与完满，意味着古典诗歌艺术跃上了一个新的台阶。

四、"诗境"说在诗学史上的地位

"诗境"说在唐代的产生，具有什么样的理论价值呢？今人谈这个问题，常要追源于佛教思想的影响，自是有根据的。不光"境"之一词作为学理范畴来自佛学，且"境由心造"以及造境过程中须"观物""观心"以"开启心源"诸般说法，亦跟佛家思想有割不断的因缘关系，本文均有论述。但我们不当将"诗境"说看成佛教思想的简单移植。佛家谈"境"是为了"观心"，诗家谈"境"则为了作诗，目的不一，"境"的质性与功能亦自有了区别。依佛家"缘起性空"的教义而言，心体之外的"外境"本就是虚妄不实的，由心识所呈现的"内境"亦只有相对的意义，其功能仅在于"返照心源"，所以佛教的最终取向必然要归结到"唯识无境界"。但诗家取境决不能无视"外境"，外在世界的各种事象与物象正是诗人构境的凭借，故"搜求于象，深穿其境"是诗歌创作的必要前提，需要花大力气。且经过一番努力之后，诗人的情意体验渗入其所摄取并改造过的物象，构成了诗境（相当于佛家的"内境"），这诗境虽亦可视以为诗人心意的呈现，而又有其自身独立的存在形态，更常以文本的形式流传于世，供千秋万代的读者们去吟讽品味。这些都是诗家之境与佛家之境的差异所在，不可不加甄辨。为此，谈论唐人"诗境"说，便不能单从佛教影响这一视角来观察，更当联系中国诗学（包括诗歌创作实践）的整体进程来加体认。

从诗学传统自身演变的进程看，"诗境"说的产生标志着古典诗歌意象艺术观念的一大提升，这又可从多个角度来作验证。

首先，就意象思维形态的演进而言，其活动方式已由单纯的感兴上升到了"感"与"观"的结合。众所周知，我们民族的艺术思维传统注重于一个"感"字，先秦两汉时期就有"物感"说行之于世，六朝文学的自觉亦仍以"缘情感物"为基本导向。"感"指的是"心物交感"，是诗人内在的情意与外界事象、物象相碰撞而产生的激发作用，通常表现为自然兴发的过程，所谓"人禀七情，应物斯感，感物吟志，莫非自然"①，讲的就是这一作用过程。自然兴发的阶段比较短促，有时候，诗人为要深化自己的感受，需要借助联想和想象来打开思路，这种联想与想象的心理过程古人称之为"神思"。"神思"也并不脱离"心物交感"，所谓"思理为妙，神与物游"②，正是对"神思"过程中心物互动关系的具体写照，根底上仍离不开"感"的作用。为什么"感"有那么样的重要性呢？这跟中国传统的"元气"论自然观分不开。在我们的先辈看来，"气"乃

---

① 《文心雕龙·明诗》，范文澜《文心雕龙注》卷二，第65页。
② 《文心雕龙·神思》，同上书卷六，第493页。

是生命的本原，天地万物皆"一气化生"，人的心灵亦无非精气所聚，故人心与外物的交感，实为生命与生命的碰撞和交流，而由这交感所生成的情意体验以及诗歌创作，亦便是生命活动的拓展和延伸了。所以"感"乃是艺术生命的动力源，无"感"不成其为诗。然而，在佛教思想影响下产生的"诗境"说，却更注重一个"观"字，而且是静观与空观。佛教主张"万法唯心"，且将"心"的本性解作清净寂灭，于是"心"以应物的方式便绝不能是"神与物游"，而只能是静以观物、空以纳物，更由观物、纳物进以返照本心，以开启心源，这正是"取境""造境"之说为诗人艺术思维所开示的新的途径。不过如前所述，作诗毕竟不同于修禅。修禅的目的最终是要消解万象，复归于一心；作诗则为要取纳万象，以构成诗境。故而王昌龄与皎然的诗论中都曾给予物象以突出位置，亦承认"心物交感"的重要意义（王氏《诗格》常讲"兴发"而后"意生"，并将"处身于境"作为"取境"的先奏，皎然论诗也有"以情为地，以兴为经"之说①）。他们所能做的，只是在自然发兴的基础之上，添加"以心照物"（即所谓"视境于心"，当亦包括随后的"返照心源"）这一环节，让诗思由"感"提升到"观"的层面上来。"观"与"感"有什么差别呢？它们都属于心物之间的交互作用，比较而言，"感"更强调外物的激发功能，因为在感受过程中，通常是外在的对象主动来叩击心灵，"心"多半是被动地接受信息并作出回应。但在"以心照物""视境于心"的过程中，"心"成了名副其实的主体，它要以积极、主动的姿态去君临和谛视其所面临的对象，且常要依据自己的"意之所向"，来规划与整理其所掌握的事象材料。于是通过这一凝心观照的方式，原来感受所得的杂乱印象

---

① 见所撰《诗议》，引自《汇考》第209页。

连同其感受心理活动本身，便可得到有机的整合，以构成整体性的景观（所谓"如登高山绝顶，下临万象，如在掌中"，正是对这一观景方式的恰切形容），也就是我们这里所谈的"诗境"了。看来"诗境"生成的关键还不在于情、景之类要素的组合形态，它首先是个艺术思维变革的问题；也只有实现了艺术思维由"感"至"观"的飞跃以及"观""感"之间的有机结合，才有可能形成唐诗意境艺术高度成熟的局面。

  其次，让我们转到意象结构方式演变的角度来看一看，因为"诗境"说里所讨论的情景、境意诸关系，皆要涉及诗歌意象结构问题。我们知道，唐以前的汉魏古诗是以直抒胸臆见长的，其情意表述的真率而时带曲致，固自有撼动人心的力量，一部分以比兴手法寄托情思的作品，亦常能透过联想以传送出诗人的深切体验，古诗被视为高风绝尘即在于此。但也要看到，正缘于侧重情意的直接表述和喻象寄意，诗中情意与物象之间的交会便显得不那么密合，物象多处在点缀或陪衬的位置上，而情意抒述自身亦难以形成层叠的结构和涵深的意蕴。至六朝山水、咏物诸诗潮兴起，则又将"体物"放到了首位，在物象经营上固然精细妥当，然过于密集、堆垛，且常缺乏饱满贯通的情思为统摄，容易产生"有句无篇"的弊病。可见纯任情思或单立物象，均有碍于整体诗境的生成①。如何突破历史的局限，通过协调情意与物象的关系，使二者达到相互交融、一体组合的境地，以打造相对完整且具有涵深意蕴的诗境，恰成为唐人发展诗歌艺术所面临的巨大挑战和机遇所在。而唐诗尤其是盛唐诗人所取得的重要成果，除了为时代精神作写照之外，突出的一点正

---

① 按：这并不意味着汉魏古诗或六朝诗歌全然不具备诗境，只是说，由于其意象结构方式的较为单一化，在某种程度上限制了诗境的普遍走向成熟。

在于诗歌意象构成方式的转变,即将直抒胸臆或单纯写景转换成情景相生且相互交融。这一新的艺术形态进入论者的视野,遂有王昌龄等人著作中有关情景关系的种种研讨以及"境""意"和"境""象"诸关系的论析,其实便是诗歌意象结构艺术更新的反映。诚然,诗境的构成不限于情景交融,"境"有"物境""情境""意境"之别,"境"与"意"的结合也不等于两者相加,乃是诗人情意体验对于其所观照之"境"的渗透、灌注以至整合、统摄的全过程,这样构造起来的诗境才称得上"意与境会",才有其整体美学效应。且正由于诗境为诗人的情意体验灌注饱满,而情意体验又有自身不断生发的功能(所谓"诗情缘境发"和"缘景不尽曰情"),故"意与境会"的结果必然会导向"境生象外",亦便是从眼前的实境孕育并生发出虚拟想象之境和弥漫、充溢于其周遭的整个情意氛围空间来,于是诗歌意象结构由原先的平面组合转变为层深建构,作品也就有了含蓄不尽的风神韵味,这正是唐诗特别为后人称赏的原因。

复次,还要就"诗境"说与诗歌语言风貌创新的关系来说几句。总体上看,唐人"诗境"说偏向诗歌艺术的"形而上"层面,直接落实于语言文字技巧的并不多,但不等于毫无关系。例如王昌龄《诗格》中的"十七势"专谈句法,其中涉及情景结合方式的不在少数,跟诗境的构成自有联系。又如皎然《诗式》中的"辩体有一十九字"讨论诗歌风格体貌问题,从其"取境偏高,则一首举体便高;取境偏逸,则一首举体便逸"的说法看来,他把诗境认作诗体、诗风的决定因素,则诗境的经营自亦须关联到诗歌语言风貌。尤当注意的是,王氏与皎然论诗,在诗歌风貌的锻造上,均有将自然与人工相结合的倾向。王氏更强调自然发兴,但也有叫人"专心苦思""苦心竭智"的话头,其讲调声、讲句法、讲用字、讲结构,无一不属于人工锻造的作用。皎然则明确宣告要用"苦思""精思",却又主张成篇后须泯灭苦思的痕迹,力求以自然风貌呈现。二者所共有的自然与人工相结合的思想,或可帮助我们进一步体认唐代诗人营构意象语言的策略及其诗歌清新风貌的成因。长期以来,我们多将唐诗尤其是盛唐诗歌的清新风貌归之于自然天成,其实是不全面的。唐人确有重视自然天成的一面,然亦十分关注人工锻造,广为流传的诗格类著作即是应传布作诗技巧之需而出现的。唐诗的语言看来出自自然,其实也经过人工提炼,它并不同于汉代古诗那样"若秀才对朋友说家常话"①,乃是一种精心加工打造的"诗家语",从其声律、对仗、句法、字眼的讲求上都能充分显现出来。唐人亦甚看重意象语言的创新出奇,其推崇自然与标榜新奇并行不悖,这在王氏与皎然的诗论中均有所反映。据此,则"诗境"说所体现的诗歌意象艺术的更新是全方位的,包括意象思维、意象结构和意象语言各个层面在内,对此当有足够的估计。

综上所述,唐人"诗境"说的出现虽有佛家思想的推动作用,根本还在于诗歌艺术和诗学传统自身的演化。它建基于唐代诗歌艺术经验的新发展,以理论形态总结了这一新的经验,从而使传统诗学有关诗歌意象思维、意象结构乃至意象语言的探讨都升腾到了一个新的立足点上,"诗境"说因亦成为古典诗歌意象艺术演进过程中的重要里程碑。同时要看到,"诗境"说本身也是处在不断流动与变化的进程中的。如果说,王昌龄《诗格》崇尚诗人的自然发兴,其"取境"的方式偏向"凝心照物",归结于"了然境象,故得形似",较多地体现了其所处盛唐时期的诗歌情趣,那么,皎然的"造境"说以"苦思"为必要途径,大力提倡"采奇""涉险""狂放"甚至

---

① 谢榛《四溟诗话》卷三评"古诗十九首"语,引自《四溟诗话·姜斋诗话》,人民文学出版社,1961年,第66页。

"变怪",借以张扬主体自我的心性和心力,则显然染有中唐诗变的风气,从诗歌"主情"开始转向了"主意"。当然,"主意"的新风尚与"主情"的老传统并不能截然割裂,在二者交会之下,以权德舆和刘禹锡为代表的中唐诗家,分别就"意与境会"和"境生象外"两个方面对"诗境"说作了原则性概括,使"诗境"的范畴有了更明确也更完整的界定。晚唐司空图则以"尽而不浮,远而不尽"二语对"诗境"的性能加以总体描述①,又通过"象外之象,景外之景""韵外之致""味外之旨"多重提示②,将"诗境"内蕴的各个层次与不同侧面具体展示出来,让其美感效应得到更充分的发扬。至此,唐人"诗境"说即已宣告完成。这一理论观念在后世有着深远的影响,不单宋元明清历代诗家继续就情景、境意诸关系进行深入辨析,且宋以后人谈"韵"、谈"味"、谈"趣"、谈"意象""兴象""兴趣"乃至"神韵",亦莫不在"诗境"说范围之内。明清人士营构出"意境"一词,用以指称诗歌艺术本体,"意境"实乃"诗境"的赓沿。近人王国维在吸收西方理念的情况下标举"境界"说,虽有将旧典翻新的意向,而亦脱不了原有学说思想继承。于此看来,"诗境"说在中国诗学传统中确有其承前启后的中坚位置,它是古典诗歌意象艺术发展成熟的重要标志,亦是明清至近代诗家"意境"论诗的先声。"境"作为诗之本体,固然有一个渐形发育以走向成熟的过程,而一旦脱胎完形,则必然会产生笼罩全局的功能。唐人"诗境"说在后世的发扬光大,不正充分显示出问题意义之所在吗?

(原刊《文学遗产》2013 年第 6 期)

---

① 见《与李生论诗书》,《司空表圣文集》卷二,《四部丛刊》本。
② 分见《与极浦书》和《与李生论诗书》,《司空表圣文集》卷三、卷二。

华夏传统审美精神探略

中国古代无美学学科，也就不会有学科形态的美学思想和理论体系产生，但这并不意味着我们的先人不懂得审美或不具备审美意识。实际上，大量的审美经验与见解积淀于各门类艺术的创作与评论之中，即使在人们就日常生活乃至自然风光的欣赏与品味活动里，也常含纳众多的审美因子在。将这方方面面的材料归总起来，当可从中提炼出若干具有普遍意义的原则性理念，这也就是华夏传统审美精神的主旨所在了。这篇短文自无可能详尽而周全地阐说华夏民族的审美经验，只能就其精神概要略作尝试性的探索，用为推进当前审美研究的参照；不过列举要旨亦非容易之事，这里权且借取古人谈艺说美时的四组成语用为提挈，以表明所言并非凿空自造。

一、"外师造化，中得心源"

首先，在审美与艺术活动的本原问题上，我以为，"外师造化，中得心源"一语比较有代表性。这一说法出自唐中期画家张璪，实际上有个逐步酝酿与形成的过程。最初是南朝姚最评论梁湘东王所画《芙蓉湖醮鼎图》,用"学穷性表,心师造化"为赞语①,开始提出以"造化"为师的观点。至唐人李阳冰论书法,要求书家在"仰观俯察六合之际",做到"随心万变,任心而成"②,将艺术创造的原动力转向了艺术家自身的心灵。张璪则把两方面的意见加以整合,提炼成"外师造化,中得心源"一联③,对作为审美与艺术观照的根本对象与内在依据作了较全面的概括,这一表述于是流传不辍,成为论画谈艺的经典之言,在我们现代人的美学与文艺学论著中亦常加援引。

值得注意的是,今人引用这两句名言,往往是从当前流行的"反映论"角度上来加理解的,"外师造化"被说成是要忠实地反映客观现实,"中得心源"就成为发挥人的主观能动性了,这是否合乎我们先辈的原意呢?按文艺学上的"反映论"本起自古希腊诗学中的"模仿自然"说,依据这一观念,"美"的本体只存在于外在"自然"之中,人们从事艺术创作,不过是为了"模仿"自然,以构造一种能替代"底本"的"摹本"而已。姑无论其对审美与艺术功能的评价是否恰当,仅就其所揭示的审美主客体之间的关系而言,"自然"自是审美的本根,而主体单作为反映机制存在,则属工具而非本原,这跟我们传统中的"外师造化,中得心源"之说,将外在的"造化"与内里的"心源"都视为艺术的源头,不是有很大的差异存在着吗?西方美学中自亦有重视发扬主体功能的思想学说,跟随十九世纪浪漫主义思潮兴起的"表现论"美学即其代表。依据这一理论,不是"模仿"而是"表现",方足以构成审美与艺术活动

---

① 见姚最《续画品》,《四库全书》本。
② 《唐李阳冰上采访李大夫论古篆书》,引自《佩文斋书画谱》卷一,《四库全书》本。
③ 唐张彦远《历代名画记》卷一〇所引,《四库全书》本。

的本质。"表现"的核心在于"表现自我",于是作为主体的"自我"成了审美与艺术的源头,各种外在事象不过是用以表现自我心灵的手段与材料而已。这样一来,"中得心源"或可成立,而"外师造化"又成了一句空话,显然也不适合我们民族的精神。

然则,究当如何来把握民族传统中这一经典性表述的本来意蕴呢?特别是其中将作为师法对象的"造化"与主体自身的"心源"并列对举,共同视作审美与艺术活动本原的提法,该当如何理解为好。这个问题在当前学界里得到关注甚少,但确需要细加推敲。

个人之见,解说这个问题,须从领会我们民族的思想传统入手。众所周知,华夏传统对世界的构成多取"元气自然"之说,认天地万物(包括人的心灵)皆为"一气化生","气"散而为"太虚",聚即生成"万物"。故"造化"一词既可借以指代"一气化生"的大千世界,亦常用以指涉那"大化流行,生生不息"的宇宙生化过程,总之"气"为本源是我们民族的特见。还要看到,在先人的理念中,气化运行又非任意的作为,根底上要受其内在理则("天理""天道"之类)所支配。"理"规约着气化运行,气化运行又展示出"理"的法则,二者共相协调,才形成了我们这个生机蓬勃的世界。故观照世界,就是为要了解其"理""气"运行的轨辙,以把握其内在协调关系与外在生命动态,审美自不例外。如绘画艺术中历来讲求的"六法",以"气韵生动"列在首位,正是为提示人们要着力表现物象因禀受"气化"所获得的生气、生意、生趣乃至生理,以求显示"大化流行"式的宇宙生命本真,这也便是"外师造化"一语之用意所在了。

那么,为什么又要强调"中得心源"呢?按"心源"一词,或可理解为人的内在生命本原。而据"心统性情"之说(见张载《张子全书·语录》),则"心源"又当分解为"性"与"情"两方面的组合。在传统的思路中,"性自命出,命由天降"(郭店楚简"性自命出"篇),意指人的秉性来自"天"所赋予,秉承"天"之理则,"人性本善"即意味着"天理"体现于人自身,而由此生成的各种社会人伦关系也都成了"天理"在人世间的开显。至于"情"的一面,则属于另一种情况。按传统说法,"人生而静,天之性也。感于物而动,性之欲也。"①,故"情"的发动多出自外物对人的内在心灵的感发作用,属气化生成的一种表现。南朝诗论家钟嵘在解说诗歌起因时有"气之动物,物之感人,故摇荡性情,形诸舞咏"一段话②,将"气化""物感""情动""舞咏"联成一线叙说,足以见出"气"与"情"的内在关联所在。据此,则"情""性"在人的心灵的合成,实属整个大世界里"气"与"理"相协调的一种表现,是宇宙大生命"气化运行"在个体小生命中的显影。

于此当可解开"造化"与"心源"这双重本原之间的纠葛了。说白了,它们具有同样的性质,以同样的方式构成,在根底里实属一回事(最终本原自应归之"大化"),无须分成两截看待。观照外在世界的生命气象,即是为了发扬内在自我的生命活力;换言之,把握住个体生命的本真,亦才能窥得宇宙生命的大本大原。这样一种同源异流而又异向同构的关系,跟西方美学或以"自然"为本抑或以"自我"为本的主客对立格局大相径庭。也正是凭借这一双向同构的思维模式,我们的先人在西方既有的"反映论"和"表现论"文艺思想之外,另辟出一条物我之间互为感通、交相感应的审美活动路径,构成华夏民族审美精神的主要特色所在,抑或可认作

---

① 《礼记·乐记·乐本》,《十三经注疏》本《礼记注疏》卷三七,中华书局影印本,1980 年。
② 钟嵘《诗品序》,引自曹旭《诗品笺注》,人民文学出版社,2009 年,第 1 页。

传统"天人合一"的生命理念在审美领域的具体呈现。

二、"入乎其内，出乎其外"

其次，在审美与艺术活动的运作方式上，我想借用"入乎其内"与"出乎其外"两句话来作概括。这个提法见于王国维《人间词话》，原文是这样的："诗人对宇宙人生，须入乎其内，又须出乎其外。入乎其内，故能写之；出乎其外，故能观之。入乎其内，故有生气；出乎其外，故有高致。"① 按王国维系近代学人，他的学术观点已受到西方思想的若干影响，这从引文的用语中亦有所反映。不过《人间词话》一书仍重在阐发传统诗学理念，特别是这里引用的两句话，完全可视为立足传统审美经验所作的总结，不会影响到我们取鉴的合法性。

怎样来理解这两句话的具体含义呢？先说"入乎其内"，这是就"诗人"（审美者）对"宇宙人生"（外在世界）的关系而言的，实质上也就是指审美发动时人的内在心灵与所感触到的外在物象之间的交互作用。在这个问题上，我们的传统历来持"感兴"（亦作"兴感""物感"）之说，即以为人心本静，因受外物刺激才引发喜怒哀乐诸般感受，而将这些感受宣示出来，便成为诗、歌、乐、舞等艺术形态。前引《礼记·乐记》正是从这个角度来解说艺术活动的起因的。"物感"说已然具备了"心物交感"的初步内涵，但还显得比较单薄，后世诗家则将其引向进一步拓展与深化。姑举一例：西晋诗人陆机本属东吴人士，国亡后被征北上，他怀着离乡背井之

---

① 《人间词话》第 60 则，引自《蕙风词话·人间词话》，人民文学出版社，1962 年，第 220 页。

哀愁，一路上写下不少怀念家乡的诗赋，其中《怀土赋序》中有云："余去家渐久，怀土弥笃。方思之殷，何物不感？曲街委巷，罔不兴咏。水泉草木，咸足悲焉。"①话虽不多，却让我们体认到"心物交感"并非一个简单、直截的触发过程，常有其内外诸因素的周转合成。以陆机而言，去国离乡是外界给予他的一大刺激，生成了他内心深深的哀愁。带着这种哀愁上路，一路上见到曲街委巷、水泉草木诸种能引发乡思的景物，又让他在回忆家乡之余，产生将愁思与物象交融一体、写入诗赋作品的构想。如果说，原先的感受还停留于实际生活的感受，这再度的感兴便是道地的审美感兴了。实际生活的感受或可储存在感而不发的状态之中，但审美感兴必须宣发和投射出来，以审美意象乃至艺术形象的姿态来展现自身，否则便不成其为审美。而为了实现这一宣发作用，审美者的心灵自当进入物象世界，与作为感受对象的外物打成一片，这也就是"入乎其内，故能写之"且"故有生气"的缘由所在。当然，也不能将"心物交感"仅局限于这二度的审美感兴范围内，若无原初的去国离乡之痛，自亦不会产生借沿途所见景物以寄托乡愁的意兴。看来审美感兴与人的现实生活经历中的感受是联成一体的，不当强为割裂，"入乎其内"的提法正是要求诗人和艺术家们全身心地投入宇宙人生，敞开自己的胸怀以含纳大千世界里的各种世相，品尝诸般滋味，进以领略其无穷生机与蓬勃气象之所在。

现在来看"出乎其外"。为什么在强调诗人对宇宙人生须"入乎其内"之后，再要来一个"出乎其外"呢？我以为，思考这个问题，需要从"故能观之"这句提示的"观"字上着眼。"观"即是观照，有一种拉开距离、居高临下作全面考察的含意在。它与"心物交感"

---

① 《陆士衡文集》卷二，《四部丛刊》本。

的"感"不是一回事,"感"意味着全身心地投入,"观"则体现着主体自身的超越。用"观"的态度来打量世界、把握对象,也出自我们民族的传统。先秦道家提倡的"涤除玄览"(见《老子》书),即属于静观加以周观的思维方式。至魏晋玄学,"观物入理"和"观物论道"更成了那个时代名士风流的突出表征。这样一种风气也直接影响到审美与艺术创作。两晋玄言诗风重在"观物寄言",晋宋之交兴起的山水诗潮则重在"观物取景"。它们都改变了汉魏以前诗歌直抒胸臆、凭兴而发的格调,以观照性的思维方式来考察物理和布置物象,往往能形成对所写对象的全景式的把握,在章法与句法安排上也更见功力。但由于不少作者忽略了"因物兴感"的基本出发点,其作品往往见得整饬有余而生机不足,甚至招来"酷不入情"的讥评①,难能餍人心目。有鉴于历史的教训,唐代诗家开始考虑如何将前人的经验加以综合,根本的一条,是要将"感物"与"观物"结合起来,在切身感受的基础之上更加以超越性的观照。盛唐著名诗人王昌龄在其《诗格》一书中提出"诗境"之说,以"处身于境,视境于心,莹然掌中,然后驰思"用为创造"诗境"的不二法门②。其"处身于境"即是指的"感同身受",要求与所感物象打成一片,这是构筑"诗境"的先决条件。"视境于心"则有凭心观照的用意,在这里,"心"是主宰,"境"是观照的对象,两者拉开了距离,便于将原有活生生的感受组合成整体性的景观,这样才能使物象"莹然掌中",且便于艺术构思与安排。不难看出,在上述有关"诗境"的构想中,实已孕育着王国维后来倡扬的"入乎其内"

---

① 《南齐书·文学传论》评谢灵运语,《南齐书》卷五二,中华书局,1975 年。
② 《诗格·诗有三境》,张伯伟《全唐五代诗格汇考》,江苏古籍出版社,2002 年,第 172 页。

与"出乎其外"相结合的审美运作方式,可见其确属传统经验的总结。当然,古典诗歌艺术的发展并非至盛唐"诗境"说即已宣告结束。唐中期以还,时局的剧变引发士子对国家命运与自我责任担当的深刻反思,加以佛教禅宗思想盛行,人们的注意力由"观物"转向"观心",开始在诗歌及其他艺术样式中增入理性思考成分,入宋以后更为明显。理性思考的凸显有可能削弱作为美的对象所特具的感性魅力,而若运用得当,抑或能给审美境界带来新的提升。王国维论词以"真景物,真感情"为有"境界"的标志,似乎并不强调"理思",但他对"诗人之境界"与"常人之境界"的区分中即寓有关注"理思"的用意在(参见其所著《清真先生遗事·尚论三》),而于评论一些词作名篇时又常着力抉发其中可能隐含的"忧生"或"忧世"的人生哲理,联系这里所讲的"出乎其外,故有高致"之说,则通过观照宇宙人生以提升审美理念,亦应是其谭艺论词的题中应有之义。

  以上简要地阐释了"入乎其内""出乎其外"作为我们民族传统审美活动观的一种概括方式与要领,从根底里看,它是同民族既有的审美本原观紧相联系且切合一致的。我们既然将审美与艺术活动的本原建立在"造化"与"心源"一体同构的基础之上,则其发动和运作的方式必然要取"心物交感"的途径,以生成感通及感应的效应。所谓"物感"之说,不光指外物对人有所触动,亦包括人的身心进入物象之中去感受和领略其内在的生命与律动,故"入乎其内"自当构成审美的第一步,不能"入",便根本谈不上有审美活动。但从另一方面来讲,单停留于"入乎其内"式的发动,也还不足以完成审美的全过程。审美活动要求凭个体心灵来感受对象世界,而亦需要借助反身观照以超越有限的对象世界与纠结于实用功利层面的"自我",使原有生命体验能上升到生命的本真境界,让人在欣喜、欢乐之余，还能精神为之一爽，恍然若有所悟。这样一种经由审美观照以获取"高致"的努力，便是"出乎其外"所要追求和达致的主要目标了。这样看来，"入"和"出"两个方面是不能偏废的，总体上讲固当先"入"后"出"，而实际上自有一个不断反复交替的过程出现，整个审美与艺术创造活动也正是在这"入乎其内"又"出乎其外"的交替运作中逐步推进且不断深化着的。

三、"立象尽意""境生象外"

审美与艺术活动的运作，会结出它的果实，这一成品形态在我们的传统中通常称之为"意象"，它同时也就是美感的对象了。"意象"具有什么样的性能呢？前人通常用"立象尽意"和"境生象外"来作解说，前一句话表明"意象"构成的基本原则，后一个命题则提示着"意象"自我提升的发展方向。如何确切地把握这两个命题，进以了解"意象"的性能与特点，是本文所要说明的第三个要点。

先来看"立象尽意"。此说的文本依据初见于《易·系辞》上篇，其云："子曰：'书不尽言，言不尽意。'然则圣人之意，其不可见乎？子曰：'圣人立象以尽意。'"①《易传》将"立象尽意"归之于孔子的教言，属实在还是假托，且不作考论。须加注意的是，"立象尽意"命题的提出，缘于我们的先人认为"书不尽言，言不尽意"，也就是说，语言文字的逻辑思维符号在"达意"上存在隔阂，需要借助"象"这一形象化的表述方式才能充分显示意念，这即是"立象尽意"说之所由来。须加说明的是，《易传》中强调的"象"，

---

① 《易·系辞上》，《十三经注疏》本《周易注疏》卷七，中华书局，1980年。

实指古代占卜所凭的卦象，所要"尽"的"意"，亦是指的"天意"或"圣人之意"，并不同于后世文艺美学思想的理解。但"立象以尽意"一说提出后，很快便越出了占卜祈神的范围，被推广、应用到社会、人文的其他领域，尤其在审美与艺术活动方面得到充分发扬，成为传统审美观的一大支柱，自是归因于审美更离不开感性生命体验的缘故。我们看到，西晋初年的挚虞在其《文章流别论》中开宗明义便指出："文章者，所以宣上下之象，明人伦之叙，穷理尽性，以究万物之宜者也。"这里已经突出了宣"象"对于究明人伦物理的功能。同篇另一段文字更讲到："情之发，因辞以形之，礼义之旨，须事以明之，故有赋焉。所以假象尽辞，敷陈其志。"① 这"假象尽辞，敷陈其志"，不就是"立象尽意"说在文章学上的翻版吗？同时代诗人陆机则在其所撰《文赋》中，刻意勾画了文章构思时作者所处的那种"情瞳昽而弥鲜，物昭晰而互进"的心态，命笔时所产生的"笼天地于形内，挫万物于笔端"的期望，以及铺陈描绘时"纷纭挥霍，形难为状""虽离方而遁员，期穷形而尽相"诸般感受②，对文学意象思维的运作加以充分展示。至南朝刘勰撰《文心雕龙》，其《神思》篇里谈到"玄解之宰，寻声律而定墨；独照之匠，窥意象而运斤"，则明确提出了"意象"这一概念，参照其以"思理为妙，神与物游"以及"神用象通，情变所孕"来解说意象思维的原理③，足以标志文艺美学中的"意象"说已正式宣告成立，"立象尽意"作为审美与艺术活动所要达致的基础性目标，得到了切实的肯认。

---

① 均引自《全晋文》卷七七，北京，中华书局影印本，1965年。
② 均引自《文赋》，六臣注《文选》卷一七，《四部丛刊》本。
③ 《文心雕龙·神思》，范文澜《文心雕龙注》卷六，人民文学出版社，1958年，第493、495页。

"意象"由"立象尽意"以生成，它是否就满足于这一要求，让自己永久停留在这个阶段上呢？是又不然。在我们的先辈看来，"立象"固然是为了"尽意"，而若"意尽象中"，则亦不成其为好的艺术作品。为什么这样说？那是因为"意"与"象"之间固然有着内在的联系，而双方在性能上确又存在一定的差异。"象"有限而"意"无限，"象"凝固而"意"流动，"象"封闭而"意"开放，"象"实在而"意"空灵，一句话，"象"的内涵相对稳定，而"意"却具有不断生发与更新的可能性。故"立象"固属"意"之展示所不可或缺，而亦有可能起到限制乃至遮蔽"意"的作用。我国六朝后期盛行的山水、咏物、宫体诗风，以"尚形似"为根本取向，导致堆垛物象而掩抑情思的流弊，遭到后世诗家的严厉批评。唐代诗人为扭转这一积习下了功夫，不光是重新发扬了诗中的"风骨"与"兴寄"，让"意"的主导作用得以充分凸显出来，还特别致力于"象"的改造，努力开发物象自身可能具有的多层次、多角度的联想功能，以引发读者、听众们的进一步推索与玩味，进以构造出超越原有物象范围的新的想象空间和情意空间，这也就是中唐诗人刘禹锡用"境生于象外"一语所要表达的意思了①。这一"象外"的追求至晚唐司空图拓展为"象外之象，景外之景"乃至"韵外之致"和"味外之旨"②，表述更为周全，而总体精神仍不离乎"境生象外"。可以说，从"立象尽意"到"境生象外"，体现了我们民族对意象审美与艺术经营的基本经验概括，同时亦便是"意象"这一审美结晶由生成、演化以臻于成熟的大致轨迹。

---

① 《董氏武陵集纪》，《刘禹锡集》卷一九，上海人民出版社，1975年。
② 见《与极浦书》《与李生论诗书》，《司空表圣文集》卷二、卷三，《四部丛刊》本。

现在可以对"意象"说的民族特色来一点考察了。相对于西方文艺美学而言,"意象"说自当归之于民族传统固有的思想范畴。当然,西方理论中亦有类似于"意象"这样充当"美"的载体或审美结晶物的东西,通常称之为"形象"或"艺术形象",不谓之"意象"。"形象"和"意象"都属于感性形态的"象",表明中西双方在审美性能的理解上具有某种通约性。并不截然对立。但"形象"的含义通常指"人生的图画",作为客观世界的写照,与"意象"之重在表意,毕竟有重大差别。造成这样的分歧,我以为,除了中西文艺创作传统中偏爱抒情和侧重叙事的不同影响之外,跟双方在审美观甚至哲学观上的殊异有着更深刻的联系。如上所述,西方人立足于主客相对待的二分世界,企图以"反映论"的思维模式来摄取外在世界的"美",其以塑造"形象"来写照人生世相,以显示自身的审美经验,当属顺理成章。而我们民族的传统既然立足于"天人合一"式的整体世界,要借助心物交感来实现自我生命与宇宙生命的感通,则物象与情意的相互渗透,以及如何超越有限的物象以拓展和深化情意体验,故当成为审美关注的重心所在,这就是为什么我们的先人要究心于"立象尽意"和"境生象外",以构造"意象"为审美职能的缘由。"意象"与"形象"看来只是一字之差,却隐含着两种不同的哲学观与审美路线,不可不稍加辨析①。

---

① 按:西方现代思潮中亦开始有讲求"意象"的倾向,诗歌创作中的"意象派"和绘画艺术中的印象主义即其代表。不过它们所致力打造的"意象"或"印象",多限于个体生命对外在事象的瞬间感受,重在表现自我生命的即兴式体验,与华夏传统由"天人合一"而形成的生命感通与感悟的境界,在立足点上自有区别,不当混为一谈。

四、"美善相乐""尽善尽美"

在探论了华夏传统有关审美与艺术活动的本原设置、运作方式以及成果形态之后,还有一个根本性问题须加追询,那就是审美的终极目标究当如何把握。缺少了这一环,对传统审美精神的理解终竟是不完整也不确切的,现在我们就来补做这项工作。

审美与艺术活动的目的自当定位于追求"美"并获得"美"的享受,这一点上我想不同派别人士应该大致认同,尽管各家对"美"的体认上会有相当的差距存在。我们民族传统的审美观自然也是要把"美"作为追求目标的,不过所要实现的境界尚不限于单纯的"美",经常是"美""善"并提而相兼,或许亦可认作民族精神的一个根本性特点。

最早将"美"与"善"相提并论的说法,或许可以孔子谈"尽善"与"尽美"的一段话为例子。据《论语·八佾》上的记载:"子谓《韶》:'尽美矣,又尽善也。'谓《武》:'尽美矣,未尽善也。'"① 据汉人郑玄的解释,《韶》是上古赞美大舜的乐曲,舜因尧的禅让而取得天下,以文德致太平,所以得到孔子的高度赞扬;《武》则是歌颂周武王的乐章,武王讨伐商纣,以武功平定天下,在孔子看来似还不及文德之值得推崇(参见《论语集解》引郑玄注)。关于文德与武功的比较且不去说它,值得关注的是,孔子对乐曲审美所提出的最高目标不光是"美",乃是"尽美"而又"尽善",即要求"美"与"善"的高度结合,同时并举。还须注意的是,孔子思想里并不存在将"美"和"善"割裂开来,以"美"单指感官享

---

① 见《论语注疏》卷三,《十三经注疏》本,中华书局,1980年。

受（或所谓"艺术标准"），"善"则意味着思想教化（相当于"政治标准"）的用意。他称许《武》为"尽美"，不仅意指乐曲好听，也包括了对歌颂武王功业的肯定；所谓"未尽善"，只是与发扬"文德"相比较，在所达到的思想高度上尚有差别而已。从这个角度来看，则"崇善"自是"尽美"的题中应有之义，或者说，审美自身就包含着对"善"的肯认。当然，"尽美"又未必等同于"尽善"，从某种意义上说，"善"的价值似乎更高出于"美"，这实际上是启示我们要认真体认审美的复杂性，它的意义不限于美的享受，还有更高的追求，要在寻找"美"和获得"美感"的过程之中，让自己的整个生命境界更上一个台阶。

正因为华夏传统对"美"与"善"的关系有这样一种一体并构、相互包容的认识，稍后的荀子便接续提出了"美善相乐"的命题，这"乐"自是悦乐、和乐之意，表明"美""善"相结合能给人带来极大的融合与快乐。这一主张是在专题讨论音乐问题的《乐论》篇里谈到的。我们知道，礼乐教化经西周王官定为治国大本后，一直得到孔子为首的儒家学派的大力弘扬。而据"乐合同，礼别异"之说，"礼"的功能在于制定社会规范，保障政治稳定，乐的作用则在于促进人际交流，使不同个体与群体之间得以和乐相处。《乐论》中一再强调"乐者，乐也""乐者，所以道（导）乐也"[①]，正是看到了音乐之类艺术审美活动有助于净化人的情感心灵，提升人的生命境界，以促成社会人群的和乐安定。这便是"美""善"一体的根据所在了。不过我们也不要将"美""善"一体仅视以为儒家道德教化的追求。儒者宣扬"内圣外王"之道，其对"善"的规范自当集中于人伦道德领域，但传统思想里各家各派亦各有其不同的善

[①] 均见《荀子·乐论》，王先谦《荀子集解》，中华书局，1996年。

恶观，并不都局限于社会道德习俗。如先秦道家也常谈到"善"或"至善"，《老子》书中即有"上善若水"之说，他们一般是将超越世俗、效法"自然"作为"善"的极致，爱"美"也被归结为爱好浑朴的自然本初境界。即便像后来输入的佛教，教导人们将一切看空，但仍然主张要"结善缘""积善果"，这"善"的内涵除"功德"之外，跟"清净了悟"亦分不开，"清修"即成为佛门弟子最大的善行与美德。总体而言，传统观念中与"美"相和乐的"善"，常带有超越世俗功利以跻于生命本真的意味（包括儒者鼓吹的不离乎天理人伦内涵的"善"，亦具有某种超越性）；至于那种纯属实用功利需求的"善"，倒未必能与"美"相容并行，故墨家会有"非乐"之说，而法家亦曾施行"禁诗书"之令。于此看来，华夏美学实质上是将审美认作通向生命本真的必由之路，以审美开出生命本真境界，并在审美的享受中提升对生命本真的领悟，这也才是"美善相乐""尽善尽美"所要指示的方向和企求实现的最终目标了。

五、结语和申论

本文借助前人的审美经验之谈，从几个带关键性的角度切入传统审美与艺术活动领域，以期揭示华夏民族审美精神的若干要点，概括自是初步且浮表的。但有一个问题尚须讨论一下，即上面所谈到的这些审美经验，对当今的美学研究或审美活动会有哪些可资参考的价值。我想，这个问题还得放在美学发展的大背景下来加考虑。

在西方，美学作为哲学的一个支脉，是跟随哲学的脉息而搏动的。十九世纪中期以后，随着黑格尔哲学的解体，绵延达两千余年之久的哲学形而上学的传统即已宣告终结，而那种执拗地追询"美本身"的"形上美学"亦随之告一段落。现代西方美学多以审美心理、文本结构、符号形式乃至日常生活事象为研究对象，很少触及审美活动的"形上"的一面。中国现代美学学科的建设是于十九世纪至二十世纪之交从西方引进的，长时期来停留于文艺心理学和社会学的领域，即便二十世纪五十年代中期开展的"美"在客观抑或主观的大讨论，以至二十世纪八十年代后构成主流形态的"实践美学"，也都还缺乏鲜明的"形上"追求，更不用说二十一世纪以来盛行的"日常生活审美化"的风气了。以我之见，审美与艺术创造中的大量活动确然要在现实世界里展开，故决不能否弃其生活的源泉，但审美所指向的最高目标仍自有一个"形上"的维度，它体现着人们对生命意义的终极领会。我们常说，人有其"现实关怀"，亦有其"终极关怀"，前者是要安排好人生在世的方方面面需求，后者的重心则落在对人自身的生存理念的根本性解答之上，所谓树立生活信念或寻找"精神家园"，皆属于这类终极性的关怀，而哲思、审美以及信仰（包括非宗教式的信仰）正是为回应这一"终极关怀"而设立的。相对于现代美学中"形上"维度的普遍失落，华夏传统审美理念在肯定审美源于生活实感的基础之上，将"美"的追求最终引向"美善相乐""尽善尽美"，指出审美的意义不光在于获得感官的享受和世俗的功利，更其在于以"美"启"善"而进入那超越性的生命本真境界。这"向上一路"的提示，对我们今天思考如何重启审美的"形上"之维，是否具有某种可供借鉴的作用呢？

再从另一个角度来看，当代西方美学也并非全然背离"形上"追求。其中发端于"生命美学"（亦称"体验美学"，以叔本华、尼采、狄尔泰等生命哲学家为早期代表），且在现象学、存在论、解释学中得到广泛延伸的整个思潮，多持有通过"直观""体验"乃至个体生存意志以否弃日常生活世界、进入超越性精神境界的构想，形成了一种不同于传统"形上美学"的新的"审美形上之思"，它已不再苦苦追索所谓"美"的"形上"本体,却仍要为审美的取向保留一个"形上"的空间。这一思潮自八十年代后期进入我国学界,亦引起相当的反响(多见于"后实践美学"的倡导者中),则又当如何在这个背景下来审视华夏传统审美精神所可能具有的现实意义呢?

应该看到,我们民族的审美传统与西方生命美学及存在论美学确有许多相交集之处。传统的审美理念建立在生命感通的基础之上,它以生命活动为本原,以感通性的体验方式为审美途径,通过实地感受与反思式的自我观照以进入生命本真境界,这些都与上述西方思潮相接近,彼此之间自有可能展开积极对话。但要注意的是,由于生成的历史土壤与思想背景的差异,双方亦必然存在若干原则性的分歧,不妨试加比较与讨论。

首先一点,在对于生命本真意义的观照角度上,我们的先人与西方人是大有区别的。西方的传统侧重于从主体性的个人出发来把握生命真谛,而我们的传统似更关切世界的整体性构成。依据前一种立场,则生命的最高意义不外乎个人的自我实现或自我超越,于是会有叔本华的"意志解脱"、尼采的"强力意志"、海德格尔的"面向死亡的生存"、萨特的"虚无"中的"自我选择"种种鼓吹个体生命自由的宣告出现;即便他们意识到单独的个人在现实世界里无法生存,需要协调与他人、他物之间的关系,进以倡扬"生活世界""交往理性""天地人神共舞"之类"互主体"的构想时,其理论前提依然是主体性个人的独立先在,故"互主体"关系的建立只能出自"良好的意愿",相应地缺少了客观必然的依据。我们民族的传统则大不一样。在"天人本自一体"的信念支配之下,我们从根底上认可人与自然、与社会、与他人乃至自我身心之间的和协共生的普遍原理,于是会将"天行健,君子自强不息""和实生物,同则不继""厚德载物""生生之谓仁"之类信条奉为生活准则,而审美所要达致的目标也就不限于单纯的自我实现或自我超越,乃是要在"外师造化,中得心源"的感通过程中来感受天地之大德、和协之大美,以领略"万物毕备于我"的审美境界,进以开拓自己的生命视野并感发自身的生命活力。可以说,正是两种不同的生命观决定了其不同的审美取向,而在体验的归趋上也就显示出了差异。

审美立足点上的歧异,会造成审美主体与其对象世界关系上的不同,进以影响到审美体验把握方式上的区别,这是中西美学的另一个重要的分野。如上所述,西方人习惯于从主体角度出发来看待世界,在实际事务的处理中便经常会形成主客二分甚至主客对立的格局,主体因受对象世界的制约而深感不自由,往往将这种情况归之于"异化"生存状态,只有借助审美活动,实现精神超越,才有可能复归原初的自我以求取心灵的解脱。这一"此在"与"彼在"的巨大反差,促使他们将审美与日常生活截然对立起来,审美体验也就脱离了实际生活感受,成为孤立绝缘的"本真"体验了。与此不同的是,我们的传统将世界视以为整体的流程,日常生活与审美活动都在这整体的世界里开展着,日常感受即为审美体验的源头。在我们看来,现实生活里确有许多"异化"的表现,但透过这些表象,亦仍可发现"本真"的底子在。换言之,"此在"中即寓有"本在",审美的功能恰是要通过真切的感受与反思式的观照,在葆有"本真"的同时去除各种"异化"式的污染,以促使生命的本原性存在得以如其本然般地呈现出来;在此之际,丰富多彩的日常感受适足以为审美体验提供充足的资源,以保证超越性精神追求不至于陷入"乌托邦"式的迷雾之中,这应该视之为一种有益的经验。

上述分歧亦同样反映在对审美体验的性能及其构成方式的不

同理解上，不妨试加辨析。"体验"作为一种复杂的心理活动，其中含有感知、想象、记忆、联想、思维、情感等多种元素的协同组合，是人所共知的，而众多元素中的主导性能何在，则中西传统在着眼点上实有一定距离。西方美学家因看重审美的超越性，一力关注其追询与设置生命终极意义的作用，故多强调其认知的职能，往往将"体验"定位于一种以直观形态展示的理性思维活动（如所谓"本质直观""诗思合一"诸说），在现象学以至解释学的不少论著中均有所表述。我们民族的传统由于肯定审美与现实世界的密切关联，将日常生活的感受即视作审美体验的源头，所以多侧重于审美活动中的感性成分，特别是情感在审美过程中的导向作用，进以将整个审美活动的结穴点归之于审美者的生命感发。实际上，生命感发的核心意义恰在于情感的熏陶，因为正是情感的好恶强弱在根底里决定着一个人的生命动力与其活动倾向。我们的先人之所以特别重视"礼乐"的教化作用，尤其在"兴于诗，立于礼，成于乐"的训言中（见《论语·述而》篇），将艺术审美的感化功能提升到培养人生情趣与道德情操以完成人格修养的高度上来体认，充分显示出华夏传统审美精神在其"形上"追求中蕴含着的巨大的现实意义与生命活力。当然，情感教育必然包含理智的成分，正如同西方美学肯定"体验"的理性思维导向而亦关注发扬其感性能动作用一样。

总体看来，华夏传统审美经验在体系化、精密化等方面虽比不上西方美学和当代理论，但其中确有不少精华可为我们吸取，特别是它在"天人合一"的传统理念下开显出来的既重视现实生命感受而又坚持超越性追求的基本路向，很值得今人借鉴。如何确切地把握其精神内涵，积极而全面地开发其思想资源，在与西方美学及当代理论的双向观照、互为阐释之中，逐步提升其理论思维的精密性与科学性，便于引入当前美学思想和整个审美生活的构建，是在新时代条件下发展华夏美学的一个战略性措施，期待学界同仁的共同关注并付诸实践。

（此据本人在上海市美学协会 2017 年年会上的发言提要加工整理而成，刊见《学术月刊》2018 年第 8 期）

说"天人合一"

——兼谈中华民族对人类应有的思想贡献

二十一世纪伊始,当代法国著名哲学家德里达应邀访问中国,来上海时留下一句惊人的话:"中国古代无哲学,但有丰富的思想。"此语一出,舆论哗然,许多人认为他低估了中国传统的哲学成就,质难蜂起。不过据我揣测,作为解构主义大师的德里达,未必看好西方流行的那种建立在严密概念辨析与逻辑推导体系中的哲学形态,所以他说这番话,很可能意在表白中国先贤未曾蹈入西方形而上学的窠臼,却依然创造了丰富的思想业绩,属肯认而非贬抑。网络上的反响不知本人是否知晓,而他在访华期间似乎也未对自己这句话的用意重加申说。不管怎样,我以为德里达的言论是符合实情的,中国古代确无西方那种学科形态的哲学理论构建,而民族传统中仍然不乏丰富深邃的思想资源,认真地加以开掘和应用,将大有利于促进人类思维的发展,"天人合一"之说便是个突出的例子。

关于"天人合一"的理念,当前学界已多有涉及,但在理解和评价上有悬殊。不少人肯定它是中国传统思想中的一个基础性的观念,对民族思维方式有深远影响,国学大师钱穆甚至断言这是"中华民族对于人类学术思想所可能具有的最大贡献"①，评价极高。但也有好些人将它看得很低，称之为人类幼稚阶段尚未能辨别"物""我"限界时的原始混沌思维形态，或则归之于诗人、艺术家在审美感受中的一时兴到之语，不具备真实的内涵。评论如此悬殊，值得我们深思，尤其是它关涉如何对待民族思想文化遗产的问题，不当轻易略过。

以我之见，"天人合一"命题之提出，须得先分别形成"天"和"人"这两个不同的概念，进以探究它们之间的内在关联（即所谓"究天人之际"），方得以顺当确立，自非原始物我混沌思维态势所能实现的。再就思想史的实际情况而言，传统"天人合一"说在其历史演进的过程中，逐步开显出天人同源、天人一体、天人合德、天人共理、天人交感、天人比类、天人互参、天人相济诸多观念并行互补的格局，不断丰富与发展着"天人合一"说的内涵，又哪是原始混沌思维甚或诗人"兴到之语"所概括得了的？更何况在传统"天人合一"理念的基础之上，我们的先人更建立起"和实生物""生生不息"的方法论原则，提出"天行健，君子以自强不息"的人生信念，以至于明确宣示"民吾同胞，物吾与也"的博大胸怀，展现出一条与西方文明自有区别的中华传统思想文明路线，其经验值得好好总结，决不能仅以"原始""朦胧"为借口而一棍子打入冷宫，这亦便是本文撰写的用意所在了。

一、命题释意

让我们先就"天人合一"命题的含义稍作一点解析。

---

① 钱穆《中国文化对人类未来可有的贡献》，《中国文化》1996年第1期。

首释"天"。"天"之内涵相当复杂,前辈学者冯友兰先生在其《中国哲学史》一书中将其解析为"物质的天""主宰的天""运命的天""自然的天"和"义理的天"五种含义,视其具体应用场合而分别处理之。在此基础之上,我考虑将其归并为两大类——"自然之天"和"主宰之天"。前者又有广义与狭义之分:狭义的"自然之天"即指与大地相对置的天空,且亦不包括地面上各种动、植、矿物,这是人们口语中惯用的"天";广义的"自然之天"则囊括一切存在物在内,相当于人们常说的"世界"或"宇宙"。哲学思维有如"天人合一"命题中的"天",多取广义,而亦有时限于狭义,需要细心辨别。再说"主宰之天",抑或可区分为二:一以指具有明确人格意志的主宰,如天神、天帝乃至天命、天意等,其意向性都较为明显;另一种则体现为以普遍德性及义理法则为世间事象提示规范者,如"天理""天道""天德"之类,不显露直接的意向,而仍有其宰制作用在。两种"主宰"的含义经常是相互结合着的,在文明早期,其人格意志的力量更为凸显,到后来,则逐渐转变为以普遍德性及义理法则为导向,但背后实仍隐伏着一个意志主宰者在。另外,"主宰之天"与"自然之天"(广义的)亦常相交渗,互为体用,而各自之间又有一定的差别存在,这个问题较为复杂,留待后文再作解析。

次说"人"。"人"所指涉的对象比较明确,不像"天"那么复杂,但在具体应用时亦有"普泛的人"或"个体的人"的内涵差异。就"天人合一"命题囊括的范围而言,其"人"当指普泛的人,即社会上所有的人无例外地都处在"天人合一"关系笼罩之下,人人皆要受"天"的威权所制约。而若转换一个角度,从人自身的担当与追求来看,也就是从"以人合天"的目的导向而言,则其重点又显然落在个体的人身上,是强调每个个人都要自觉地秉承"天命",按"天理"和"天德"来规范自己的行为与精神状态,让自身成为"天意"的开显。由此看来,"天人合一"观的出发点虽根基于"天",而其落脚点却在于"人",尤其聚焦于个体生命的自觉和自立,表明在其有关整体世界的构想中仍为个人主体性的发扬保留着一定的活动空间,这也正是传统"天人合一"说有可能转化并进入现代文明的一个重要条件。

于是再来看一看"天人关系"。如上所述,"天人合一"并非意味着天人混沌未分,而亦非指相分后再重新结合,其确切的含义当是在认可天人有别的前提下,进以追溯其根源上的"天人本自一体",即人与自然万物、个人与社会群体乃至自我与他人他物之间内在具有的并存与互属关系。换言之,世间一切存在物实际上都扎根于这个整体性世界的土壤之中,相互制约而又相互包容;无数个体小生命合成了"大化流行,生生不息"的宇宙大生命,且在这一宇宙生命活动的进程中不断地新陈代谢并递相衍续。"人"作为"万物之灵",秉承天地之元气,能够自觉地遵循"天道"以合理地安排世间事务,处理好各方面的对待关系,从而促进整个世界的安定与发展,这也便是倡扬"天人合一"理念的宗旨所在了。这一立足于整体涵纳的世界观构成了中华智慧与文明的根本出发点,特别是与西方文明侧重主体的自我伸张与运作而引向"主客二分"的对立格局,恰成鲜明的比照。当然,传统思想中也自有"天人相分"的说法产生,《荀子·天论》中即已提出"明乎天人之分"的要求,后来柳宗元的"天人不相预"(见其《天说》)和刘禹锡的"天人交相胜"(见《天论》上中下篇)诸说,都沿着这条路子展开。不过细究下来,那主要是从职能上对"天""人"的不同作用加以区分,属补充而并非根底里否弃"天人本自一体"的基本理念,看来"天人合一"仍足以代表我们民族的思想传统,值得予以认真关注。

二、源流考镜

"天人合一"作为传统思想的核心理念,并非一下子就得到确立和臻于完善境地的,其间自有一个漫长的演化历程,考察它的源流演变,有助于我们对这一理念的确切把握。这篇短文只能提纲挈领式地鸟瞰一下,缺略与偏颇在所难免。总的说来,我们似可将这一演化的历程划分为理念的确立、演进和趋于完成这样三个阶段,并以先秦诸子说兴起前夕、汉代董仲舒思想建立以及宋明理学的基本形成视以为各阶段得以实现的坐标。

先来看理念的确立,它实际上也经历了悠久的发展过程。

从源头上讲,我以为,"天人合一"的观念最早当追溯于原始巫术的"心物感应"。众所周知,原始社会的生产力是十分低下的,受这种情况的制约,当人们感觉自己的愿望难以在实际的劳动生活中得到实现时,往往会寄希望于超自然的力量,企求凭心灵的感通作用将内在的意向投射于外界对象,让外物接受自己的意愿,这就是原始巫术的由来。原始巫术的施行,在人类早年生活中是相当普遍的,它往往跟"万物有灵"的观念相结合,要以自己的心灵去沟通外物之"灵",这里便潜伏着"天人合一"的胚芽。以今人的眼光看来,这自是非科学的思维,不过在原始时期,它却是人的主体性的最初表露,意味着"人"已经从与外在自然界混沌不分的状态中走了出来,开始有了自我意识与自觉生命的追求,是人之为人的一个重要标志。所以这一巫术广泛实施的现象,在世界各民族早期历史中差不多普遍存在,而在我国典籍里亦自有"夫人作享,家为巫史"的记载[①],可见其一时之

---

① 《国语·楚语下》,《国语》卷一八,上海古籍出版社,1982年。

盛况。

如果说，"心灵"与"物灵"的感通还不足以体现完整意义上的"天人合一"，那么，当"物灵"提升为"神灵"时，"天人合一"的观念便正式诞生了，这是由早期宗教信仰的建立来实现的。我们看《尚书·尧典》上的这段记载："帝曰：'夔，命汝典乐，教胄子。直而温，宽而栗，刚而无虐，简而无傲。诗言志，歌永言，声依永，律和声，八音克谐，无相夺伦，神人以和。'"这段话里的"诗言志"一语，每被引证为中国诗学的"开山的纲领"，设若从整段说白的内容看来，其所反映出来的诗歌乐舞浑然一体、未予分化的状态，恰是早期社会宗教祭祀典礼的写真，而这一祭祀活动所要实现的"神人以和"的境界，不正是"天人合一"思想的最初表述吗？再联系同书《皋陶谟》篇里有关"夔击鸣球，搏拊琴瑟以咏，祖考来格；虞宾在位，群后德让"以及"击石拊石，百兽率舞，庶尹允谐"等盛大场面描写来看，这一以祭祀乐舞沟通天神、祖先之灵的生动情景，也就活现于眼前了。

值得注意的是，我们民族传统的"天人合一"理念，并未长期滞留于原始巫术和宗教信仰的领域，却是在文明建立之初，即已转移到政治生活之中，演变为"君权神授"的"天命"政治观。据古书记载，我国第一个王朝——夏王朝的统治者在讨伐不奉诏令的有扈氏部落时，就曾以"有扈氏威侮五行，怠弃三正，天用剿绝其命，今予唯恭行天之罚"为号令①。后来夏政衰落，殷商代之而兴，其开国君主商汤出兵诛讨夏桀时，亦以"有夏多罪，天命殛之……予畏

---

① 《尚书·夏书·甘誓》，《尚书注疏》卷七，《十三经注疏》本，中华书局影印本，1980 年。

上帝，不敢不正"作理由①。再往后周武王会集各路诸侯举兵灭商，同样用了"皇天震怒""商罪盈贯，天命诛之"的诰言②，可见"天命"确然是王朝更迭的主要依据，"君权"来自"神授"。然则，"天命"何以会有转移呢？西周成王在总结历史经验教训的基础之上，提出了"皇天无亲，唯德是辅。民心无常，唯惠之怀"的断语③，将"天命"与统治者的德行紧密联系起来，而统治者的德行又常要体现在他对所统治民众的关爱与照料上。就这样，以君主及其道德修养为轴心，将天意、民心和国运捆绑到一根绳索上来，这便是我国传统"天命"政治观所开显出来的"天人合一"的思维模式。

周室东迁，王纲失坠，君主的威权大大降低，人们的注意力于是从君主个人的德行逐渐转移到社会礼教、人伦的建设上来，相应地，对"天命"的强调也逐渐转变为对"天道"的关注，人格意志的主宰者愈来愈需要借重义理法则的统帅作用了。这一时际，对"天道"的议论甚为活跃，《左传》与《国语》中多有记载，尤以所引郑国大夫子产的一番言论最具代表性，其云："夫礼，天之经也，地之义也，民之行也。天地之经，而民实则之……为君臣上下以则地义，为夫妇外内以经二物，为父子、兄弟、姑姐、甥舅、昏媾、姻亚以象天明，为政事庸力行务以从四时，为刑罚威狱使民畏忌以类其震曜杀戮，为温慈惠和以效天之生殖长育。民有好恶喜怒哀乐

---

① 《尚书·商书·汤誓》，《尚书注疏》卷八，《十三经注疏》本，中华书局影印本，1980年。
② 《尚书·周书·泰誓》，《尚书注疏》卷一一，同上本。
③ 《尚书·周书·蔡仲之命》，《尚书注疏》卷一七，同上本。

生于六气……哀乐不失，乃能协于天地之性，是以长久。"① 像这样，将宗法社会里的各种制度与道德规范一概归原于"天道"，由此来论证其必要性与合理性，进以要求社会各阶层人们各自尽心守则，共同来维护这合乎"天道"的秩序，无疑是将原来集中于君王自身德行的"天命"政治观拓开且普泛化了，形成一种包容整个社会与民众生活在内因亦更具开放性和凝聚力的"天人合一"思维模式，对后世的影响也更为深远。要言之，脱胎于原始巫术，萌生于早期宗教，转形并开启为"君权神授"的"天命"政治观，更播散为全体民众共同参与构建的社会制度和道德理想，传统"天人合一"说由此得到明晰地确立，它不再停留于蒙昧人群的习惯性行为方式或少数统治者的神道设教，而已构成广大士人乃至普通民众的共同生活准则，其作为民族传统的本原性理念是当之无愧的。

"天人合一"观念的初步建立，并不意味着它停止了自身的演化历程。春秋战国之交诸子学说的兴起，从不同角度促成其分化和演进，而后又经多方面的综合，到董仲舒手里始形成相对完整的思想体系，这整个过程可归结为"天人合一"理念的演进期，让我们循着历史的线索试加追踪。

先看诸子学说，其中涉及"天人合一"的有儒、墨、道、阴阳各家，而以儒道二家对后世影响为大，我们就来谈这两家。总体上说，儒家学派是以"情性""心性"为纽带来沟通天人关系的，当然也有个发展的过程。最早如孔子，被认为罕言"性"与"天道"②，表明在他之时这一独特的视角尚未充分打开，但从其所谓

---

① 《左传·昭公二十五年》所载子太叔引述先大夫子产之言，《左传杜林合注》卷四一，《四库全书》本。

② 参见《论语·公冶长》："子贡曰：夫子之文章，可得而闻也；夫子之言性与天道，不可得而闻也。"（《四库全书》本《论语集注》卷三）。

"天生德于予"以及"性相近也，习相远也"等说法中①，似亦可稍稍见出他将"心性"本原归诸"天"的痕迹。真正建立起儒家心性观的，当以晚近出土的郭店楚简"性自命出"诸篇为准。这些被判为子思氏所作的篇章里，明确提出"道始于情，情生于性"和"性自命出，命自天降"的系列命题，从而形成以"情性"或"心性"为枢纽，将"天命"与"人道"（指社会政治、道德等）联成一体的思路。稍后孟子主张以"尽心""知性"以"知天"的内在超越为修养途径②，便是循着这条理路来构筑的。到《礼记·中庸》篇，更开宗明义地以"天命之谓性，率性之谓道，修道之谓教"作为纲领，将原来表见于社会政治、伦理制度层面上的"天人合一"观，明确转移到以"心性"为核心的立足点上来，可以视作传统"天人合一"理念在推进过程中的一条内向转化路线。

再来看道家的"天人合一"观。与儒家学派之侧重"天命"与"心性"的内在关联不同，道家取的是"气化生成"的视角，也就是从一气化生万物的角度来把握"天""人"的同源与合德。应该承认，"气化"说并不始于道家，早在西周末年的伯阳父，即已把阴阳二气失调以引发地震用为西周王朝将趋衰微的示警（见《国语·周语上》），但这还不属于"气化生成"。道家的创始人老子始有这个意念，他有关"道生一，一生二，二生三，三生万物，万物负阴而抱阳，冲气以为和"的表述③，实开启了后人关于元气剖分阴阳而又交合以化生万物的构想。老子后续的《庄子》书中，明确提到

---

① 分见《论语·述而》与《论语·阳货》，同上书卷四、卷九。
② 《孟子·尽心上》："尽其心者，知其性也；知其性，则知天矣。"（《四库全书》本《孟子注疏》卷一三上）
③ 见《老子》第四十二章，引自张松如《老子说解》，齐鲁书社，1987年，第279页。

"气化生成"的概念。《知北游》篇有云:"人之生,气之聚也,聚则为生,散则为死……故曰通天下一气耳",这是以"气"为生命的本根。《则阳》篇里讲到:"天地者,形之大者也;阴阳者,气之大者也",而据其"气变而有形"之说(见《至乐》篇),则不仅人的生命,连天地万物也都是"气化"的产物了。另出自战国后期稷下学的《管子·内业》篇中,也有"凡物之精,比则为生。下生五谷,上为列星,流于天地之间,谓之鬼神,藏于胸中,谓之圣人,是故名气"之说,它还将人的心灵活动亦归之于"精气"的作用,宣称"定心在中,耳目聪明,四枝坚固,可以为精舍。精也者,气之精者也。气,道乃生,生乃思,思乃知,知乃止矣"①,充分体现了以"气"为本原的世界观。值得注意的是,"气化"说不仅用以解释宇宙万物的同源一体,亦含带其共性合德的意味在。《老子》书中"人法地,地法天,天法道,道法自然"(见第二十五章)的一段表白,就是从性能上来阐说人与天地万物的一致性的,这一致性自不同于儒家的遵礼守法,乃是要虚静无为、复归自然。由"气化"的自然运行导引出人的顺应自然,这也属"天人合一",不过不是要合于人的先验的心性伦理,乃是要合乎外界的自然物理,较之儒家将传统"天人合一"观转为内向,这或可归于一条外向转化的演进路线。

有分化,就有综合;分化是演进,综合亦属演进。战国秦汉之际形成的《易传》诸篇,虽立足于阐释儒家经典,却注意到吸取其他派别的思想,其所奉行的"天人合一"观即具有综合性能。比如

---

① 按《管子》一书乃后人假托管仲之名以编集,内容相当庞杂,各派观念都有,其中《内业》《白心》及《心术》上下四篇接近道家,被认作稷下黄老学派的思想表达。

《象传》篇"说卦"中以"乾""坤"二元来指代天地阴阳之气，且以"万物资始"和"万物资生"来说明其对创造世界的始源意义，这就是取的"气化生成"原理。《系辞》篇提出的"易有太极，是生两仪，两仪生四象，四象生八卦"的宇宙生成模式，明显脱胎于《老子》书中"道生一，一生二，二生三，三生万物"的演化路线。而其所总括出来的"一阴一阳之谓道"（见《系辞》上），更是将"气化"作用提升到宇宙大法的高度上来加以体认，这应该说是汲取和利用了道家乃至阴阳家的思想资源。不过《易传》作者并不追随老庄哲学的自然无为的人生态度，它以"天行健，君子以自强不息""地势坤，君子以厚德载物""山下出泉，蒙，君子以果行育德"（均见《象传》）来大力倡扬儒家伦理道德，体现出气化说与人生追求的紧密结合，这样一来，"天""人"沟通的渠道变得更为广阔，不但同源一体与合德共性得以兼赅，其间相互感通与交参并用的功能亦可顺理成章地建立起来了。

还可注意的是，《易传》的综合倾向在当时并非孤立的现象，约略同时或稍有前后的《吕氏春秋》以及《淮南子》诸书，都明显朝着这个方向发展，它们打的是"杂家"或"黄老"的牌子，而无碍于其综取各家资源。不过真要讲到给传统"天人合一"理念予以充分发扬且构建起较为完整的学说系统的，还得数西汉中期出现的董仲舒。他在广泛吸取前人理论并作出自己的发挥、增益之后，明确提出"天人一也"的命题（见《春秋繁露·阴阳义》），给"天人合一"说正了名。在宇宙运行的问题上，他将既有的"阴阳说"与"五行说"结合起来，对万物生化原理作了更为细致的阐说。但值得注意的是，不同于《易传》将万物生化之源都归功于乾坤阴阳之德，在他看来，"阴与阳，相反之物也"，"阳气暖而阴气寒，阳气予而阴气夺，阳气仁而阴气戾，阳气宽而阴气急，阳气爱而阴气恶，阳气生而阴气杀。是故阳常居实位而行于盛，阴常居空位而行于末。"①当然，这一爱恶生杀之说也同样能体现宇宙万物新陈代谢的原理，而其真实的意图则在于明确树立"阳尊阴卑""阳德阴刑"的观念，为宗法礼教与专制政治寻找"天道"的依据（后汉《白虎通义》的"三纲六纪"之说，便奠基在这一理念之上）。董仲舒还努力将阴阳之说引入人的心性领域，强调"身之有性情也，若天之有阴阳也；言人之质而无其情，犹言天之阳而无其阴也"。但基于其崇阳卑阴的天道观，他又主张着力发扬人性之"善端"，"捐其欲而辍其情以应天"②。对此，近人苏舆的解说是："天为阳主性，地为阴主情，天先成而地后定，故情欲后于性命……阳者善，故性善；阴者欲，故情有不善。阳极生阴，故性之动为情；阴极胜阳，故情之动为欲……变而之不善，化而复迁于善"③，大体表述中肯。董氏的这一尝试不仅将道家的元气自然说与传统儒家的先验心性观直接打通，还对原儒的"情性一体"说加以改造，初步建立起"性善情欲"的情性二元观，开启了后世理学"存天理，灭人欲"之先河。不过就董仲舒本人的意向而言，其重点尚不在节人之情和制人之欲，乃在于劝谕人们"察于天之意""受命于天"，以实现"取仁于天而仁也"的人生信念④，这也正是其"天人合一"说的归结点所在。

董仲舒建立了自成系统的"天人合一"思想，由于其内容的丰富和体系的完整，且能适应大一统王朝"独尊儒术"的方针，在汉代及后世都有相当影响。但其中天人类比之说显得牵强，大谈灾异

---

① 分见《春秋繁露·天道无二》及《阳尊阴卑》，《春秋繁露》卷一一、一二，上海古籍出版社影印本，1989年。
② 《春秋繁露·深察名号》，同上书卷一〇。
③ 苏舆《春秋繁露义证·深察名号》，中华书局，1992年，第305—306页。
④ 见《春秋繁露·王道通三》，《春秋繁露》卷一一。

与祥瑞的感应现象亦会有许多副作用产生，引起后人（如王充、柳宗元、刘禹锡等）纠弹。更重要的是，后起的玄学与佛学思潮分别提出以"无"为本或以"空"为真谛的观念，直接向"气化"说发起了挑战，而儒家有关"人性本善"及"天命之谓性"的思想传统，跟董仲舒以气禀的阴阳清浊来解说人的天性会有主善、主恶及善恶相混的"性三品"说，亦自有矛盾存在。这些问题需要解决，于是推动"天人合一"观向着宋明理学行进，并在理学思潮中实现了其传统意义上的完成。

我们看到，被奉为理学开创者的周敦颐是以"太极"来标示宇宙的始基，以"太极生两仪"来说明气化运行的，这显然承自《易传》，而他在"太极"的名词上冠以"无极而太极"的称呼（见其《太极图说》），却显示出《老子》以"无"名"道"的痕迹，是否意味着他有调和儒、道的用心呢？继起的张载则断然否弃了这一路向，改以"太虚"作为本原。他明确宣告"太虚即气"，或曰："太虚无形，气之本体"，"气聚而成万物，散而为太虚"①。这是在接受佛老关于有形之物不得充当本根的质难之下，继续坚持并改进了原有的"气本"说，将超乎形体的"太虚"用为有形之"气"的本来依据，而气化运行、生成万物的演化过程也就顺理成章地得以成立了。他还宣称："由气化，有'道'之名"②，且认为"气之性本虚而神，则'神'与'性'乃气之所固有"③，从而将"道""神""性"之类比较抽象的法则与性能，一概整合到气化运行的进程中去了。另外，针对传统儒家以"善"为先验人性和实际生活中人性自

---

① 均引自《正蒙·太和篇》，见王夫之《张子正蒙注》卷一，北京，中华书局，1975年。

② 同上《太和篇》。

③ 《正蒙·乾称篇下》，《张子正蒙注》卷九。

有差异的矛盾,张载提出"天地之性"与"气质之性"的区分,认为前者受自"太虚"本性,直接体现"天命",故无不善,而后者由各人"气禀"差异所造成,难免有贤不肖之别,但只要自己努力加强学习和修养,亦能不断改变其气禀之缺陷,以期复归于"天地之性"①。这一"性二元"的构想,解决了儒学心性道德观上的一大疑难,使传统"天人合一"的理念更见圆通,故常得后继者所援用。至于他从"天人本自一体"的观念中推导出"民吾同胞,物吾与也"的论断②,将他人他物视以为与自身同休戚、共命运的亲密伙伴与兄弟,这一"仁民爱物"的博大情怀实已达到旧时代士大夫所可能具有的高度,常得有识之士的称引与敬仰,至今仍未失去其崇高的意义。

张载以"气本"说反击佛老,坚持了儒家的实在论世界观,但在理论逻辑上亦仍有缺陷。按他的说法,"太虚即气""气散而为太虚",则"太虚"不过是"气"的一种存在形态,又如何能主导气化世界的运行呢?传统的"天人合一"理念是需要有一个主宰者的,有了主宰的力量,世界的演变才能具有合目的性与合规律性,这个一体化的世界也才能继续保持完整的结构与性能,而单纯的气聚与气散显然不能满足这一要求。为此,比张载生年稍晚的程颢、程颐以及南宋的朱熹,便在张氏主"气"的基础之上,更设定一个"理"(天理)来主宰气化运行。"理"其实也并非气化世界以外的东西,它就展现于气化世界之中,构成其基本的法则与导向。就"理""气"之间逻辑上的本末体用关系来看,或可说成"理在气先",而若就其实际的存在状况而言,则应该属于"理在气中",它

---

① 参见《正蒙·诚明篇》所论,《张子正蒙注》卷三。
② 同上书《乾称篇上》,《张子正蒙注》卷九。

内在地支配着"气"的运行与变化。"气"多变而"理"恒定,故用"天理"来标示"天"的主宰作用,较之作为气化本原的"太虚",当具有更大的明确性与稳定性。宋明理学之定名为"理学",正表明传统的"天人合一"观最终选择了"天理"作为最高主宰,以"天理"来整合整个气化运行的世界(包括社会生活与人的精神现象在内),这也便是"天人合一"说的归趋所在了(后来陆王"心学"倡扬"心即理"说,亦未从根底上改变"天理"的主导地位,故仍被归为理学的一个分支)。当然,以恒定的"天理"为最高主宰,其结果必然落入"天不变,道亦不变"的古老窠臼之中,扼杀了由"气化生成"所可能引发的"生生不息"和"新陈代谢"的蓬勃生机与广阔前景,自是传统"天人合一"说难以跨越的限界。

三、义理平章

如上所述,"天人合一"说在其悠久的历史演进过程中,形成了以"天""人"一气同源为基础,合德共理为指向,并辅以交感、互参等功能作用的相对完整的理论构架,成为华夏民族传统思想的基本理念。"天人合一"立足于整体的宇宙观,以人与世界(包括与自然万物、与社会各界乃至个人与各群体之间)的一体互动与共生共容为思考问题的出发点和归结点。为此,它在处理各种问题与矛盾关系时必然趋向合作与协调,"和实生物""和而不同"① 实构成其方法论原则,这对于当今矛盾丛生的世界或可提供一定的启示。

---

① 按:"和实生物,同则不继",出自《国语·郑语》记述西周末年史伯之说,重在探讨事物演变的法则,后被孔子引申为"君子和而不同"的立身处世原则,见《论语·子路》。

在这一理念中,"和"导向了"生","生"是其目标所在,所谓"天地之大德曰生"①"生生之谓仁"②,都体现着这一取向,而"大化流行,生生未尝止息"③即足以代表其所向往与追求的境界。这样的一整套观念在我们民族的历史演进中发挥过巨大的作用,对于稳定社会秩序、整合大一统的国家机制、调节人际关系乃至提升人的精神生活世界,都有着不可替代的重要意义,应予以合适的评价。

传统"天人合一"观亦自有其缺陷所在。作为古代农业自然经济与宗法专制制度的产物,它必然要打上时代的烙印,不可能完全适应和简单移入当代文明的土壤,须有一个合理的批判与转化的过程,容我们尝试一下。

首先,"天人合一"中的"天"有两重含义:"自然之天"与"主宰之天",二者并不相当。"自然之天"作为气化生成的整个世界,将一切自然物与人事现象都包罗在内,"人"也属于"天"的有机组成,参与"天"的运作。而"主宰之天"不论显现为人格意志的"天帝""天命"或具有规范性能的"天理""天德",虽也进入气化世界并主导其运行活动,实际上则处于居高临下的位置以君临万有,"人"就只能成为实现"天意"的手段和工具了。"天"的这两重含义自有歧异,为调和这一矛盾,古代哲人最终采取了"形上"与"形下"作界分的办法,以"形下"的气化运行构筑"自然之天",又以"形上"的义理规范标示"主宰之天","天理"的主导作用即体现在万事万物的气化运行之中,"主宰"与"包罗"便也达到了兼容。以今天的眼光看来,这一调和自是不彻底的,需要

---

① 《易·系辞下》,引自《周易注》卷八,《四库全书》本。
② 按:以"天地之大德曰生"来解说"仁"的内涵,首见于北宋程颢之"语录",明代儒者更常以"生生之谓仁"论学,具载《明儒学案》。
③ 陈淳《北溪字义》,中华书局,1983年,第1页。

将义理的规范作用吸纳到气化运行自身的机制里去，即以气化本身形成的规范为导向，而非缘于外加。这个问题并不难于处理，现代系统演化论已经对各类现象如何从混沌转为有序的"自组织"过程作出了科学的考察与说明，并时兴起的"协同学"则就各要素间的交互与协同作用如何导致合目的性与合规律性的生成给予确切的论证，这就为消解"主宰之天"，让"天人合一"统一于"自然之天"提供了可信的依据，而"天人合一"始得以消除其本有的超自然迷雾，真正转化为能适应时代需要的自然与人文的信念。而若有人愿意将现代系统演化论与协同学的基本原理，拿来与我们先人有关"气化生成"及"和实生物"的天才预测试加比照参证，或许也能构成某种饶有兴味的思想议题。

其次来看"人"，特别要问一问"人"如何才能上达"天意"。前曾述及，"天人合一"观虽以"天"为根基，落脚则在"人"自身，要由"人"来实现"天命"和"天德"。人凭什么来沟通与"天命""天德"的联系呢？传统"天人合一"说将这一枢纽设定在人的"心性"之上，宣称人的本性直承自"天"，体现"天命"，故只需保持和发扬本初之心，就可以让"天理"在自己的思想和行为中开显出来。应该说，这一构想自有其合理之处，因为只有从性能上将天人打通，才谈得上真正的"天人合一"。不过传统儒家用他那一套先验道德来解说人性，不免失之于武断，因为道德作为社会现象，总是历史地生成的，也会随着历史的变迁而不断改易自己的内涵，并不具有先天的普遍性。要确切把握"天""人"的共通性能，我以为，还得从一体化世界的"气化生成"原理上着眼。"气化生成"的主体是"气"，"气"是个什么东西呢？以往的哲学史著作多将"气"解作微小的物质粒子，并不确切。按张载的说法，"气聚而成万物，散而为太虚"，"太虚"亦属于"气"，但未有形体，不能构成物质粒子,至多只能视作一种能量"场"而已。《管子》书中则将人的心灵亦归属于"精气"所聚,则"气"又包括精神现象在内。《庄子·养生主》另有"无听之于耳,而听之于心;无听之于心,而听之于气。耳止于听,心止于符,气也者,虚而待物者也,唯道集虚"之说,于是"气"成了较之感官与思维活动更为精微的信息传递渠道,它能够直接沟通"天""人"的本原,属于生命的内在感应。看来"气"无所不在,它就是整个宇宙生命活动的基本构成,"气化生成"和"一气感通"即意味着其创生的功能与交流生命信息的作用。古人以"生生不息"来形容"大化",算是把握住了整个"气化"世界的活动进程与生命导向,而"天地之大德曰生"和"生生之谓仁",也正是凭借这一本原性的活动机制来谈论"天"与"人"所当秉承的德性。据此,则天人沟通的枢纽不在于先验人性,恰在于现实的生命活动即"气化生成"之上,或者说,"天人合一"即合之于"生"。"天"固然要以其气化运行的生命活动来成就人和制约人,而"人"也应在自己的生命进程中来体认"天"的运行法则,进以构建自己的人生道路和信念所向,这也便是"天人合一"的命意所在了。传统"天人合一"说中所蕴含的这一以"生命"为核心的哲学理念,虽不合乎生物自然科学对于生命蛋白质体的界定,却可同现代系统科学的"自组织"原理及"广义进化论"思想相印证,也自与当今生态哲学观之突破地表生态范围、向着更深层次"生态"理念的拓展趋势共呼应,我们不可掉以轻心。

由此,当进入对天人关系的进一步辨析。"唯天为大""唯人为灵"①,是古人就"天人之辨"所作出的最扼要的说明。"天"作为

---

① 见《论语·泰伯》引孔子语:"唯天为大,唯尧则之。"又《尚书·泰誓上》有云:"唯天地万物父母,唯人万物之灵。"

整全的世界是无所不包的,"人"也含赅在"天"之内,并不能独立自存。但"人"又不同于自然万物,他是自觉的生命存在,他有灵性。这灵性就表现于他能通过自己的生活实践来探究天理和遵行天理,同时也显现为他能按照自己的意愿来改造世界和更新生活道路,自然生命与自觉生命在他身上是合二而一的。应该说,传统"天人合一"观对人的二重性能有所揭示,它一方面要求人们奉循"天命",按"天理"行事,同时又强调"人能弘道,非道弘人"①,即主张发扬人的主体性能,以自觉地弘扬"天道"来实现人的使命。不过从总体上讲,这毕竟仍属于"以人应天"的范畴,即以顺应"天命"为人的基本取向,而那种"以人参天"即以人自身力量参与世界的运作进以改造世界的取向,则并不分明。荀子诸人之所以提出"明乎天人之分"以至"天人交相胜"等观念,正是为了区分两者的不同职能,进以突出人的主体能动性,但他们的主张在传统思想中并不占据主导地位,"以人应天"仍被视为"天人合一"的当然归趋。而在当今世界工业乃至信息文明日趋发达的形势之下,改造自然和改造社会的观念已深入人心,再要墨守"以人应天"的老规矩自显得不合时宜,必须将"以人参天"的功能凸显出来,为"天人合一"理念添注新的活力,这在消解了"主宰之天"并以"生生"为导向的前提下不难做到。但要注意的是,"参天"与"应天"又是不能截然对立起来的。人毕竟是大自然和族类总体演进的产物,其生存与活动的展开仍须立足于整个自然生态以及人类群体协调共生的基础之上,而其改造世界的努力也须以保持世界的完整性为前提,所以自然生命与自觉生命的二重性能终需维护与继续提升,以利于对天人之间的互动关系能有一辩证的把握。

---

① 《论语·卫灵公》,引自《论语注疏》卷一五,《四库全书》本。

现在可以来谈论"天人合一"理念的当代意义了。作为华夏民族传统思想的根基，这个理念上必然打有其所由生成的那个时代与民族生活的深刻烙痕，不可能简单地移用于当前社会生活。但普遍性即寓于特殊性之中，传统思想里自含有不少具有长久生命力的成分，经适当转换之后，即有可能跨越其原有的限界，进入现代社会生活并与世界其他文明形态相撞击、相交汇，"天人合一"便是典型的一例。我们已经看到，在剥离其"主宰之天"的神秘因素和一味"顺应天命"的消极姿态之后，其原有的一体化世界观显得更为完整，而内含的生命创造功能与协和共生的法则也更见清晰，这样的理念是足以见容于当代的。特别值得一提的是，这一体化的世界观与长时期流行的西方文明理念恰构成鲜明的比照。众所周知，西方传统中历来有一个"二分世界"的设置，从柏拉图的"此岸世界"与"彼岸世界"的划分，亚里士多德的"质料因"与"形式因"的并峙，中世纪基督教有关"天堂"与"人间"的截然对立，直至近代盛行的"主客二分"的思维态势，无一不显示出"二分世界"的印迹，究其根底，乃在立足于"主体"而非"整体"。既以独立的"主体"为中心，则主体所面对的事象便都成了"客体"；"主体"用为目的，"客体"便属于实现目的的手段和资源，是主体所要改造或利用的对象，于是主客对立二分的格局便难以避免。"主客二分"有利于发扬主体的能动性和创造性，是近现代西方文明得以强势运行的思想动力，但其所引发的对立格局与不可避免导致的"斗争哲学"，也给人与自然、人与人乃至人的自我身心之间造成巨大的伤害和断裂，成为现代文明进程中亟须修补与克服的障碍。某些西方有识之士已然注意到这个问题，纷纷提出"主体间性""交往理性""生态伦理"乃至"天地神人共舞"等口号以期予以调节，而未尽如人意。以流行最广的"主体间性"之说而言，其本意当在于克服片面张扬主体性所带来的弊端，企图移步于"主体间"以居间调停，用心良苦。但"主体间"的成立自是以各主体的分立自主为前提的，设若主体的独立性能未变，又凭什么来保证"主体间性"之得以实现呢？看来只有借助人们的"善良意愿"或"交往理性"了，而"意愿"与"理性"并不等同于客观法则，很难用作切实的依据。"天人合一"则不然，它立足于"本自一体"的世界，是以"整体"而非"主体"为出发点的（不排斥其中含纳主体的作用）。这一体化世界既非僵死的铁板一块，亦非稠密的黏糊一锅，乃是由众多充满生机与活力的个体及族类"小生命"组合而成（"合一"的本义在此），更通过其相互制约与相互协调的作用，以导致合目的性与合规律性的运作，逐渐促成事物从混沌进入有序，这也就是"和实生物"所提示的路向了。当然，"和"并不绝对地排斥"斗争"，它恰恰是要通过一定的竞争乃至斗争来实现相互制约与相互推动，但"斗"的结果不非要"你死我活"或"两败俱伤"，更重在激发活力与协作共赢，故主体能动性仍自有伸张之余地，只是不以单独的主体而以整体发展为最终目标而已。于此看来，"天人合一"的理念经现代阐释之后，恰可用以补救当今世界片面张扬主体性所可能和业已带来的各种弊端，为我们关注"生态文明"，倡导各民族、各国家间的"和平共处"，进以构筑"生命共同体"和"人类命运共同体"提供合适的理论依据，这确是中华民族对人类文明发展所可能作出的重大贡献。

  中华民族扎根于世界最古老民族之列，其文明形态绵延达数千年之久而从未中断，确属奇迹，而其成果亦曾广泛播散于周边地区并远及海外。但要讲到其对人类文明作出的贡献，所举多限于纸张、印刷术、火药、指南针等所谓"四大发明"，很少涉及思想领域，这自是缘于近世"西风压倒东风"形势下民族自信心之难于振拔所致。

实际上，我们民族的传统中本就蕴含着丰富的思想资源，具有活生生价值取向的亦不在少数，开发出来是很大的一笔财富。而要做好这项工作，除了认真发掘与系统清理之外，更要拿传统资源来同现代人的生活与思维对接，以现代人能够理解和接受的方式予以合理地阐释，用以激活其中尚具有生命力的因子，进以引入现代文明的建构并丰富人类的精神宝库，这自是当前学界人士责无旁贷的一项重大任务。总之，中华民族对人类应有自己的思想贡献，立足当代，背靠传统，面向世界与未来，这一宏大的愿望必将实现。

（原刊《上海文化》2018 年第 8 期）

第三辑 古今综说

自传统至现代

——近四百年中国文学思潮变迁论

一、四百年作为统一的流程

我们这里所说的"四百年",并非严格意义上的四个世纪,而是泛指自十六世纪晚期(大致相当于明万历年间)至二十世纪末叶这个时段里中国文学思潮的发展演变。这四百年光景的文学进程,在一般文学史著录中,是把它分别切割为中国古代文学、近代文学、现代文学和当代文学几个不同的历史阶段来处理的,为什么要合并在一个题目下加以论述呢?因为据我们看来,近四百年文学思潮的演进,尽管头绪纷繁,事象庞杂,总体上却构成了统一的流程,其实质便是中国文学由传统向现代的转变。这样一个特定的观照视角,自然需要打破原有的分界,对历史作出新的概括。

众所周知,中国现代文学正式诞生于二十世纪中国革命运动中的"五四"时期。由"五四"文学革命所倡导和促成的中国新文学，无论在观念情趣和文学体貌上，都和传统文学存在着重大差异。新文学反对旧文学，新思想否定旧思想，形成"五四"文学革命乃至整个文化革命的主题；而引进西方的观念、方法以至文学样式，则成为新文学自身建设的重要凭借。基于此，在相当长时间内，人们习惯于用"外来影响"来解释新文学的产生，甚至断言中国现代文学只不过是西方文学的移植，它和传统割断了联系，这个看法值得商榷。

诚然，由于历史条件的特殊复杂性，"五四"文学革命确实是在反传统的旗帜下进行的，而其倡导者们的激烈言辞（有时不免过激），更加深了人们的这一印象。但只要不拘泥于词句外表，能够深入一步剖视其实际的思想动向，当可发现，其所谓"反传统"，在思想文化层面上集矢于封建礼教（以"孔教"为代表），在文学层面上亦着重在封建正统文学（如所谓"桐城谬种""选学妖孽"），并不含有全盘否定传统的意思。不仅如此，我们还可以看到，新文学乃至新文化的领袖人物，在大力推进"反传统"路线时，仍很注意从传统中识别和寻求养料，用以为构建、发展新文学和新文化的依据。如鲁迅的倡扬民间文艺和民俗风情，周作人以晚明公安、竟陵派的"性灵"文学为新文学源头，胡适到清人顾炎武以至戴震的学说、理论中去发掘科学实证精神（梁启超开其端绪），又认白话文学的种子早已潜伏在唐宋诗词和宋元小说、戏曲创作里①，以及稍后的马克思主义史学家如侯外庐等称明清之际一批进步思想家为"早期启蒙主义者"，开启了近代启蒙思想文化的先河。这些事例表明，新

---

① 胡适《历史的文学观念论》，见《胡适古典文学研究论集》，上海古籍出版社，1988年。

文学和新文化运动并不曾"数典忘祖",在敞开胸怀吸收和借鉴外来思想文化的同时,仍坚持将目光指向自己的传统。换句话说,传统与现代之间的血肉联系,是自觉地被意识到和把握到的(尽管由于立场不同,各人所指亦有偏侧)。这一点在讨论"五四"文学"反传统"时,似不应忽略。

再从文学史演变的事实来看,"五四"文学革命也并非单凭少数人登高一呼,或输入几个外国的新名词、新观念,就能鼓动起来的,它有一个渐进积累的过程。早在二十年前,约当戊戌变法前后,传统的文学观念就已经发生变化。当时文坛上"诗界革命""文界革命""小说界革命"的提出,戏曲改良的风行,"新民体"和晚清白话文运动的兴起,都在为文学的大变革创造条件,从而构成"五四"文学革命的直接的前驱,虽然其力度和亮色不可同日而语。更往上溯,我们还能发现,晚清时期的文学变局实肇始于清中期鸦片战争前后社会和文学思潮的蜕变,而蜕变的根子则又远远埋藏于明清之际社会格局和文化精神的变动之中。就这样,以"五四"新文学为出发点,通过一步步追根溯源,当能具体揭示出传统与现代之间的内在联系,理出一条由传统向现代转化的贯串线索来。

还要看到,"五四"新文学虽然是中国现代文学的发端,却并非它的完成。"五四"以后,新文学运动经历了长期而又曲折的发展过程,在此行程中,"五四"文学革命所奠定的人文精神和文学作风有所变异,有所分化,有所高扬,有所坠失。这种种变化固然同社会历史变革的大形势紧密相关,而亦和新文学自身所承受的传统思想文化的制约分不开。也就是说,传统和现代之间的交替纠葛,不仅存在于新文学孕生之前,即便在其诞生后的相当时间内,仍是不容回避的事实。因此，回顾和总结新文学自身的演变历程，并将其置放在整个中国文学由传统至现代演进的轨迹中加以考察，应该是很有意义的。我们之所以把晚明以迄当今近四百年的文学思潮作为整体的流程进行探讨，根据就在这里。

当然，四百年的思潮变迁不能"一锅煮"，还须分出段落层次来。依照我们的构想，可以大致区别为四个阶段：

1. 明万历初至清康熙前期（1573—1683），是从传统思想文化体系内部孕育出近代意识萌芽的阶段；

2. 康熙中后期至乾隆末（1684—1795），是复古思潮卷土重来和新思想萌芽在重重禁锢下潜滋暗长的阶段；

3. 嘉庆初叶至"五四"前夕（1796—1915），是在古今更迭和中西交汇双向撞击之下，新倾向开始突破旧传统，旧文学逐渐向新文学过渡的阶段；

4. 新文化运动至当前（1915— ），则是在中国社会革命形势导引下，新文学得到初步确立，并通过不断分化与组合曲折前进的阶段。

四个段落，每段历时百年左右，大体相当于十七、十八、十九、二十这四个世纪，各有自身的特色和在文学思潮演变中的独特位置，总合起来，便构成中国文学由传统向现代演进的全过程，而其演进的趋向至今仍在继续之中。这样的划分不能不是十分粗略的（实际上，每一大段还可按内部思潮的起伏划出若干小段），用作划段的界标更只有极其相对的意义，因为思潮的前后推移和相互渗透决不能拿时间坐标或其他刚性标记加以截然分割。尽管如此，我们仍不得不倚仗眼前的这副脚手架，来测断历史新陈代谢的形迹，以进入其内在运行的机制。

二、新人文核心从传统中孕生

一种特定的文学思潮，必然有其特定的文学观念、创作方法、文本结构、文体风貌乃至批评范式和理论构架，以示区别于之前或之外的其他文学思潮，并把从属于自身的众多文学现象联结成一个整体。在这诸方面特征中，文学观念尤为重要，它决定着创作和批评的路向，规范着文学潮流的渠道，从而呈现为整个思潮的主导性标志。从这个意义上说，一种思潮无非就是一种文学观念的显现。但是，所谓"观念"，实际上还包含两层意思。"文学是人学"，人作为文学的主体，构成文本的深层结构；任何文学创作和批评，在显示其文学观念时，都不能不涉及对作为主体的人的认识及其价值判断，这是一个方面。另外，文学又是文学，它有自身独特的体性和职能，有其在人生大系统中相对独立的地位和存在价值，不能混同于普通的社会现象与文化形态，这也是谈论文学观念的题中应有之义。由此，"人"的观念和"文"的观念，合组成文学的人文核心，它是特定文学思潮既联系而又区别于一般社会思潮、文化思潮的主要表征。中国文学由传统向现代的演变，也必须从探索其人文核心的变动入手。

具有近代意义的人文核心，是从什么时候开始有所萌动的呢？比较有把握的回答，应该是在十六世纪后期至十七世纪末叶，亦即晚明以迄清初的这段时间。这是一个社会生活充满动荡、变革的时代。明中期以来城市商品经济的繁荣和社会新质素萌芽的出现，市民阶层的壮大及其生活情趣的普泛化，政治斗争的尖锐和王朝鼎革间的社会大动乱，理学的危机和异端思想的抬头，雅俗文化的对流与中西学术的初次碰撞，以及处在如此复杂多变环境里的士人心态的狂放与抑郁，这些经济、政治、社会、文化、心理诸方面条件的结合，正好为新的人文核心的萌生提供了温床，使明清之际的学术、文化、艺术、文学放射出异彩。近世学者如梁启超、胡适、周作人、侯外庐等，在探究近代思想文化的渊源和新文学的源头时，不约而同地将目光投射到这段时空上来，并非出于偶然。但梁、胡、周诸人或着眼于古典复兴，或注重在科学实证，或一味崇尚文学抒写性灵，皆不免偏于一隅之见；比较而言，侯外庐等马克思主义史学家能从思想史的总体演进上立论，说法自然要圆到得多。不过"早期启蒙主义"的提法仍有缺陷，不仅容易与十八世纪西方启蒙主义思想相混同，还存在着将明清之际一大批趋向进步而情趣互异的人物阑入一堆的毛病。实际上，认真辨析一下，列于"启蒙"名下的至少有两股不同的社会思潮，一是晚明个性思潮，再一是明末清初的实学（经世致用）思潮，它们各自在文学领域中留下独特的印记，虽有交汇而又不容混淆。

先来看个性思潮。必须指出，张扬个性人格或追求个人精神自立，并非晚明特有的现象。传统儒家如孔子便说过："三军可夺帅也，匹夫不可夺志也。"① 孟子也有"富贵不能淫，贫贱不能移，威武不能屈"② 的教言，而其人格精神的内涵乃是恪守宗法伦理规范，谈不上什么个性自由。倾向于蔑视礼法、纯任个性的庄子和一部分玄学之士，则又将"自由"局限在逍遥自适、自然无为的境界里，分明染有遁世乃至玩世的色彩，亦不属近代意义上的个性要求。与之不同，晚明个性思潮是从传统社会后期思想文化战线上的"理欲之辨"发展而来的。针对宋明理学家"存天理，灭人欲"的训条，

---

① 《论语·子罕》，《十三经注疏》本，《论语注疏》卷九，中华书局，1996年。
② 《孟子·滕文公下》，《十三经注疏》本《孟子注疏》卷六。

晚明一些具有叛逆精神的人士如李贽、何心隐等，大胆提出以"欲"为人的自然本性，让"天下之民，各遂其生，各获其所愿"①的主张，引起一定的社会反响。他们所说的"欲"，主要指人的基本物质需求（即所谓"百姓日用"），而亦包含某些精神需求的成分（如情爱、好尚）在内。肯定这些需求的合理性，并不等于全面实现个性自由，但用自然人性（"人欲"）来打破义理人性（"天理"）的束缚，减轻宗法社会纲常伦理对人的才性的严重压制，在当时无疑具有思想解放的作用。而且，从肯定人的物质需求出发，将会逻辑地导引出对其他社会需求、政治需求、精神需求的多方面追求，最终导致独立自主的个体人格和个人权利意识的建立，这就走向了近代。当然，在晚明思潮中仅只微露端倪，远未达到近代启蒙思想的高度。

个性思潮在明中期以后的文学中有着鲜明的表现。早在弘治、正德年间，以祝允明、唐寅为代表的吴中才子，即以其疏狂脱略的文风，显示出对传统礼教与审美规范的冲击。隆庆前后，徐渭持作诗必"出于己之所自得，而不窃于人之所尝言"②的论调，开了晚明"性灵"文学反"前后七子"的先声。但作为一股有广泛社会影响的文学潮流，则要到李贽、汤显祖、冯梦龙和公安"三袁"等联袂登上万历历史舞台方始告成。李贽倡"童心"说，认为"天下之至文，未有不出于童心焉者"，而"童心"即是不杂后天习染的"道德闻见""绝假纯真"的自然人性③。公安"三袁"主"性灵"，求新变，宣扬"独抒性灵，不拘格套"④"信腕信口，皆成律度"⑤，

---

① 李贽《明灯道古录》上，见《李氏文集》卷一八，明刻本。
② 徐渭《叶子肃诗序》，《徐渭集·徐文长三集》卷一九，中华书局，1983年。
③ 李贽《童心说》，《李氏焚书》卷三，明万历刻本。
④ 《序小修诗》，钱伯城《袁宏道集笺校》卷四，上海古籍出版社，1981年。
⑤ 《雪涛阁集序》，同上书，卷一八。

对于笼罩明初以来文坛的拟古作风给予迎头痛击。汤显祖重才情，有"尊情抑理"的倾向，他反对理学家"离情而言性"①，自述从事戏曲创作的指导思想是"为情作使，劬于伎剧"②，甚且用"第云理之所必无，安知情之所必有"来嘲讽那种"以理格情"的冬烘头脑③。冯梦龙亦曾鼓吹树立"情教"以代替礼教④，尤其关切市井小民的情感生活，所撰拟话本小说集"三言"中，有不少篇章真切摹写世故人情的曲折悲欢，热诚歌颂情意和谐的人生理想，成为市民文学里脍炙人口的艺术精品。在他们共同努力之下，以肯定人的"利""欲"、发扬人的"才""情"为核心的个性意识和师心、求变、尊情、向俗的文学潮流，便在晚明文学界乃至思想文化界弥漫开来，一时几有燎原之势。

然而，晚明个性思潮的势头并没有长久保持下去。社会新质素萌芽的幼弱，市民阶层发育的不成熟，专制主义政治及文化势力的反攻倒算，明清之交的社会大动乱，使得这一点点新的苗子很快遭受摧残。万历三十年（1602）李贽被迫害致死后，争取个性自由的锋芒便逐步减弱。万历后期继公安派而起的竟陵派作家，在接过"性灵"文学口号的同时，却将公安的"率性而行"改变为"保此灵心"⑤，而所谓"灵心"又特指诗人超越尘俗的"孤怀""孤诣"⑥

---

① 程允昌《南九宫十三调曲谱序》记汤显祖语，见沈璟《南九宫十三调曲谱》，明天启刻本。
② 《续栖贤莲社求友文》，徐朔方笺校《汤显祖诗文集》卷三六，上海古籍出版社，1982年。
③ 见《牡丹亭记题词》，徐朔方笺校《汤显祖诗文集》卷三三，上海古籍出版社，1982年。
④ 《情史叙》，见《冯梦龙全集》第20种《情史上》卷首，上海古籍出版社，1993年。
⑤ 锺惺《与高孩之观察》，《隐秀轩集·文往集》，明天启刻本。
⑥ 见谭元春《诗归序》，《唐诗归》卷首，明末刻本。

或"幽情单绪"①，这一来，伸张个性的取向，便由狂者式的进取转成了狷者式的退避。明末天启、崇祯年间，社会危机加剧，实学思潮炽盛，个性的呼唤更形低沉。只有在经历时代巨变的清初，那种家国沧桑、韶华痛失、理想破灭的感受，才会凝聚人们心头，酿成文学中浓重的感伤情味，算是晚明个性思潮的余波荡漾。而待到事过境迁，感伤逐渐淡化，便只剩下王士禛以"神韵"论诗和浙派词人以"清空"解词那一点空灵的气息。就这样，从积极地发扬才性，到消极地保持"灵心"，再到个性追求幻灭后的感伤和感伤消解所余下的空灵，作为建构新人文精神第一波的晚明个性思潮，走完了它自身由兴起到衰亡的整个行程。

现在来看实学思潮。"实学"一词，创始于两宋理学家，用以批评佛老的虚空出世，标榜儒门认天理人伦为实体并加践履躬行的宗旨。但理学家好谈性理，不切实用，不免遭受讲求事功者的讥弹，于是明清人多用"实学"来反对理学的空疏，倡扬实事实功、实证实行。明清实学思潮在起源上颇为庞杂。大致说来，明中期以来理学界倡导"气本"说的非主流派人士如王廷相、罗钦顺，"左派王学"中对"百姓日用"的关注如王艮、李贽，一部分重视实证的考据家如杨慎、陈第、焦竑，接触和从事自然科学技术研究的学者如徐光启、宋应星、李时珍，以及某些主张"明体适用""义利双行"的政治改革家和思想家如丘浚、张居正、吕坤，都对实学思潮的兴起发生过影响。但这一思潮的成形则要以明末东林党、复社、几社诸君子（顾宪成、张溥、陈子龙等）为标志，而以清初诸大家（顾炎武、黄宗羲、王夫之、颜元等）为高峰，并衍其余波于后学唐甄、李塨等学说中。到康熙中期，清王朝统治趋于稳定，实学便蜕变为

---

① 锺惺《诗归序》，《隐秀轩集·文戾集》。

考据之学，失落了其反思、批判的品格和经世致用的功能。

明清之际的实学思潮，就其主导倾向而言，可以用博学、审思、致用三句话加以概括。由于博学，便注重实证，不尚空谈，开了有清一代的治学风气；而且所学不限于书本知识，举凡天文地理的勘测、民情风俗的调查、生产经验的总结、社会沿革的考察，皆包括在内，从而为近代科学思维的产生提供了种子。由于审思，着眼于历史兴亡的探讨，必然会触及社会制度的某些本质方面（如君主专制、贫富分化、土地兼并），尽管其哲学观和政治观尚未能越出传统思想文化体系的大框架（甚至带有宗经复古的味道），而就其揭示问题的尖锐和批判现实的深度来说，都有超逸前人、启发后来之处，致使近世革命者们常引为同调。又由于致用，则博学、审思均须紧密结合实际人生，更加强了其实践的性能。应该说，经世致用并非什么新鲜的口号，传统儒家标举"内圣外王"，即含有经世致用成分在内。但儒家以"内圣"为"体"，以"外王"为"用"，不免崇道德而略事功。到宋明理学一以性理为尚，更容易看轻实事实功。明清实学思潮不仅恢复和发扬了长期遭受冷落的事功之学，还将反思、批判、实证、实行的时代精神注入其间，使经世致用的内涵起了深刻的变化，其历史意义不容低估。

实学思潮在文学中的反映，主要在于促进文学面向人生。首先是强调为现实人生服务，所谓"文须有益于天下""有益于将来"①，"不关于六经之指、当世之务者，一切不为"②，即其文学主张的根本立足点。其次是重视文学抒述愤懑、批评时政的作用，

---

① 顾炎武《日知录》卷一九"文须有益于天下"条，上海古籍出版社，1985年。

② 顾炎武《顾亭林诗文集·亭林文集》卷四《与人书三》，中华书局，1983年。

如黄宗羲一再称道《诗经》"变风""变雅"的"怨刺"精神,谓其"疾恶思古,指事陈情","怒则掣电流虹,哀则凄楚蕴结",方足以"感天地而动鬼神"①。而要做到以上两点,又需要作家熟悉社会,了解世相,凡"生平耳目所见闻,身所经历","虽市侩优倡大猾逆贼之情状,灶婢丐夫米盐凌杂鄙亵之故,必皆深思而谨识之,酝酿蓄积",发而为文②。另外,对于时代环境与文学创作的关系,也有比较独到的认识,特别是提出"厄运危时生至文"的观点,将文学的兴盛归因于社会矛盾的冲突尖锐、动荡激烈③,不能不说是对传统风教说的重要突破。与上述理论见解相适应,这一时期诗文创作中关注民瘼、体察世情、揭示阶级矛盾与民族斗争的篇章大量出现,戏曲小说搬演时事、指斥权奸、综述历史兴亡和治政得失成为新的动向,它们不仅在题材的开拓、立意的精警、写照人生和批判现实的广泛与直切上,上了一个台阶,即就体验的深沉、摹写的精细、表达手段与形式的多样化而言,亦有不少显著的进步。这些都应看作明清实学思潮对文学事业的推动。

尤须注意的是,实学思潮和个性思潮原本是两股不同质性的潮流,后者倡导"师心",更多地带有新兴市民要求思想解放的色彩,前者注重"习学",基本上属于末世士大夫挽救危亡心态的显影,但两者在交互激荡中也有汇通。个性思潮从肯定"人欲"的合理性出发,涉及"百姓日用"的关注,就有了实事实功的倾向;实学思潮曾严厉批评李贽等人放纵情欲,祸殃天下,而亦承认"天理"不离

---

① 见《万贞一诗序》及《陈苇庵年伯诗序》,《黄梨洲文集·序类》,中华书局,1959年。
② 魏禧《宗子发文集序》,《魏叔子文集》卷八,清易堂刻本。
③ 见黄宗羲《谢皋羽年谱游录著序》,《黄梨洲文集·序类》。

乎"人欲"。王夫之说,"天理人欲,同行异情"①,"故终不离人而别有天,终不离欲而别有理也"②。还说:"害人欲者,则终非天理之极至。"③ 这跟理学家"存天理,灭人欲"的论调是很有差别的。但他不赞成放纵个人情欲,而提出"天下之公欲即理"④ 的命题,认为"私欲净尽,天理流行,则公矣;天下之理得,则可以给天下之欲矣"⑤,实质上是要协调各个人分散的利益、需求,以实现社会公众共同的利益、需求。顾炎武所说的"合天下之私,以成天下之公"⑥、黄宗羲宣扬的"不在一姓之兴亡,而在万民之忧乐"⑦,尽管立论角度重在治政,也含有重新界定群己关系、力图将个体价值与整体规范相结合的意味。黄宗羲更将这一思考贯彻于文学批评,他吁请诗人不要局限在"私为一人之怨愤,深一情以拒众情",而要让自己的感慨不平"出于穷饿愁思一身之外",以体现"悲天悯人之怀",这才能从"一时之性情"提升为"万古之性情"⑧。这类主张已经接近于近代意义上的群体意识,它同晚明个性思潮中萌发的个体意识相并列,分别构成近现代文化人文核心的两个基本的生长点。

---

① 王夫之《周易外传》卷一《屯》,中华书局,1977年。
② 《读四书大全说》卷八,中华书局,1975年,第519页。
③ 同上书第576页。
④ 《张子正蒙注》卷四《中正篇》,中华书局,1975年,第165页。
⑤ 《思问录·内篇》,《船山全书》第十二册,岳麓书社,1988年。
⑥ 见《日知录》卷三"言私其豵"条,上海古籍出版社,1985年。
⑦ 《明夷待访录·原臣》,中华书局,1985年。
⑧ 见《南雷文约》卷二《朱人远墓志铭》,《南雷文定四集》卷一《马雪航诗序》,《粤雅堂丛书》本。

三、复古势力打压下的潜滋暗长

历史行进至十七世纪末叶,时代条件发生了重要的变化。康熙二十年(1681)清政府平定延续已久的"三藩之乱",解除了内部的隐患;二十二年(1683)攻克台湾,消灭郑氏政权,实现了全国统一。至此,明清易代最终宣告完成,其后一百年间,中国社会进入最后一个专制王朝的全盛时期——康乾盛世。在这个阶段里,全国经济逐步发展,国力强盛,社会稳定,文化事业也有相应的发达。与此同时,清王朝全面推行文化统制政策,倡理学,禁结社,开"博学宏词"科,修《四库全书》,兴"文字狱",交替使用高压与笼络二手,使专制主义政治得到空前强化。这样的文化氛围,自然不利于人们的思想解放和关注现实,于是前一阶段风行的个性思潮和实学思潮便只能萎缩下去,规随传统、复兴传统的复古倾向重又成了时代主流,充分表露出中国社会及其文化精神的巨大惰性和变革过程的艰难曲折。

十八世纪的复古思潮,从总体上说有两大支脉,即"宋学"与"汉学"。前者直承宋明理学(以程朱一派为正宗),是传统思想文化的回光返照,以其正好适应清王朝巩固和加强专制政治的需要,得到统治者的大力提倡,成为有清一代的官方学术。后者打出振兴古文经学的招牌,实际由清初实学思潮转型,却阉割了其经世致用的主旨,也缩小了实证的范围(脱离社会实践,专一在古书堆里讨生活),带有盲目崇古的趋向(吴派较皖派尤甚)。它们都是对十七世纪新思潮的反动,但在整理古代文献、总结传统思想文化方面,仍作出一定的贡献。而由于学术门径的不同(一主义理,一主考据)和政治职能的区别(重在"帮忙"或重在"帮闲"),相互间也常发生矛盾，酿成所谓"汉宋门户之争"，其势力亦有消长起伏。大致说来，宋学在十八世纪前期（康、雍、乾之交）占据主导地位，汉学则鼎盛于十八世纪中期以后（乾、嘉之间）；由宋向汉的推移，预示着清王朝统治的由盛转衰。

宋学与汉学虽起源于学术文化领域，而作为特定的社会思潮，又曾给予文学以直接影响。康乾之交，沈德潜继王士禛后领袖诗坛，倡导"温柔敦厚"的诗教，崇尚体正声雄的盛唐"格调"，即是为了与宋学思潮相呼应，以开启清代诗学的"盛世之音"。散文界则有方苞创立桐城派古文，以"义法"说为理论核心，标榜"学行继程、朱之后，文章介韩、欧之间"①，亦可见其祈向之所在。"格调"论诗学和桐城派古文是清代正统文学的代表，它们在渊源上分别上承"明七子"和归、唐诸家复古思想的余绪，但不像其前辈那样偏于诗文形体的模拟，却更重在文学精神的复古，尽管其宗奉封建道统、桎梏才人性灵的痼疾依然存在，而学习传统的门径较宽，方法较为多样，拟议以成变化的作风也比较明显。像沈德潜教人作诗要"先审宗旨，继论体裁，继论音节，继论神韵，而一归于中正和平"②，并不仅限于"格调"一端；其所选诗在推尊盛唐的前提下，亦能兼顾各类风格的变异。桐城派到刘大櫆时，已觉"义法"不足以概括文章之能事，进而讲求"神气""音节"③；到姚鼐手中更发展为"神、理、气、味、格、律、声、色"八个要素，形成一整套论文纲领④。这表明清代文学的复古思潮有别于明人的机

---

① 见王兆符《望溪文集序》，《方望溪先生全集》卷首，《四部丛刊》本。
② 《唐诗别裁》卷首，中华书局，1964年。
③ 见《论文偶记》，与《初月楼古文绪论》《春觉斋论文》合刊，人民文学出版社，1961年。
④ 《古文辞类纂序目》，见《古文辞类纂》卷首，《四部备要》本。

械学步，能注意到从多方面摄取养料，以建立自身"集大成"的风貌，清代文学因而成为中国传统文学的总结，同时便也意味着它的终结。

再来看汉学思潮在文学创作和理论批评中的投影。如果说，清代诗歌里以"宗唐"为旗号的"格调"派在精神上接近于宋学，那么，以"宗宋"为基调的"肌理"派则分明打上汉学的烙印。宗宋倾向在十八世纪前期诗人厉鹗身上已肇风会，到乾、嘉间翁方纲"肌理"说出来更加盛行。翁氏嗜好宋黄庭坚一派的诗作，重视诗人的真才实学，他不满足于"神韵""格调"诸说的空灵，倡言"诗必研诸肌理，而文必求诸实际"①，举凡经术、史传、文字、考古等学问都融入诗中，形成一种尚质实的"学人诗"，对清中期以后诗风的转变起了推动作用。文论中，注重实学者如程廷祚揭示"崇实黜浮"、有补"实用"的标准②，考据家如段玉裁宣扬"义理、文章未有不由考核而得者"③，他们都向桐城"义法"之说提出质难。此外，像当时骈文创作里讲求征实的风气，一部分小说、戏曲卖弄才学的表现，乃至文学研究和古籍整理中重考订、求实证、言必有据、解说详审的作风，亦皆受汉学思潮之波及。汉学的堆垛学问本无助于作家才情的发扬，其盲目崇古亦有碍于实事求是地观察和分析事理。但它提炼出一套比较科学的实证归纳方法，对文献整理和文学研究自有其不可磨灭的功绩；它那尚质崇实的学风文风，也为文学创作开辟了新的路向。从这个意义上讲，汉学不仅实现了古代思想文化的总结，还提示了其初步蜕变的迹象。

---

① 《延辉阁集序》，《复初斋文集》卷四，清光绪刻本。
② 《复家鱼门论古文书》，《青溪集》卷一〇，《金陵丛书》本。
③ 《戴东原集序》，《戴东原集》卷首，清经韵楼本。

不过话说回来，汉宋之学毕竟是以复古为依归的，它们的盛极一时，只能构成历史新陈代谢中的暂时逆转。应该看到，即使是十八世纪的中国文坛，也并非复古思潮的一统天下，在它的重重压制之下，前一时期萌生的个性意识和实学批判精神，仍在顽强地挣扎着，为自己开拓生存和发展的余地。早在雍、乾之交，约略于沈德潜同时，画家兼诗人郑燮（板桥）便发出"自写性情，不拘一格，有何古人，何况今人"①的响亮呼告，不啻是对于席卷海内的复古势力的正面挑战。他的诗文创作不单摆脱陈规，自具面目，不少篇章还直接反映了社会矛盾和民生疾苦，对清初诗文中抨击时政的传统作了可贵的继承，惜乎其文名为画名所掩，未能引起时人关注。乾隆年间，以"性灵"诗相号召的袁枚步入文坛，他对宗唐学宋的"格调"说和"肌理"说都加针砭，认为"性情遭遇，人人有我在焉，不可貌古人而袭之，畏古人而拘之也"②，他还反对"填书塞典，满纸死气，自矜淹博"的学人习气③，甚至对"温柔敦厚"的诗教亦表示怀疑④，其理论批评的锋芒是很突出的。当时在他周围聚集了一群作家如赵翼、蒋士铨、张问陶、孙原湘以及直接间接受他影响的如黄景仁、舒位、王昙等，共同组合成一股"性灵"文学的潮流，形成与"格调""肌理"两派三分天下之势。不过袁枚本人的诗歌作品大多以风趣见长，缺乏深刻的社会内容；到年代稍迟的黄景仁、张问陶、舒位、王昙诸人，则开始渗入一种忧患意识，成为向十九世纪龚自珍过渡的桥梁。当然，这一时期里

---

① 《随猎诗草花间堂诗草跋》，《郑板桥集》第六辑"补遗"，上海古籍出版社，1962年。
② 《答沈大宗伯论诗书》，《小仓山房文集》卷一七，清乾隆刻本。
③ 《随园诗话补遗》卷三，人民文学出版社，1960年。
④ 见上引《答沈大宗伯论诗书》。

最能体现新的人文精神的,还不属上述诗文理论与创作,而要数问世于十八世纪中期的伟大古典小说《儒林外史》和《红楼梦》。这两部巨著,以其特有的栩栩如生的笔触,为我们展现了末世宗法专制社会生活的广阔画卷,揭露了礼教文明的虚伪、堕落和趋于衰败的前景,塑造出绝意"仕途经济"、追求个性自由的新型叛逆者形象,从而将现实人生的观照与人文理想的探索结合起来,达到前所未有的思想深度和艺术高度。它们的出现,昭告着传统社会及其思想文化形态已濒临裂变的边缘,这也许便是其美学风格的构成充满悲剧紧张感,有别于晚明小说、戏曲富于写实或浪漫的喜剧色彩的根由。

复古与新变的对立,构成十八世纪中国社会的主要矛盾,它们之间的冲突和斗争,决定着历史的未来行程。但也不要过分夸大其对立的严重性,因为从总体上说,传统的社会与文化结构尚未进入解体阶段,新陈纠葛仍是基本的态势,所以各种思潮在冲突之中依然会有互补。像桐城派姚鼐在坚持"义理"为本的原则下吸取考据的成分①,作为桐城余脉的阳湖派主张范古而须济以"性灵"②,袁枚诸人经常鼓吹才性与学力不可偏废③,连《儒林外史》《红楼梦》里也还有振兴古礼、炼石补天的一面。复古与新变、盛世与末世奇妙地交织在一起,这正是十八世纪中国社会的独特景观。

---

① 见《与陈硕士》所云:"以考证助文之境,正有佳处。"(《惜抱轩尺牍》卷六)

② 见恽敬《与来卿》:"古文之诀,欧阳文忠公已言之,曰:多读书多作文耳。然必有性灵、有气魄之人方能。"(光绪刻本《大云山房文稿·言事》卷二)

③ 如《续诗品·著我》所云:"不学古人,法无一可。竟似古人,何处著我?"(《袁枚续诗品诗注》,上海书店出版社,1993年,第177页)

四、危机与蜕变来临

　　如果说，中国古代社会在十八世纪的大部分时间内，尚处于其最后的稳定阶段，那么，至迟于世纪之交，这一相对稳定的局面便已不复存在。整个十九世纪以至二十世纪初叶，社会生活经历着急速的变动，固有的社会结构由衰朽、动摇发展到解体、转型，中国文学也在这总体历史进程中逐步实现其由传统向现代的过渡。但过渡并不能一蹴而就。大致说来，嘉庆初至鸦片战争前夕，是清王朝由盛转衰，危机局面开始出现，文学思潮与创作中酝酿新变的时期；鸦片战争至甲午海战，是西方势力入侵下危机加剧，中国社会逐渐向近代转型，文学题材与风格发生变异的阶段；戊戌变法前后至"五四"前，则是政治变革高潮及其失败，近代半殖民地社会正式形成，文学改良运动广泛开展和文学观念蜕变接近完成之际。让我们按照这一顺序略加考察。

　　十八世纪末至十九世纪前期，以白莲教、天理教、广东天地会等乱事的相继爆发为信号，清王朝的统治陷入危机与动荡之中。在这种形势下，面临补亡与自救的需要，空谈性理的宋学和专事考据的汉学便都丧失了生命力，长期遭受冷落的经世致用之学（实学），重又得到抬头的机会。它先是把自己包裹在以阐发"微言大义"为宗旨的今文经学（常州学派）外衣之下，而后更以独立的姿态进入思想文化界，在包世臣、林则徐、龚自珍、魏源等人身上得到鲜明的反映。这一时期实学思潮的特点，是更注重探讨各种实际的社会问题（这对后一阶段的洋务派和早期改良主义者产生了直接影响），诸如田制、赋税、农事、边防、海运、河工、吏治、科举皆所涉及，揭示时弊较为具体；同时也明确提出更改法制的要求（这要到戊戌变法前后才获得普遍响应），有一种统筹全局的思路。较之于明清之际的实学思潮，它在切合时务上更进了一步，但似乎较多地停留于现实人事的层面，缺少那种深沉的历史反思和探索眼光，也很少考虑到人文精神的建构。反映于文学，则如包世臣的反对空陈"义法"，主张"道附于事"①，魏源的编选《皇朝经世文编》，标举文章的实用功能，陈沆、龚自珍、张际亮等人诗文创作中批判现实成分的增强，以至于桐城后学如梅曾亮承认文章"随时而变"②，姚莹的重视"经济世务"③，都可以看作这一思潮带来的变化，不过变化仅限于文学与现实间的联系，未能触及其人文核心，亦可断言。

在这个阶段里，也有人对人文精神的更新作出有力的推动，其显著的代表便是龚自珍。龚自珍不单继承、发扬了晚明以来重情、求变、师心、抒愤的文学传统，还特别突出作为文学主体的自我意识建立问题。他在《壬癸之际胎观第一》文中公开宣布，世界是"众人自造，非圣人所造"，进而指出："众人之宰，非道非极，自命曰我。我光造日月，我力造山川，我变造毛羽肖翘，我理造文字言语，我气造天地，我天地又造人，我分别造伦纪。"④ 这里所说的"我"，自然不限于龚氏个人的自我，而是指众人的自我；且依据其所受佛教思想的影响，更其指那包摄了众多的"小我"并与之合为一体的宇宙精神的"大我"——"梵"⑤，所以才能化生天地万物。

---

① 见《与杨季子论文书》，《艺舟双楫》卷一，清光绪刻本。
② 见《答朱丹木书》，《柏枧山房文集》卷二，清咸丰刻本。
③ 见《与陈恭甫书》，《中复堂全集·东溟外集》卷二，清同治刻本。
④ 《龚自珍全集》，上海人民出版社，1975年，第12—13页。
⑤ 参见龚自珍《五重证义》："心、佛、众生，三无差别。"（《龚自珍全集》第374页）

但龚氏没有因袭佛家虚空、寂灭的观念，也不承认"天道""圣人"的主宰作用，却是将创造的本源归诸世间万物内在生命的鼓动（似带有泛神论色彩），具体落实于每个个人的自我身上，这种对主体价值和主体能动性的强烈的肯定，因而构成近代历史上个性觉醒的第一声号角，即使同晚明倡扬"人欲"的思潮相比，其建设个体人格的自觉性与完整性亦大有提高。由此派生出龚氏在历史观、社会观、哲学观、文学观上尚心力、贵才性、尊情感、主逆变等一系列议论，便都具有了近代的气息，虽然其形态还相当朦胧。此外，龚氏对现实社会的揭露和鞭挞，也充分显示了他个人的特色。这倒不在于他提出或解决了多少社会问题，而在于他十分贴切地把握住处在危机四伏的"衰世"下的那种惨淡气氛与苦闷心态，并融注于他所特有的俶诡玮烨的文辞而给予集中的表现。与其说这是理智地分析客观社会状况的产物，毋宁说出于主观心灵的直感，而这种直感也正来源于他的浪漫化了的个性意识。据此看来，龚氏的出现于当时文坛，确能体现出一种"狂飙突进"式崛起，尽管力量孤单且不成熟，仍足以昭示社会心态的某种变异，标志着中国文学和文化走出传统的可贵的一步。

中国文学走出传统的动向，在鸦片战争之后变得日益明显起来，这是同它走出自我、面向世界的趋势分不开的。西方列强的军舰、大炮轰开了古老中国的大门，外部世界以如此粗暴而急迫的步伐闯进中国，便也不能不迫使中国社会最终摆脱孤立状态而卷入世界，从而造成传统文化与外来文化的全面冲突和交汇。在各种思潮相互涌动的情况下，前一阶段兴起的经世实学，由于配合救亡图存的需要，更加蓬勃地发展起来，并应时适宜地吸取了不少西方的养料，实学于是转化为"新学"。"新学"一词，作为"旧学"的对立物，意味着它已越出传统文化的范畴。确乎如此，从魏源提出"师夷之长技以制夷"①，经洋务运动的兴实业、办学堂、习技艺、通商务，再到改良主义者各种更改法制的建言，其中容纳了愈来愈多的近代思想文化成分，是难以归结为传统的衍续的。但要看到，在半个多世纪的时间内，"新学"仅只停留于学习西方近代文化的皮毛（主要属器用层面，略涉及制度），并以之与中国传统的纲常伦理相结合，形成"中体西用"式的架构，故而其内在体性尚未有质的更新，也算不得真正的近代文化。这类新旧杂糅，在历史转折时期是不足为奇的。值得注意的倒是另一方面的问题，即由龚自珍开启的个性自觉意识，在新的历史阶段并未得到重视和发扬，甚且由于救亡任务的紧迫，人们的注意力全都吸引到实际事务上来，人文精神的建构反倒被忽略了。这种实用层面掩抑其人文核心的现象，到新文化运动后又反复出现，成为中国近代文化生长过程的一大特点，不能不叫人深思。

　　文化背景的转移，促成文学风貌的变革。鸦片战争以后的文学创新，不同于龚自珍的诗文那样呈现为独特的心态变异，而是重点转向题材的开拓和文风的改革。自前者而言，民族的危亡、人民的抗争、洋务的得失、变法的利弊，乃至异国政治与民情风俗的考察、域外山川和文物历史的介绍，莫不络绎奔赴于文士笔底、灿陈于读者眼前，组合成五光十色的中国走向世界的新奇图景，是以往文学创作中所未曾见的。自后者而言，正是为了适应这种时代纪实与社会宣传的需求（其中包括读者面有所扩大的因素），文学的表现形式也必然要打破正统派诗文对于法度程式的讲求，改变龚自珍式的诙谐隐晦作风，趋向于更为质朴实在，更为明白流畅，更为社会化与通俗化，其结果便导致新体诗文（如报章体）的产生。这是一个潮

---

① 魏源《海国图志叙》，《魏源集》，中华书局，1976年，第207页。

流的两个方面,它们最终会聚于黄遵宪身上而获得自己的典型范式。黄遵宪作为一个长期周游海外而又心系国事的先进中国人,他把传统诗歌的题材内容扩展到几乎是最大可能的限度,不仅写下《悲平壤》《哀旅顺》《台湾行》《感事》等记述民族抗争与变法运动的诗史,还将出洋所见的种种新鲜事物,如伦敦的大雾、日本的樱花、美国的总统选举、南洋华侨的婚嫁习俗以及天文地理、轮船火车、声光化电之类现代科学技术,一股脑儿收进他的篇章,确实达到"古人未有之物,未辟之境,耳目所历,皆笔而书之"① 的境地。在语言风格上,他早年就有"我手写吾口,古岂能拘牵"② 的告白,后又在总结中外历史经验的基础上,提出"明白晓畅,务期达意""适用于今,通行于俗"的改革文体的目标③,并从事解放诗体的多样化实践。后人誉之为"中国诗界之哥伦布"④,确切道出了他在开辟诗世界方面的巨大业绩。

与文学题材、形式的变化相比较,文学观念的蜕变则要迟缓得多。鸦片战争以来的文学作品中录下大量新的生活素材,而作家据以观察、分析这些材料的思想观念和审美眼光,并没有随即更新。比如从"尊王攘夷"的立场上来歌颂反侵略斗争,用"西学中源"这把尺子衡量异域风物,以及单凭"经世致用"的原则判别文学作品的价值等,都是屡见不鲜的。这一"观念滞后"的局面,到十九世纪末叶以降方有所改变。戊戌变法和辛亥革命这两场政治变革,

---

① 黄遵宪《人境庐诗草自序》,钱仲联《人境庐诗草笺注》卷首,古典文学出版社,1957年。
② 黄遵宪《杂感》,钱仲联《人境庐诗草笺注》卷一,古典文学出版社,1957年。
③ 见《日本国志·学术志二·文学》,清光绪刻本《日本国志》卷三三。
④ 高旭《愿无尽庐诗话》,录自《民国诗话丛编》第五册,上海书店出版社,2002年,第197页。

虽未能达到预期目的,而推翻专制王朝、建立民主共和的理想,则已深入人心,新思想、新文化的传播明显越出了"中体西用"的界限。另一方面,正由于政治变革的失败,又促使人们回过头来对文化的深层结构加以反思,着重从国民精神素质上来找寻失败的原因,于是把人文精神的建设再次推上前台。诸如"欲维新我国,当先维新我民"的号召①,尽管带有改良主义的倾向,在当时社会上却能够形成有力的思潮,引起广泛的回应,连矢志革命的青年鲁迅等亦深受其影响,可见出于时代的需要。而文学观念的蜕变,便是在这样的社会思想环境里展开的。

观念更新的最初表征,可以举白话文倡导和"新小说"理论为代表。裘廷梁《论白话为维新之本》一文作于1898年,从"开通民智"的角度公然提出"崇白话而废文言"的主张②,它不仅涉及文学语言的变革,在更深层次上关系到文学服务对象及其自身性质的转换。同年,梁启超发表《译印政治小说序》,四年后又写下《论小说与群治之关系》诸文,从更新"国民之魂"的要求出发,竭力宣扬小说的社会功能,甚至作出"欲新一国之民,不可不先新一国之小说"的论断③,表达了文学启蒙的基本信念。他们的观念变更还多停留于文学的社会对象、社会作用等外部关系,尚未进入其内在审美性能,待得1905年前后王国维的美学思想出来,以"可爱玩而不可利用"来解说美的性质④,标榜文学不依附于利禄功名而具有独立

---

① 梁启超《新民说》,载《新民丛报》1902年1月第1号。
② 见《清议报全编》卷二六,转录自《中国近代文论选》上册,人民文学出版社,1959年。
③ 梁启超《饮冰室合集·文集之十》,中华书局,1989年,第6页。
④ 见《古雅之在美学上之位置》,《王国维遗书》第五册,上海古籍书店影印本,1983年,第23页。

的审美价值，这才从根底上破除了"政教工具"论的束缚，建立起新的文学本体观。而由于王氏本人的特殊经历与教养，又使得这一新的理论形态偏向了"超功利"的一头，不免与时代主潮相游离。有鉴于此，青年鲁迅特别强调"文章能事"在于"启人生之閟机"，其中虽也包含"兴感怡悦""涵养神思"等非实利的成分，却更注重在其"自与人生会，历历见其优胜缺陷之所存，更力自就于圆满"的"斯益人生"的一面①，从而将审美活动与社会功利初步统一起来，有了比较健全的新文学观的雏形。但鲁迅当年的思想尚不够明晰，更没有引起时人重视，连王国维的呼声也显得单薄，而从流行的谴责小说和宣传变法、革命的文学作品来看，其文学观念大多处在（甚或达不到）梁启超、裘廷梁所立足的层面上。这说明观念滞后的现象在普遍范围内仍然严重地存在着，历史把这个课题留给了"五四"。

　　观念更新并非这一时期文学变革的全部内涵。与之相适应，文学作品中反映社会矛盾、鼓吹民族民主革命思想的增强，小说、戏曲等俗文学样式受到高度重视及其内容与形式的出新，"新民体""新派诗"等新体诗文的广泛流行，地方戏的繁荣与话剧的萌芽，白话文的倡导，翻译文学的崛起，在显示着中国文学已进入其总体性蜕变的阶段，一个新的局面即将来临。在这同时，一些以复古为归依的文学潮流如桐城派古文、骈体文派、由宋诗运动衍生的"同光体"诗、常州派词以及新起的晚唐诗派和汉魏六朝诗派，仍然流布于文坛，与文学的新变相抗衡。但旧文学并不能全然的旧，它不得不跟随时代生活变迁而作相应的调整（如曾国藩以"经济"要旨和雄奇风格来弥补桐城古文的空疏、雅淡，薛福成和黎庶昌更向务实、

---

　　① 见《摩罗诗力说》，《鲁迅全集》第1卷，人民文学出版社，1981年。

畅达方面加以发展,林纾甚且建议借鉴西方小说的笔意来帮助行文,皆是);新思潮也并不十分的新,其中依然保有不少传统的积淀(如梁启超等人的文学启蒙思想仍未脱出视文学为"政教工具"的框架,其所倡导的诗文革新也只达到文体形式的改良)。新旧杂糅贯串于整个十九世纪文学的行程;由传统向现代的全面性过渡,尚有待于"五四"的飞跃来实现。

五、在建设新文学的道路上

"五四"文学革命是一次地地道道的革命,它不仅划出旧文学与新文学的明确分界,还初步确立了作为新文学主体的"新人"的本体精神。换句话说,现代意义上的"人"的自觉和"文"的自觉,构成"五四"文学革命对二十世纪中国文学发展的主要贡献,而这自然是要联系新文化运动的总体动向来看的。

什么是"五四"新文化所确立的人本精神呢?大家知道,传统的中国社会是一个宗法式的农业社会,处身在这个社会里的人,不能不被束缚于那种封闭型的小农经济和家国一体化的宗法关系,缺乏独立自主性。传统的思想文化如儒家宣扬"克己复礼",道家倡导"顺应自然",佛教鼓吹"色即是空",宋明理学标举"存天理,灭人欲",亦皆以个人自主精神的消解及其认同于"天道""伦常"为最高境界,它是古代中国社会长期稳固不变的重要机制。明清之际以"人欲"颉颃"天理"的思潮,在传统思想体系的壁垒上打开了缺口;演进为龚自珍式的张扬自我,遂粗具近代意义上的个性意识。但这一人文精神的内核,在鸦片战争以后的历史事变中覆盖不彰了。晚清政治变革要求伸张民权,相应地主张开通民智和更新民德,于是又有了建设人文的需要，而其重心则由"人"转向"国民"，由个体转向群体，甚且有抑制个人以成全群体的显明趋势。像"屈己以就群，群己两发达；屈群以利己，群败己亦拔"① "国非强种不能立，种非合群不能生"② "欲从大地拯危局，先向同胞说爱群"③ 之类表白，在当时是很通行的。从学理上加以阐述，如梁启超所说："自由云者，团体之自由，非个人之自由也。"④ 孙中山所说："在今天，自由这个名词，究竟要怎么样应用呢？如果用到个人，就成一片散沙，万不可再用到个人上去，要用到国家上去。"⑤ 连严复这样深刻地理解到中西文化差异在于有无自由精神的人，也认为"小己自由，尚非所急"，"所急者乃国群自由"⑥；他把穆勒的《自由论》书名改译为《群己权界论》，不会没有用意。总之，晚清思想文化界树立起一种不同于晚明及龚自珍式推重个性的人文精神，它以"屈己就群"为价值取向（或许可追溯其渊源于清初诸大家的民本思想），而已将群体的内涵由传统的家族社会转变为新兴的民族国家；作为近代中国社会及其政治变革的独特产物，它的出现和流布自有其合理性。

然而，"五四"新文化恰恰是以发扬独立自主的人格为标准的。针对传统文化压制人的自主精神，"五四"思想启蒙的第一要义便是

---

① 高旭《忧群》，见《天梅遗集》，民国二十三年刻本。
② 《黄绣球》第十六回，中州古籍出版社，1987年。
③ 秋瑾《赠语溪女士徐寄尘和原韵》之二，《秋瑾集》，上海古籍出版社，1979年，第87—88页。
④ 《新民说·论自由》，《饮冰室合集·专集之四》，中华书局，1989年。
⑤ 《三民主义·民权主义》第二讲，《孙中山全集》第九卷，中华书局，1986年。
⑥ 严译《孟德斯鸠法意》第十七卷第三章按语，商务印书馆，1981年。

"自主的而非奴隶的"原则①,个性的自由与解放成了时代的响亮呼声。这种不局限于眼前政治斗争的需要,能够从思想文化传统更新的大背景来考虑问题的思路,无疑更具有高屋建瓴的气势。不过,"五四"也并不一味地张扬个性,它那"改造国民性"的口号中,即隐含着从国家、民族的命运上来看待人的自我建设问题,或者说,由个人的觉醒以求得民族的自救、国家的自强、社会的解放,这才是"五四"文化革命的宗旨。在这里,"五四"思想家们显然吸取了晚清启蒙思潮所倡导的群体意识,以之与西方近代文化中的崇尚个性(包括龚自珍式的张扬自我)相结合,形成现代中国社会特有的人本范型,从而与传统文化的压制个人自由或西方文化的坚持个性至上都有了区别。"五四"新文化所开创的这一"人"的自觉的路向,对二十世纪中国文学的进程有着深远的意义。

由"人"的自觉必然引起"文"的自觉,它首先表现在重新审定文学的价值规范上。传统的文学观是以"载道""言志"、有益于"教化"为根本取向的,在那里,"道"(即天理、伦常)是目的,"文"是手段,文学作品完全成了宣明政教的工具。一部分俗文学力图摆脱政教功能的束缚,以满足市民娱乐、消遣的需要,但亦仅仅成为消闲媚俗的手段,并不具备独立的品格。晚清的政治家们提倡文学为社会改革和革命事业服务,而其工具地位未变。王国维看到了文学自身的价值,又不免把它弄得过于狭隘。"五四"文学革命要建构新的文学本体观,关键在于如何确立文学的主体性,这又跟"五四"思想家们的"人学"本体观紧密相关联。

---

① 陈独秀《敬告青年》,见1915年《青年杂志》发刊辞。

从面向大众的群体意识出发,势必要求作家关注人生,写照现实,以至疗救病态的社会,这就产生了"为人生而艺术"的观念,趋向于文学的功利性;而从张扬自我的个体意识着眼,又会促使文学抒写性灵,表达情趣,讲求审美品位,从而引发"为艺术而艺术"的观念,导致文学的超功利性。两种倾向往后演变为尖锐的对立,而在"五四"时期却自然地交织在一起,统一于当时的人本精神。如陈独秀倡"文学革命",高揭"国民文学""写实文学""社会文学"三面大旗,侧重在文学与群体生活的联系,但也有"平易""抒情""新鲜""立诚"之类表现个性与风格的考虑[1]。周作人谈"人的文学",以"个人主义的人间本位主义"为思想基础,主张"自爱""从个人做起",而亦归结到"对于人生诸问题,加以记录研究"[2]。李大钊回答"什么是新文学"一问,更连续作出"是为社会写实的文学,不是为个人造名的文学;是以博爱心为基础的文学,不是以好名心为基础的文学;是为文学而创作的文学,不是为文学本身以外的什么东西而创作的文学"这样三个断语[3],把"为人生"和"为艺术"相连并置,并不见其有矛盾。这是因为他们共同立足于"五四"的人本精神,并且拿这种精神作为文学的主体,于是有了基本的价值导向,迥然不同于传统的工具论了。当然,"五四"文学革命的成就决不仅限于建构新的文学本体观,余如变传统的杂文学体制为纯文学体制,改古老的文言文为白

---

[1] 见《文学革命论》,《陈独秀著作选》第一卷,上海人民出版社,1993年,第260—261页。
[2] 《人的文学》,录自《中国现代文论选》第三册,贵州人民出版社,1984年,第205页。
[3] 《什么是新文学》,《李大钊文集》下册,人民文学出版社,1984年,第164页。

话文,打破已有的程式、大胆吸纳新的材料和新的表现方法,从单一的民族承传到面向世界的全方位开放等等,均属现代意义上的"文"的自觉,难以缕述。

"五四"文学精神既然包含着群体意识和个体意识、"为人生"和"为艺术"两个不同的侧面,在其演进过程之中便难免出现分化。二十世纪二十年代初期文学研究会与创造社之间的论争,正是分化的初步迹象。文学研究会宣称"将文艺当作高兴时的游戏或失意时的消遣的时候,现在已经过去了。我们相信文学是一种工作,而且又是与人生很切要的一种工作"①,进而倡言"表现社会生活的文学是真文学,是于人类有关系的文学,在被迫害的国家里更应该注意这社会背景"②,这显然属于人生派的观念。创造社同人们却强调文艺是艺术家"感情的自然流露;如一阵春风吹过池面所生的微波,应该说没有所谓目的"③,或者认为"除去一切功利的打算,专求文学的全与美,有值得我们终身从事的价值之可能性"④,又分明打上艺术派的印记。两者趋向不同,自不免起争议,但矛盾尚不很尖锐,因为他们共同对社会现实取反抗态度,各自也都承认文学另一面价值的存在,只是侧重点有所差别罢了。到大革命前后,在急遽变革、动荡的政治形势推动之下,文学思潮的分化更有了进一步展开。一方面,由"为人生"转向"为革命",构成强大的革命文学潮流,

---

① 《文学研究会宣言》,引自《文学研究会资料》,河南人民出版社,1995年,第1页。

② 茅盾《社会背景与创作》,《茅盾文集》第十八卷,人民文学出版社,1989年,第117页。

③ 郭沫若《文艺之社会的使命》,《沫若文集》第十卷,人民文学出版社,1959年,第84页。

④ 成仿吾《新文学之使命》,《成仿吾文集》,山东大学出版社,1985年,第94页。

以讲求"革命功利主义"为根本原则；另一方面，谨守纯艺术立场的如新月派人士，拉开了他们与现实生活的距离，强烈反对文学的社会功利性，冲撞于是不可避免。

革命文学，作为现时代中国社会革命运动的有机组成部分，它的发生、成长与壮大是有着丰厚的土壤的。它肇始于早期革命家的思想言论，成形于大革命期间，流衍于二十世纪三十年代左翼文坛，更将其基本精神贯注于后来的抗战文学、解放区文学以至社会主义文学之中，成为纵贯二十世纪中国文学的大动脉，无论在扩大新文学的对象、加强其战斗功能、升华主题、开拓题材、改革语言和表现方法以造成民族化、大众化新文风方面，都做出重要的贡献，决不能予以低估。但在承认其巨大历史功绩的前提下，也要看到它的失误，那就是片面地突出了政治功利性原则，不适当地把文学降格为政治的附庸。本来，在人生派那里，文艺与人生是一体的，艺术审美活动即是整个人生的一部分，所以"为人生"也可以包含"为艺术"的成分在内，"人"的主体地位和艺术自身的价值容许并行不悖。由"为人生"转向"为革命"，这"革命"如果指革命的人生，也还说得通，而实际上往往是指革命的政治，甚至是具体的政治斗争及其方针政策，于是，艺术与人生这种部分与全体间的关系，就演变成文艺与政治这一手段与目的的关系，文学失去了自身的主体性，蜕变为政治斗争的工具。工具亦自有它的价值，从特定时代需要来看尤其如此，但一味强调工具的性能，势必削弱文学的人本精神和审美职能，由此带来的恶果也是很清楚的。与此相联系，革命的政治斗争必须依靠群众，便也要求作为斗争武器的文学向群众认同，不但语言风格要大众化，思想感情更要大众化，那些和大众情趣稍有间距的个性化表现，经常有意无意地遭受压制乃至打击，群体意识掩抑了个体意识，遂使新文学的人本精神有所偏离。这些都是革命文学在长期发展中显示出来的弱点，尽管有其客观的产生原因。

和革命文学的重视政治功利原则正相敌对，以新月派为代表的另一股思潮则坚决反对任何功利性。据他们所说，"拿功利和效用的眼光去看艺术品，那是对艺术没有相当的品味的表征。艺术的可贵，正是因为它能够超越功利和效用之上"①。所以他们不赞成"鼓吹阶级斗争的作品"，认定"文艺的价值不在做某项的工具，文艺本身就是目的"②。这个观点好像很接近于前期创造社的理论，但有重要区别。创造社诸人大多从表现自我的立足点上来肯定文学无需有外在目的，他们的自我又多带有现实的反抗性，故而有可能从前期的"为艺术"一跃而为后期的"为革命"，实质皆导源于以自我为中心的叛逆精神。新月派固然也强调作家"要忠实于自己"，不要"受感情以外的事物的指示"③，但又认为"伟大的文学亦不在表现自我，而在表现一个普遍的人性"④，或者说"文学发于人性，基于人性，亦止于人性"，"文学的目的是在借宇宙自然人生之种种现象来表现出普遍固定的人性"⑤。乍一看来，他们并不否认文学与人生的关联，实质上乃是要借人生事象来表现人性，而且是那种超现实的"普遍固定的人性"，这就必然会将他们的眼光引导到现实社会诸问题之外，从而与实在的人生拉开距离。所谓艺术的"功用"在于"帮助

---

① 余上沅《易卜生的艺术》，载《新月》第1卷第3期。
② 梁实秋《论思想统一》，载《新月》第2卷第2期。
③ 陈梦家《新月诗选序言》，《新月诗选》卷首，新月书店，1931年。
④ 梁实秋《现代中国文学之浪漫的趋势》，载1926年2月15日《晨报副镌》。
⑤ 梁实秋《文学的纪律》，载《新月》第1卷第1期。

人摆脱实在的世界的缰锁,跳出到可能的世界中去避风息凉"①,倒是很贴切地反映出这部分人的心理。因此,虽然他们对"政治工具论"的批评在今天看来不无借鉴,对艺术审美形式(诸如诗的音韵与格律、戏剧的情节节奏、一般文学作品的章法等)的探讨亦足资参考,而那种逃避现实、漠视时代紧迫课题的作风,仍不能不说是严重的缺陷。这股思潮的声势在当时就难以同革命文学抗衡,而后愈益趋于消沉。

革命文学和纯艺术论思潮构成二十世纪三十年代文坛的两翼,介乎两者之间,是一个广阔的中间地带。其中有坚持"为人生"的路向,而加重批判现实的力度的,如巴金、老舍、曹禺;有不以社会批判见长,而注重民情风俗的文化观照的,如沈从文和一部分乡土文学作家;有从参与人生的前沿阵地退却到边缘地带,一力提倡幽默和闲适小品的,如林语堂、周作人;也有沿着表现自我的路线前进,但散发着更多苦闷、颓唐气息的,如象征派、现代派诗歌和新感觉派小说。此外,还有同样从政治功利性出发,却倒向极右翼的,如民族主义文学。林林总总,蔚为大观。它们各有各的思想立场,也各有各的艺术成就,不过从思潮的角度来看,仍以前两派旗帜较为鲜明,影响也较为广泛。

三十年代文艺运动中众水分流的景象,到抗日战争爆发开始有了改观。抗战文学尽管具有统一战线的性质,其所贯彻的"为抗战服务"的宗旨,却是革命功利性原则的延伸,只是内涵从阶级斗争转向了民族斗争。在那样一种全民族奋起的时代氛围中,"与抗战无

---

① 朱光潜《谈美·"大人者不失其赤子之心"》,《朱光潜全集》第二卷,安徽教育出版社,1987年,第57页。按朱氏不属于新月派,但思想情趣相一致,故并加论列。

关"之类自由主义论调①，自然是难成气候的。于是，进入四十年代，革命的和倾向于革命的文学，便已占据文坛的主流地位，虽亦有其他思潮时或掀起一阵波澜。不过就在这期间，革命文学潮流内部出现了分化。在革命根据地的解放区，由于中国共产党的组织领导，初步实现了文学与工农群众的直接结合，产生出以表现工农兵生活与思想感情、歌颂工农兵新人形象为主调的工农兵文学，它采用的基本还是革命现实主义的创作方法，而已增添了浪漫主义激情，语言形式方面更趋于民族化、大众化、通俗化。这一新的文学形态在动员和组织广大群众投身革命事业上发挥了良好的政治功效，也创造出一种比较适合群众（主要是农民）口味的生动活泼的美学风格，确能以自身的实践来体现革命文学运动所长期追求的目标，而其工具性能和群体意识自亦得到相应的增强。与此同时，生活在国统区的进步作家们，即使抱有革命的或同情革命的意向，以其感受的深切在于社会现状的不合理，他们的作品仍然以暴露、批判现实黑暗为基调，创作方法接近于严格的现实主义。同样在国统区而文学思想上另树一帜的，有以胡风为代表的七月派，他们那种高扬"主观战斗精神"的现实主义文学，特别重视作家用自己的体验去把握人生，实质上乃是出于对文学主体性失落和个性意识淡化的忧虑。他们构成革命文学阵营中保留"五四"人本精神较多的一派，但亦因此同革命文学所要树立的功利原则和群体意识有了差距。国统区进步文学界与七月派之间的论争，以及延安整风期间对王实味、丁玲、萧军诸人的批判，正预兆着三个流派日后的分裂。

新中国成立以后，革命文学潮流的三个派别汇聚到了一起，一

---

① 梁实秋于 1938 年 12 月 1 日《中央日报》副刊《编者的话》里首提此说，后沈从文等亦有类似论调。

大群中间状态的作家也都接受了革命思想的指导，而作为整个文学运动方针被确立下来的，则是工农兵文学的方向和路线，自然是因为这条路线最切合文学创作表现新的时代生活、以社会主义精神教育人民的需要，而且实践证明，它也确实推动新生的社会主义文学在较短时期内取得一批可喜的成果。但在这样做的时候，不免忽略了文学与现实人生的复杂联系，容易导向表现内容与方法的单一化。五十年代中期起，这一"左"的倾向逐渐抬头，先是以"反胡风集团"的名义消灭了七月派，随即于"反右派"运动中打击了"干预现实"的文艺思潮，而后又凭借"革命两结合"的口号着力宣扬把生活理想化的做法，于是文学作品里脱离现实的假、大、空的作风便日益严重地发展起来，最终导致"三突出"那一整套反现实主义的模式，完全扼杀了创作自由。对此有所不满、希望为文学开拓生存空间的，先后有"现实主义广阔道路论""现实主义深化论""中间人物论""反题材决定论"等所谓"黑八论"的提出，它们遵循的仍然是革命文学潮流中的现实主义路线，而亦遭受严厉镇压，文学的生机是岌岌可危了。

新时期文学的"拨乱反正"，是以批判文化专制主义、复兴文学的现实主义传统为发端的，初起时尚带有明显的干预政治生活的印记，但已致力于恢复和发扬新文学的人本核心，加强对人的命运的关怀与人的价值的肯定。这股人本思潮在后来的演进中，因其价值取向的不同而趋于多元化：其中以继承、拓展"五四"启蒙思想为归依的一派，可称作"新启蒙"文学；侧重从文化心理传统上去寻求民族文学生长凭借的一派，构成"寻根"文学；而意图认同于西方现代主义思潮、关心和反映人的异化主题的一派，则成为"新潮"文学。每一流派内部又有种种不同的趋向，各个流派之间也常交互混杂，充分显示出新人本思潮的复杂性和不成熟性，但它对人生意义的探究和文学审美功能的开拓，始终是八十年代文坛上最活跃、最惹人注目的现象。与此同时，以宣传、教育广大群众为基本职能的文学传统也在延续之中，它以表现时代生活的"主旋律"为标记，更多地关切于现实的和历史的革命斗争生活的写照，在努力贴近现实人生、实事求是地展示历史风貌上取得了一定的进展，而如何将特定的政治需要同深层次的人生体验和追求相结合，仍是其进一步发展和提高的关键。八十年代后期起，从"新潮"文学中更衍生出一种"后新潮"文学，它接受了西方后现代主义的影响，由破除世界的真实感、消解主体的生存意义入手，进而导致文学形式的游戏操作和文本规范的整体解构。它不同于"新潮"文学，亦有别于二三十年代的唯艺术论，因为它并不着眼于张扬自我、表现人性或思考人生价值之有无，却干脆走上以文学自身为目的、围绕文本的建构与解构开展探索的道路。作为既有人本思潮的否定和新型文本思潮的肇始，它是"文学自觉"观念的极端引申，对它的历史动向和动因还需作深入观察。

除此之外，二十世纪中国文学中原本存在着流传广泛的、以娱乐市民为主要功能的通俗文学潮流，它长期被排斥于新文学阵营之外，故不为文学史家注目，而实际上是社会生活中一支不可忽视的力量。通俗文学导源于宋元说唱、戏曲，在明清时期达到相当繁荣的程度，民国以后不曾断流。与新文学相比较，二十世纪的通俗文学在心态和形体上还保存较多的传统格局，所以被视作旧文学的余脉，但它并不同于已经失去基本对象的古典诗文，却仍然活生生地存在于市民社会中间，便也不能不随着社会生活的变迁而不断吸取新的养料，使自己从思想内容到艺术形式都起着相应的变化。前者如言情小说里加重社会批判的成分，历史演义渗入民族意识，武侠小说添进人生哲理的反思；后者如小说语言的逐步现代化，章法结构的突破程式，以及"说话体""章回体"的渐趋淡化乃至被消解，皆是。通俗文学的"雅化"和新文学的大众化，是这两股思潮对立而又交汇的表征。新中国成立以来，由于强调文学的政治功能，以娱乐为好尚的通俗文学一度趋于衰退，而在当前市场商品经济大潮的强力推动下，重新获得高涨的势头。通俗文学潮流的泛滥及其趣味标准之覆盖"雅文学"阵地，使不少文化人为之担忧，但从长远来看，这一新的崛起连同其在美学原则上的挑战，终将促成文学的雅俗合流向着更高层次展开，固然也要做合理的引导工作。

要言之，以政治教育为导向的"主旋律"文学，以探索人生、探索艺术为目标的各种人本思潮和文本思潮，以及以娱乐、消遣为首要职能的通俗文学，共同组合成我国当前文学发展的多维结构。形形色色的文学潮流之间会有矛盾冲突，也会有起伏震荡，而更为重要的是取得协调和互补。接受过去文化专制主义的教训，切勿轻易使用行政干预手段来改变结构，要让不同的思潮在和平竞赛与竞争中进行对话交流、取长补短，方足以为下一世纪文学的现代化走向奠定坚实的基础。

六、反思与前瞻

简略地回顾近四百年文学思潮变迁的历史，可以谈一点什么样的体会呢？

我们感到，从传统与现代之间的联系和转化着眼，把四百年思潮作为整体流程来看待，是确有根据的。其整体性主要体现在文学的人文精神及其文体风貌两个层次上。首先是人文精神的演变。如上所述，现代中国的人文精神由两个基本的方面构成：一是伸张自我的个体意识，二是面向大众的群体意识。前者萌芽于晚明，成长于清中期，高扬于"五四"个性解放浪潮，是对传统宗法伦理规范的根本性突破；后者胚胎于清初，完形于清末，极盛于二三十年代后的社会革命运动，亦是对原有专制主义权力机制的直接否定。两相结合，便确立了新文学的人本核心，而它们之间的分裂、冲撞、此消彼长，不免造成中国文学由传统向现代演进中的种种曲折与偏离。由人文精神的变化，又引起文体风貌的变异，那便是文学运行中雅俗对流新局面的开创。在我国传统里，雅文学代表士大夫的审美情趣，俗文学反映市民社会的文化心态，宋元以来是壁垒分明、不相交融的。自晚明以迄近代，由于文学表现个性和面向大众的需要，不仅俗化的戏曲、小说开始为一部分文人雅士所关注，连高雅的诗文中也出现了"向俗"的趋势，于是雅俗对流得以实现。因这种对流所产生的文学样式，包括俗化的诗文（从晚明公安体到晚清报章体、新民体、新派诗）和文人化的戏曲、小说（从《牡丹亭》《桃花扇》《儒林外史》《红楼梦》以至《老残游记》《新罗马传奇》），已经不完全是原来意义上的雅文学和俗文学，而逐步具备了向新文学过渡的质素，再同吸取外来养分、由"西化"促成的中西对流相结合，便酿集成中国现代文学的文体风貌；至于雅俗、中西对流中雅化与俗化、个性化与大众化、西化与民族化种种争执，亦因此而长期存在于新文学的发展过程中。这是第一点认识。

我们还看到，在中国文学由传统向现代演化的进程中，贯串始终并交相为用的，有古与今、中与西、雅与俗三对矛盾。其中占据主导地位的，自然是复古与新变的对立，它们分别指向传统和现代两极，经常表现为激烈的斗争、冲突，而亦时有交互渗透以至转化。复古旗号下隐伏着革新的思想（如晚清实学思潮多以复古为号召），或则新的文学潮流中积淀着旧的情结（如晚清文学改良及现代革命文学运动中盛行的工具论），于新旧交替之际是屡见不鲜的。中西、雅俗的撞击与交汇，在不同时期有着不同的意义和功效，却又共同构成古今嬗递的一个侧面。一般说来，向西方学习，对于促进中国文学的新变起了积极作用，但如二十年代的"学衡"派及梁实秋诸人借助白璧德的新人文主义攻击"五四"文学革命，以及一些倾心"欧化"的人士盲目移植西方观念、文风造成种种弊端，亦属有目共睹。至若雅俗文学间的关系，虽如前面所说，出现了对流的趋势，而悬隔依然存在。如果说，明清以前的雅俗分流，往往意味着俗文学在创新地位上的领先，"俗化"即含有新变；那么，二十世纪里新文学与通俗文学的隔阂，恰恰表明俗化的大众赶不上文学的新变，反过来也证实了新文学自身影响的局限。于此看来，新陈纠葛、中西错位、雅俗脱节，是近四百年思潮流变中矛盾症结之所在，它们的难以被消除，确切地显示出中国文学现代化进程的复杂性与艰巨性。这算是我们的第二点想法。

再往深一层看，中国文学新陈代谢的复杂与艰巨，又同中国社会走向现代化的独特途径分不开。近现代意义上的人文精神需要有自己的物质载体，即建筑在稍形发达的城市商品经济基础上的发育周全的市民社会。中国古代尽管很早就有商品生产，明中期以后更出现了社会新质素的萌芽，而在东方专制主义政治体制控制下，城市经济和市民社会的发展都很有限度，远未达到足以培养出比较成熟的新人文精神的地步。晚明个性思潮昙花一现，清前期复古势力炽盛一时，包括龚自珍式的"狂飙突起"在当时罕见回应，说明直到鸦片战争前夕，这个物质载体尚未正式形成。西方入侵后，传统社会结构的解体和中国走向现代的行程加速了，但它不同于先行民族的现代化是一个内部自然生长的过程，而呈现为内因（传统母胎里孕育出近代因素）和外因（西方列强挑战）相互作用的结果。这就决定着中国的现代化负有改造内部传统和抵御外部压力的双重任务，而且后者的急迫性常常凌驾于前者之上，不能不给近现代中国社会及其文化形态（文学即其一部分）的运行带来严重的不平衡。在西方，一般是社会发达于前，而文化成熟于后，于是新的文化形态能够得到足够的社会支持；但在中国，由于积习更改的迟缓和外来挑战的峻切，现代化的突破通常集中在非常局部的地区和部门，新文化的需求便也失却广泛的群众基础，成为少数人的专利，这必然要影响其自身的巩固与完善。在西方，一种文化形态的生长线路，大体展现为由人本核心的建立（文艺复兴时期的人文主义），到社会、政治、经济各项实际问题的探讨、试验（启蒙运动前后"社会契约""天赋人权""国民财富"诸说的倡导与实践），再到哲学世界观的总结（以德国古典哲学为代表）这样一个合逻辑的顺序，文化的各个层面皆能有较充分的展开；但在中国，由于外部环境的紧迫，往往等不及新的人本核心趋于成熟，便匆忙转入实际课题的设计开发，造成实用层面掩抑其人本核心、观念变革滞后于体貌更新的畸形状态。（有如我们所见，近世人文精神的发扬，从龚自珍、"五四"到新时期，每次酝酿未足，即被实际社会变革的行程打断，可谓"三起三落"。眼下商品经济大潮汹涌而来，不是又听到"人文精神失落"的呼告吗？）抑有甚者，西方近现代人文精神的进化，随着社会主要矛盾的转移和思潮的变迁，经历了由神本至人本、再由个人本位至群体本位两次重大的转折，其间相隔三四百年，界限比较分明；但在中国，由于革新传统和挽救危亡的双重任务，促使新型的个体意识和群体意识并时兴起，相互摩戛，交错前行，更增添了新文化人本核心建构的复杂性。

　　人本发育的不健全，实用层面的超前拓展，社会载体的褊狭脆弱，使得新文化的成长在精神、体制、物质诸方面都缺乏有力的支柱。中国文学由传统向现代演进的缓慢，近四百年文学思潮之充满波折与旋流，正可以从中得到解说。现代人文精神的建成，看来还需要一段时间努力。不过困难之所在，亦即希望之所在。经受着如此复杂、艰苦的锻炼并面对多维新格局的中国文学，是会有广阔、辉煌的前景的，我们深信。

（本文原系主编《近四百年中国文学思潮史》所写的导言，单独刊见《社会科学战线》1996年第4、5期，《新华文摘》当年第12期全文转载，并于1998年获评首届"鲁迅文学奖"）

"路"指何方

——二十世纪中国人文学术创新意义小议

学术的生命在于创新,对个人说来如此,就整个民族文化而言何尝不是?但创新自不能等同于脱空飞来的灵感或巧手翻出的把戏,它需要有实在的根基,也就是必须以自身原有的传统用为凭借,"推陈"始能"出新",这应属普遍的历史规程,难以随意逾越。也正是出于这个缘由,当我们今天站立在世纪之交凝神伫候未来之际,却不免要时时回眸那即将消逝的二十世纪,看看我们的学术研究在那段时日里究竟经历了什么样的创新历程,又有哪些经验或教训可用为当下继续从事创新实践的出发点,本文即由此切入。

二十世纪中国人文学术研究的创新意义该当如何来估价呢?从不同的角度进行观察,或许会得出很不相同的结论来。比如说,以旧有的学术文化为坐标,我们当能认可,二十世纪的中国人文学科进入了全面创新的阶段,其进展之巨大、变化之迅疾、思想之新颖、体貌之繁多、流派之纷呈错杂乃至成果之琳琅满目,均属旷古罕见,故而其历史地位无论如何不能低估。但这只是问题的一个方面。设若我们转换一下坐标,从中国与世界(特别是西方发达国家)的关联和比较上来考察,也就是以整个世界学术文化发展的大背景为参照系，来估量二十世纪中国人文学术的创新意义，就完全有可能产生极不相同的观感。

众所周知，二十世纪中国学术文化演进的一个基本的态势，便是走出相对封闭的传统格局，而走向开放，走向世界，走向自我更新。中国与世界，特别是与西方发达国家为代表的先进国家、民族之间的文化交流，是促使其人文学术传统得以全面推陈出新的重要契机。但在这交流互动的过程之中，由于时代的落差，面对世界上一些先进国家、民族的强势文化，中国的人文学术经常处于弱势地位，于是这一开放的态势不能不着重表现为引进和吸收外来文化，且由于二十世纪世界学术文化变动之遽速，加以中国社会自身的震荡不宁，这种引进和吸收的工作又往往做得相当匆忙甚至草率，更多地呈现为对外来文化的跟踪追随，从而大大限制了中国人文学术的创新意义。

追随者自难免落后于其所追随的对象，二十世纪中国人文学术的演进步伐，较之于同时期的西方总要慢上一个或半个节拍，便是明证。世纪之初，当西方社会已进入现代文明的圈子里，中国的学术文化仍处在半传统半近代化的转变途中，"旧学"向"新学"的过渡尚未完成。"五四"以后，全方位地吸收外来文明成为时尚，而人文思想的着眼点主要落在西方启蒙思想传统之上，像"民主""科学""人道主义""个性解放"等口号，其实都是欧洲近代思潮的回响。三四十年代间，马克思主义广泛传播于社会，五十年代后更奉为全民族的指导思想，不过长时期来，人们所理解的"马克思主义"多局限于二十世纪初叶形成的俄苏牌号，对其后来的种种深化与变革趋势则采取拒斥态度，更不用说就其与各种非马克思主义思潮之间的联系和沟通加以认真研究了。待到改革开放的八十年代，西方现代学术文化方始得到大规模地引进，诸如形式主义、结构主义、新批评、原型批评之类，一时成了热门的话题，而距离这些学说在西方世界的流播，实际上已有二三十年以至半个世纪的间隔。九十年代后，我们又跟踪引进并热炒了一些更新的潮流如后现代主义、后结构主义、新历史主义、后殖民主义等，也还是撷拾别人说过了的话头，不免给人以窥影图形、应声附和之感。中国学术文化的运行若老是停留在这样一种亦步亦趋的态势里，其前景将会是很不佳妙的。不单如此，更由于引进的匆忙和应用时的随意，还常导致外来思想庸俗化乃至变质、变味的情形出现。马克思主义变形为庸俗社会学，我们曾经吃足苦头。现阶段的热炒风中，难道就不存在这方面的危险与弊病吗？君不见："后殖民"理论在西方学界的提出，原本用以反对帝国主义的文化霸权，而在传入东方世界后，却有意无意地染上一层类似早先"日耳曼精神"或"斯拉夫主义"那样的"保护国粹"的色彩，其基本倾向便从激进转向了保守。再如"西马"在西方思想理论界亦属激进思潮，它对资本主义制度及其文化控制的尖锐揭发和不可调和的批判，于今也被我们这里的某些人士拿来作为否定我国市场经济取向以至攻击和抹杀改革、开放路线的得力武器。这类现象固当引起我们的充分警惕，若仍然在创新过程中一味地盲目跟风，中国学术文化的现代化进程必然是十分艰难而曲折的。

然则，二十世纪的中国人文学术研究在世界学术文化发展、推进的大潮中，究竟还有没有自己的地位与独特创获呢？如果它的作用仅限于追随，甚且是不那么成功的追随，其意义自然就十分有限了。幸好，在追随、引进的同时，二十世纪中国学术文化还常显示出其另一种品格，即具有某种程度的独创性或独创性潜能的一面。可以说，正是这一具有创新潜能的品格，使它获得了真正的时代意义和世界意义，并为自身的不断演化开辟了通向未来的远大前景，让我们进一步加以探讨。

什么是二十世纪中国人文学术创新意义之所在？归结起来，我以为，有这样两个基本的特点值得注意：一是东方与西方的交汇，二是近代与现代的综合，它们给二十世纪中国学术文化带来了独特的风貌，也预示着人类文明的未来走向。

先来看第一个特点。诚如许多人所议论过的，"东方"与"西方"这两个范畴，尽管各自内部包含着复杂的歧异，而大体上代表人类文明的两种不同形态，是可以肯定的。它们各自在漫长的历史进程中处于平行发展的状态，偶尔有一点交涉，并无碍大局。但自近代以来，随着西方世界的不断向外扩张，两种文明之间便有了广泛的接触和碰撞，"西风压倒东风"成了常见的格局。二十世纪开始，尤其是进入其下半叶，第三世界民族解放运动风起云涌，促使古老的东方文化获得新的活力，东西文明的交合汇流便有了可能。有的学者甚至认为，二十一世纪将是东方文明取代西方而占据主导地位的时代。这种"三十年河东，三十年河西"的说法，我个人不敢苟同，但未来世界的文明形态将由西方独盛转向东西融会，则大致能够成立。这一交合汇流的趋势在当前西方学界亦已呈现端倪，不过从总体说来，由于西方文化至今仍属强势文化，它对东方文明的关注和吸收毕竟有限，东西方的会通在它那里仅仅显露出一点苗子，当不足为怪。

中国的形势则大不然。二十世纪作为中国社会由传统走向现代的大变革时期，引进和学习西方先进文化乃是实现国家现代化的必要凭借，中西文化的碰撞与交汇因亦构成这一时期文明建构的轴心。面临中西双方的对立与冲突，在民族新文化的主体建构上出现了两种截然相反的观点：承认西方（包括苏俄）文明的先进性，主张接受其基本的理念，进以批判、改造乃至扬弃旧有的传统，形成了

"文化激进主义"的路线；不甘心于固有文明形态的沦没，一力要保持和发扬传统的核心价值观，在此基础上考虑接纳外来的新因素，则成了"文化保守主义"的信条。两种观点的激烈交锋，贯串着整个二十世纪中国人文学术研究的内在进程，筑起了中国思想文化界的一道亮丽的风景线，它显示出两大文明系统之间强烈而持久的撞击作用，而东西双方的汇流即在这不断反复的撞击过程中得到了初步的实现。

关于文化激进主义和文化保守主义孰是孰非的评判，不属于本文的论述范围。这里想要指出的是，极端的保守或激进的立场，均无助于中西文化的会通，因为会通须以两者之间的折中调和及相互转化为前提，而折中与转化又必须建立在对各自传统实行分解的基础之上，这一点似可作为建构民族新文化的方法论原则。且让我们来比照一下历史的事实。谁都知道，二十世纪的中国社会长时期来处在非比寻常的革命动荡之中，故而激进主义在政治领域以及相关的思想文化领域内一直占据上风，保守主义多半只能作为牵制性的力量在起作用。但到了世纪末尾进行结算时，人们惊讶地发现，偏偏是文化保守主义在人文学术领域取得了较为丰硕的成果，一批最富于独创性的学人往往同后者相联系。这就导致时下风行的以保守主义为优、激进主义为劣的论调，其实还可作深入推敲。依我之见，保守主义在学术文化领域的"成功"，恰恰来源于它在现实政治领域里的"失败"。换言之，正是由于政治上的失势，迫使它对自身信奉的传统进行分解，将文化思想上的保守与政治立场上的复旧区分开来，进而将作为文化核心的价值理念与各种具体的文化现象区分开来，这才能促成原有的核心理念突破其固有形态的束缚，而有可能同适应时代潮流的某些新思想、新文化要素实行结合，以达到推陈出新的效果。相反，激进主义在政治活动中的得势，却造成其政治路线和文化路线、核心理念和具体主张长期纠结在一起,成为难分难解的整体,肯定即全盘肯定,否定即全盘否定,这种绝对主义的态度反而限制了其视野的开阔和学术上的包容出新。当然,激进主义亦非一无创获,尤其是在政治革命和社会改革的领域内,因为一种改革方案的顺利推行,决不能教条式地照搬外来理念,必须根据国情加以合理的调整与改造,使外来的理念得以与民族生活的土壤以及民族传统的文化心理打成一片,这也应该是一个各自分解和相互吸纳的过程。通常所说的"马克思主义的中国化",指的就是这样的一个过程。于此看来,无论是激进主义还是保守主义,只要致力于民族新文化的建设,都有可能促进东西两大文明系统的综合创新,这可以算得上是二十世纪中国人所做出来的重要业绩。

现在来谈第二方面的问题,即近代文明与现代文明的综合,或者用我个人习惯的说法,叫作十九世纪与二十世纪的综合。如果说,前一种趋势,即东西文明的会通,已经愈来愈明显地成为当前学界人士的共识,那么,这后一种动向,似乎至今还少有人关注。人们只是想当然地把近代与现代、十九世纪与二十世纪看作一个连续的流程,看作历史对自身的逐步演进,而忽略了它们之间的明显差异乃至某种对立,于是更不会想到有给予新的综合的需要了。

如所周知,西方的近代文明发端于文艺复兴,大成于十九世纪,是以资本主义工业化和市场经济的兴起为基础的。在思想导向上,它肯定人的价值,发扬主体的能动作用,重视理性的指导力量,承认历史的进化法则,这些都体现出工业文明兴起和上升的势头,对于推动人类社会迈向现代化的进程有重大积极意义。近代文明的成长于十九世纪达到高峰,十九世纪西方学术文化因亦成为欧洲近代文明的思想总结,人本主义、理性主义、历史主义和科学主义的精神,在其间发展到了相当充分的程度。但是,二十世纪却来了一个大转折。工业文明的烂熟与社会结构的蜕变，一方面造成西方经济和科技的高度发达，另一方面也带来各种复杂的社会矛盾，甚至引发人们的严重精神危机，促使人们对走过的道路加以深沉的反思。反映于思想观念上，便是对人自身提出种种质疑，如消解主体，贬抑理性，推倒信仰，否定进化，用共时性来取代历时性等等，许多方面都跟十九世纪以前的传统有所分歧甚至互相冲突。二十世纪和十九世纪"对着干"，这使它不必沿着十九世纪的高峰路线去作难乎为继的攀缘，而有可能在原有领土以外的人迹罕至的地段开发出风光特异的新景观来，这便是结构主义、语言分析学派、深层心理学、现象学、存在主义以及现代解释学等西方现代思潮所作的贡献。但也正因为它立意绕过十九世纪，便没有能像十九世纪综合其以前的历史经验与成果那样来综合十九世纪，进而综合整个近代文明。而脱略了对历史的综合，就难以形成整体性的超越。为此，将十九世纪与二十世纪、近代与现代这两个具有对立性的传统重加整合，将是人类文明演进更上新台阶的必由之路。晚近西方人文学术研讨中出现的人本与文本、理性与非理性、历史主义与结构主义、科学主义与人文精神相互接近、相互协调的倾向，正显示出朝这个方面演化的迹象，值得注意。不过二十世纪的西方世界总体说来是现代文明压倒近代文明的时代，其走向"复归"与"综合"，看来仍需要相当一段时间。

与之相比照，二十世纪中国学术文化的流程，却呈现出一幅很不相同的图景。在中国，无论是二十世纪的新潮或十九世纪以前的西方传统，均属外来文化，亦皆在引进和吸收之列，并无须按照其原有的历史顺序严加区别，甚至不很关注它们之间在性能、形态上的歧异与冲突。早在世纪之初，与民主、法制、进化论、科学实证主义等近代化思潮的流布相并列，叔本华、尼采、弗洛伊德、柏格森之类现代派先驱的学说已然输入且有了影响。二三十年代之交，杜威、罗素、新康德主义、新黑格尔主义等理论引起新一轮冲击波，而自由主义、激进主义、启蒙思想和人道主义诸传统亦未曾衰歇。至于新文学运动中写实主义、浪漫主义的创作方法与各种现代思潮流派同时并兴、相互摩戛，更是有目共睹的事实。应该说，在"拿来主义"精神的感召之下，二十世纪前半叶的中国知识分子，早已对西方近代和现代这两个不同的文明形态下了一番磨合、整形的工夫，尽管做得粗浅，在某种意义上却走到了西方人的前头。可惜这个优势未能长久保持。五十年代以后，在"左"的路线制约之下，西方现代学术文化被简单地指认为腐朽的意识形态而一概遭到拒斥，从此只剩下十九世纪以前的传统勉强留存。八十年代开始，西方现代思潮卷土重来，挟带着从未有过的声势，摆开了横扫一切的架子，大有重演西方世界现代文明压倒近代文明的态势。不过二十世纪的中国毕竟不同于西方，人本主义、启蒙主义以至马克思主义的思想传统都有深厚的根基，于是近代文明和现代文明便在世纪末的中国学界展开了新一轮的交锋，同时也就孕育着它们在更高水平上的综合。

由上所述，可以得出结论，即：二十世纪的中国人文学术既没有沦为西方当代思想文明的简单传声筒，也不曾按照西方世界由近代向现代、后现代转换过渡的模式去重演历史，而是走了一条自己的路，即一开始便致力于对性能各异的文明理念采取兼收并蓄的态度，且尝试在其间重加整合。为什么会出现这样一种独特的选择路向呢？除了其面向世界的开放心态外，深层动因则在于中国社会自身独特的发展取向和运行路径。二十世纪的中国并不像西方那样已经步入工业文明烂熟的阶段，而是置身于其方刚兴起的当口。近代人的种种观念，包括民主、科学、法制、人权以至理性、文明、进化、革新，对它说来都有切身的关联，适应着它自身走出中世纪和走向现代化的实际需要，这正是西方近代学术文化，特别是十九世纪文化传统得以在当代中国扎下根子，至今尚难以被取代的缘由。另一方面，基于后发现代化民族面临的强大外部压力和内在惰性，加上国土辽阔、人口众多造成的发展缓慢与不平衡，二十世纪中国社会的现代化进程不能不充满矛盾与波折，遭受种种困难和一再挫跌。这又给中国人的内心世界带来深深的失望感以至危机感，于是有了跟西方现代文明相沟通的种因。据此而言，近代与现代、十九世纪与二十世纪这两种文明形态在当代中国的汇流，并非出于偶然，它们各自代表中国社会现代化进程的一个侧面，便也共同植根于中国现实生活的土壤之中。这个局面看来暂时还不会有根本性转变。所以，我们没有理由将二者绝对对立起来，硬要以一种形态去排斥另一种形态，而应该致力于探索其相互结合的可能性与条件，像会通中西文明那样来会通近代与现代的思想成果，促使人类精神文化能有更丰富也更全面的展开。

二十世纪很快将成为过去，这个世纪的中国人文学术走完了自己的历史行程。回顾这段历史，它的成绩不算辉煌，进展也不算顺利，跟同时期西方一些国家的五光十色的创新理论体系作比较，更显得相形见绌。然而，这个世纪里的中国学术毕竟开启了它向着现代化跃升的创新行程，且由于中华民族所处的特殊的历史环境和掌握到的机遇，其创新也就带上了自己的特色，有如我们前面讲到的东西方交汇、近现代综合这两大趋向，内中即蕴藏着巨大的潜能。当然，中国人文学术在十九世纪里的发展并不顺利，其经验也极不成熟。即如中西交汇的问题，至今仍常执着于"中体""西体"之辩，未能超脱"激进"与"保守"的两分格局，来悉心探究如何打破既定的思想框架，让中西文明互为体用且皆能为"我"所用。有关近现代的综合，也存在着如何取长补短以形成适合我们自身需要的一体化建构的问题。这些都有待今后的实践来作进一步思考研究了。不过总的说来，立足中国的现代化，放眼全人类的未来，努力推进东方与西方、近代与现代这两大综合，必将为二十一世纪人文学术的创新发展开辟出一条康庄大道。这条道路不仅有助于中国的学术文化顺利地融入世界，成为人类先进文明的有机构成，亦且能为当前正在寻求出路的东西各民族文化的未来取向提供有益的借鉴，并展示其广阔的前景，我们可以作这样的期待。

（本文原题《20世纪中国学术文化的世界意义论略》，刊见《学术月刊》1997年第9期，《新华文摘》当年第12期全文转载）

对话·交流·会通
——兼论中国诗学的现代诠释

一

近年来,有关中西诗学对话的话题相当热门,学界人士就其必要性、可能性、发展方向、选择途径等展开多方面论述,发表了不少好的意见,但实际对话的成绩仍不显著。这自是由于从理论到实践需要一个过程,而亦反映出对话自身还存在某些内在的障碍有待跨越。

障碍究竟是什么呢?要回答这个问题,最好先稍稍回顾一下中西诗学自身的历史与现状。

中国诗学有着悠久、丰厚的传统,是人所共知的。它发达于中土,播扬于海外,在绵延不绝达数千年的进程中,长成为一株根深叶茂、风姿卓异的大树,庇荫了多少世代的诗歌爱好者,这段辉煌的历史不容抹杀。但是,进入二十世纪以后,在时代风云遽变的情势下,昔日的光辉渐形黯淡,大树日趋萧条零落,亦属有目共睹。中国诗学传统的内涵与形式,似已不足以面对现代诗歌出新的潮流,更不用说拿来规范世界各民族的异质文化形态了；它只能龟缩在古典诗歌批评和古文论研究的狭小圈子里，争取发挥一点"余热"，以免被世人彻底遗忘，其境况是十分可怜的。即便是在这个特定的领域内，它的作用也仍然有限。比如说，今天的学者研究《诗经》，决不会墨守旧有的经解、诗教那套观念体系和价值取向，而必然要引进历史学、考古学、民俗学、神话学、文化人类学等多种观照视野，这就要突破传统。今天的史家评论古代诗人诗作，也不能停留于沉郁、飘逸、错彩镂金、初日芙蓉之类直观、含混的审美印象，还须深入剖析产生这类印象的内在机制，这又要借助于新的研究方法。总之，传统诗学作为前人对他那个时代诗歌创作与批评的经验总结，无论在研究对象、理论格局、思维方式、价值规范各个方面，都已同当代生活拉开了差距，不再能无条件地适应现代人及现代诗歌发展的需要，它的受冷落似乎是不可避免的。

与此同时，西方诗学的影响却不断上升。西方诗学自亦有其古老的传统，但经过近世文艺复兴和启蒙理性的批判，老传统已被消纳、融化于新精神之中，二十世纪又有种种更新的思路出现，这就是为什么它能够一直活跃于当代的缘故。不仅如此，由于上述中国诗学衰退的情况在东方各古老民族中间都有发生，于是西方诗学更呈现出向外扩张的态势。它本属西方诗歌专有经验的总结，而今却普泛地运用于西方以外的广大世界，包括中国诗歌的批评研究上来，且不光用于中国现代诗歌评论，还闯入古典诗歌研究领域，树起了"霸权主义"的旗帜。短短数十年间，柏拉图与亚里士多德、康德与叔本华、克罗齐与毕达可夫，再有什么"新批评"、原型批评、结构主义、解构主义、现象学、诠释学等，纷纷驰骋于中国文坛，轮番地冲击并侵蚀着中国诗学的固有地盘，迫使后者的防线不断退缩。一句话，"西风压倒东风"，确切地勾画出二十世纪以来中西诗学力量消长的轨迹。在这样一种"敌强我弱"的形势下,又怎能谈得上认真、平等和富有成效的对话呢?

二

如此说来,中国诗学决然逃脱不了被取代的命运,或者只能悬挂在古玩店里供少数人观赏了?则又未必。作为几千年来华夏民族审美经验的结晶,其中蕴蓄着丰富的能源,是不会那么容易被耗尽的,关键在于如何合理地开发和利用。一般说来,特定理论形态乃是对于特定实践活动的概括,适用范围有其限界;传统的中国诗学盛行于古而式微于今,即受制于这一分限。但另一方面,事物的普遍性正寓于特殊性之中,只要我们能突破其殊相的束缚,把问题引申到共相的层面,传统又有可能走出自身的限界,生发出新的意义来。这叫作"传统的创造性转化",通常也称为"传统的现代诠释"。我们对于中国诗学,就是要来一番"转化"和"诠释",弥补其由固有形态限制而造成的文化视野狭窄、价值观念陈旧、思维方式混沌的不足,使之转变为能适合现代诗歌发展和现代中国人审美需要的新的诗学形态。这样的形态,在当今世界上是大有用武之地的。

首先,它将成为中国古典诗歌研究的必不可少的凭借。中国诗学传统本来就奠基于古典诗歌的审美经验之上,在漫长的历史演进中,它形成了深厚的积淀,包括古代诗人诗作的审美品味、诗体诗法的细致辨析、诗歌流变的贯通观照以及有关历史文化氛围的具体把握,都有大量精微独到之旨,是任何其他诗学理论所无法替代的。例如杜甫和白居易的政治讽喻诗,用西方文论中的"现实主义"来标示,就不如传统诗学的"兴寄"说来得贴切,因为讽喻的目的是通过诗篇"美刺"以改善政教,并不同于现实主义文学以"写真实"为第一义。同样,对李白和一部分盛唐诗人的诗风,称之为"浪漫主义",也不如"盛唐风骨"或"盛唐气象"较为切近,因为盛唐人主体精神昂扬往往同"大济苍生"的怀抱结合在一起,并不像西方浪漫主义诗人多趋向个人与群体的背离。这样的例子还可举出很多:像李贺式的感伤有异于颓废主义,李商隐的精丽有异于唯美主义,"诗言志"的命题区别于表现论,"比兴""兴喻"的内涵区别于隐喻、象征思维。中国诗学的缺陷在于未能对这类概念给予科学界定和逻辑演绎,致使人感到模糊、零散而不易掌握,但企图跳过其所积累的审美经验,拿另一种框架套加于古代诗歌之上,总不免有张冠李戴、削足适履之嫌。

其次,中国诗学的功能完全有可能延伸到现代诗歌理论建设上来。诚然,中国现代诗歌在内容和形体上有着与古典诗歌很不相同的风貌。古代讲"诗教",现代不讲"诗教";古人用雅言,今人改用白话;古诗贵含蓄,新诗不避放畅;古时行格律体,今时多自由体:两两相对,扞格难合,传统诗学之不得志于当世,良非偶然。但撇开这些表面的因素,往深里一层想:中国现代诗歌的发展,难道真的就同古典诗歌绝缘了吗?事实上,传统诗学里的一些范畴,如意境、格调、气势、韵味以及情景交融、兴会淋漓、白描传神、意在言外等,都已经自然地融入当前的诗歌批评之中,成为当代诗学的有机组成部分,这说明古今诗歌在原理上毕竟有相通之处,传统诗学也大有开发的余地。再拓开一步看,我们发现:中国新诗运动为适应时代变革的要求,在扩大其容涵、放畅其风格、散文化其语言、自由化其形体的过程中,又时时萌发着另一种冲动,即试图克服自身散文化、自由化过度的毛病,适当回归于那种讲求含蓄、凝练、富于韵律感的审美情趣;从"现代格律诗"的倡导、象征派的引进、"民族形式"的论争、民歌体的实践直至晚近"朦胧诗"

一类新诗潮的崛起，虽取径不一，皆着眼于探索如何把新诗写得更有诗味，则并无二致。在这个题目下面，我以为，古典诗歌的经验值得吸取，而中国诗学为沟通古今，是可以做一系列有意义的工作的。

再一点，中国诗学的作用能否扩展到本民族诗歌以外，也是需要探讨的课题。毫无疑问，我们不应该有"包打天下"的想法，也不必企图像西方诗学那样去建立"霸权"；对任一民族诗歌审美经验的总结，仍应以该民族自己的诗学眼光为"当行""本色"。但是，这里也有一个普遍性寓于特殊性的问题，正像西方理论可以用为建设中国诗学的借鉴，有什么理由断定反向观照必定行不通呢？拿当前世界讨论得甚为热烈的语言与思维的关系为例：这个问题过去一直是按照"语言是思维的直接现实"来理解的，语言表达思维，思维凭借语言得到交流，成了人们的共识，致使西方各派诗学都把诗歌语言列为研究重点，到形式主义、结构主义、"新批评"而臻于顶峰。但后结构主义的兴起，却喊出"语言是思想的牢屋"的口号，认为正是语言的表达，造成"意义的破缺"，所以要努力提倡多元化的结构操作和诠释活动，以便保持意义的畅开与流动。显然，这还是在语言的层面上来求得思维与语言的某种协调。看一看中国诗学的传统，这个矛盾是用超越语言的办法来解决的，从"言不尽意"到"得意忘言"，还有什么"不涉理路，不落言筌"的"妙悟""神遇"，尽管说得玄虚恍惚，分明提示了一条不同于西方理论的思考途径，以之与西方固有的说法相比照，不是很富于启发性吗？

据此而言，中国诗学除应用于中国诗歌自身的批评研究，对于其他诗歌样式乃至一般诗学原理的建构，都是有参考价值的。这一巨大的价值源泉迄今尚未被人们真正认识，是因为它基本上还处在一种潜能状态，没有得到充分的发挥。只有经过现代诠释，改变其传统形态，使它在价值取向、思维方式、理论格局、研究对象上有一个新的飞跃，巨大的能量才会释放出来，而中西诗学的对话交流也才能顺利地展开。

三

然则，应该如何来实行中国诗学的现代诠释呢？这又不能不涉及西方诗学的介入和中西诗学的关系问题，需要有一个正确的把握。

按道理说，一种诠释活动主要牵连到诠释对象和诠释主体两个方面，在这里，对象是中国诗学，主体是现代中国人（他的现代意识），本无须考虑第三方的插入。而问题的复杂性恰恰在于中国的现代化（扩大一点，东方各民族的现代化），都是在西方世界现代化浪潮先行的压迫和推动下进行的。现代中国人不仅大量采纳了西方世界的物质文明，精神上也莫不受到西方思想、文化的洗礼。在这种形势之下，要实行中国诗学的现代诠释，不以西方诗学为主要参照系，是难以设想的。

但是，用西方诗学为参照，不等于拿西方做模子来建构中国诗学，这一点必须指明。因为当前的比较文学界有一种"阐发研究"的主张（尤以台、港地区为盛），就是要援用西方的理论与方法来解释中国的文学现象（包括诗学批评），而由于这一解释活动采取的单向观照（以西观中）的方式，其结果必然是将中国的事象材料整合到西方的理论框架里去（移中就西），以证实西方思想的普遍有效性。在这样一种单向式阐发的作用下，中西双方表面上走到了一起，究其实质乃是你说我听，你呼我应，仍属一家"独白"，算不上双向"对话"。它不仅坐实了西方的"霸权"，扭曲了自己的"灵魂"，终竟于诗学原理的拓展亦无所补益，故而是不足取的。

这里不妨捎带提及已故美籍华裔学者刘若愚撰写的《中国的文学理论》一书。在这部具有开创意义的综合研究中国文论的专著里，刘氏以其渊博的学识，对论题作了贯通中西的考察，有不少精辟的见解发人省悟。此书出版后，学术界激起重大反响，是完全合乎情理的。不过我也愿意指出，书中套用艾布拉姆斯有关艺术四要素的分析，来给中国文学理论进行分类（分六大类），这一尝试并不成功。艾布拉姆斯在《镜与灯》里所归纳的作品、艺术家、世界和欣赏者这四个要点，固然足以代表艺术活动涉及的各个基本方面，而用为分解艺术批评的坐标，则是依据西方文论诸流派各自分流、彼此对立的事实，跟中国文论的实际情形很有距离。在我们的传统里，艺术活动尽管也牵涉到上述四个方面，可是人们习惯于从相互联系的角度来看问题，并不导致理论系统的分割。比如说，中国诗学以"言志"说为根本，"志"存在于作者内心，由"志"及"言"，似乎近于表现论的美学。但"志"的发动由于"兴感"，"兴感"的缘起在于外"物"（包括自然物色与社会人事），这虽然不等同于西方的模仿论，而理论坐标显然已由创作主体移向了外在世界。另外，"在心为志，发言为诗"，"诗"毕竟要凭附于"言"才能实现，这便有了作品相对独立的观念，但"言为心声""文如其人"，绝对没有用"意图谬误""感受谬误"将主体排斥于作品之外的想法。至于倡导"知人论世""以意逆志"，则又通过"志""意"的相应，沟通了作者与读者间的关联。可以说，"诗言志"是以"志"为核心，将作者、作品、读者、世界四个方面组合成一个整体，这同西方文论多元分割、各趋一端的格局形成鲜明对比，是怎样也无法纳入艾布拉姆斯的框架里去的。一定要用西方的模子来整合中国的事象，不免造成牵强。如刘氏书中"言志"与"缘情"两大派系并入表现理论，儒家的"原道"观与道家的"神悟"说统于形而上的理论，同属政教的文学观而剖为决定的理论和实用的理论，同样钻研命意修辞手法而分列技巧的理论和审美的理论，乃至一部《文心雕龙》切割于五个不同的派系，而传统批评中很占势力的复古思潮却无从安置①：种种跋前疐后、顾此失彼的现象，不正说明了单向式阐发之不足据吗？

  合理的现代诠释，在对待中西诗学上，应该建立起双向交流、互为中介的关系，其前提是要坚持双重视野的观照方式。这就是说，在讨论某个问题时，既要借用西方诗学的眼光来加以估量，又要回归到中国诗学自身的视角进行反思，二者不可缺一；且只有通过这样不同角度的观察、比较、分析、综合，才有可能使两种看法逐渐接近，以形成新的认识，这就叫"视界融合"。拿刚才举到的"诗言志"的例子来说，由于这个命题我们已经耳熟能详，很容易将它理解得比较简单，而若借用艾布拉姆斯的理论作一参照，当能发现，中国诗学里的"志"实在具有相当多样化的存在形态：它蓄积于作者内心，萌动于心物交感，凭附语言以外现于作品，又借助作品的传媒而为读者所接受——这样一种复杂的分布关系，没有艾布拉姆斯式的提示，是不容易理清楚的。但是，艾布拉姆斯用的是多元分割的模子，单凭这个模子会把人导向误区，于是又要用中国诗学自身的视角来加以检验和矫正，也就是要把握住"诗言志"这个命题内涵的作者、世界、作品、读者四方面以"志"为核心的统一性，从而使它与西方表现论美学划清界限。经过这样一反一复的观照，我们对问题的认识，不是已经由原初朦胧的直观上升到理性反思的层面上了吗？在这过程中，西方诗学的借鉴确实起到了催化剂的作

---

  ① 均参见刘若愚《中国的文学理论》所述，有田守真、饶曙光译本，四川人民出版社，1987年。

用，它构成诠释主体与诠释对象之间的必要的中介；反过来看，就中国诗学所作的诠释，也加深着我们对西方诗学的理解，故而从某种意义上说，后者转化为诠释对象，前者倒成了中介。这样一种在双重视野观照下的互为中介的关系，便是我们追求的中西诗学的对话；也只有采取这样的对话方式，中西诗学才能得到真正的交流，而中国诗学的现代诠释方得以在交流之中获得实现。

附带说一句，我们在这里碰上了一个怪圈：一方面，我们主张通过中国诗学的现代诠释以促进中西诗学的对话交流；另一方面，又认为现代诠释只能在双向交流、互为中介的前提下实现。这的确是个矛盾，套用一句行话，也算是"诠释学的循环"吧。看来这样的"循环"在文化转型与文化交流的过程中，恐怕是不可避免的；而跨越各民族文化之上的全人类的未来文明，也正是在这不断循环之中，才能找到自己的生长点。

四

末了，还要谈一谈诠释中的同异比较问题。

如上所述，诠释处理的是两种文化背景下的两种诗学体系的关系，它们之间的认同别异自是不可少的，比较诗学之以"比较"命名亦缘于此。可是，在单向式阐发的作用下，由于眼界的狭隘化和单一化，辨别事象同异也容易停留于浅表层次，经常是抓住一点，不及其余，甚或仅凭表面的某些相似大加发挥，许多"X"与"Y"式的搭题文章便是这样做出来的。我当然不是说写文章绝对不能用某某与某某相比较作题目，而是反对隐藏在这类题目下面的简单化、浮面化的类比手法，它只看到现象上的同异，而忽略了实质上的离合，只注意个体间的排比，而丢弃了整体间的联系，"比较"在它那里成了自身的目的，而非导向深层次揭示事物内涵的手段，于是，比较研究等同儿戏，比较诗学便失去了自己的生存意义。

为防止和克服这类庸俗化的倾向，我们的诠释工作必须突破事象的浅表层次，伸向诗歌美学的内部结构及其历史、文化的渊源，这不能不凭借双重视野的观照方式和互为中介的诠释方法，因为有了这样的视角置换和对象互设，方有可能对两种诗学、两种文化的内在机制进行比较、鉴别，而不至于为表面的相似或不相似所蒙蔽。在这里，我想特别提请注意的，是两种文化形态间的简单的同和异，往往不能说明什么问题，只有透过外表的同异，探测到深一层次的"同中之异"和"异中之同"，才算进入了认真的比较，这个问题有适当展开的必要。

所谓"同中之异"和"异中之同"，并非指的事象在同一层面上的有同有异或大同小异（这仍属简单的同异），而是指不同层次间的同异反差，或则表面相似而底里各异（貌同心异），或则外观不同而实质相通（貌异心同）；由这种表里不一所带来的事物机体间的张力，正是我们揳入其内部从事比较研究的最佳通道。前者（貌同心异）的例子，有如我们多次提到的"诗言志"与西方表现论美学的比较。乍一看来，两者都属于由内及外的"表现"，仔细辨析下来，异点甚多：表现论以主体的心灵为艺术本源，"言志"说把心志的萌动归因于外物兴感；表现论所要表达的是个人的情感，"言志"说抒写的是与政教伦理相结合的怀抱；表现论强调天才与灵感的创造，"言志"说重视道德人格的修养；表现论可以走到单凭直觉、不假修辞的极端地步（如克罗齐所主张的），"言志"说则并不废弃表情达意的辞采与技巧；表现论一般不顾及读者的反应和群众的接受，"言志"说始终要将诗歌的社会功能作为自己追求的目标。两两相比，在客体与主体、个人与社会、内容与形式等一系列原则问题上，它们的立场都是互相对立的，而且这种对立状态恰好反映出中西诗学在历史、文化根底上的深刻分歧，这不正是比较诗学所要关注的焦点吗？至于后一种情况（貌异心同），亦可以前文述及的语言与思维的关系为代表。在这个问题上，当前至少存在着语言可以表达思维（"语言是思想的直接现实"，在我们的传统里也有"言尽意"的一派）、语言会束缚思维（"语言是思想的牢屋"）和语言与思维有差距（"言不尽意"）这样三种不同的意见；后两者在处理语言与思维的矛盾上，更有从多元化语言解构与诠释着手和力图超越语言层面（"得意忘言""不落言筌"）这样不同的思路；甚至同属语言多元化的流派，也还有着眼于"意义的取消"（解构主义）或"意义的重构"（现代诠释学）之区别：真所谓"歧中有歧"，令人莫执一是。但进一步的思考会使人看到，形形色色的构想其实皆汇聚于语言与思维的关系这一共同主旨之下，都是为了解答两者有无矛盾和如何协调矛盾的问题，而无论是言能尽意或言不尽意，超越语言或执守语言，意义解构或意义重建，亦皆能各从一个侧面触及并把握住语言与思维间的内在联系和矛盾运动。从这样一种"相反相成"的角度开掘下去，逐步求得视界融合，不又是通过比较研究以探讨一般诗学原理的基本途径吗？

要言之，中西诗学的对话与交流不应该局限于类比同异，而要特别注重由同及异和由异及同。前者有助于认识不同文化背景下的不同的诗学精神，后者有可能促成联结各民族诗学传统的共同诗学原理的建构。所谓共同诗学或一般诗学，目前不过是一种理想，我们现有的仅是中国诗学、西方诗学、印度诗学、阿拉伯诗学等各个具体、特殊的诗学样式，要综合成为一体化的构造，还有相当遥远而艰巨的历程。但据我想来，如果最终确有建成一体化诗学的那一天，也绝不是将现有各种诗学取其同，舍其异，简单汇总一下所能达成的,用那样一种"做减法"的办法得来的"公约数",只能是高度抽象化、贫乏化以致什么问题也不能解决的老生常谈。而我们需要的恰恰应是能够会通、涵盖现有各种思想、文化差异的一般诗学原理,它包容了不同的历史传统与审美经验,又能让它们在相互参照、相互补充中实现交会融合,这才是集人类精神文明之大成的具有异常丰富内涵和广阔前景的诗歌美学。为建构这样的诗歌美学,比较诗学的沟通作用自不可少;而若从事比较研究的人自身缺乏那种双重乃至多重的文化视野,不善于从互为中介的诠释活动中去进行由同及异和由异及同的推考,那么,通过建设性的对话、交流以求得会通,也是难以预期的。愚者之虑,或有一得,愿有识之士思之!

(本文原系参加中国比较文学学会年会的发言稿,载《中国比较文学》1995年第1期)

"变则通,通则久"
—— 也谈"古代文论的现代转换"

关心中国文化命运的人,面临着一个如何对待文化传统,特别是古代文化传统的问题。保守传统、扬弃传统、更新传统,构成了当代文化思想潮流分野的标志。我个人更感兴趣于如何"激活"传统,只有激活了传统,它才有保持、发扬和创新的余地。

这样说,并不意味着我认为古代传统在今天已经全然死去。传统作为过去时代的产物,在产生它的那个时代里是具有充分生命力的。但随着世道的转移,它自身也起了分化:其中一部分确已死去,不再能在现实生活中发挥积极的作用;有的因子依然活着,且被吸收、融入新文化的机体;还有一些成分表面看来缺乏活力,如能解除其原有的意义纠葛,投入新的组合关系之中,亦有可能重新焕发出强劲的生命力来。所谓"激活"传统,正是要改变这种新陈纠葛、"死的拖住活的"的现象,让传统中一切尚有生机的因素真正活跃起来,实际地参加到民族新文化乃至人类未来文明的建构中去。这是一个宏大的主题。当前大陆学界有关"中国古代文论的现代转换"问题的探讨,便是围绕这个主题而展开的。

一

"古代文论的现代转换",是在回顾和反思这一百年来中国文艺学发展道路的背景下提出来的。大家知道,二十世纪以来,相对于古代文论的传统,我们有了一个现代文论的建构,它来自三方面的组合:一是引进外来文论,主要是西方文论(包括马列文论);二是吸收古代文论;三是将当代文学创作与批评的实践经验提升、总结为理论。三个方面的有机结合,当能造成一种具有中国特色而又体现时代精神的新的理论形态,以自列于世界民族之林。遗憾的是,时至今日,这个局面并未能形成。翻开今人编写的各种文艺理论专著或教科书,我们总能看到,外来文论占据着中国现代文论的主干部位,从当代文艺创作和批评实践中提炼出来的某些观念多属于方针、政策性的补充说明,而古文论的传统往往只摄取了个别的因子,甚或单纯用以为西方理论的调料和佐证。这就是为什么我们尽管言说着一套现代文论的"话语",仍常要感叹自己患了严重的"失语症"①,我们失去的不正是那种最具民族特色的语言思维表达方式及其内在的心灵素质吗?

再来看另一头的情况,即二十一世纪以来的古文论研究,这门

---

① 按:"失语症"的提法曾在学界引起轩然大波,质疑与否定的人占大多数。严格说来,这个提法确实不够周全,容易造成单纯忘失且可捡回的错觉。而实际上我们民族经历的是一场话语转型,原来的话语不能完全适应时代发展的需要,所以要大量吸收外来话语以充实和改造旧有的传统。但在特殊历史条件的影响下,产生了急于引进而顾不上慢咽细嚼的情况,致使外来话语泛漫于整个社会文化环境之中,传统的精义反倒汩没不显。从这个角度来看,"失语"一词对揭示民族新文化建构中的失衡现象,还是有作用的,当然出路不在于"恢复"原先的话语,而当致力于从传统与现代的会通中求得话语的更新。

学科通常是以"中国文学批评史"的名目出现的。称之为"批评史",应该包含这样两重含义:一方面指以史的意识来概括和贯串历代文学批评,使零散的批评材料上升到完整的历史科学的水平;另一方面则又意味着将原本活生生的批评活动转化为已经完成了的历史过程,通过盘点、清理的方式把它们列入了遗产的范围。遗产自亦是可宝贵的,如能加以合理的开发、利用尤然。可惜的是,二十一世纪以来的古文论研究大多停留于清理阶段(这在学科建设初期有其必要性),尚无暇计及如何用活这笔资产。长此以往的负面作用,便是古文论的影响越来越见收缩,不仅不能有效地投入现代文化和文学批评的运作,连原先专属于自己的领地——古代文学批评研究也难以据守。它日渐沦落为古文论学者专业圈子里的"行话",尽管可以在同行中间炒得火爆,而圈子以外的反响始终是淡漠的。

　　古文论的自我封闭和现代语境中民族话语的失落,两个方面的事实反映出同一个趋向,便是古代传统与现代生活的脱节。这自有其内在深刻的原因。正像任何一种理论都是人的特定的实践经验的总结与升华,古文论的传统也是建筑在古代文学创作与文化生活的基础上的。中国古代有高度发展的精神文明和绵延不绝的文学源流,从而产生了自成体系、自具特色的文论传统,其丰富的内涵至今尚未得到充分的揭示和运用。然而,作为一个已经完成了的、封闭的理论体系,古文论的传统显然又有与现实生活的演进不相适应的一面。二十一世纪以来,我们的文学语言由文言转成白话,文学样式由旧体变为新体,文学功能由抒情主导转向叙事大宗,文学材料由古代事象演化为当代生活,这还只是表层的变迁。更为深沉的,是人们的生命体验、价值目标、思维方式、审美情趣都已发生实质性的变异。面对这一巨大的历史反差,古文论兀自岿然不动,企图以不变应万变,能行得通吗?"转换"说的提出,正是要在民族传统和当代生活之间架起桥梁，促使古文论能动地参与现时代人类文化精神的建构，其积极意义无论如何也不能低估。

二

应该怎样来实现"古代文论的现代转换"呢？这里首先涉及对"转换"一词的确切把握问题，在这个问题上是有各种不同的看法的。

依我之见，古文论的现代转换，不等于将古代的文本注解、翻译成现代汉语。当然，用语的变置也是一种"转换"，但那多半是浅表层次的，如果局限于这个层次，古文论与时代精神脱节的矛盾仍然无法解决。

古文论的现代转换，亦有别于一般所谓的"古为今用"。"古为今用"着眼于一个"用"字，它强调传统资源的可利用性，主张在应用的层面上会通古今；"转换"说则立足于古文论自身体性的转变，由"体"的发展生发出"用"的更新，才能从根底上杜绝那种生拉硬扯、比附造作的实用主义风气。

古文论的现代转换，更不同于拿现代文论或外来文论的形态来"改造"和"取代"古文论。比较文学中一度盛行的"移中就西"式的阐发研究，片面鼓吹借取西方文论的话语框架来规范古文论的义例，整合古文论的事象，只能导致民族特色的消解和西方理念普适性的张扬，最终湮没了自身的传统。

撇开以上诸种说法，要想给"转换"一词来个明确的界定，我们还必须回到"转换"说产生的背景上去。如上所述，"转换"说的兴起导源于文艺学上民族话语的"失落"，而"失落"的一个重要表征便是古文论传统与现代生活的疏离，古文论愈益走向自我封闭。打破这样的格局，重新激发起传统中可能孕有的生机，只有让古文论走出自己的小圈子，面向时代，面向世界，在古今中外的双向观照和双向阐释中建立自己通向和进入外部世界的新生长点，以创造自身变革的条件。一句话，变原有的封闭体系为开放体系，在开放中逐步实现传统的推陈出新，这就是我对"现代转换"的基本解释，也是我所认定的古文论的现代转换所应采取的朝向。

三

原则既已确立，就可转入操作的层面，对"转换"的具体途径作一点探测。在我看来，比较、分解、综合构成了这一转换过程中的三个基本的环节，它们相互承接而又相互渗透。

先说比较，它指的是在古文论研究中引进现代文论和外国文论作为参照系，在古今与中外文论相沟通的大视野里来审视中国古代文论，寻求其与现代文论、外国文论进行对话、交流的契机，这是打破古文论封闭外壳的第一步，是实行其现代转换的前提。比较，需要有可比较点，这就是共同的话题；对于同一话题作出各自独特的陈述，这就是不同的话语。真正的比较必须涵盖这"同""异"两个方面（"话题"和"话语"自身亦互有同异，须细心察别），以辨析"同中之异"和"异中之同"作为自己的职责，才能达到有效的对话交流；若只是一味简单地"认同"或"别异"，则容易使比较流于表面化和形式化。

举例说，在美和形象的关系问题上，西方文论一贯持"美在形象"的观念，"美学"的名称即由"感性学"而来，艺术思维被称作"形象思维"，就连黑格尔这样的唯理主义者也不得不承认"美是理念的感性显现"。看看我们古代的典籍中也自有这一路，如春秋时楚国大夫伍举讲到的"于目观则美"①,以及后来常为人称引的"诗赋欲丽"②"文章,非采而何"③,皆是。如果比较仅止于这一步,那就不具备任何意义,因为没有增添新的意见。而若将考察的视野转移到自身的立足点上来,我们将会发现,以"形象"为美远不足以概括民族审美的理念。在我们的传统中,最能引起美的感受的决非"采丽竞繁"之类,反倒是《老子》书所宣扬的"大象无形",从"大象无形"到司空图主张的"象外之象""景外之景",实际上包孕着一个新的命题,即"美在对形象的超越"。这并不意味着我们的先人看不见形象的美,而是说,在他们的观念中,美不单在于形象,或者说,在形象的美仅是次一级的美,必须超越形象,才能进入美的更深沉的境界。两种不同的见解,究竟孰是孰非呢?也许各有所当,最终能达成互补。但在这歧异的背后,恰恰隐藏着不同民族的不同文化精神、价值取向和思维方式。从这个角度深入地挖掘下去,不仅能找到古文论的精义所在,还能从中开发出它的现代意蕴,使它同当时代人接上话茬,从而参与到当代文论和文化的建构中去,这不就是古文论现代转换所迈出的坚实的一步吗?

次说分解,指的是对古文论的范畴、命题、推理论证、逻辑结构、局部以至全局性的理论体系加以意义层面上的分析解剖,区别其特殊意义和一般意义、表层意义和深层意义、整体意义和局部意义等等。这些意义层面通常是纠缠在一起的,纠缠的结果往往导致直接的、暂时性的意义层面掩抑了更为深刻而久远的意义层面,古文论传统中所孕育着的现代性能也就反映不出来了,这便是我要强

---

① 见《国语·楚语上》,《国语》卷一七,上海古籍出版社,1982年。
② 曹丕《典论·论文》,引自六臣注《文选》卷四二,《四部丛刊》影宋本。
③ 刘勰《文心雕龙·情采》,范文澜《文心雕龙注》卷七,人民文学出版社,1960年,第537页。

调的"死的拖住了活的"的症结所在。只有经过分解,剥离和扬弃那些外在的、失去时效的意义层面,其潜在的、具有持久生命力的内核方足以充分显露出来。故分解构成了古文论由凝固、自足的体系变为对外开放的、持续发展的思想资源的决定性的一环,也是古文论现代转换的重要关节点。

不妨拿中国诗学的开山纲领——"诗言志"的命题来作一番演示。"诗言志"的含义是什么呢?依据朱自清先生的考证,"志"在古代中国特指与宗法社会的政教、伦理相关联的诗人怀抱①,因而"言志"便意味着诗歌所表达的思想感情要合乎社会礼教规范,汉儒由此引申出"发乎情,止乎礼义"的道德标准和"经夫妇,成孝敬,厚人伦,美教化,移风俗"诸种社会功能②,大体符合"诗言志"的原意。这应该是该命题的最特定、最直接的含义,从这个意义上说,"诗言志"的命题已经死了,今天的诗歌早已挣脱了宗法礼教的拘束。但是,我们也可以把此项命题理解得宽泛一点,不死扣住宗法社会的伦理、政教,而是用来表达诗歌与一般社会生活及政治活动的联系,六十年代毛泽东主席为《诗刊》题词书写这句话,想来便是取的这层意思。就这个一般性的含义而言,"诗言志"的命题并未过时,它可以同现代文论中有关"文艺与社会""文艺与政治"等论题接上口、对上话,而古人围绕着"言志""明志""陈志""道志"、"一时"之"志"、"万古"之"志"、"发愤""不平"之"志"、"温柔敦厚"之"志"以及"志""情"关系、"志""气"关系的种种议论与实践,亦皆可用为今天思考这类问题的借鉴。更

---

① 参见《诗言志辨·诗言志》所论,载《朱自清古典文学论文集》上册,上海古籍出版社,1981年。

② 见《毛诗序》,《十三经注疏》本《毛诗正义》,中华书局,1996年。

往深一层看，我们还能发现，"诗言志"的"志"（后人也称"情志"）实在是一个非常独特的概念。它具有思想的内容，也包含情感的成分，且不属一般的思想情感，特指一种社会性的思想情感，一种积淀着社会政治伦理内涵，体现出社会群体与人际规范的思想情感，简言之，是具有鲜明的社会义理指向的个人感受。这样一个范畴，在西方文论和我们的现代文论中似还找不到贴切的对应物。比较而言，黑格尔《美学》中的"pathos"一语有点近似。黑格尔反对用艺术作品来煽情，他所倡扬的"pathos"（英译"passion"），不同于一般表情感的"feeling"或"emotion"，特指理念渗透和积淀下的情感生命活动（所谓"存在于人的自我中而充塞渗透到全部心情的那种基本的理性的内容"①），其"情""理"复合的内涵与"情志"约略相当②。不过"pathos"更关注于理念普遍性原则的制约作用，而"情志"则落脚在具体社会人伦的规范上，两相较量，差异犹自显然。如果说，"pathos"一语更多地体现出西方文论中的唯理主义与思辨哲学的倾向，那么，从"情志"的观念中或许能进一步开发出文艺创作与社会学、伦理学、心理学、美学交相共振的某种基因，那将是"诗言志"的命题对人类未来文明建设的特殊贡献。

经过比较，又经过分解，于是来到综合。综合指的是古文论传统中至今尚富于生命力的成分，在解脱了原有的意义纠葛，得到合理的阐发，拓展、深化其历史容量之后，开始进入新的文学实践与文化建构的领域，同现时代以及外来的理论因子相交融，共同组建起新的话语系统的过程。它标志着古文论现代转换的告成。由于这

---

① 见朱光潜译黑格尔《美学》第一卷，商务印书馆，1979年，第296页。
② 按：朱光潜译本将"pathos"译作"情致"，这个词语在汉语中有"情趣"的意味，王元化先生曾指出其不妥，主张改译作古文论所用的"情志"一词以求近似（见王元化《读黑格尔》一书的序文），可见二者之间确存在某种对应性。

步工作远未能展开，目前要总结其经验，探讨其方法，尚觉为时过早。不过我这个推断并非空穴来风，从"意境"说的近代流变中或可找到它的某些踪迹。

"意境"（亦称"境""境界"）一词出现在古代文论中，原本同"意象"的含义十分接近。王昌龄《诗格》中讲到"物境""情境""意境"（狭义的），就是指诗歌作品的三种意象类型。稍后皎然《诗式》也多以"境""象"混用。自刘禹锡提出"境生于象外"的命题，"意境"说才获得其超越具体形象的内涵。不过这方面的性能后来多为"韵味""兴趣""神韵"诸说所发展，"意境"的范畴则大体胶执于"意与境会"，即诗歌形象中的情景相生和情景交融的关系上，它构成了传统"意境"说的主流。王国维是第一个对"意境"说予以近代意识改造的人。他谈"意境"（《人间词话》中多称"境界"，兹不详加辨析），仍不离乎"情""景"，但他把"景"扩大为文学描写对象的"自然及人生的事实"，把"情"界说为"吾人对此种事实之精神的态度"①，实际上是用审美主客体的关系来转换了原来的情景关系。他还认为："文学之所以有意境者，以其能观也。"②"观"就是审美观照或审美感受，正是通过人的审美观照和感受，审美主客体双方才互相结合而形成了文学的意境。由此看来，王国维是从审美意识活动建构艺术世界的高度上来把握"意境"的，这就摆脱了单纯从情景关系立论的拘限，也是他能够从自己的"境界"说里引申出"有我"与"无我"、"主观"与"客观"、"造境"与"写境"、"理想"与"写实"乃至"优美"与"宏壮"、"能入"

---

① 见《文学小言》，引自周锡山编《王国维文学美学论著集》，北岳文艺出版社，1987年，第25页。
② 见托名樊志厚所作《人间词乙稿序》，同上书，第397页。

与"能出"、"诗人之境"与"常人之境"等古文论中罕所涉及的新鲜话语的缘由。《人间词话》一书尽管采用旧有的词话形式,而已经容涵了不少西方文论的观念和话头,它应该看作中西文论走向综合的一个实绩。"五四"以后,现代文论兴起,但没有放弃对"意境"的吸收。朱光潜力图用克罗齐的"形相直觉"和立普司的"移情作用"来解说意境构成过程中"情趣的意象化"和"意象的情趣化"的双向交流①。宗白华关于意境不是"单层的平面的自然的再现",而是一种"层深创构"的艺术想象空间的阐述②,发展了古代诗论画论中"境生象外""虚实相生"的理念。直到五六十年代间,李泽厚等人还曾尝试将"意境"说纳入文艺反映论的理论体系,以求与"典型"说相会通③。"意境"说的不断溶入各派现代文论之中,不正说明了综合的可行和古文论参加现时代文化建构的广阔前景吗?

四

比较、分解与综合,勾画出古文论由封闭走向开放、由完型走向新创、由民族走向世界的基本轨迹,这也就是古文论现代转换的轨迹。经过这样的转换,古文论消亡了没有呢?没有。我们看到的,是原有传统里的生机的勃发、潜能的实现和一切尚有活力的因素的能动发展,这决不能用"消亡"二字来加以概括。但是,经过转换后的理论,亦已不再是原来意义上的古文论,它已接受了现代人的

---

① 参见《诗论》第三章"诗的境界——情趣与意象",三联书店,1984年。
② 见《中国艺术意境之诞生》,宗白华《美学散步》,上海人民出版社,1981年。
③ 参看李泽厚《"意境"杂谈》,引自其《美学论集》,上海文艺出版社,1980年。

阐释和应用，渗入了现代的社会意识及思维习惯，参与着现代文化生活与学术思想的运作，还能把它心安理得地称之为"古文论"吗？据此而言，"转换"确实是一种变革，是古文论传统的自我否定和更新，也是民族文论新形态在古今中外文化交流与汇通中的历史生成。

这种民族文论的新形态将会呈现出怎样的格局来呢？很难作出预言，但我想，它未必是单一的模子，而很可能显现为多样化的范式。可以设想，像王国维那样以传统文论中的某个观念（如"意境"）为核心，在此基础上生发出新的逻辑结构，不失为可行的路子。这样构筑起来的理念规范，将是一种具有浓烈的民族色彩的话语系统，或许更适用于中国古典文学及与之相近的文学现象的批评与阐发。也有另外的路子，就像朱光潜、李泽厚那样以西方理论（包括马列文论）为框架，更多地吸取中国传统文论中有用的成分，予以改造出新，丰富和充实其原有的话语系统，这样的理论形态当更适应于西方文学和一部分中国文学作品的研究。可能还有第三条路子，即立足于当代中国文艺运动的实践，侧重开发其独特的话题，总结其实际的经验教训，并以之与古代和外国类似的经验、问题相比照，逐步上升到原理高度，从而建立起一种有着较强的实践性而又不失其理论品格的新型话语。这方面的工作过去主要是政治家在做，落实于方针、政策的层面居多，理论的涵盖性和历史经验的概括尚嫌不足。若是作家、批评家、理论工作者都来从事此项建设，情况当会改观。十九世纪俄罗斯文学中的别、车、杜等人，不就是在自己的文学批评实践中，发展出既切合民族传统而又富于时代新意的理论话语来的吗？我们为什么不可以仿效呢？

以上三条路子，只是就总的倾向而言，具体实行起来，各自又会有不同的方式；甚至还可以设想更加新型的路子，如中国文论传统与其他东方民族文化的结合，这大概是更为复杂的事。但不论取哪一条路，民族文论新形态的建构，都少不了古文论的参与，都需要以古文论的现代转换为凭借，而且这种转换工作并非一次能够完成。历史在持续演进之中，时代的需求日益更新，古文论作为独特而丰富的传统资源，其意义将不断得到新的阐发，并不断被重新整合到人类文明的最新形态和趋向里去，故而古文论的现代转换也是未有竟期的。

《易·系辞》云："穷则变，变则通，通则久。"古文论从眼下遭遇的危机，经"现代转换"，达到与现实世界的沟通，进而确立自己恒久的生命，这恰是一个"穷""变""通""久"的演化历程。中国文化传统的未来命运，也就寓于这"穷""变""通""久"之中了。

（原刊《文学遗产》2000年第1期，《文化中国》2000年第3期全文采入）

附 录

陈伯海学术年谱

1960 年
《关于巴尔扎克的世界观和创作方法问题》,《文学评论》第 6 期。

1978 年
《略略李商隐的政治诗》,《文学评论丛刊》第 1 辑。

1980 年
《怎样看待李商隐的无题诗》,《文学评论丛刊》第 5 辑;《古代文论中的现实主义传统初探》,《文艺理论研究》第 3 期;《破人性之禁域 探艺术之奥区》,《上海文学》第 11 期。

1981 年
《唐诗繁荣的根本原因是什么》,《文学评论丛刊》第 9 辑);《李贺与印象派》,《上海师院学报》第 4 期。

1982 年

《李商隐诗选注》,上海古籍出版社。

1984 年

《唐卷子本〈翰林学士集〉考索》,《中华文史论丛》第 1 期;《民族文化与古代文论》,《文学评论》第 3 期;《宏观世界话玉谿——试论李商隐在中国诗歌史上的地位》,载入《全国唐诗讨论会论文选》,陕西人民出版社。

1985 年

《文艺方法论讨论中的一点思考》,《上海文学》第 9 期。

1986 年

《中国社会与文化传统的再认识》,《上海社科院学术季刊》第 1 期;《论中国文学的民族性格》,《文学遗产》第 3 期;《中国文学史之鸟瞰》,《文学遗产》第 5 期;《新时期文学观念中的"互补"原理》,《上海文学》第 12 期。

1987 年

《严羽和沧浪诗话》,上海古籍出版社;《文学动因与三对矛盾》,《文学评论》第 1 期;《文学史上的"圆圈"》,《中国社会科学》第 3 期。

1988 年

《唐诗学引论》,知识出版社;《唐诗书录》(与朱易安合撰),齐鲁书社;《唐诗学史之一瞥》,《唐代文学研究》第 1 辑;《中国文化精神之建构观》,《中国社会科学》第 4 期。

1989 年
《"五四"与新人的发现》,《上海社科院学术季刊》第 2 期。

1990 年
《"文化热"过后的反思》,《文汇报》10 月 31 日。

1991 年
《传统文化与当代意识》,三联书店。

1992 年
《中国文化之路》,上海文艺出版社。

1993 年
《唐诗论评类编》(主编),山东教育出版社;《上海近代文学史》(与袁进共主编),上海人民出版社;《文化的二重性及其他》,《文汇报》5 月 21 日。

1994 年
《东方文化与现代社会》,《传统文化与现代化》第 6 期;《文学史观念谈》,《江海学刊》第 6 期。

1995 年
《中国文学史之宏观》,中国社会科学出版社;《唐诗汇评》三卷(主编),浙江教育出版社;《对话·交流·会通——兼论中国诗学的现代阐释》,《中国比较文学》第1期。

1996年
《自传统至现代——近四百年中国文学思潮变迁论》,《社会科学战线》第4期、第5期。

1997年
《近四百年中国文学思潮史》(主编),东方出版中心;《东亚文化与文化东亚》,《上海社科院学术季刊》第1期;《中国文学史学史编写刍议》,《社会科学战线》第5期;《20世纪中国学术文化的世界意义论略》,《学术月刊》第9期。

1998年
《20世纪中国文学史学之检讨》,《江海学刊》第1期。

1999年
《古文论研究的回顾与前瞻》,《阴山学刊》第4期;《从"清点"到"盘活"——世纪之交古典文学研究的风景线》,《文学评论》第6期。

2000年
《"变则通,通则久"——论中国古代文论的现代转换》,《文学遗产》第1期。

2001年
《上海文化通史》(主编),上海文艺出版社。

2002 年

《中国诗学史》七卷（与蒋哲伦共主编），鹭江出版社；《〈人间词话〉"出入"说索解》，《文艺理论研究》第 1 期。

2003 年

《中国文学史学史》三卷（与董乃斌、刘扬忠共主编），河北人民出版社；《历代唐诗论评选》（主编），河北大学出版社；《人为什么需要美》，《学术月刊》第 6 期；《美在"天人合一"》，《文艺理论研究》第 4 期；《一个生命论诗学范例的解读——中国诗学精神探源》，《社会科学战线》第 5 期。

2004 年

《唐诗学史稿》（主编），河北人民出版社。

2005 年

《释"诗言志"——兼论中国诗学的"开山的纲领"》，《文学遗产》第 3 期；《释"感兴"——中国诗学的生命发动论》，《文艺理论研究》第 5 期。

2006 年

《中国诗学之现代观》，上海古籍出版社；《从古代文论到中国文论——21 世纪古文论研究之断想》，《文学遗产》第 1 期。

2007 年

《释"和实生物"——兼论中国当代社会理念的转型》，《社会科学战线》第3期；《文学史的哲学思考》，《文汇报》12月2日。

2008年

《"原创性自何而来"——当代中国文论话语构建之我思》，《文史哲》第5期；《"生生之谓易"——一种生命哲学的存在本原观》，《社会科学战线》第9期。

2009年

《"唯天为大，唯人为灵"——天人关系的再思考》，《学术月刊》第1期；《再论人为什么需要美》，《江海学刊》第3期。

2010年

《"人诗意地栖居"——论审美向生活世界的回归》，《江海学刊》第5期。

2012年

《回归生命本原——后形而上学视野中的"形上之思"》，商务印书馆；《生命体验与审美超越》，三联书店；《文学史与文学史学》，北京大学出版社；《为"意象"正名——古典诗歌意象艺术札记》，《江海学刊》第2期；《在"解构"与"重构"之间——美学命运之思》，《学术月刊》第3期。

2013年

《唐前诗歌意象艺术的流变》，《社会科学战线》第7期；《唐人"诗境"说考释》，《文学遗产》第6期。

2015 年

《陈伯海文集》6 卷，上海社科院出版社；《意象艺术与唐诗》，上海古籍出版社。

2016 年

《唐诗学书系》8 种（总主编），上海古籍出版社；《一孔斋论学集》，复旦大学出版社；《关于"生命体验美学"的备忘录》，《贵州大学学报》第 2 期；《"小康社会"与"信仰困局"》，《上海文化》第 4 期；《双重挑战下的策略应对——21 世纪中国社会发展的"大思路"》，《上海思想界》第 9 期。

2017 年

《"文学是人学"再续谈》，《华东师大学报》第 4 期。

2018 年

《华夏传统审美精神探略》，《学术月刊》第 8 期；《说"天人合一"——兼谈中华民族对人类应有的思想贡献》，《上海文化》第 8 期；《在"学"与"思"的旅途中——陈伯海先生口述历史》（徐俪成、高俊整理编著），复旦大学出版社。

中国现代文艺学大家文库

《中国文论的民族特色——徐中玉文艺学文选》
《论"文学是人学"——钱谷融文艺论文选》
《清园谈艺录——王元化文艺学文选》
《现代性与当代文学理论——钱中文文艺学文选》
《中国诗学的春天——李衍柱文艺学文选》
《文学的真谛——王元骧文艺学文选》
《在历史与当代交集点上——陈伯海文艺学文选》
《文艺学宏观阐释——陆贵山文艺学文选》
《与西方文论的平等对话和争鸣——孙绍振文艺学文选》
《走向文化诗学——童庆炳文艺学文选》